ORGULHO
E PRECONCEITO

JANE AUSTEN

ORGULHO
E PRECONCEITO

Tradução de
Ângela Miranda Cardoso
com Maria João da Rocha Afonso

EDITORIAL PRESENÇA

FICHA TÉCNICA

Título original: *Pride and Prejudice*
Autora: *Jane Austen*
Tradução © Editorial Presença, Lisboa, 2014
Tradução: *Ângela Miranda Cardoso com Maria João da Rocha Afonso*
Imagens da capa: ©*Arcangel Images e Shutterstock*
Capa: *Catarina Sequeira Gaeiras/Editorial Presença*
Composição, impressão e acabamento: *Multitipo — Artes Gráficas, Lda.*
1.ª edição, Lisboa, fevereiro, 2014
Reimpressão, Lisboa, junho, 2017
Depósito legal n.º 370 292/14

CAPÍTULO 1

É uma verdade universalmente reconhecida que um homem solteiro em posse de fortuna necessita de uma esposa.

Por pouco que se conheça das inclinações e dos sentimentos de tal homem quando ele chega a um lugar, esta verdade está de tal modo enraizada nos espíritos dos seus novos vizinhos que logo ele é considerado como legítima propriedade de alguma de suas filhas.

— Meu caro Mr. Bennet — disse-lhe um dia a esposa —, já sabe que Netherfield Park foi finalmente alugada?

Mr. Bennet respondeu que não sabia de nada.

— Mas a verdade é que foi — retorquiu ela. — Mrs. Long acabou de sair daqui e contou-me tudo.

Mr. Bennet não respondeu.

— Não quer saber quem é que a alugou? — perguntou a mulher, impaciente.

— A senhora está desejosa de mo dizer, e eu não tenho nenhuma objeção a ouvi-lo.

Isso bastou-lhe como convite.

— Pois é bom que saiba que Mrs. Long me contou que Netherfield foi alugada a um rapaz de grande fortuna do Norte de Inglaterra; que ele veio na segunda-feira, numa sege de quatro cavalos, para visitar a propriedade e ficou tão encantado com o que viu, que chegou logo a acordo com Mr. Morris; e, mais ainda, que ele se vai instalar na casa antes do S. Miguel[1] e que no final da próxima semana já devem chegar alguns criados.

---

[1] «Michaelmas», no original: dia 29 de setembro, uma das quatro datas que dividiam o ano em Inglaterra e altura em que as rendas eram devidas. (NT)

— Como é que ele se chama?

— Bingley.

— E é solteiro ou casado?

— Oh, solteiro, meu caro, é evidente!... Solteiro e com uma enorme fortuna: quatro ou cinco mil libras de renda por ano. Que oportunidade para as nossas meninas!...

— Como assim? Não vejo em que isso as possa afetar.

— Meu querido Mr. Bennet — respondeu-lhe a mulher —, às vezes é tão enfadonho!... Já devia ter percebido que eu estou a pensar casá-lo com uma delas.

— É esse o plano dele ao instalar-se aqui?

— Plano?! Que tolice! Como pode dizer tal coisa? Seja como for, é muito provável que ele se apaixone por uma delas e, por isso, o senhor deve ir visitá-lo assim que ele chegar.

— Não vejo razão para o fazer. Pode a senhora ir com as raparigas, ou então enviá-las sozinhas, o que provavelmente será ainda melhor, já que, sendo tão bonita como qualquer delas, Mr. Bingley poderia preferi-la.

— Lisonjeia-me, meu caro. É verdade que já tive os meus dias, mas hoje não alimento essas ilusões. Quando uma mulher é mãe de cinco filhas crescidas, deve abster-se de pensar na sua própria beleza.

— Em tais casos, ela não costuma ter muita beleza sobre a qual pensar.

— Seja como for, meu caro, é imprescindível que faça uma visita a Mr. Bingley assim que ele estiver instalado.

— Não prometerei tal coisa.

— Lembre-se de suas filhas... Pense só em como uma delas poderia ficar bem colocada. Sir William e Lady Lucas estão decididos a ir e olhe que apenas por essa razão, pois sabe que não têm o costume de visitar recém-chegados. É absolutamente necessário que vá, insisto, caso contrário nós ficaremos impedidas de o fazer.

— Exagera, seguramente, nos seus escrúpulos. Estou certo de que Mr. Bingley ficará encantado com a sua visita, e eu mesmo lhe enviarei umas breves linhas por seu intermédio asseverando-lhe de que tem desde já o meu pleno consentimento para casar com aquela de nossas filhas que ele bem entender. Terei, no entanto, de incluir umas palavras em abono da minha Lizzy.

— Só espero que não faça uma coisa dessas. A Lizzy não é nem um bocadinho melhor que as irmãs. Mais ainda: não chega aos pés da Jane em beleza e não tem nem de perto a graça da Lydia. Mas o senhor está sempre a favorecê-la.

— Nenhuma delas tem muito que a recomende — respondeu o marido. — São tolas e ignorantes como qualquer outra rapariga. Mas a Lizzy parece-me um tanto mais esperta que as irmãs.

— Mr. Bennet, como pode falar assim de suas próprias filhas? O senhor sente prazer em aborrecer-me. Não tem qualquer compaixão pelos meus pobres nervos.

— Engana-se, minha cara. Tenho o maior respeito pelos seus nervos. Somos velhos amigos. Nestes últimos vinte anos, tem sido sempre com a maior consideração que a tenho ouvido falar sobre eles.

— Ah, o senhor não sabe o quanto eu sofro!...

— Mas faço votos para que se restabeleça e viva o suficiente para ver muitos rapazes com quatro mil libras anuais instalarem-se na vizinhança.

— Mesmo que venham vinte deles, isso de nada nos servirá, já que o senhor se recusa a visitá-los.

— Acredite no que lhe digo, minha cara: quando cá estiverem vinte, visitá-los-ei a todos.

Mr. Bennet era uma mistura tão curiosa de vivacidade e de sarcasmo, de reserva e de capricho, que uma experiência de vinte e três anos de vida em comum não tinha bastado para que a esposa lhe decifrasse o caráter. Já a natureza de Mrs. Bennet era bem menos difícil de penetrar. Tratava-se de uma mulher de escasso entendimento, pouca cultura e temperamento inconstante. Quando se sentia contrariada, imaginava-se vítima dos nervos. A principal tarefa da sua vida era casar as filhas; o seu consolo, visitas e mexericos.

CAPÍTULO 2

Mr. Bennet foi um dos primeiros a prestar uma visita a Mr. Bingley. Tivera sempre intenção de o fazer, embora até ao último momento assegurasse a mulher de que não iria. Na verdade, só nessa noite, depois de desempenhada a função, teve a esposa conhecimento dela. Eis como lhe foi revelada. Mr. Bennet, que olhava para sua segunda filha enquanto ela guarnecia um chapéu, interpelou-a de repente, dizendo:

— Espero que Mr. Bingley o aprecie, Lizzy.

— Não estamos em posição de saber aquilo que Mr. Bingley aprecia ou deixa de apreciar — disse a mãe num tom ressentido —, já que não o visitaremos.

— A mamã está a esquecer-se — disse Elizabeth — de que o vamos encontrar nos saraus e que Mrs. Long nos prometeu apresentá-lo.

— Não acredito que Mrs. Long faça tal coisa. Ela própria tem duas sobrinhas. É uma mulher hipócrita e egoísta, tenho a pior impressão dela.

— A minha não é melhor — disse Mr. Bennet —, e folgo em saber que dispensa os seus préstimos.

Mrs. Bennet não se dignou dar resposta. Incapaz, porém, de se conter, pôs-se a ralhar com uma das filhas:

— Não tussas dessa maneira, Kitty, pelo amor de Deus! Tem piedade dos meus nervos. Estás a fazê-los em farrapos.

— A Kitty não é capaz de ser discreta a tossir — disse o pai. — Não sabe escolher o momento oportuno.

— Não tusso por prazer — retorquiu Kitty aborrecida.

— Quando será o teu próximo baile, Lizzy?

— De amanhã a duas semanas.

— Pois, é verdade — exclamou a mãe —, e Mrs. Long só regressa no dia anterior. O que quer dizer que ela não poderá apresentá-lo, já que ainda o não terá conhecido.

— Então, minha cara, será a senhora quem gozará dessa vantagem sobre a sua amiga, apresentando-lhe Mr. Bingley.

— É impossível, Mr. Bennet, impossível, visto que eu própria o não conhecerei. Como é que pode ser tão enervante?

— Respeito os seus pruridos. Um conhecimento de duas semanas é decerto muito pouco. Não se pode pretender conhecer verdadeiramente alguém ao fim de apenas quinze dias. Mas se não formos nós a assumir esse risco, outra pessoa o fará. Mrs. Long e as sobrinhas não deixarão de tentar a sua sorte. Como tal, e visto que ela o considerará um ato de generosidade, se a senhora renunciar ao seu dever, eu próprio me verei obrigado a cumpri-lo.

As raparigas ficaram a olhar para o pai. Mrs. Bennet limitou-se a dizer:

— Disparates, só disparates!

— Qual poderá ser o significado de tão enfática exclamação? — perguntou ele. — Acaso considerará a senhora as formas de apresentação, e tudo o que elas implicam, um disparate? Neste ponto não posso, de forma alguma, concordar consigo. O que me dizes disto, Mary? Tu que és uma rapariga tão ponderada, sempre mergulhada em calhamaços e a coligir citações?

Mary procurou a todo o custo encontrar alguma coisa de muito assisado para dizer, mas não conseguiu acertar com nenhuma.

— Enquanto a Mary ajusta as suas ideias — prosseguiu —, voltemos a Mr. Bingley.

— Já estou farta de Mr. Bingley — exclamou a mulher.

— Lamento ouvi-lo. Porque é que não mo disse antes? Se tivesse sabido de manhã[2] o que sei agora, decerto não o teria visitado. Foi,

_____

[2] A manhã, no contexto inglês da época, era o período compreendido entre o princípio do dia e a hora do jantar (que teria lugar por volta das quatro ou cinco da tarde). *(NT)*

de facto, uma infelicidade. Mas visto que a visita já foi feita, não nos podemos agora furtar ao seu convívio.

O ar de estupefação no rosto das senhoras correspondeu exatamente ao que Mr. Bennet pretendia — porventura o de Mrs. Bennet mais ainda que os outros, conquanto, esgotadas as primeiras efusões de alegria, ela passasse a declarar que nunca duvidara de que ele o fizesse:

— Que bondade a sua, meu caro Mr. Bennet! Tinha a certeza de que acabaria por persuadi-lo. Sabia que o amor que tem por suas filhas não o deixaria desprezar um conhecimento como este. Não imagina como fico satisfeita! E que partida o senhor nos pregou, ter feito a visita esta manhã e não nos ter dito palavra até agora...

— Bom, Kitty, já podes tossir as vezes que te apetecer — disse Mr. Bennet enquanto saía da sala, cansado dos arroubos da esposa.

— Que excelente pai o vosso, meninas — disse ela, assim que a porta se fechou. — Não sei como algum dia poderão retribuir a sua bondade. Na verdade, nem eu mesma. Acreditem-me que, nesta altura das nossas vidas, não é que nos agrade muito andar a travar conhecimentos todos os dias... Mas, por vocês, faríamos qualquer coisa. Lydia, meu amor, embora sejas a mais nova, é bem possível que Mr. Bingley te convide para dançar no próximo baile.

— Oh, não tenho receio — disse Lydia com ar resoluto. — Posso ser a mais nova, mas sou também a mais alta.

O resto do serão foi passado em conjeturas sobre quanto tempo Mr. Bingley levaria para retribuir a visita de Mr. Bennet e a decidir quando o deveriam convidar para jantar.

CAPÍTULO 3

Por mais que Mrs. Bennet, com a ajuda de suas cinco filhas, o tivesse interrogado, não foi possível arrancar do marido uma descrição satisfatória de Mr. Bingley. Atacaram-no por diversos meios: com perguntas indiscretas, engenhosas hipóteses e vagas suposições. Mas de todos estes ardis ele se esquivou. Por fim, viram-se obrigadas a aceitar as informações em segunda mão da sua vizinha, Lady Lucas. O relatório era altamente favorável. Sir William tinha ficado encantado com ele. Era bastante jovem, invulgarmente bonito, extremamente amável e, para coroar tudo o resto, fazia tenção de comparecer ao próximo sarau na companhia de um numeroso grupo. Que mais se poderia querer? Do gosto pela dança até ao despertar do amor era apenas um pequeno passo, e assim se animou a esperança de que o coração de Mr. Bingley pudesse ser conquistado.

— Se ao menos eu visse uma de minhas filhas instalada em Netherfield — disse Mrs. Bennet ao marido —, e todas as outras tão bem casadas quanto ela, nada mais teria a desejar.

Passados poucos dias, Mr. Bingley retribuiu a visita a Mr. Bennet, tendo sido recebido por ele na biblioteca durante cerca de dez minutos. Tinha acalentado a esperança de que lhe fosse permitido ver as filhas, de cuja beleza tanto ouvira falar — mas só conseguiu ver o pai. As senhoras tiveram um pouco mais de sorte, já que, através de uma janela no primeiro andar, puderam constatar que ele vestia um casaco azul e montava um cavalo negro.

Logo de seguida foi enviado um convite para jantar; e já Mrs. Bennet tinha planeado os pratos que fariam jus aos seus dotes de dona de casa, quando chegou uma resposta que adiou tudo. Mr. Bingley tinha de estar em Londres no dia seguinte e via-se, por essa razão, obrigado a declinar a honra do convite, etc. Mrs. Bennet ficou profundamente desconcertada. Não conseguia imaginar que negócios ele pudesse ter para tratar na cidade tão pouco tempo depois da sua chegada ao Hertfordshire. Começou a temer que ele passasse a vida a passear de um lado para o outro, sem nunca assentar em Netherfield como seria seu dever. Lady Lucas serenou-lhe um pouco os receios, sugerindo que ele tivesse ido a Londres apenas para reunir uma larga companhia para o baile — e logo se seguiram rumores de que Mr. Bingley iria ao sarau acompanhado de doze senhoras e sete cavalheiros. As raparigas ficaram desgostosas com a ideia de um tão grande número de senhoras; mas depressa sossegaram quando, na véspera do baile, ficaram a saber que, em vez de doze, ele tinha trazido consigo de Londres apenas seis: as suas cinco irmãs e uma prima. Quando, por fim, o grupo entrou no salão, não contava com mais de cinco pessoas no total: Mr. Bingley, suas duas irmãs, o marido da mais velha e um amigo.

Mr. Bingley era um bonito rapaz, de ar distinto, semblante agradável e maneiras desenvoltas. As irmãs eram senhoras de grande elegância e indubitável requinte. O cunhado, Mr. Hurst, nada tinha que o distinguisse de outros cavalheiros. Mas o amigo, Mr. Darcy, cedo chamou a atenção de todos os presentes pela sua figura alta e elegante, feições harmoniosas e porte aristocrático, bem como pelo rumor, que cinco minutos depois da sua entrada já circulava por toda a sala, de que a sua renda ascendia a dez mil libras por ano. Os senhores proclamaram-no um belo tipo de homem, as senhoras declararam que ele era muito mais bonito que Mr. Bingley, e Mr. Darcy foi olhado com grande admiração durante a primeira parte do baile, até que as suas maneiras provocaram tal desprazer que o curso da sua popularidade se inverteu. Então descobriu-se que era orgulhoso, que se considerava acima dos demais e que era incapaz de exprimir o mínimo agrado — e nem a sua enorme propriedade em Derbyshire foi suficiente para impedi-lo de possuir o mais arrogante e antipático semblante que imaginar se pudesse, ou de ser indigno de qualquer comparação com o seu amigo.

Mr. Bingley havia rapidamente travado conhecimento com todas as pessoas mais importantes presentes no salão. Tinha um modo de ser expansivo e jovial, não perdera uma única dança, e mostrara-se aborrecido por o baile ter terminado tão cedo, falando mesmo na possibilidade de oferecer ele próprio um em Netherfield. Qualidades tão estimáveis falam por si. Que contraste entre os dois amigos!... Mr. Darcy dançara apenas uma vez com Mrs. Hurst e outra com Miss Bingley[3], declinara ser apresentado a qualquer outra senhora e tinha passado o resto do serão a vaguear pela sala, conversando ocasionalmente com alguém da sua companhia. Não havia dúvidas quanto ao seu caráter. Ele era o homem mais orgulhoso e mais desagradável ao cimo da terra, e todos estiveram de acordo em desejar que não tornasse a aparecer. Entre aqueles mais ferozmente críticos encontrava-se Mrs. Bennet, cuja desaprovação da sua conduta, aguçada pela afronta feita a uma de suas filhas, acabara por se transformar em despeito.

Elizabeth Bennet tinha-se visto obrigada, dada a escassez de cavalheiros, a ficar sentada durante duas danças. Durante esse tempo, Mr. Darcy estivera perto o suficiente para que ela conseguisse ouvir uma conversa entre ele e Mr. Bingley, o qual, num intervalo de minutos entre as danças, tinha vindo incitar o amigo a juntar-se-lhes.

— Anda daí, Darcy — disse-lhe ele —, vais ter de dançar. Odeio ver-te aí parado, sozinho e com ar de enfado. Farias melhor se dançasses.

— Não farei tal coisa. Sabes como o detesto, a não ser quando conheço muito bem o meu par. Numa reunião como esta, seria absolutamente insuportável. Tuas irmãs estão já comprometidas, e não há além delas uma única mulher nesta sala cuja companhia não fosse para mim um suplício.

---

[3] O título de «Miss», seguido do apelido de família, referia-se sempre à filha mais velha ou, se essa já fosse casada, à mais velha das que ainda permanecessem solteiras. No caso das suas irmãs mais novas, o apelido vinha acompanhado do nome próprio, exceto quando, numa ocasião social, fora do círculo mais íntimo, uma delas se encontrasse sozinha ou fosse a mais velha das presentes. (NT)

— Como és difícil de contentar! — exclamou Mr. Bingley. — Palavra de honra que nunca na minha vida, como nesta noite, tinha encontrado tantas raparigas tão encantadoras. Tens de admitir que algumas delas são até invulgarmente formosas.

— *Tu*, Bingley, estás a dançar com a única rapariga bonita nesta sala — disse Mr. Darcy, olhando para a mais velha das irmãs Bennet.

— Oh, ela é a mais bela criatura que eu já vi!... Mas sentada mesmo atrás de ti, está uma irmã dela que é, não apenas muito bonita, como também, assim o creio, bastante simpática. Deixa-me pedir ao meu par que a apresente.

— De quem é que estás a falar? — e, virando-se para trás, ficou durante um breve instante a observar Elizabeth até que, encontrando os seus olhos, desviou os dele, para friamente acrescentar:

— É aceitável, mas não suficientemente bonita para me tentar a *mim*. De resto, não me sinto no momento com disposição para dar atenção a raparigas menosprezadas por outros. É melhor regressares para junto do teu par e desfrutar dos seus sorrisos, pois comigo só perdes o teu tempo.

Mr. Bingley seguiu o conselho. Mr. Darcy afastou-se. E Elizabeth ficou com sentimentos não muito cordiais a seu respeito. Relatou, no entanto, com muito espírito o episódio às amigas. Era, de facto, dotada de um temperamento alegre e jocoso, tirando sempre prazer de descobrir o lado ridículo das coisas.

Tudo somado, porém, o serão passou-se agradavelmente para toda a família. Mrs. Bennet tinha visto a filha mais velha suscitar admiração entre os habitantes de Netherfield. Mr. Bingley dançara com ela duas vezes e as irmãs deste tinham-lhe dedicado especial atenção. Jane sentia-se tão satisfeita quanto a mãe, mas de um modo bastante mais discreto. Elizabeth partilhava a alegria da irmã. Mary ouvira alguém falar de si a Miss Bingley como a menina mais prendada de toda a região. E Catherine e Lydia tinham tido a felicidade de nunca ficarem sem par, o que era, até à data, a única coisa que tinham aprendido ser importante num baile. Regressaram, por isso, em ótima disposição a Longbourn, a aldeia onde moravam e da qual eram os habitantes mais ilustres.

Encontraram Mr. Bennet ainda levantado. Quando lia um livro, perdia por completo a noção do tempo — para além de que, desta vez, era grande a curiosidade em saber qual o resultado de um serão que havia suscitado tão brilhantes expectativas. Teria preferido que os desejos da mulher em relação ao forasteiro tivessem sido gorados; mas cedo descobriu que ouviria uma versão bem distinta.

— Oh, meu caro Mr. Bennet — disse-lhe a mulher mal entrou na sala —, que serão tão agradável, que baile magnífico!... Gostava que também lá tivesse estado... A Jane não podia ter sido mais admirada. Todos comentaram como ela estava bonita. Mr. Bingley, sobretudo, achou-a lindíssima, e dançou com ela duas vezes! Repare bem, meu caro: dançou com ela duas vezes!... A Jane foi a única pessoa em toda a sala a quem ele tornou a convidar. Primeiro, convidou Miss Lucas. Fiquei tão irritada quando os vi dançar... Mas, no entanto, não manifestou qualquer admiração por ela; aliás, isso seria uma impossibilidade. Mas quando se cruzou com a Jane durante a dança, pareceu ter ficado impressionadíssimo. Então perguntou quem ela era, fez-se apresentar e convidou-a para as duas danças seguintes. As terceiras pertenceram a Miss King, as quartas à Maria Lucas, as quintas de novo à Jane, as sextas à Lizzy, e o *boulanger*[4]...

— Se ele tivesse um pouco de compaixão por mim — exclamou o marido exasperado —, não teria dançado nem metade delas! Pelo amor de Deus, não continue a falar sobre os pares de Mr. Bingley. Ah, não ter ele torcido o tornozelo logo na primeira dança!...

— Oh, meu caro — prosseguiu Mrs. Bennet —, fiquei absolutamente maravilhada com ele. É um rapaz tão bem-parecido!... E as irmãs são encantadoras. Nunca na vida vi *toilettes* tão elegantes. A renda do vestido de Mrs. Hurst era simplesmente...

Neste ponto, foi de novo interrompida. Mr. Bennet opunha-se a ouvir uma palavra mais que fosse sobre *toilettes*, e a esposa viu-se por isso obrigada a procurar outro tema, passando a relatar, com muita acrimónia e algum exagero, a insultuosa descortesia de Mr. Darcy.

---

[4] *Boulanger*: tipo de dança circular que, dada a sua simplicidade, tinha normalmente lugar no final do serão. *(NT)*

— Posso, contudo, garantir-lhe — acrescentou ela — que a Lizzy não perde grande coisa em não lhe agradar. Não consigo imaginar um homem mais horrível e antipático que aquele. De uma arrogância e de uma presunção que não havia quem o pudesse aturar! Sempre a pavonear-se de um lado para o outro, com ares de grande importância!... *Não era suficientemente bonita para dançar com ele!* Quem dera, meu caro, que lá tivesse estado, para o pôr no lugar com um dos seus comentários. Como eu o detesto!

CAPÍTULO 4

Quando Jane e Elizabeth ficaram finalmente sozinhas, a primeira, que até aí tinha sido parca nos elogios que tecera a Mr. Bingley, confessou à irmã o quanto o admirava.

— Ele é exatamente aquilo que um rapaz deve ser — disse —: sensato, alegre e divertido. E que maneiras tão agradáveis!... Nunca tinha visto tal desenvoltura unida a uns modos tão refinados.

— E, para somar a tudo isso, também é bem-parecido — retorquiu Elizabeth —, uma outra qualidade que, sempre que possível, um rapaz deve possuir. Podemos, pois, declará-lo perfeito.

— Senti-me muito lisonjeada por ele me ter convidado para dançar uma segunda vez. Não esperava tal cortesia.

— A sério? Pois eu sim. Essa é uma das grandes diferenças entre nós. As cortesias que te dirigem apanham-te sempre de surpresa; a mim, nunca. O que poderia haver de mais natural que ele tornar a convidar-te? Seria impossível não reparar que tu eras várias vezes mais bonita que qualquer outra mulher naquela sala. Não há por que lhe agradecer o galanteio. De qualquer modo, é verdade que é muito amável, e por isso dou-te licença para gostares dele. Já gostaste de pessoas bem mais desenxabidas...

— Lizzy, querida!...

— Ora, bem sabes que és demasiado propensa a gostar das pessoas em geral. Nunca encontras um defeito. Aos teus olhos, todos são bons e amáveis. Nunca te ouvi dizer mal de uma alma que fosse em toda a minha vida.

— Não gosto de me precipitar a fazer julgamentos; mas digo sempre o que penso.

— Eu sei que sim. E é isso que me espanta. Com o teu bom senso, como é que podes ser tão cega às tolices e aos disparates dos outros? Afetar candura é coisa comum; estamos sempre a vê-lo. Mas uma natureza genuinamente cândida, sem ostentação ou desígnios ocultos, uma natureza que só vê o lado bom de cada um e ainda o torna melhor do que é, ignorando o que há de mau, essa só em ti encontro. Imagino que também tenhas gostado das irmãs, não? As suas maneiras, no entanto, não se comparam com as dele.

— Claro que não... à primeira vista. Mas são pessoas muito simpáticas quando se começa a conversar com elas. Miss Bingley vai viver com o irmão para tratar do governo da casa, e muito me engano se não viermos a encontrar nela uma vizinha encantadora.

Elizabeth escutou-a em silêncio, mas não se deixou convencer. Não se notara no seu comportamento durante o baile qualquer intenção de agradar. Dotada de um poder de observação mais aguçado e de um temperamento menos dócil que o da irmã, para além de um espírito crítico imune a quaisquer atenções, sentia-se muito pouco inclinada a aprová-las. Eram, sem dúvida, senhoras de grande refinamento — não desprovidas de graça quando a ocasião o proporcionava, nem da capacidade de serem amáveis se assim o desejassem, mas orgulhosas e presumidas. Eram bastante bonitas, tinham sido educadas num dos principais colégios internos de Londres, possuíam uma fortuna de vinte mil libras, e tinham dois hábitos: o de gastarem mais do que deviam e o de se relacionarem com pessoas da alta sociedade. Sentiam-se, portanto, autorizadas a pensar bem de si próprias — e mal dos outros. Provinham de uma respeitável família do Norte de Inglaterra, o que lhes ficara mais profundamente retido na mente que a circunstância de a fortuna de seu irmão, e de a delas próprias, ter tido origem no comércio.

Mr. Bingley havia herdado, por via paterna, cerca de cem mil libras em património. O pai sempre aspirara a comprar uma propriedade, mas acabara por morrer antes de conseguir fazê-lo. Mr. Bingley partilhava a mesma intenção e, algumas vezes, chegara mesmo a escolher a região onde se estabelecer. Mas agora que dispunha de uma bela casa e podia gozar do privilégio de ter a sua própria coutada[5], muitos daqueles que melhor conheciam a sua maneira de ser despreocupada começavam a desconfiar que ele passaria o resto dos seus dias em Netherfield, remetendo a compra para a geração seguinte.

As irmãs estavam ansiosas por que ele se tornasse proprietário. Mas mesmo que, de momento, ele se tivesse estabelecido apenas como arrendatário, nem Miss Bingley se sentia relutante em governar-lhe a casa, nem Mrs. Hurst, que se havia casado com um homem com mais estatuto que fortuna, menos disposta a considerar como sua, se tal lhe conviesse, a casa de seu irmão. Nem dois anos eram passados depois de ter atingido a maioridade, quando, por uma recomendação perfeitamente casual, Mr. Bingley se sentiu tentado a visitar Netherfield House. E assim o fez. Visitou-a por dentro e por fora durante meia hora, ficou agradado com a localização e os aposentos principais, deixou-se persuadir pelos elogios do proprietário, e alugou-a de imediato.

Entre ele e Darcy existia, apesar da profunda diversidade dos seus carateres, uma muito sólida amizade. Bingley granjeara a sua estima pelo seu modo de ser aberto, tranquilo e dócil, ainda que não pudesse haver dois génios mais opostos e que com o seu próprio ele nunca tivesse dado sinais de descontentamento. Tinha a maior confiança na constância do amigo e a mais elevada opinião do seu juízo. Em termos intelectuais, Darcy era-lhe superior. Não que Bingley pecasse por falta de inteligência, mas Darcy era muito mais dotado. Conseguia ser, ao mesmo tempo, arrogante, reservado e exigente, e as suas maneiras, apesar de educadas, eram muito pouco convidativas. Neste aspeto, o amigo gozava de larga vantagem. Onde quer que se apresentassem, Bingley era sempre benquisto — e Darcy sempre desagradável.

A forma como falaram acerca do sarau de Meryton foi bastante ilustrativa. Bingley nunca na vida tinha estado entre pessoas mais simpáticas ou raparigas mais bonitas; todos haviam sido extremamente amáveis e atenciosos para com ele, sem formalidades nem

---

[5] No original, «*the liberty of a manor*»: o direito de caçar numa propriedade alugada. *(NT)*

constrangimentos, o que cedo lhe permitira sentir-se à vontade com todos os presentes; e quanto a Miss Bennet, ele não conseguia conceber anjo mais belo que ela. Darcy, pelo contrário, tinha visto um conjunto de pessoas nas quais encontrara pouca beleza e nenhuma elegância, pelas quais não sentira o menor interesse, e as quais não lhe haviam proporcionado nem atenção nem prazer. Reconhecia, sim, que Miss Bennet era bonita, mas também que sorria demasiado.

Mrs. Hurst e a irmã concordaram neste ponto mas, ainda assim, admiravam-na e gostavam dela, dizendo-a uma rapariga adorável e com a qual não se oporiam a aprofundar o convívio. Assim se decretou, sentindo-se Mr. Bingley autorizado, perante tais encómios, a pensar nela como bem lhe aprouvesse.

CAPÍTULO 5

Não muito longe de Longbourn, vivia uma família com a qual os Bennets mantinham relações particularmente estreitas. Sir William Lucas fora comerciante em Meryton, tendo aí reunido uma razoável fortuna e sido ainda agraciado com o título de cavaleiro pelo Rei depois do panegírico que, na qualidade de presidente dessa câmara, lhe endereçara. Esta distinção havia sido, talvez, demasiado levada a peito. Criara-lhe uma aversão pelo negócio e por aquela vida de cidadezinha mercantil. Desistindo de ambos, mudara-se com a família para uma casa a cerca de uma milha de Meryton, desde então denominada Lucas Lodge, onde não apenas se podia comprazer com a importância da sua própria pessoa mas, liberto de outros afazeres, ocupar-se exclusivamente em ser polido com todas as pessoas. Pois se bem que exultante com o seu novo estatuto, não se deixara tocar pela soberba. Pelo contrário, a todos tratava com gentileza. Por natureza cordial, amável e prestimoso, a sua apresentação em St. James[6] tornara-o também cortês.

Lady Lucas era uma mulher de boa índole, suficientemente pouco inteligente para poder ser como vizinha apreciada por Mrs. Bennet. Tinham vários filhos. A mais velha deles, uma rapariga inteligente e assisada, que rondaria os vinte e sete anos, era a amiga mais íntima de Elizabeth.

Que as meninas Lucas e as meninas Bennet se encontrassem para falar sobre o baile era absolutamente indispensável — e,

---

[6] St. James: a corte régia, onde Sir William Lucas tinha sido feito cavaleiro. *(NT)*

na manhã a seguir à do sarau, as primeiras deslocaram-se a Long-bourn para trocar opiniões.

— Começou muito bem o serão, Charlotte — disse Mrs. Bennet, com uma gentileza um tanto forçada. — De facto, foi a primeira escolha de Mr. Bingley.

— Sim, mas ele pareceu preferir a segunda.

— Oh, imagino que esteja a falar da Jane, já que ele dançou com ela duas vezes. Com efeito, pareceu admirá-la... Na verdade, creio mesmo que terá sido esse o caso... Ouvi qualquer coisa a propósito disso... mas não me recordo com precisão... Qualquer coisa a respeito de Mr. Robinson.

— Refere-se, talvez, à conversa que, por mero acaso, ouvi entre ele e Mr. Robinson. Julguei que já lha tivesse contado. Mr. Robinson perguntou-lhe que opinião tinha dos nossos bailes de Meryton, se ele não achava que havia muitas mulheres bonitas na sala, e qual lhe parecia a mais bela. Ele respondeu de imediato à última questão: «Miss Bennet, sem dúvida alguma. Não vejo como possa haver outra opinião.»

— Vejam só! Quem diria... Enfim, mais claro que isso... De facto, tudo parece indicar que... Mas, no entanto, nunca se sabe, pode ser que não venha a dar em nada.

— Tens de admitir que a conversa que eu ouvi foi bastante mais interessante que a tua, Eliza... Ao contrário do amigo, não parece valer muito a pena escutar Mr. Darcy, pois não? Pobre Eliza!... Ser apenas *aceitável*...

— Por favor, não comece agora a meter na cabeça da Lizzy que ela deve ficar melindrada com tamanha grosseria. Seria uma autêntica desgraça agradar a um homem tão detestável. Mrs. Long disse-me ontem que ele esteve sentado ao lado dela durante meia hora sem que tivesse aberto a boca uma só vez.

— A senhora tem a certeza? Não haverá aí um pequeno equívoco? — perguntou Jane. — Estou certa de ter visto Mr. Darcy conversar com ela.

— Sim, é verdade... Ela acabou por lhe perguntar se ele tinha gostado de Netherfield, e ele não teve outro remédio senão responder-lhe. Mas ela disse que ele parecia furioso por lhe dirigirem a palavra.

— Miss Bingley disse-me — continuou Jane — que ele raramente fala, a não ser com pessoas das suas relações. Com essas é de uma amabilidade extrema.

— Minha querida Jane, não posso acreditar numa só palavra do que me dizes. Se ele fosse assim tão amável, teria conversado com Mrs. Long. Mas eu imagino qual tenha sido a razão. Mr. Darcy, toda a gente concorda, é um homem completamente dominado pelo orgulho, pelo que, ou muito me engano, ou ele terá sabido que Mrs. Long não tem carruagem própria e se teve de deslocar para o baile numa tipoia.

— Não me importa que ele não tenha conversado com Mrs. Long — disse Miss Lucas —, mas gostava que ele tivesse dançado com a Eliza.

— Se fosse a ti, Lizzy — disse a mãe —, da próxima vez seria eu quem se recusaria a dançar com ele.

— Creio poder afiançar-lhe, minha mãe, que nunca na vida dançarei com esse homem.

— A mim o seu orgulho não me ofende tanto quanto de costume — disse Miss Lucas —, já que existe uma desculpa para ele. Não nos podemos espantar que um rapaz tão fino, com família, fortuna e tudo o mais a seu favor, se tenha em tão elevada conta. Se posso dizê-lo assim, ele tem todo o direito a ser orgulhoso.

— Isso é bem verdade — retorquiu Elizabeth —, e eu de boa vontade perdoaria o seu orgulho, não fora ele ter ofendido o meu.

— Inclino-me a pensar que o orgulho — comentou Mary, que gostava de fazer gala da solidez das suas reflexões — é um defeito muito comum. Aliás, por tudo aquilo que já li, estou convencida de que é realmente muito frequente, de que a natureza humana lhe é particularmente propensa e de que apenas muito poucos de nós não nutrirão um idêntico sentimento de satisfação consigo mesmos à conta de uma ou outra virtude, seja ela real ou imaginária. A vaidade e o orgulho são coisas diferentes, embora as palavras sejam muitas vezes usadas como sinónimos. Uma pessoa pode ser orgulhosa sem ser vaidosa. O orgulho diz sobretudo respeito à opinião que formamos de nós mesmos, a vaidade, àquela que gostaríamos que tivessem de nós.

— Se eu fosse tão rico quanto Mr. Darcy — declarou um dos jovens Lucas, que tinha vindo acompanhar as irmãs —, não me importava se me achassem orgulhoso. Teria uma matilha de cães de caça[7] e beberia uma garrafa de vinho por dia.

— O que quer dizer que beberias muito mais do que o devido — disse Mrs. Bennet. — E, se eu te visse fazer uma coisa dessas, arrancava-te de imediato a garrafa das mãos.

O rapaz protestou, dizendo que ela não o podia fazer; ela continuou a afirmar que o faria; e a discussão só terminou com o fim da visita.

---

[7] No original, «*foxhounds*»: cães utilizados na caça à raposa. *(NT)*

CAPÍTULO 6

As senhoras de Longbourn não tardaram a fazer uma visita às de Netherfield, e estas a retribuí-la como requeria a etiqueta. Os modos delicados de Miss Bennet foram conquistando cada vez mais a boa vontade de Mrs. Hurst e de Miss Bingley; e assim, não obstante a mãe ter sido considerada insuportável e as irmãs mais novas sequer dignas de consideração, em relação às duas mais velhas foi exprimido o desejo de ver aprofundado o seu conhecimento. Jane acolheu esta gentileza com grande satisfação. Elizabeth, porém, continuou a detetar-lhes soberba no trato, incluindo para com a irmã; por isso, e ainda que a sua amabilidade para com Jane não fosse despicienda, influenciada que com toda a probabilidade seria pela admiração que o irmão lhe devotava, não foi capaz de simpatizar com elas. Era evidente aos olhos de todos, cada vez que eles se encontravam, que Mr. Bingley a admirava — como para Elizabeth era nítido que Jane começava a ceder à inclinação que por ele sentira desde o início e estava agora perto de se enamorar profundamente. Verificava contudo, e não sem algum prazer, que não era provável que isso fosse descoberto, dado que Jane aliava, com grande constância de caráter, um temperamento comedido e uma disposição invariavelmente jovial que a colocavam ao abrigo de suspeitas e de comentários impertinentes. Mencionou o assunto à sua amiga, Miss Lucas.

— Admito que, em casos como este — replicou Charlotte —, se possa ficar satisfeito com conseguir-se iludir os outros. Mas, por vezes, ser-se tão discreto tem também as suas desvantagens. Se uma mulher ocultar com igual habilidade a sua afeição daquele que é dela objeto, poderá perder a oportunidade de o prender, e de pouco consolo lhe servirá então pensar que foi capaz de manter todos os outros na ignorância. Existe uma tal dose de gratidão, ou de vaidade, no amor, que é pouco aconselhável deixá-la entregue a si mesma. Começar é fácil; uma ligeira inclinação é absolutamente natural. Mas muito poucos de nós terão a força de ânimo suficiente para se apaixonarem de verdade sem um incentivo da outra parte. Na grande maioria dos casos, uma mulher faria melhor se demonstrasse mais afeição que aquela que sente. Não há qualquer dúvida de que Bingley gosta de tua irmã. Mas pode bem ser que ele nunca passe disso, se ela o não ajudar.

— Mas ela ajuda-o, tanto quanto a sua natureza lhe permite. Se eu sou capaz de perceber a sua afeição, seria necessário que ele fosse muito tolo para não a descobrir também.

— Não te esqueças, Eliza, de que a conheces bem melhor que ele.

— Mas se uma mulher sente inclinação por um homem e não se esforça por escondê-la, ele há de ser capaz de descobri-la por si.

— Pode ser que consiga, se estiver com ela tempo suficiente. Mas embora os dois se encontrem com alguma frequência, nunca passam muitas horas juntos. E como isso acontece sempre na presença de muitas outras pessoas, não é possível que dediquem todo o tempo a conversar um com o outro. A Jane deveria, por isso mesmo, tirar o maior proveito possível de todos os bocados em que consegue dispor da sua atenção. Quando finalmente o tiver seguro, haverá tempo de sobra para se apaixonar o quanto lhe apetecer.

— O teu plano parece-me bom, Charlotte — retorquiu Elizabeth —, quando não há mais em jogo que o desejo de fazer um bom casamento. Devo dizer-te que eu própria, se estivesse empenhada em arranjar um marido rico, ou tão-somente um marido, muito provavelmente o adotaria. Mas não é esse o caso da Jane; ela não age de acordo com qualquer desígnio. Não é possível que, por ora, ela sinta alguma certeza sobre a profundidade, ou mesmo a sensatez, dos seus sentimentos. Só o conhece há duas semanas. Dançou com ele quatro vezes em Meryton, viu-o uma manhã em Netherfield e, desde aí, jantaram juntos na companhia de outras pessoas em quatro ocasiões. Não basta, seguramente, para o ficar a conhecer bem.

— Tal como o descreves, não. Se ela se tivesse limitado *a jantar* com ele, talvez apenas tivesse conseguido saber se ele tem bom apetite. Mas deves lembrar-te de que, para além disso, eles passaram quatro serões juntos... e que quatro serões podem fazer uma grande diferença.

— É verdade: esses quatro serões deram-lhes a oportunidade de constatarem que ambos preferem o *Vingt-un* ao *Commerce*[8]; mas, no que diz respeito àquilo que mais interessa, quer-me parecer que não terão descoberto grande coisa.

— Enfim — disse Charlotte —, desejo à Jane, do fundo do coração, o maior êxito. E se ela se casasse com ele amanhã, creio que teria as mesmas probabilidades de ser feliz que teria se tivesse passado um ano inteiro a estudar-lhe o caráter. A felicidade no casamento é uma questão de sorte. O facto de antes existir um conhecimento profundo, ou mesmo uma enorme afinidade de temperamentos, em nada contribui para a sua ventura. Com o tempo, as diferenças vão-se acentuando o quanto baste para provocar a sua dose de amargor; e é sempre melhor saber-se o menos possível dos defeitos da pessoa com a qual se vai passar o resto da vida.

— Fazes-me rir, Charlotte. Mas sabes bem que não tens razão. Como também sabes que nunca agirias dessa forma.

Ocupada como andava em seguir as atenções de Mr. Bingley para com a irmã, Elizabeth estava longe de desconfiar que ela própria se ia tornando um objeto de algum interesse aos olhos do amigo. De início, Mr. Darcy não admitira sequer que ela fosse bonita; tinha-a observado durante o baile sem que ela lhe inspirasse qualquer admiração. E quando se tornaram a encontrar, olhara para ela apenas para a criticar. Mas ainda mal acabara de se convencer a si próprio e aos seus amigos de que ela não possuía um só traço de harmonia no rosto, quando se começou a aperceber da expressão de rara inteligência que os seus belos olhos escuros lhe emprestavam. A esta descoberta seguiram-se outras igualmente perturbadoras. Apesar de, com olhar crítico, haver nela detetado mais de

---

[8] *Vingt-un* (predecessor do moderno *Blackjack*) e *Commerce*: jogos de cartas muito populares na época, abertos a um número indefinido de jogadores. *(NT)*

uma falha de simetria, viu-se forçado a reconhecer na sua figura uma leveza e uma graciosidade inesperadas; e não obstante haver declarado que os seus modos eram impróprios da sociedade elegante, acabou por se deixar enlear na espontânea jovialidade que deles se desprendia. De nada disto ela se apercebia. Para si, Mr. Darcy era apenas alguém incapaz de ser agradável e que não a julgara bonita o suficiente para a convidar para dançar.

Começou, assim, a querer conhecê-la melhor, e o primeiro passo que deu para conseguir conversar com ela consistiu em ouvir a sua conversa com outros. O seu comportamento acabou por chamar a atenção de Elizabeth. Aconteceu em casa de Sir William Lucas, durante um serão bastante concorrido.

— Gostaria de saber — disse ela a Charlotte — qual é a intenção de Mr. Darcy ao escutar a minha conversa com o coronel Foster.

— Isso é uma pergunta a que só Mr. Darcy poderá responder.

— Mas se ele insistir, não deixarei de lhe fazer notar que sei o que anda a fazer. Perante um espírito tão sarcástico, ou começo também eu a ser impertinente, ou dentro em pouco começarei a receá-lo.

Quando pouco depois ele se aproximou, sem contudo revelar qualquer intenção de participar na conversa, Miss Lucas incitou a amiga a confrontá-lo. Elizabeth aceitou de imediato o repto e, virando-se para ele, disse:

— O senhor não crê, Mr. Darcy, que me expressei agora mesmo de uma forma deveras feliz, quando desafiei o coronel Foster a oferecer-nos um baile em Meryton?

— Com muita energia. Mas enfim, convenhamos que esse é um tema que costuma tornar as senhoras muito enérgicas.

— É demasiado severo connosco.

— Dentro em pouco será a tua vez de ser desafiada — disse Miss Lucas. — Vou abrir o piano, Eliza, e depois já sabes o que se segue.

— Que bela amiga me saíste!... Sempre a fazer-me cantar e tocar em frente de toda e qualquer pessoa! Se a minha vaidade tivesse enveredado pela música, os teus préstimos teriam sido inestimáveis; mas como não é esse o caso, dispensaria de boa vontade exibir-me perante ouvidos tão habituados aos melhores intérpretes.

— Como, porém, Miss Lucas insistisse, resolveu ainda acrescentar: — Muito bem. Se assim tiver de ser, que assim seja. — E, a seguir, lançando um olhar sério a Mr. Darcy: — Como diz sabiamente o velho ditado, que todos os presentes aqui conhecerão, «guarda o teu fôlego para arrefecer as sopas». Pois guardarei o meu para entoar a minha canção.

Conquanto longe de brilhante, a atuação de Elizabeth foi bastante aprazível; mas depois de uma ou duas canções, e antes que ela pudesse atender aos vários pedidos para que cantasse uma vez mais, foi com prontidão substituída no instrumento por sua irmã Mary, que, à falta de outra graça, bem ao contrário do resto da família, se esforçava quanto podia por aperfeiçoar a sua educação e exibir os seus dotes.

Mary não possuía nem gosto nem talento. E embora a vaidade lhe tivesse apurado a diligência, também a tinha dotado de um ar pedante e uns modos afetados que não deixariam de deslustrar um nível de excelência bem superior àquele que conseguira atingir. Apesar de não ter tocado tão bem, Elizabeth, graças ao seu modo desenvolto e natural, fora escutada com muito mais prazer. Já Mary, concluído o seu interminável concerto, teve de se contentar com o aplauso, para não dizer a gratidão, dos presentes por umas músicas escocesas e irlandesas interpretadas a pedido das irmãs mais novas, as quais, com alguns dos Lucas e dois ou três oficiais, prontamente se puseram a dançar numa das extremidades da sala.

Mr. Darcy permanecia perto deles em silenciosa indignação, incapaz de conceber uma forma de passar a noite que, evidentemente, excluía qualquer possibilidade de conversa[9]. E tão embrenhado estava nos seus pensamentos, que só reparou que ao seu lado estava Sir William Lucas quando este disse:

— Que delicioso divertimento para os mais jovens, não crê, Mr. Darcy? Afinal de contas, nada se compara com a dança. Considero-a um dos maiores indícios de refinamento das sociedades civilizadas.

---

[9] Ao contrário das tradicionais *country dances*, e por conter menos períodos de inação para cada par, a moda relativamente recente das danças folclóricas (*reels*) escocesas e irlandesas deixava muito menos espaço para conversar. *(NT)*

— Decerto, Sir William. E tem ainda a vantagem de estar na moda entre as sociedades menos civilizadas do mundo. Não há selvagem que não saiba dançar.

Sir William limitou-se a sorrir.

— O seu amigo dança maravilhosamente bem — prosseguiu, depois de um breve silêncio, vendo como Bingley se juntava ao grupo —, e não tenho dúvida de que o senhor é também um perito na matéria, Mr. Darcy.

— Imagino, Sir William, que me tenha visto dançar em Meryton.

— De facto assim é, e devo dizer-lhe que me deu muito prazer. Dança com frequência em St. James?

— Nunca, Sir William.

— Não crê que o lugar mereceria essa homenagem?

— É um tipo de homenagem que não presto a sítio algum, se assim o puder evitar.

— Presumo então que tenha casa em Londres?

Mr. Darcy respondeu com um aceno de cabeça.

— Houve tempos em que também tive intenção de me estabelecer na cidade. Tenho uma grande admiração pela alta sociedade. Mas não tive a certeza de que Lady Lucas se desse bem com os ares de Londres.

Fez uma pausa na esperança de uma resposta, mas o seu companheiro não se sentia disposto a fornecer-lhe nenhuma. Então, como Elizabeth se aproximasse deles nesse instante, lembrou-se de lhe fazer um galanteio:

— Minha querida Miss Eliza, como é possível que não esteja a dançar? Mr. Darcy, permita-me que lhe ofereça para par esta encantadora menina. Estou certo de que, perante tamanha beleza, não se furtará a dançar.

E, tomando-lhe a mão, ia dá-la a Mr. Darcy — o qual, apesar de surpreso, se preparava para de bom grado a aceitar —, quando ela bruscamente a retirou, dirigindo-se a Sir Wiliam num tom bastante agitado:

— Na verdade, Sir William, não faço a menor tenção de dançar. Peço-lhe que não imagine que tomei esta direção só para mendigar um parceiro.

Com a solenidade devida, Mr. Darcy pediu-lhe que lhe fosse concedida a honra de uma dança — mas em vão. Elizabeth estava decidida. Nem sequer Sir William, com todos os seus esforços para a persuadir, foi capaz de demovê-la.

— Dança tão bem, Miss Eliza, que seria uma crueldade negar--me o prazer de a admirar. E embora o cavalheiro, de um modo geral, não aprecie este tipo de divertimento, estou certo de que não se oporá a fazer-nos esse obséquio durante meia hora.

— Mr. Darcy é todo ele gentileza — disse Elizabeth com um sorriso.

— Sem dúvida. Mas perante um tal incentivo, minha querida Eliza, não nos podemos surpreender com a sua complacência. Quem poderia recusar semelhante companhia?

Elizabeth olhou-os com um ar divertido e afastou-se. A sua resistência, no entanto, não a havia indisposto aos olhos de Mr. Darcy, que, ao invés, se comprazia a pensar nela quando foi abordado por Miss Bingley:

— Penso que consigo adivinhar o objeto desse devaneio.

— Não o creio.

— Está a pensar no quão insuportável seria passar muitos serões destes, no meio de gente como esta. Na verdade, não podia estar mais de acordo. Nunca me tinha aborrecido tanto!... A insipidez, e porém todo este barulho; a insignificância, e porém os ares de importância de todas estas pessoas... O que eu não daria para ouvir os seus comentários sobre elas!...

— Garanto-lhe que as suas suposições são completamente infundadas. Os meus pensamentos estavam ocupados em assuntos bem mais agradáveis. Meditava no incomparável prazer que dois belos olhos no rosto de uma bonita mulher podem proporcionar.

Miss Bingley fitou-o, exprimindo o desejo de saber o nome daquela que lhe inspirara tais reflexões. Mr. Darcy respondeu sem vacilar:

— Miss Elizabeth Bennet.

— Miss Elizabeth Bennet!... — repetiu Miss Bingley. — Estou completamente estupefacta... Desde quando é que ela tem o seu favor? Mas diga-me, quando é que lhe devo apresentar os meus votos de felicidades?

— Era essa exatamente a pergunta que esperava que me fizesse. A imaginação feminina é muito rápida: num instante salta da admiração para o amor e do amor para o matrimónio. Sabia que me iria desejar felicidades.

— Mais ainda, e visto que põe esse ar tão sério, considerarei o assunto arrumado. Terá uma sogra deveras encantadora e que, sem dúvida, lhe fará companhia o tempo todo em Pemberley.

Mr. Darcy foi escutando os seus gracejos com absoluta indiferença, enquanto ela, tranquilizada pelo seu ar de impassibilidade, dava rédea solta à sua ironia.

CAPÍTULO 7

A fortuna de Mr. Bennet consistia, quase exclusivamente, numa propriedade que rendia duas mil libras ao ano, a qual, para infelicidade de suas filhas e por falta de herdeiros masculinos, cabia por vínculo a um parente distante[10]. Quanto à da mãe, se bem que apreciável para alguém da sua condição social, mal bastava para compensar as deficiências da dele. O pai fora solicitador em Meryton e deixara-lhe quatro mil libras.

Tinha uma irmã casada com um tal Mr. Phillips, um antigo secretário do pai que lhe havia depois sucedido no negócio; e um irmão estabelecido em Londres, onde se dedicava a uma respeitável atividade comercial.

A aldeia de Longbourn ficava a apenas uma milha de Meryton — uma distância muito conveniente para as raparigas que, três ou quatro vezes por semana, aproveitavam para apresentar os seus respeitos à tia e à loja de moda que, por acaso, ficava mesmo em frente. As duas mais novas, Catherine e Lydia, eram particularmente assíduas no cumprimento destes deveres; tinham a cabeça muito menos ocupada que a das outras irmãs, pelo que, não havendo nada de melhor para fazer, se impunha um passeio a Meryton que lhes preenchesse as manhãs e lhes fornecesse assunto de conversa para a tarde. E se bem que a província fosse escassa em

---

[10] À semelhança do morgadio em Portugal, o «*entail*» (no original) era um instrumento jurídico de que se serviam algumas famílias para manter os bens indivisos e que vinculava a um herdeiro único, geralmente varão, a propriedade familiar; assim sendo, e na falta de um herdeiro direto, os bens passavam obrigatoriamente a um ramo colateral. *(NT)*

novidades, a verdade é que conseguiam sempre saber alguma coisa pela tia. Naqueles dias, aliás, estavam bem supridas quer de notícias quer de motivos de satisfação, à conta da recente chegada àquela zona de um regimento de milícia. Aí iria permanecer durante todo o inverno, com Meryton como quartel-general.

As visitas a Mrs. Phillips tornaram-se férteis em informações da maior relevância. Cada dia que passava trazia um dado novo sobre os nomes, as relações e as famílias dos oficiais. O lugar onde estavam alojados deixou depressa de ser segredo e, com o tempo, começou a travar-se conhecimento com os próprios oficiais. Mr. Phillips a todos visitou, e isto revelou a suas sobrinhas um manancial de felicidade até então desconhecido. Não falavam de outra coisa a não ser de oficiais; e mesmo a fortuna de Mr. Bingley, que a mais pequena menção fazia vibrar de entusiasmo a mãe, lhes parecia insignificante quando comparada com o uniforme de um mero alferes.

Uma manhã, depois de mais uma série de comentários efusivos a esse propósito, Mr. Bennet observou friamente:

— A julgar pela vossa maneira de falar, vocês devem contar-se entre as raparigas mais tontas de toda a região. Não é que não o tivesse suspeitado antes, mas agora estou totalmente convencido.

Catherine, de tão desconcertada, não conseguiu responder; mas Lydia, totalmente indiferente ao que acabara de ouvir, continuou a manifestar a sua admiração pelo capitão Carter e a esperança que tinha de o ver nesse mesmo dia, já que na manhã seguinte ele estava de saída para Londres.

— Muito me surpreende, meu caro — interveio Mrs. Bennet —, que esteja tão pronto a chamar tontas a suas próprias filhas. Se eu quisesse menosprezar os filhos de alguém, com certeza não seriam os meus.

— Se minhas filhas são tolas, espero poder estar sempre ciente disso.

— Sim... mas acontece que elas são todas muito inteligentes.

— Este é o único ponto, posso congratular-me, em que não estamos de acordo. Quis acreditar que os nossos sentimentos coincidiam nos mais ínfimos pormenores, mas tenho de reconhecer que divergimos no que respeita a nossas duas filhas mais novas, que reputo invulgarmente tolas.

— Meu caro Mr. Bennet, não pode esperar que as nossas meninas tenham o bom senso dos pais. Quando chegarem à nossa idade, pode ter a certeza de que pensarão tanto em oficiais como nós. Lembro-me muito bem do tempo em que eu própria tinha uma paixão por casacas vermelhas[11]; para dizer a verdade, acho que no fundo ainda assim é. Se um coronel jovem e elegante, com cinco ou seis mil libras anuais, quiser uma das minhas meninas, não lhe direi que não. Por exemplo, na outra noite, em casa de Sir William, achei que o coronel Foster ficava com um ar muito distinto no seu uniforme.

— Mamã — interrompeu Lydia —, a tia diz que o coronel Foster e o capitão Carter já não frequentam tanto a casa de Miss Watson como costumavam no início. Nos últimos tempos, ela tem-nos visto muitas vezes na biblioteca Clarke[12].

Mrs. Bennet foi impedida de responder pela entrada do criado de libré com um bilhete para Miss Bennet. Tinha sido enviado de Netherfield, e o criado aguardava por uma resposta. Os olhos de Mrs. Bennet cintilaram de contentamento. Enquanto a filha lia, não parava de fazer perguntas:

— Então, Jane, de quem é o bilhete? Qual é o assunto? O que é que diz? Então, Jane, despacha-te e conta-nos. Vamos, rápido, minha querida.

— É de Miss Bingley — disse Jane, passando a ler a missiva em voz alta:

Minha querida amiga
Se não tiver a caridade de vir jantar[13] hoje comigo e com a Louisa, correremos o risco de nos odiarmos mutuamente para o resto da vida, pois

---

[11] A cor típica dos uniformes militares britânicos. *(NT)*

[12] *«Clarke's library»*, no original: como em geral com as bibliotecas circulantes, a Clarke dedicava-se, entre outras coisas, ao empréstimo de livros sob pagamento; tratando-se, contudo, de um lugar também de convívio, não era necessário que quem a frequentava tivesse interesse na leitura. *(NT)*

[13] Deve notar-se que o jantar não tinha lugar à noite, mas entre as quatro e as cinco horas da tarde, ainda que por vezes um pouco mais tarde entre os grupos sociais mais elevados. *(NT)*

duas mulheres não podem passar um dia inteiro em tête-à-tête *sem aca-barem em discussão. Venha logo que puder, quando receber esta missiva. Meu irmão e os outros homens vão jantar fora com os oficiais.*

Creia-me sua amiga dedicada,

CAROLINE BINGLEY

— Com os oficiais!... — exclamou Lydia. — Gostava de saber porque é que a tia não nos disse nada sobre isso.

— Jantar fora... — disse Mrs. Bennet. — Que azar.

— Posso usar a carruagem? — perguntou Jane.

— Não, minha querida, é melhor ires a cavalo, já que parece que vai chover e, nesse caso, terás de passar lá a noite.

— Seria um ótimo plano — disse Elizabeth — se houvesse a certeza de que eles não se ofereciam para a trazer.

— Oh, quanto a isso não haverá problema; os senhores terão de usar a sege de Mr. Bingley para ir até Meryton, e os Hursts não dispõem de cavalos para a deles.

— Eu preferia ir na carruagem.

— Mas, minha querida, não vês que teu pai não pode dispensar os cavalos? É ou não verdade, Mr. Bennet, que os cavalos são necessários na quinta?

— São necessários na quinta mais vezes que aquelas em que consigo ficar com eles.

— Mas se conseguir ficar com eles hoje — disse Elizabeth —, servirá os objetivos de nossa mãe.

Por fim, Elizabeth conseguiu obter do pai a confirmação de que os cavalos estavam ocupados, Jane viu-se obrigada a montar, e a mãe acompanhou-a até à porta com animados votos de mau tempo. Os seus desejos foram atendidos: Jane não tinha partido há muito, quando começou a chover torrencialmente. As irmãs ficaram inquietas por ela, mas a mãe estava encantada. A chuva prolongou-se por todo o resto da tarde, sem interrupção; era certo que Jane não poderia regressar.

— Mas que ideia feliz a minha — disse Mrs. Bennet mais de uma vez, como se a chuva a ela se devesse.

Só na manhã seguinte, porém, ficou a saber até que ponto o seu estratagema fora bem-sucedido. O pequeno-almoço ainda mal tinha terminado, quando um criado de Netherfield trouxe a seguinte missiva para Elizabeth:

Minha querida Lizzy

Não me encontro nada bem esta manhã, o que, presumo, se deverá a ter ficado encharcada ontem pela chuva. Os meus amigos têm sido muito gentis e recusam-se a deixar-me regressar a casa enquanto não me sentir melhor. Insistem ainda em que eu seja vista por Mr. Jones — portanto, não se alarmem se ouvirem comentar que ele aqui veio, até porque, para além de dores de garganta e da cabeça pesada, não tenho mais nada que me incomode.

Tua, etc.

— Bom, minha cara — disse Mr. Bennet, quando Elizabeth acabou de ler em voz alta o bilhete —, se sua filha caísse gravemente doente, ou mesmo se morresse, seria reconfortante saber que tinha sido tudo para conquistar Mr. Bingley e, mais ainda, por determinação sua.

— Oh, não tenho qualquer receio de que ela morra... Ninguém morre de uma simples constipação. Ela será bem tratada. Enquanto lá estiver, tudo há de correr pelo melhor. Iria visitá-la se pudesse dispor da carruagem.

Elizabeth, pelo contrário, ficou sinceramente preocupada com a irmã. Resolveu-se assim a ir vê-la, apesar de a carruagem não estar disponível e de, não sendo uma amazona, ter de fazê-lo a pé. Comunicou então a sua decisão.

— Mas que tolice! — exclamou a mãe — Como é que isso te pôde passar pela cabeça, com esta lama toda? Não vais conseguir estar apresentável quando lá chegares.

— Estarei perfeitamente apresentável para ver a Jane, que é tudo o que quero.

— Estás a tentar dizer-me, Lizzy — perguntou o pai —, que eu devo mandar buscar os cavalos?

— Não, de forma alguma. Não tenho nenhuma intenção de me poupar à caminhada. A distância não é nada quando se tem um objetivo... e são apenas três milhas. Estarei de volta à hora do jantar.

— Admiro a força dos teus sentimentos — observou Mary —, mas os impulsos dos afetos devem ser sempre guiados pela razão. Além disso, na minha opinião, o esforço nunca deve deixar de ser proporcional ao objetivo que se pretende alcançar.

— Fazemos-te companhia até Meryton — disseram Catherine e Lydia.

Elizabeth aceitou a oferta e as três puseram-se a caminho.

— Se nos despacharmos — disse Lydia enquanto caminhavam —, pode ser que ainda consigamos ver o capitão Carter antes de ele partir.

Chegadas a Meryton, separaram-se. As duas mais novas dirigiram-se aos aposentos da esposa de um dos oficiais e Elizabeth prosseguiu sozinha, atravessando campos atrás de campos com passo rápido, pulando grades e saltando poças com uma energia impaciente, até finalmente se encontrar à vista da casa, com os tornozelos doridos, as meias sujas, e o rosto afogueado do exercício.

Foi conduzida até à sala de pequeno-almoço, onde todos, menos Jane, se encontravam reunidos, e onde a sua aparição causou não pouca surpresa. Que ela tivesse caminhado três milhas àquela hora matinal, com um tempo tão desagradável e para mais sozinha, era algo em que Mrs. Hurst e Miss Bingley mal conseguiam acreditar — e Elizabeth estava convencida de que isso a desqualificaria aos seus olhos. Foi, no entanto, recebida com muita cortesia pelas duas, se bem que nos modos do irmão houvesse algo mais que mera polidez: havia simpatia e cordialidade. Mr. Darcy pouco disse e Mr. Hurst disse nada. O primeiro hesitava entre a admiração pelo esplendor que o exercício lhe emprestara à compleição e a incerteza sobre se o motivo seria suficiente para justificar a sua vinda, assim sozinha, de tão longe. O segundo só pensava no seu pequeno-almoço.

As perguntas de Elizabeth sobre a saúde da irmã não obtiveram respostas muito tranquilizadoras. Miss Bennet tinha dormido mal e, apesar de levantada, continuava com muita febre, não se encontrando em estado de sair do quarto. Elizabeth pediu que a conduzissem de imediato à sua presença, e Jane, que apenas o receio de causar incómodo ou sobressalto tinha impedido de manifestar na sua missiva o quanto ansiava por aquela visita, ficou radiante ao vê-la entrar. Não estava, porém, em condições de manter uma conversa, pelo que, quando Miss Bingley as deixou, não foi muito além de algumas expressões de gratidão pela infinda gentileza com que estava a ser tratada. Elizabeth permaneceu em silêncio.

Depois de terminado o pequeno-almoço, as irmãs vieram fazer-lhes companhia. E então, ao ver a afeição e a solicitude que mostravam para com Jane, Elizabeth começou também a simpatizar com elas. O boticário veio e, depois de ter examinado a doente, disse, como seria de prever, que ela tinha contraído uma violenta constipação e que havia que fazer o possível para curá-la. A seguir aconselhou-a a voltar para a cama dizendo-lhe que logo lhe enviaria os remédios[14]. O conselho foi prontamente seguido, até porque os sintomas de febre aumentaram e a dor de cabeça se tornou mais aguda. Elizabeth não deixou o seu quarto por um minuto que fosse; e as outras senhoras também raramente se ausentaram — estando os homens fora, não tinham na verdade mais nada que fazer.

Quando o relógio deu as três horas, Elizabeth, muito contra sua vontade, anunciou que teria de se ir embora. Miss Bingley ofereceu-lhe a carruagem e ela estava prestes a aceitá-la, quando Jane se mostrou a tal ponto consternada com a separação da irmã que a primeira se sentiu na obrigação de converter a oferta da sege num convite para que ela ficasse em Netherfield. Elizabeth aceitou agradecida, tendo sido enviado um criado a Longbourn para informar a família e buscar umas mudas de roupa.

---

[14] No original, «*draughts*»: medicamentos sob a forma líquida. *(NT)*

CAPÍTULO 8

Às cinco da tarde as duas senhoras retiraram-se para se vestir, e às seis e meia Elizabeth foi chamada para jantar. Às perguntas de cortesia que então jorraram, por entre as quais ela distinguiu com agrado a especial solicitude de Mr. Bingley, não pôde responder como desejaria. Jane não dera quaisquer sinais de melhoras. Ao ouvir isto, as irmãs repetiram por três ou quatro vezes o quão desoladas estavam, o quão horrível era ter uma constipação forte e o quanto elas próprias detestavam ficar doentes — depois do que não pensaram mais no assunto. E, assim, a sua indiferença para com Jane quando não na sua presença restituiu a Elizabeth todo o gozo da sua inicial aversão.

O irmão era, na verdade, a única pessoa de todo o grupo que ela conseguia olhar com alguma benevolência. Não só a sua preocupação com Jane era evidente, como a extrema amabilidade com que ela própria era tratada a impedia de se sentir tão intrusa na casa como aos olhos dos outros decerto apareceria. À parte Mr. Bingley, ninguém lhe prestou muita atenção. Miss Bingley estava completamente absorvida por Mr. Darcy, e a irmã pouco menos que ela. Quanto a Mr. Hurst, ao lado de quem Elizabeth ficou sentada, era um homem indolente, que vivia apenas para comer, beber e jogar às cartas, e que, quando descobriu que ela preferira um prato simples a um *ragoût*, deixou de ter fosse o que fosse para lhe dizer.

Quando o jantar chegou ao fim, Elizabeth voltou de imediato para junto de Jane. Mal acabara de sair da sala, quando Miss Bingley se pôs a criticá-la. As suas maneiras, uma mistura de orgulho e impertinência, foram declaradas absolutamente impróprias: não sabia conversar, e não possuía nem classe, nem gosto, nem beleza. Mrs. Hurst foi da mesma opinião, acrescentando ainda:

— Em suma, não tem nada que abone em seu favor, para além de se tratar de uma excelente caminhante. Nunca me vou esquecer da sua figura esta manhã. Parecia quase uma selvagem.

— Pensei o mesmo, Louisa. Quase não me consegui conter... Esta vinda foi completamente despropositada! Meter-se aos pulinhos pelo campo só por a irmã estar constipada. E o cabelo... todo fora do sítio, completamente desgrenhado!...

— E o saiote? Espero que tenham reparado: seis polegadas de lama, pelo menos. E o vestido, todo puxado para baixo, sem sequer conseguir cumprir a sua função.

— Pode bem ser que a tua descrição seja exata, Louisa — retorquiu Bingley —, mas a verdade é que não dei por nada. Achei que Miss Elizabeth Bennet estava com ótimo aspeto quando a vi entrar na sala esta manhã. Não reparei de todo se trazia o saiote sujo.

— Estou segura de que o senhor o notou, Mr. Darcy — disse Miss Bingley —, e sinto-me inclinada a pensar que não desejaria ver sua irmã em tal preparo.

— Com certeza que não.

— Caminhar três, quatro, cinco milhas, o que for, com lama até aos tornozelos e, ainda por cima, sozinha!... Vejam bem, sozinha!... O que é que lhe terá passado pela cabeça? Na minha opinião, o que isso revela é um abominável e presunçoso espírito de independência e uma indiferença completamente provinciana pelo decoro.

— Isso revela antes uma afeição pela irmã que me parece muito tocante — retorquiu Bingley.

— Receio, Mr. Darcy — observou Miss Bingley num tom de sussurro —, que esta aventura tenha afetado a admiração que sentia pelos seus belos olhos.

— De modo algum — respondeu ele —; o exercício tornou-os ainda mais luminosos.

Seguiu-se uma curta pausa, até que Mrs. Hurst recomeçou:

— Tenho uma enorme consideração por Miss Jane Bennet, que é de facto adorável, e só tenho a desejar-lhe, do fundo do coração, que ela consiga fazer um bom casamento. Mas com um pai e uma mãe daqueles e com relações tão pouco distintas, receio bem que não venha a ter essa sorte.

— Creio que te ouvi comentar que elas têm um tio que é solicitador em Meryton.

— Sim. E têm mais um que vive algures perto de Cheapside[15].

— Isso é fantástico... — acrescentou a irmã, e as duas deram uma gargalhada.

— Mesmo que elas tivessem tios suficientes para encherem todo o Cheapside — disse Bingley —, isso não as tornaria nem um pouco menos encantadoras...

— Mas diminuiria consideravelmente as suas hipóteses de se casarem com homens que gozem do mínimo de respeito — replicou Darcy.

A este comentário Bingley nada respondeu. Mas as irmãs aprovaram-no com entusiasmo, para depois continuarem por mais algum tempo a divertir-se à custa da vulgar parentela da sua muito querida amiga.

Foi, no entanto, com renovada ternura que, assim que saíram da sala de jantar, as duas regressaram ao quarto de Jane, onde ficaram a fazer-lhe companhia até que o café foi servido. Esta não se encontrava ainda nada bem, e Elizabeth não quis sair do seu lado até que, já caída a noite, a viu finalmente adormecer, decidindo então, mais por dever que por prazer, baixar até à sala de estar.

Ao entrar na sala, deparou com todo o grupo a jogar *loo*[16], pelo que foi prontamente convidada a juntar-se-lhes. Mas, por suspeitar que as apostas fossem elevadas, declinou e, dando como desculpa a irmã, disse que se distrairia com um livro durante o breve tempo em que ali poderia ficar. Mr. Hurst olhou-a estupefacto.

— Prefere um livro a um jogo de cartas? — perguntou. — É realmente peculiar.

— Miss Eliza Bennet — disse Miss Bingley — despreza os jogos de cartas. É uma ávida leitora e não encontra prazer em mais nada.

---

[15] Cheapside: bairro de Londres, situado na zona comercial. *(NT)*

[16] *Lanterloo*, na sua forma extensa: jogo de cartas para três a oito pessoas, muito popular na época entre os extratos sociais mais elevados. *(NT)*

— Não mereço tal elogio nem semelhante censura — objetou Elizabeth. — Não sou uma grande leitora e tiro prazer de muitas outras coisas.

— Estou certo de que é o que sucede quando cuida de sua irmã — disse Bingley. — Espero que em breve esse prazer seja ainda maior ao vê-la completamente restabelecida.

Elizabeth agradeceu-lhe de todo o coração e dirigiu-se para uma mesa sobre a qual havia alguns livros. Bingley de imediato se prontificou a ir buscar-lhe mais uns — todos os de que dispusesse a sua biblioteca.

— Desejaria, para seu proveito e crédito meu, que a minha coleção fosse maior do que é. Mas sou preguiçoso e, apesar de não ter muitos livros, não deixo de ter mais que aqueles que chego a abrir.

Elizabeth assegurou-lhe que aqueles que havia na sala seriam mais que suficientes.

— Surpreende-me — disse Miss Bingley — que meu pai tenha deixado uma coleção tão pequena de livros. Pelo contrário, Mr. Darcy, que bela biblioteca a sua em Pemberley!...

— É bom que o seja — respondeu ele —, já que foi obra de muitas gerações.

— Mas o senhor também tem contribuído muito para a aumentar... Está sempre a comprar livros.

— Não consigo entender como é que, nos dias de hoje, se possa descurar uma biblioteca de família.

— Descurar? Estou certa de que o senhor não descura nada que possa contribuir para o esplendor daquele nobre lugar. Quando construíres a tua própria residência, Charles, dar-me-ei por satisfeita se ela conseguir chegar aos pés de Pemberley.

— Assim o espero.

— Mas aconselho-te vivamente a comprares um terreno nas suas imediações, adotando Pemberley como uma espécie de modelo. Nenhum condado em Inglaterra se compara a Derbyshire.

— Com toda a certeza. Até comprarei Pemberley se o Darcy o vender.

— Estou a falar a sério, Charles.

— E eu respondo-te a sério, Caroline, que me parece mais fácil comprar Pemberley que imitá-la.

Elizabeth estava tão interessada no que se passava à sua volta, que a pouca atenção que dedicava ao seu livro se desvaneceu. Daí a pouco estava a pousá-lo completamente de parte, caminhando em direção à mesa e tomando lugar entre Mr. Bingley e Mrs. Hurst para observar o jogo.

— Miss Darcy cresceu muito desde a primavera? — perguntou Miss Bingley. — Será que vai ser alta como eu?

— Creio que sim. Terá agora aproximadamente a altura de Miss Elizabeth Bennet, ou talvez mesmo um pouco mais.

— Sinto tantas saudades dela! Nunca conheci ninguém tão encantador. Que modos, que compostura!... E tão prendada para a sua idade!... Toca piano de uma forma absolutamente primorosa.

— Espanta-me — disse Bingley — como as raparigas podem ter paciência para serem, todas elas, tão prendadas.

— Como *todas as raparigas*? Meu querido Charles, o que queres dizer com isso?

— Exatamente aquilo que disse. Afinal, todas elas pintam mesas[17], forram ecrãs de lareira[18] e fazem bolsas de rede. Não conheço nenhuma que não saiba fazer todas essas coisas, e estou certo de nunca ter ouvido mencionar uma rapariga pela primeira vez sem ter sido também informado de que era muito prendada.

— O teu retrato tem muito de verdade — disse Darcy. — Dir-se-ia que as prendas femininas são universais, mesmo que a palavra seja muitas vezes aplicada a mulheres sem mais dotes que saber tecer uma bolsa ou forrar um ecrã. Mas estou longe de concordar contigo no julgamento que delas fazes em geral. No que me diz respeito, não posso afirmar que conheça, entre todas as minhas relações, mais de meia dúzia de senhoras verdadeiramente prendadas.

— Nem eu, por certo — disse Miss Bingley.

---

[17] Mr. Bingley refere-se aqui ao passatempo tipicamente feminino de decorar mesas com desenhos. *(NT)*

[18] «*Skreens*», no original: espécie de pequenas molduras forradas de tecido e ricamente decoradas, geralmente fixas sobre um suporte vertical, e com a função principal de proteger da luz e/ou do calor. *(NT)*

— Depreendo então — observou Elizabeth — que, na ideia que faz de uma mulher prendada, deverá caber muita coisa.

— De facto, assim é.

— Seguramente! — exclamou a sua fiel ajudante. — Uma mulher não se pode considerar verdadeiramente prendada se não estiver muito acima do comum. Para merecer a designação, ela deve ter um conhecimento aprofundado de música, canto, desenho, dança e línguas. Para além disso, deve ainda possuir um não sei quê no seu ar e modo de andar, no tom da sua voz e na maneira de falar, sem o qual o merecimento ficaria apenas pela metade.

— Deverá possuir tudo isso — acrescentou Darcy — e ainda uma coisa mais importante: um espírito cultivado pelo exercício constante da leitura.

— Já não estou surpreendida com o facto de que conheça apenas meia dúzia de mulheres prendadas. Pergunto-me, antes, como é possível que conheça uma única que seja.

— É assim tão severa com o seu próprio sexo que duvide dessa possibilidade?

— Nunca encontrei tal mulher. Nunca vi uma tal combinação de capacidade, gosto, aplicação e elegância, como essa que descreve, numa só pessoa.

Mrs. Hurst e Miss Bingley protestaram em coro contra a injustiça implícita naquela dúvida, afirmando conhecer muitas mulheres que se ajustavam à descrição, até que Mr. Hurst as chamou à ordem, queixando-se amargamente da sua falta de atenção para com o que estavam a fazer. Isso pôs fim à conversa e, pouco depois, Elizabeth saiu da sala.

— Eliza Bennet — disse Miss Bingley, assim que a porta se fechou — é uma dessas raparigas que se tentam fazer valer perante o outro sexo, denegrindo o seu próprio. E com muitos homens pode ser até que dê resultado. Eu, por mim, considero-o um artifício ignóbil e um expediente verdadeiramente abjeto.

— Sem dúvida — retorquiu Darcy, a quem a observação era especialmente dirigida —, há algo de abjeto em todos os artifícios que as mulheres, para nos atrair, condescendem por vezes em empregar. Tudo o que tenha a ver com dissimulação é absolutamente desprezível.

Miss Bingley não ficou suficientemente satisfeita com a resposta a ponto de querer aprofundar o tema.

Quando Elizabeth reapareceu, foi apenas para dizer que a irmã tinha piorado e que não podia deixá-la sozinha. Bingley insistiu para que de imediato se chamasse Mr. Jones, enquanto as irmãs, persuadidas da inutilidade dos recursos da província, recomendaram que se despachasse um mensageiro a Londres para buscar um dos seus mais eminentes médicos. Desta sugestão Jane nem quis ouvir falar — mas já à outra opôs menos resistência. Ficou por isso decidido que, se Miss Bennet não se sentisse claramente melhor, se mandaria chamar Mr. Jones logo pela manhã bem cedo. Bingley mostrou-se muito ansioso e as irmãs declararam-se desoladas. Aquietaram, porém, as suas mágoas com alguns duetos após a ceia, enquanto ele buscava refúgio para as suas inquietações dando ordens à governanta para que nada faltasse à doente e a sua irmã.

CAPÍTULO 9

Elizabeth passou a maior parte da noite no quarto de Jane, até que, chegada a manhã, teve enfim a satisfação de poder dar uma resposta favorável às perguntas que, logo cedo e por uma criada, Mr. Bingley lhe enviou e, algum tempo depois, àquelas que lhe fizeram as duas elegantes senhoras que assistiam suas irmãs. Não obstante esta melhoria, Elizabeth pediu que lhe fosse enviado um bilhete a Longbourn, onde rogava a sua mãe para visitar a irmã e, assim, inteirar-se pessoalmente do seu estado. O bilhete foi expedido de imediato e a solicitação prontamente atendida: Mrs. Bennet, acompanhada das duas filhas mais novas, chegava a Netherfield pouco depois do pequeno-almoço.

Se suspeitasse de que Jane corria o mínimo perigo, Mrs. Bennet teria ficado inconsolável. Mas satisfeita por constatar que a doença não era de risco, perdeu qualquer vontade de que ela recuperasse depressa, visto que o seu restabelecimento muito provavelmente implicaria que deixasse Netherfield. Não quis, por isso, ouvir a filha quando esta sugeriu que a levassem de volta para casa; como não quis o boticário, chegado pela mesma altura, que o considerou totalmente desaconselhável. Depois de terem estado um pouco com Jane, Miss Bingley apareceu e convidou a mãe e as três filhas a segui-la até à sala de pequeno-almoço. Bingley saiu a recebê-las, na esperança de que Mrs. Bennet não tivesse encontrado Miss Bennet pior do que esperava.

— Infelizmente sim — foi a resposta. — Ela está demasiado doente para poder ser deslocada. Mr. Jones diz para nem sequer pensarmos nisso. Sentimo-nos obrigadas a abusar um pouco mais da sua bondade...

— Deslocada!... — exclamou Bingley. — A questão nem se coloca. Estou seguro de que minha irmã não quererá ouvir falar em tal coisa.

— Pode ficar segura, minha senhora — disse Miss Bingley, com fria polidez —, de que Miss Bennet receberá toda a atenção enquanto aqui estiver.

Mrs. Bennet desfez-se em agradecimentos.

— Se ela não tivesse tão bons amigos — acrescentou —, não sei o que lhe teria acontecido, assim doente como está e a sofrer tanto... mas com a maior paciência do mundo, como é seu costume, pois ela tem, sem qualquer dúvida, o temperamento mais doce que alguma vez conheci. Não me canso de repetir a minhas outras filhas que elas não são nada comparadas com a Jane. O senhor tem aqui uma sala muito agradável, Mr. Bingley, e uma vista encantadora sobre o jardim... Não sei de outro sítio como Netherfield em toda a região. Não está com pressa de se ir embora, espero, apesar de o aluguer ser por pouco tempo.

— Tudo o que eu faço, é feito à pressa — respondeu ele. — Pelo que, se resolver deixar Netherfield, não deverei levar mais de cinco minutos. De momento, porém, considero-me completamente instalado aqui.

— Isso é exatamente aquilo que eu esperaria de si — disse Elizabeth.

— Começa então a compreender-me? — perguntou ele, virando-se na sua direção.

— Oh, sim, compreendo-o perfeitamente...

— Gostaria de poder tomá-lo como um cumprimento, mas receio que ser tão facilmente penetrável seja apenas digno de dó.

— Assim é. Mas daí não se deve necessariamente depreender que um caráter profundo e intrincado seja mais ou menos estimável que um como o seu.

— Lizzy! — exclamou a mãe — Lembra-te de onde estás e vê se evitas esse destempero que te permitimos em casa.

— Ainda não me tinha apercebido — prosseguiu Bingley de imediato — que fosse uma estudiosa de carateres. Deve ser uma ocupação muito divertida.

— Sim, mas o que mais diverte são mesmo os carateres intrincados. Têm, pelo menos, essa vantagem.

— A província — interveio Darcy — oferece, em geral, pouca matéria para um estudo desse tipo. O meio rural é demasiado fechado e muito pouco atreito a variações.

— Mas as próprias pessoas mudam tanto, que sempre nelas se encontra alguma coisa de novo para observar.

— É bem verdade — exclamou Mrs. Bennet, ofendida pelo modo como Mr. Darcy se referira às zonas rurais. — Posso garantir-lhe que no campo há tanto *disso* como na cidade.

A surpresa foi geral; e Darcy, depois de fitá-la por um instante, afastou-se em silêncio. Mrs. Bennet, acreditando ter alcançado uma vitória retumbante sobre ele, prosseguiu triunfal:

— Não vejo em que é que Londres possa ter grandes vantagens sobre a província, a não ser pelas lojas e sítios públicos. A vida no campo é muitíssimo mais agradável, não é verdade, Mr. Bingley?

— Quando estou no campo — respondeu ele —, nunca me quero ir embora; e quando estou na cidade, sucede mais ou menos a mesma coisa. Cada lugar tem os seus atrativos, e a verdade é que me sinto bem em qualquer dos dois.

— Isso é porque o senhor tem bom feitio. Já aquele cavalheiro — acrescentou, olhando para Darcy — parece desprezar por completo a província.

— Não, mamã, está enganada — disse Elizabeth, corando por causa da mãe. — Interpretou mal as palavras de Mr. Darcy. Ele apenas quis dizer que no campo não se encontra a mesma variedade de pessoas que na cidade. E isso a senhora tem de reconhecer que é verdade.

— Com certeza, minha querida, ninguém disse o contrário. Mas quanto a haver poucas pessoas com quem nos darmos nas vizinhanças, penso que existirão poucos lugares mais animados que este. Nós, por exemplo, frequentamos a casa de vinte e quatro famílias.

Apenas por consideração para com Elizabeth foi Bingley capaz de se conter. A irmã foi menos delicada, olhando para Mr. Darcy com um sorriso bastante sugestivo. Elizabeth, apenas para dizer qualquer coisa que desviasse a mãe do assunto, resolveu perguntar se Charlotte Lucas tinha passado por Longbourn desde a sua partida.

— Sim, veio ontem com o pai. Que homem tão gentil, Mr. Bingley... Não concorda? Que modos tão finos!... E que afável, que simpático!... Tem sempre uma palavra amável. Isso sim, é sinal de boa educação. Aquelas pessoas que se consideram demasiado importantes para abrir a boca estão redondamente enganadas.

— A Charlotte jantou convosco?

— Não, preferiu voltar para casa. Julgo que era precisa para preparar os pastéis de frutos[19]. Pelo que me toca, Mr. Bingley, sempre tive criados para fazerem o trabalho que lhes pertence. Minhas filhas foram educadas de outra maneira. Mas as pessoas devem ser julgadas por aquilo que são, e as Lucas são boas raparigas, isso eu posso garantir. É uma pena não serem bonitas!... Não é que a Charlotte seja completamente desengraçada... Mas enfim, sempre é nossa amiga íntima.

— Parece-me muito simpática — disse Bingley.

— Oh, lá isso é. Mas também deve reconhecer que é um pãozinho muito sem sal. A própria Lady Lucas está sempre a dizê-lo e a invejar-me a beleza da Jane. Não gosto de andar por aí a gabar minhas filhas, mas já em relação à Jane... não é todos os dias que se encontra uma rapariga assim tão bonita. É o que toda a gente diz. É claro que posso estar a ser parcial. Quando ela tinha apenas quinze anos, um homem que frequentava a casa de meu irmão Gardiner, em Londres, enamorou-se tanto dela, que minha cunhada estava convencida de que ele se lhe propunha ainda antes de nos virmos embora. Mas, no entanto, acabou por não o fazer. Talvez a achasse demasiado nova. Mesmo assim, dedicou-lhe alguns versos... E que bonitos eram...

— E assim terminou a sua afeição — interrompeu Elizabeth, impaciente. — Não terá sido a única a acabar da mesma maneira.

---

[19] «*Mince-pies*», no original: pequenas tartes, típicas da época natalícia, recheadas com uma mistura de passas, açúcar, maçã, fruta cristalizada, especiarias e sebo. *(NT)*

Pergunto-me quem terá sido o primeiro a lembrar-se de utilizar a poesia para afastar o amor!...

— Sempre pensei na poesia como o alimento do amor — disse Darcy.

— De um amor sincero, sadio e robusto, talvez. Tudo serve para nutrir o que já vingou. Mas se se tratar apenas de uma inclinação frágil e passageira, estou convencida de que um bom soneto bastará para matá-la à fome.

Darcy respondeu apenas com um sorriso, e a pausa geral que se seguiu fez Elizabeth temer que a mãe se tornasse a expor ao ridículo. Queria falar, mas não se lembrava de nada para dizer. Pelo que, depois de um curto silêncio, Mrs. Bennet retomou a ladainha dos agradecimentos a Mr. Bingley pela sua gentileza para com Jane, juntando ainda um pedido de desculpas pelo incómodo que Lizzy pudesse causar. Mr. Bingley foi genuinamente cortês na sua resposta e obrigou a irmã mais nova a sê-lo também, dizendo aquilo que requeriam as circunstâncias. O papel não foi desempenhado com muita delicadeza, mas mesmo assim Mrs. Bennet deu-se por satisfeita, mandando pouco depois buscar a sua carruagem. A este sinal, a mais nova de suas filhas adiantou-se. As duas raparigas tinham estado a segredar entre si durante toda a visita, e o resultado fora que a mais nova deveria recordar a Mr. Bingley a promessa que havia feito, quando ali chegara, de dar um baile em Netherfield.

Lydia era uma robusta rapariga de quinze anos, com uma bonita compleição e uma expressão jovial no rosto. Por gozar da preferência da mãe, contara com a sua afeição para, ainda muito nova, ser apresentada à sociedade. Possuía uma vivacidade espontânea e exuberante, e uma espécie de inata confiança que os favores que recebia dos oficiais, atraídos pelos belos jantares do tio e pelos modos desembaraçados dela, haviam transformado em ousadia. Sentia-se, por isso, perfeitamente habilitada para se dirigir a Mr. Bingley sobre a questão do baile e para, abruptamente, o lembrar da sua promessa, acrescentando que não cumpri-la seria uma absoluta vergonha. A resposta a este súbito ataque foi como música para os ouvidos da mãe:

— Estou completamente determinado, posso garantir-lhe, a cumprir o prometido. Assim que sua irmã se encontrar restabelecida, peço-lhe apenas que me indique o dia do baile. Imagino que não quererá dançar enquanto ela estiver doente.

Lydia declarou-se satisfeita:

— Oh, sim, será muito melhor esperar até que a Jane fique boa e, nessa altura, quase de certeza que o capitão Carter já estará de volta a Meryton. E quando o senhor tiver dado o seu baile — acrescentou —, vou insistir para que também eles ofereçam um. Vou dizer ao coronel Forster que será uma vergonha se não o fizer.

Dito isto, Mrs. Bennet e as filhas despediram-se, e Elizabeth regressou de pronto para junto de Jane, deixando o seu comportamento, e o da sua família, à mercê dos comentários das duas senhoras e de Mr. Darcy. Este último, porém, não conseguiu ser persuadido a juntar-se ao coro de críticas contra *ela*, apesar dos repetidos gracejos de Miss Bingley a propósito dos seus *belos olhos*.

CAPÍTULO 10

O dia passou-se sem grande diferença do anterior. Mrs. Hurst e Miss Bingley ocuparam algumas horas da manhã a fazer companhia à doente, que continuou, embora devagar, a dar sinais de melhoria; e, à noite, Elizabeth veio reunir-se ao grupo na sala de estar. Desta vez, contudo, a mesa do *loo* não fez a sua aparição. Mr. Darcy escrevia, enquanto Miss Bingley, sentada perto dele, ia seguindo o desenrolar da carta e desviando repetidamente a atenção do autor com mensagens para sua irmã. Mr. Hurst e Mr. Bingley jogavam *piquet*[20], e Mrs. Hurst assistia à partida.

Elizabeth pegara num pequeno bordado e entretinha-se a observar o que se ia passando entre Darcy e a sua vizinha. Os intermináveis encómios que esta lhe ia tecendo sobre a elegância da caligrafia, a regularidade das linhas ou a extensão da carta, somados à mais total indiferença com que eles eram recebidos, compunham um curioso diálogo, em perfeita sintonia com a opinião que Elizabeth formava de cada um deles.

— Miss Darcy vai ficar encantada por receber uma carta assim!... Não houve resposta.

— O senhor escreve invulgarmente depressa.

— Equivoca-se, minha senhora. Pelo contrário, escrevo até bastante devagar.

— Quantas cartas não escreverá ao longo de um ano!... Cartas de negócios, também. Como devem ser detestáveis!...

---

[20] *Piquet*: jogo de cartas para duas pessoas tornado popular em Inglaterra, entre os grupos sociais mais elevados, em meados do século XVI. *(NT)*

— Poderemos, então, considerar uma felicidade que me caiba a mim escrevê-las e não a si.

— Diga, por favor, a sua irmã que gostaria muito de revê-la.

— Já o mencionei antes, também a seu pedido.

— Receio que a pena não esteja a seu gosto. Deixe-me apará-la por si. Tenho um talento especial para afiar penas.

— Agradeço, mas sou sempre eu que aparo as minhas.

— Como é que consegue escrever de forma tão alinhada?

Silêncio.

— Transmita a sua irmã que fico muito satisfeita por saber dos seus progressos na harpa, e faça ainda o favor de lhe dizer que o seu belíssimo desenho para mesa me deixou extasiada e que ele é, na minha opinião, infinitamente superior ao de Miss Grantley.

— Permite-me que reserve o seu êxtase para uma próxima carta? De momento, o espaço de que disponho não é suficiente para lhe fazer a devida justiça.

— Oh, não tem importância... Vê-la-ei em janeiro. Mas diga-me, Mr. Darcy, escreve-lhe sempre assim cartas tão longas e tão encantadoras?

— Em geral, são longas; mas se são sempre encantadoras, não me cabe a mim decidir.

— É minha convicção que uma pessoa que é capaz, com facilidade, de escrever cartas longas não pode escrever mal.

— Esse elogio não se aplica ao Darcy, Caroline — interveio o irmão —, pelo simples motivo de que ele *nunca* escreve com facilidade. Perde demasiado tempo a encontrar palavras rebuscadas. Não é assim, Darcy?

— O meu estilo de escrita é muito diferente do teu.

— Oh, é difícil imaginar alguém mais displicente que o Charles a escrever!... — exclamou Miss Bingley. — Deixa as palavras pela metade e o que resta delas enche de borrões.

— As minhas ideias fluem a uma tal velocidade que não tenho sequer tempo para as exprimir. O que explica que, às vezes, as minhas cartas sejam totalmente desprovidas delas.

— A sua modéstia, Mr. Bingley — disse Elizabeth —, desarma qualquer crítica.

— Nada é mais enganador — retorquiu Darcy — que a falsa modéstia. Umas vezes é apenas indiferença pela opinião alheia, outras, ostentação dissimulada.

— E em qual dos casos, dir-me-ás, cabe a minha mais recente demonstração de modéstia?

— No segundo. Na verdade, sentes um orgulho genuíno nas tuas deficiências de escrita, e isso porque as atribuis a uma velocidade de pensamento e a um descuido de execução que julgas, se não dignos de louvor, pelo menos merecedores de interesse. A capacidade de se fazer seja o que for com rapidez é sempre muito prezada por quem a possui, a maior parte das vezes sem atentar minimamente nas imperfeições do seu próprio desempenho. Quando esta manhã disseste a Mrs. Bennet que, se alguma vez resolvesses deixar Netherfield, o farias em cinco minutos, o que estava implícito era uma espécie de panegírico ou de elogio a ti próprio. E, no entanto, o que poderá haver de tão louvável num ato precipitado que não apenas implicaria deixar assuntos importantes por resolver, como nunca poderia trazer quaisquer vantagens nem para ti nem para ninguém?

— Isso já é demais! — exclamou Bingley. — Vir recordar à noite os disparates que se disseram de manhã!... E, porém, dou-te a minha palavra que continuo a acreditar, como acreditei na altura, que tudo aquilo que disse sobre mim próprio corresponde à verdade. Pelo menos, não tive qualquer intenção de passar por alguém tão inutilmente precipitado apenas para me exibir perante as senhoras.

— Estou seguro de que és sincero, mas já não estou tão convencido da celeridade da tua partida. O teu procedimento dependeria tanto do acaso como o de outro homem qualquer. E se, já montado no cavalo, um amigo te dissesse «Bingley, era melhor ficares até à próxima semana», o mais provável era que o fizesses e que adiasses a partida; ou até que, perante nova sugestão, não hesitasses em ficar por mais um mês.

— Com isso — interveio Elizabeth — o senhor só veio provar que Mr. Bingley não se fez inteira justiça. A verdade é que ele não conseguiu exaltar tanto o seu próprio caráter.

— Fico-lhe extremamente grato — disse Bingley — por ter conseguido transformar o que o meu amigo disse num elogio à brandura do meu temperamento. Mas temo que lhe esteja a atribuir um sentido que esse senhor não lhe pretendeu dar, pois ele ter-me-ia em muito maior consideração se, numa tal circunstância, eu recusasse liminarmente a proposta e partisse a todo o galope.

— Considerará, então, Mr. Darcy compensada a impetuosidade da sua primeira intenção pela pertinácia em manter-se-lhe fiel?

— Não me sinto, francamente, em condições de lho dizer. Compete ao Darcy fornecer-lhe essa explicação.

— A senhora está a pedir-me que me pronuncie sobre opiniões que decidiu atribuir-me, sem que eu alguma vez as tenha subscrito. Admitamos, por momentos, que a sua interpretação é válida: recordo-lhe, Miss Bennet, que o suposto amigo que sugeriu ao Bingley que ficasse, adiando-lhe a partida, não fez mais que exprimir um desejo, sem oferecer qualquer argumento que sustentasse a pertinência de tal pedido.

— Devo então entender que, aos seus olhos, ceder de bom grado, com prontidão, à persuasão de um amigo não é um ato meritório.

— Ceder sem convicção não honraria a inteligência de qualquer dos dois.

— Quer-me parecer, Mr. Darcy, que o senhor não atribui qualquer valor à influência da amizade e da afeição. A consideração por aquele que pede faz com que muitas vezes se ceda facilmente àquilo que é pedido, sem necessidade de se ser convencido por argumentos. Não me refiro especificamente a casos como aquele que imaginou para Mr. Bingley. Talvez devêssemos esperar por que as circunstâncias se apresentem, antes de avaliarmos a adequação do seu comportamento. Mas tomemos o caso comum de dois amigos, em que um deles deseja que o outro altere uma resolução, digamos, de pouca importância: o senhor seria capaz de criticar essa pessoa por satisfazer um desejo sem necessitar de argumentos para fazê-lo?

— Antes de prosseguirmos, não seria aconselhável determinarmos com mais precisão o grau de importância a atribuir ao pedido, bem como o grau de intimidade existente entre as duas partes?

— Por quem sois — disse Bingley. — Entremos então nos particulares, sem nos esquecermos de comparar o peso e a altura de cada um, já que isso, Miss Bennet, tem muito mais relevância para o argumento do que poderia supor. Posso garantir-lhe que, se o Darcy não fosse tão mais alto que eu, eu não o trataria com metade da deferência. Devo confessar que não conheço ninguém que, em certas ocasiões e em determinados lugares, inspire mais temor que ele: especialmente na sua própria casa e numa noite de domingo, quando não tem nada para fazer.

Mr. Darcy sorriu; mas Elizabeth, adivinhando-o de facto ofendido, conteve o riso. Miss Bingley, por seu lado, expressou um profundo ressentimento pela afronta que ele recebera, censurando vigorosamente o irmão pelos disparates proferidos.

— Percebo a tua intenção, Bingley — disse-lhe o amigo. — As discussões não te interessam e, por isso, queres pôr um fim a esta.

— Pode ser que sim. As discussões assemelham-se demasiado a contendas. E se tu e Miss Bennet me fizessem a cortesia de adiar a vossa até que eu saia da sala, ficar-vos-ia muito grato. Nessa altura, já poderão dizer o que quiserem a meu respeito.

— O que nos pede — respondeu Elizabeth — não representa para mim qualquer sacrifício. Quanto a Mr. Darcy, parece-me que faria bem melhor em terminar a sua carta.

Mr. Darcy seguiu o conselho e concluiu a sua tarefa, depois do que se dirigiu a Miss Bingley e a Elizabeth, solicitando-lhes o favor de tocarem um pouco. Miss Bingley lançou-se prontamente na direção do piano e, depois de um convite educado para que Elizabeth começasse, que esta com igual polidez e maior sinceridade declinou, sentou-se.

Mrs. Hurst acompanhou a irmã no canto. Enquanto isso, Elizabeth, entretida a folhear algumas partituras que estavam em cima do piano, não pôde deixar de reparar na insistência com que Mr. Darcy a fitava. Era-lhe difícil imaginar que pudesse ser admirada por tão elevada personagem, e, no entanto, que ele a olhasse apenas por não gostar dela parecia-lhe ainda mais estranho. Acabou por concluir que só lhe poderia chamar a atenção por possuir, mais que qualquer outro dos presentes, algo de errado e reprovável que lhe ofendesse os princípios. Esta suposição não a afligiu. Ele era-lhe demasiado antipático para se preocupar com a sua aprovação.

Depois de tocar algumas canções italianas, Miss Bingley variou o seu repertório, passando a uma animada música escocesa. Pouco depois, Darcy aproximou-se de Elizabeth e perguntou-lhe:

— Não sente uma grande tentação, Miss Bennet, de aproveitar esta oportunidade para dançar um *reel*?

Ela sorriu, mas não respondeu. Algo surpreendido com o seu silêncio, ele repetiu a pergunta.

— Oh, ouvi-o perfeitamente da primeira vez — disse Elizabeth —, mas não consegui decidir logo o que lhe dizer. Queria que eu lhe respondesse afirmativamente, bem sei, para assim ter o prazer de desdenhar das minhas preferências. Mas sempre me agradou sabotar estratagemas desse tipo e privar as pessoas do seu premeditado desprezo. Pelo que resolvi responder-lhe que não tenho qualquer intenção de dançar um *reel*; e agora despreze-me, se ousar.

— Nunca ousaria.

Elizabeth, convencida de que o ofenderia, ficou estupefacta perante tão inesperada galanteria. De resto, havia nela um misto de doçura e de malícia que lhe tornava difícil ofender quem quer que fosse; e Darcy nunca se tinha sentido tão fascinado por uma mulher como por ela. Estava absolutamente persuadido de que, não fora a inferioridade do seu parentesco, poderia mesmo correr algum risco.

Miss Bingley observou, ou suspeitou, o bastante para sentir ciúmes — e a sua grande preocupação com a melhoria da sua querida amiga Jane recebeu algum incentivo do desejo de se ver livre de Elizabeth.

Tentava frequentemente induzir Darcy a antipatizar com a sua convidada, falando-lhe do seu suposto matrimónio e da felicidade que augurava tal união.

— Espero que, quando o feliz evento tiver lugar — disse ela no dia seguinte, enquanto passeavam juntos por entre os arbustos no jardim —, o senhor forneça a sua sogra alguns conselhos sobre as vantagens de manter a boca fechada, e também, se tal estiver ao seu alcance, que cure essa mania das filhas mais novas de correrem atrás dos oficiais. E posso ainda pedir-lhe, se me for permitido abordar um tema tão delicado, que faça por corrigir esse não sei quê de arrogante e de impertinente que a sua dama possui?

— Tem mais alguma coisa a sugerir com vista à minha felicidade doméstica?

— Sim, claro... Não deixe de colocar os retratos de seu tio e de sua tia Phillips na galeria em Pemberley. Pendure-os ao lado do juiz, seu tio-avô. Na verdade, exercitam ambos a mesma profissão, se bem que em ramos diferentes. Quanto ao retrato da sua Elizabeth, será inútil mandar pintá-lo: pois que pintor poderia fazer justiça àqueles belos olhos?

— De facto, não seria fácil capturar-lhes a expressão, mas a sua cor e forma, assim como as pestanas, tão invulgarmente belas, poderiam ser copiadas.

Nesse preciso momento, Mrs. Hurst e a própria Elizabeth apareceram vindas de um outro caminho.

— Não sabia que também tencionavam passear — disse Miss Bingley um tanto atrapalhada, receando que pudessem ter sido ouvidos.

— Trataste-nos incrivelmente mal — respondeu Mrs. Hurst —, saindo assim à pressa sem nos dizer nada.

Então, tomando o braço livre de Mr. Darcy, deixou Elizabeth a passear sozinha. O caminho era suficiente apenas para três. Mr. Darcy, consciente da indelicadeza das duas irmãs, disse de imediato:

— Este caminho não é suficientemente largo para nós todos. Será melhor tomar a alameda.

Mas Elizabeth, que não tinha a mínima intenção de continuar na sua companhia, respondeu rindo:

— Não, não, deixem-se ficar onde estão. Formam os três um grupo encantador, de uma harmonia rara. A entrada de um quarto só poderia estragar o pitoresco da cena. Até logo.

E, divertida, afastou-se, caminhando distraidamente e sorrindo à ideia de que, dentro de um dia ou dois, estaria de volta a casa. Jane encontrava-se tão mais restabelecida que planeava sair do quarto por algumas horas naquela mesma noite.

CAPÍTULO 11

Quando as senhoras se retiraram após o jantar, Elizabeth apressou-se em subir ao quarto da irmã e, certificando-se de que ela estava bem abrigada, acompanhou-a até à sala de estar onde, com profusas expressões de alegria, foi recebida pelas suas duas amigas. Elizabeth nunca as tinha visto comportarem-se de uma forma tão amável quanto nessa hora que antecedeu a aparição dos cavalheiros na sala. Os seus dotes de conversação eram verdadeiramente admiráveis. Sabiam descrever uma ocasião social com todo o pormenor, relatar um episódio com humor e troçar com vivacidade dos seus conhecidos.

Mas assim que os homens entraram, Jane deixou de ser o centro das atenções. O olhar de Miss Bingley virou-se no mesmo instante na direção de Darcy e, antes mesmo que este tivesse podido avançar, já ela tinha encontrado alguma coisa para lhe dizer. Darcy, porém, de imediato se dirigiu a Miss Bennet, felicitando-a cortesmente pela sua recuperação. Mr. Hurst fez também uma ligeira vénia, dizendo-se «muito satisfeito». Mas a efusão e o afeto ficaram reservados para os cumprimentos de Bingley. Estava repleto de alegria e de cuidados. A primeira meia hora passou-a a avivar o lume, não fosse Jane ressentir-se da mudança de ambiente; e esta, a suas instâncias, mudou-se para o outro lado da lareira, de forma a ficar o mais longe possível da porta. Então ele sentou-se ao seu lado e mal dirigiu a palavra aos outros. Elizabeth, que bordava no canto oposto da sala, ia observando a cena com deleite.

Depois do chá, Mr. Hurst lembrou a cunhada da mesa de jogo — mas em vão. Miss Bingley tinha conseguido saber que Mr. Darcy não desejava jogar às cartas, pelo que mesmo a pública petição de Mr. Hurst foi rejeitada. A cunhada assegurou-o de que ninguém queria jogar, e o silêncio dos presentes pareceu dar-lhe razão. Mr. Hurst ficou assim sem nada que fazer, a não ser esticar-se num dos sofás e adormecer. Darcy pegou num livro; Miss Bingley fez o mesmo; e Mrs. Hurst, cuja principal ocupação consistia em brincar com as pulseiras e os anéis, ia participando aqui e ali na conversa do irmão com Miss Bennet.

A atenção de Miss Bingley estava quase tão concentrada no livro de Mr. Darcy quanto no seu próprio. Não parava de lhe fazer perguntas ou de ver em que página ele ia. Mas as suas tentativas de encetar uma conversa foram infrutíferas — Mr. Darcy limitava-se a responder-lhe às perguntas, para logo retomar a leitura. Por fim, já exausta do esforço para tirar algum prazer do seu próprio livro, de resto unicamente escolhido por se tratar do segundo volume daquele de Darcy, soltou um grande bocejo e disse:

— Como é agradável passar assim o serão!... Não há nada que se compare à leitura!... Podemos cansar-nos de tudo menos de um livro. Quando viver na minha própria casa, ficarei desolada se não tiver uma excelente biblioteca.

Ninguém fez qualquer comentário. Então ela tornou a bocejar, pôs o livro de lado e começou a olhar em volta à procura de algo que a distraísse. Ao ouvir o irmão mencionar um baile a Miss Bennet, virou-se de repente para ele, dizendo:

— A propósito, Charles, é mesmo verdade que tencionas dar um baile em Netherfield? Antes, no entanto, de tomares qualquer decisão, aconselho-te a consultar todos os presentes; ou muito me engano, ou para alguns de nós um baile é mais uma penitência que um prazer.

— Se te referes ao Darcy — respondeu o irmão —, pode muito bem ir deitar-se antes do começo. Quanto ao baile propriamente dito, é assunto mais que resolvido. Assim que a Nicholls tiver preparado suficiente sopa branca[21], enviarei os convites.

---

[21] «*White soup*», no original: sopa usualmente servida em festas, feita à base de amêndoas, natas e caldo de carne. *(NT)*

— Gostaria mil vezes mais de bailes — retorquiu ela — se eles fossem organizados de outra maneira. A verdade é que este tipo de reuniões possui algo de terrivelmente entediante. Seria muito mais racional se a conversação, e não a dança, ocupasse o primeiro plano.

— Seguramente mais racional, minha querida Caroline, mas parecido com tudo menos com um baile.

Miss Bingley não contestou. Passado pouco tempo, levantou-se e pôs-se a andar pela sala. Tinha uma silhueta elegante e movia-se com graça — mas Darcy, a quem tudo aquilo era dirigido, permanecia inabalavelmente absorto no seu livro. Já desesperada, decidiu fazer uma derradeira tentativa. Então, virando-se para Elizabeth, disse:

— Miss Eliza Bennet, deixe-me persuadi-la a seguir o meu exemplo e passeie um pouco comigo pela sala. Posso garantir-lhe que é deveras reconfortante depois de se ficar sentado na mesma posição durante tanto tempo.

Elizabeth ficou surpresa, mas acedeu de imediato. Quanto ao verdadeiro objetivo da sua cortesia, o sucesso de Miss Bingley não foi menor: Mr. Darcy ergueu os olhos. Ficara tão surpreendido quanto Elizabeth com aquele inesperado convite e, inconscientemente, fechou o livro. Foi então expressamente convidado a juntar-se-lhes, mas declinou o convite, com o argumento de que apenas conseguia imaginar dois motivos que as levassem a andar de um lado para o outro da sala; e de que, qualquer que ele fosse, a sua presença constituiria sempre uma intromissão. *Que quereria ele dizer?*, pensou Miss Bingley. Estava morta por sabê-lo. Perguntou então a Elizabeth se ela tinha conseguido perceber alguma coisa:

— Absolutamente nada — foi a sua resposta —; mas pode estar certa de que nos quis dirigir uma crítica. A única forma que temos de o desapontar é não lhe fazer qualquer pergunta sobre o assunto.

Miss Bingley, porém, era incapaz de desapontar Mr. Darcy fosse no que fosse, pelo que insistiu em pedir-lhe um esclarecimento sobre os tais dois motivos.

— Não levanto qualquer objeção a explicá-los — disse Mr. Darcy, mal ela o deixou falar. — Ou escolheram este modo de passar o serão porque são confidentes uma da outra e têm assuntos privados a tratar, ou então porque têm consciência de que o modo como se movem pode fazer sobressair as vossas silhuetas. No primeiro caso, eu estaria seguramente a mais; no segundo, poderei admirá-las muito melhor aqui sentado à lareira.

— Oh! Mas que afronta! — exclamou Miss Bingley. — Nunca ouvi nada tão abominável. Que castigo lhe vamos dar por dizer tais coisas?

— Nada mais fácil, se for essa a sua intenção — respondeu Elizabeth. — É sempre possível atormentarmo-nos e castigarmo-nos uns aos outros. Provoque-o, faça troça dele. Íntimos como são, deve saber bem como fazê-lo.

— Acredite-me que não faço a mais pequena ideia. Posso garantir-lhe que a nossa intimidade nunca chegou para me ensinar semelhante coisa. Provocar um temperamento tão calmo, uma tal presença de espírito!... Não, não: partiríamos sempre em desvantagem. Quanto a fazer troça, não cometamos a imprudência, peço-lhe, de nos rirmos sem motivo. Disso tem Mr. Darcy todas as razões para se congratular.

— Não se pode rir de Mr. Darcy! — exclamou Elizabeth. — É uma vantagem rara, e espero que continue a sê-la. Seria para mim uma grande perda conhecer mais pessoas assim. Adoro uma boa gargalhada.

— Miss Bingley — disse ele — tem-me em melhor conta do aquilo que eu mereço. O melhor e o mais sensato dos homens, ou antes, as melhores e as mais sensatas das suas ações, podem sempre parecer ridículas aos olhos de alguém cujo principal objetivo na vida é troçar dos outros.

— Existirão seguramente pessoas desse tipo — retorquiu Elizabeth —, mas eu espero não ser uma delas. Não tenho nenhuma intenção de me rir daquilo que é bom e sensato. Tenho de reconhecer que a estultice e o absurdo, o capricho e a leviandade, de facto me divertem, e que, sempre que posso, me rio deles. Mas, presumo, estes são precisamente atributos que o senhor não possui.

— Talvez isso seja impossível, mas ao longo da vida sempre me esforcei por evitar essas fraquezas que tão frequentemente expõem um espírito superior ao ridículo.

— Tais como o orgulho e a vaidade.

— Sim, a vaidade é com efeito uma fraqueza. Já em relação ao orgulho... Quando a inteligência é verdadeiramente superior, o orgulho é sempre mantido dentro dos seus limites.

Elizabeth voltou-se para esconder um sorriso.

— Deduzo que o seu exame de Mr. Darcy esteja concluído? — perguntou Miss Bingley. — Podemos então conhecer o resultado?

— Estou perfeitamente convencida de que Mr. Darcy não possui qualquer defeito. É ele, de resto, o primeiro a reconhecê-lo.

— Não — objetou Darcy —, nunca tive tal pretensão. Entre os meus muitos defeitos não se conta, assim o espero, a falta de entendimento. Já do meu temperamento não posso fornecer quaisquer garantias. Será, porventura, demasiado intransigente; seguramente, mais do que conviria. Não consigo esquecer tão depressa quanto deveria os disparates e os vícios dos outros, como não consigo esquecer as ofensas que me dirigem. Os meus sentimentos não se alteram a cada tentativa de os influenciar. Tenho um feitio que se poderá, porventura, considerar rancoroso. Quando perco a consideração por alguém, é para todo o sempre.

— Isso sim é uma falha! — exclamou Elizabeth. — Quando inflexível, o rancor é realmente uma mancha no caráter. Mas escolheu bem o seu defeito, não vejo como possa rir-me dele. De mim nada tem a recear.

— Creio que em todos nós existe uma tendência natural para possuir um qualquer defeito, uma qualquer imperfeição, que nem a melhor educação consegue vencer.

— E o *seu* defeito é uma propensão para detestar todas as pessoas.

— E o *seu* — replicou ele com um sorriso — o de teimar em interpretá-las mal.

— Que tal um pouco de música? — interrompeu Miss Bingley, cansada de uma conversa na qual não cabia. — Louisa, não te importas que eu acorde Mr. Hurst, pois não?

A irmã não levantou a menor objeção e o piano foi aberto, facto que, depois de pensar um pouco, Darcy não lamentou. Começava a sentir o risco de prestar demasiada atenção a Elizabeth.

CAPÍTULO 12

Na sequência do que havia acordado com a irmã, Elizabeth escreveu na manhã seguinte à mãe pedindo-lhe que, durante o dia, lhes enviasse a carruagem para as ir buscar. Mas Mrs. Bennet, que havia calculado que as filhas permanecessem em Netherfield até à terça-feira seguinte, quando faria exatamente uma semana que Jane ali chegara, não foi capaz de se conformar com a ideia de as ter de volta mais cedo. A sua resposta não foi por isso favorável, pelo menos para Elizabeth, impaciente que estava por regressar a casa. Mrs. Bennet mandou-lhes então dizer que não seria possível dispor da carruagem antes de terça-feira, acrescentando ainda num *post--scriptum* que, se Mr. Bingley e a irmã insistissem para que as duas ficassem mais uns dias, ela não se importaria nada. Elizabeth, contudo, estava completamente resolvida a não ficar nem mais um que fosse, para além de que não esperava que lhes dirigissem tal convite. Receosa, pelo contrário, de que considerassem a sua demora mais longa que o devido, instou Jane a que de imediato solicitasse emprestada a Mr. Bingley a carruagem, acabando por ficar assente que nessa mesma manhã manifestariam o seu desejo de deixar Netherfield e formulariam em conformidade o pedido.

O anúncio suscitou um consternado coro de protestos, e com tanta insistência lhes foi rogado que ficassem pelo menos mais um dia, que Jane finalmente se deixou convencer. E assim, até ao dia seguinte, a sua partida foi adiada. Quanto a Miss Bingley, acabou por se arrepender de ter proposto o adiamento, já que os ciúmes e a antipatia que lhe inspirava uma das irmãs em muito excediam a sua afeição pela outra.

O anfitrião lamentou com sinceridade que partissem tão cedo e por mais de uma vez tentou persuadir Miss Bennet de que isso não seria prudente, dado que ela ainda não se encontrava completamente restabelecida. Mas Jane era inabalável quando sentia que tinha razão.

Para Mr. Darcy foram boas notícias — Elizabeth demorara-se em Netherfield tempo suficiente. Atraía-o mais do que ele desejaria, e Miss Bingley, além de descortês no modo como a tratava, provocava-o a ele ainda com mais empenho que o costume. Tomou então a sensata resolução de, daí em diante, ser mais cuidadoso e não deixar escapar o mínimo sinal de admiração por Elizabeth, nada que nela pudesse incutir a esperança de vir a influir na sua felicidade, ciente de que, se tal ideia tivesse porventura sido sugerida antes, o seu comportamento durante o último dia seria determinante tanto para confirmá-la quanto para desvanecê-la. Fiel ao seu propósito, mal lhe dirigiu a palavra durante todo o sábado e, mesmo quando ficaram sozinhos durante meia hora, manteve-se conscienciosamente embrenhado no seu livro, não tendo olhado para ela uma só vez.

No domingo, depois do serviço matinal[22], teve lugar a separação por que quase todos ansiavam. A amabilidade de Miss Bingley para com Elizabeth, assim como o seu afeto por Jane, aumentaram súbita e inusitadamente. E no momento da despedida, depois de beijar a última com afeto e de lhe reafirmar o prazer que sempre lhe daria revê-la, fosse em Longbourn ou em Netherfield, dignou-se mesmo apertar a mão à primeira. Elizabeth despediu-se de todos na melhor disposição de espírito.

Em casa, a receção pela mãe esteve longe de ser calorosa. Mrs. Bennet estranhou o seu regresso, repreendeu-as por terem causado tanto incómodo e ficou certa de que Jane apanhara de novo uma constipação. Mas o pai, apesar de lacónico nas suas expressões de alegria, estava realmente satisfeito por revê-las. Tinha-se dado conta da sua importância no círculo familiar. Com a ausência de

---

[22] «*The morning service*», no original: cerimónia religiosa, à qual, presumivelmente, todos assistiriam. *(NT)*

Jane e de Elizabeth, a conversa ao serão, quando estavam todos reunidos, tinha perdido muito da sua animação e quase todo o sentido.

Encontraram Mary, como de costume, imersa no estudo do baixo contínuo e da natureza humana, com novas passagens das suas últimas leituras para lhes mostrar e novas observações de moralidade já gasta para lhes ler. Catherine e Lydia tinham novidades de um tipo bem diferente. Muito se tinha passado e muito se tinha dito no regimento desde a última quarta-feira: vários oficiais tinham recentemente jantado com seu tio, um soldado raso fora açoitado, e correra mesmo o boato de que o coronel Forster se ia casar.

CAPÍTULO 13

— Espero, minha cara — disse Mr. Bennet à mulher na manhã seguinte, enquanto tomavam o pequeno-almoço —, que tenha mandado preparar um bom jantar para hoje, pois tenho razões para crer que teremos mais um conviva à mesa.

— Mas em quem é que está a pensar, meu caro? Que eu saiba, não esperamos ninguém, a menos que a Charlotte Lucas resolva aparecer... e os *meus* jantares parecem-me suficientemente bons para ela. Não acredito que costume ter uma mesa assim em casa...

— A pessoa a quem me refiro é um cavalheiro e um estranho.

Os olhos de Mrs. Bennet cintilaram.

— Um cavalheiro e um estranho! Só pode ser Mr. Bingley. Jane... minha marota, não me disseste nada!... Enfim, terei imenso prazer em rever Mr. Bingley. Mas... santo Deus! Que azar! Logo hoje que não se consegue arranjar peixe!... Lydia, minha querida, toca a campainha. Tenho de falar já com a Hill.

— Não se trata de Mr. Bingley — disse o marido —, mas sim de uma pessoa que eu nunca vi na vida.

Isto provocou o espanto geral — e Mr. Bennet teve o prazer de ser atormentado com perguntas ansiosas da mulher e das suas cinco filhas, todas ao mesmo tempo.

Depois de se divertir durante um bocado com a sua curiosidade, passou então a explicar.

— Há cerca de um mês recebi esta carta e há umas duas semanas respondi-lhe, já que a delicadeza do assunto requeria atenção imediata. É de meu primo, Mr. Collins, o qual, depois de eu morrer, vos pode pôr todas fora desta casa quando lhe aprouver.

— Oh, não suporto que se mencione esse assunto!... — exclamou a mulher — Não me fale desse homem hediondo, suplico-lhe. É difícil imaginar coisa mais cruel que deserdar as próprias filhas só por causa de um vínculo[23]... Acredite-me que, no seu lugar, já há muito tempo teria feito os possíveis e os impossíveis para resolver esse problema.

Jane e Elizabeth tentaram explicar-lhe a natureza jurídica do vínculo de propriedade. Já o tinham feito muitas outras vezes, mas, no que tocava a este tema, Mrs. Bennet era imune a argumentos racionais. Continuou pois a protestar amargamente contra a crueldade de se privar uma família de cinco filhas da sua herança, em benefício de um homem de quem ninguém queria saber.

— Trata-se, evidentemente, de uma enorme injustiça — disse Mr. Bennet —, e nada pode ilibar Mr. Collins da culpa de ser o herdeiro de Longbourn. Mas se quiser ouvir a carta, talvez a sua opinião melhore um pouco com a forma como ele se exprime.

— Não, disso estou segura. Acho, de resto, que ele foi não só muito impertinente, mas também muito hipócrita, em escrever-lhe. Odeio essas falsas amizades. Porque é que ele não mantém as relações cortadas consigo, como acontecia com o pai?

— A verdade é que, como poderá ver pela carta, ele parece ter tido alguns escrúpulos filiais.

Hunsford, perto de Westerham, Kent,
15 de outubro.

Exm.º Senhor

O desentendimento subsistente entre V^a Ex.ª e meu falecido e honrado pai sempre me foi muito penoso e, desde que tive a desventura de perdê-lo, muitas vezes desejei sanar essa ferida. Durante algum tempo, porém, as

---

[23] Segunda de várias referências ao instrumento jurídico (o «*entail*») que vinculava a um herdeiro único, geralmente varão, a propriedade familiar. Neste caso, e por falta de um herdeiro direto masculino, os bens passaram a um ramo colateral. *(NT)*

minhas próprias dúvidas não me permitiram fazê-lo, por receio de que
pudesse parecer desrespeitoso para com a sua memória manter boas relações
com alguém com quem sempre fora de sua vontade manter-se indisposto.

— Ora aí tem, Mrs. Bennet.

Encontro-me agora, no entanto, totalmente determinado nesse sentido,
visto que, tendo recebido as ordens sacras na Páscoa, tive também a fortuna
de ser agraciado com o patrocínio da Muito Honorável Lady Catherine de
Bourgh, viúva de Sir Lewis de Bourgh, a cuja magnanimidade e benefi-
cência devo a minha nomeação para a ilustre reitoria desta paróquia, onde
empenhadamente procurarei dar humilde testemunho do meu mais grato
respeito por Sua Senhoria, e cumprir com solicitude os ritos e cerimónias
instituídos pela Igreja de Inglaterra. Além de tudo o mais, sinto ser meu
dever, na qualidade de clérigo, promover e instituir a paz divina no seio
de todas as famílias ao meu alcance. Ouso, pelo exposto, esperar que este
presente gesto de boa vontade seja considerado digno de louvor, e que a
circunstância de ser o próximo na linha de sucessão de Longbourn seja
gentilmente ignorada e não os leve a rejeitar o ramo de oliveira que vos
ofereço. Não posso deixar de me sentir consternado com o facto de ser o
instrumento do dano causado a vossas encantadoras filhas e rogo por isso
que aceitem as minhas mais humildes desculpas, assegurando-vos da
minha inteira disponibilidade para, dentro das minhas possibilidades,
proceder à sua reparação. Sobre isto, porém, falaremos mais tarde. Caso
não tenha objeção a receber-me em sua casa, conceder-me-ei então o prazer
de prestar uma visita a V. Ex.ª e sua família, segunda-feira, dia 18 de
novembro, pelas quatro da tarde, abusando porventura da Vossa hospita-
lidade até à noite de sábado da semana seguinte, o que poderei fazer sem
qualquer inconveniente, já que, desde que outro clérigo me substitua no
cumprimento das minhas funções, Lady Catherine não se opõe a que oca-
sionalmente me ausente ao domingo.

Queira apresentar os meus mais respeitosos cumprimentos a sua esposa
e filhas,

De V. Ex.ª

Atento, Venerador e Obrigado,

William Collins

— Às quatro horas, portanto, aqui teremos o nosso emissário de paz — disse Mr. Bennet, voltando a dobrar a carta. — Devo dizer que me parece um rapaz muito consciencioso e educado. E não tenho dúvidas de que se revelará um conhecimento bastante valioso, especialmente se a indulgência de Lady Catherine for tal que lhe permita fazer-nos outras visitas.

— Tem algum sentido o que diz acerca das raparigas. E se ele estiver disposto a fazer alguma reparação, não serei eu a desanimá-lo.

— Embora seja difícil imaginar de que modo tenciona ele fazer a reparação que julga ser-nos devida — disse Jane —, o seu propósito é, sem dúvida, louvável.

Elizabeth ficou sobretudo impressionada com a extraordinária deferência de Mr. Collins para com Lady Catherine, bem como com a sua caridosa intenção de batizar, casar e enterrar os seus paroquianos sempre que tal fosse necessário.

— Deve ser uma personagem peculiar — comentou. — Não o consigo entender muito bem. O estilo é muito pomposo... E o que é que ele pretenderá ao desculpar-se por ser o próximo na linha de sucessão? Ninguém esperaria que ele renunciasse mesmo que pudesse. O senhor acredita que ele possa ser uma pessoa de bom senso?

— Não, minha querida, não o creio. Tenho até bastantes esperanças de que seja exatamente o inverso. Há um misto de servilismo e de presunção na sua carta que promete muito. Estou impaciente por conhecê-lo.

— Do ponto de vista da composição — disse Mary —, não tenho reparos a fazer. Talvez a ideia do ramo de oliveira não seja completamente nova, mas parece-me ter sido bem expressa.

Para Catherine e Lydia, nem a carta nem o seu autor tinham o mínimo interesse. Era muito pouco provável que aquele seu primo chegasse de casaca vermelha, e já há várias semanas que o convívio com homens vestidos de outra cor tinha deixado de constituir para elas um prazer. Quanto a sua mãe, a carta de Mr. Collins tinha conseguido dissipar em grande parte a sua má vontade, e ela já se preparava para o receber com uma compostura que deixou o marido e as filhas boquiabertos.

Mr. Collins chegou à hora anunciada e foi muito cortesmente acolhido por toda a família. Mr. Bennet quase não falou. As senhoras, porém, dispuseram-se de imediato a fazer as despesas da conversa, e Mr. Collins não parecia nem precisar de ser incitado, nem ele próprio inclinado a manter-se em silêncio. Era um homem de vinte e cinco anos, alto e de semblante grave. Tinha um ar solene e imponente, e maneiras cerimoniosas. Ainda mal se sentara quando resolveu cumprimentar Mrs. Bennet por ter umas filhas tão encantadoras. Disse-lhe que tinha ouvido falar muito da sua beleza mas que, neste caso, a fama não lhes fizera inteira justiça; e acrescentou que não tinha quaisquer dúvidas de que, no seu devido tempo, a mãe teria a alegria de as ver a todas bem casadas. Esta galanteria não foi muito ao gosto de algumas das suas ouvintes. Mas Mrs. Bennet, que nunca desprezava um elogio, respondeu prontamente:

— É muito gentil da sua parte, e só desejo de todo o coração que isso venha a ser verdade. Caso contrário, elas ficarão completamente desprovidas. As coisas ficaram dispostas de uma maneira tão estranha...

— Alude talvez à sucessão desta propriedade.

— De facto assim é, meu senhor! Tem de reconhecer que se trata de uma situação muito penosa para as minhas pobres meninas. Não que eu lhe queira atribuir quaisquer culpas, pois bem sei que estas coisas são uma questão de sorte. Quando uma propriedade fica vinculada, não há maneira de saber o que é que lhe acontecerá.

— Pode V. Ex.ª ficar certa de que estou perfeitamente ciente das privações a que ficarão sujeitas minhas encantadoras primas; e mais poderia dizer sobre o assunto, não fosse o receio de vos poder parecer um tanto atrevido e precipitado. Posso, contudo, assegurar estas meninas de que estou pronto a admirá-las. De momento, nada mais direi. Talvez quando nos conhecermos melhor...

Foi interrompido pelo anúncio do jantar — e as raparigas trocaram alguns sorrisos entre si. Não foram elas os únicos objetos da admiração de Mr. Collins. O vestíbulo, a sala de jantar e todo o seu recheio foram cuidadosamente inspecionados e devidamente apreciados. Tamanhos louvores teriam decerto tocado o coração de Mrs. Bennet, não fora a dolorosa suposição de que ele passava em revista a sua futura propriedade. O jantar, por sua vez, teve também a sua dose de elogios, e Mr. Collins insistiu em saber a qual de suas encantadoras primas se ficava a dever a excelência da sua confeção. Mas aqui foi prontamente corrigido por Mrs. Bennet que, um pouco asperamente, lhe asseverou que estavam em perfeitas condições de manter uma cozinheira e que não havia nada que as filhas fizessem na cozinha. Ele pediu perdão por ter sido inconveniente, e ela, num tom mais suave, respondeu-lhe que de modo algum se sentia ofendida. Mas ele continuou a desculpar--se durante mais um quarto de hora.

CAPÍTULO 14

Enquanto durou o jantar, Mr. Bennet quase não disse palavra. Mas quando os criados se retiraram, julgou ser chegada a altura de conversar um pouco com o seu convidado. Começou por abordar um tema em que esperava vê-lo brilhar, comentando o quão afortunado ele tinha sido em encontrar tal benfeitora. A forma como Lady Catherine atendia aos seus desejos e ao seu bem-estar era verdadeiramente notável. Mr. Bennet não teria escolhido melhor. Mr. Collins foi profuso nos seus elogios. O tema elevava-o a uma solenidade ainda maior que a habitual, e foi com ar de grande importância que ele declarou nunca na sua vida ter testemunhado semelhante comportamento, semelhante afabilidade e condescendência, numa pessoa daquele estatuto como em Lady Catherine. Fizera-lhe, por exemplo, a graça de apreciar os dois sermões que ele tinha tido a honra de pregar na sua presença. Tinha-o, também, convidado duas vezes para jantar em Rosings, e ainda no último sábado o mandara chamar para compor ao serão a mesa do *quadrille*[24]. Conhecia muitas pessoas que consideravam Lady Catherine uma mulher orgulhosa; ele, contudo, nunca encontrara nela senão amabilidade. Sempre o havia tratado como a um cavalheiro. Nunca levantara a menor objeção a que ele se relacionasse com as pessoas das redondezas, nem a que ocasionalmente se ausentasse da sua paróquia por uma semana ou duas, para visitar as suas relações. Dignara-se mesmo aconselhá-lo a casar o

---

[24] *Quadrille*: jogo de cartas para quatro jogadores, muito em voga na Inglaterra do século XVIII. *(NT)*

mais depressa possível, contando que a sua escolha fosse feita com discernimento. E tivera ainda uma vez a infinita bondade de o visitar no seu humilde presbitério, onde, para além de aprovar na íntegra todas as alterações a que ele havia procedido, condescendera ainda em sugerir algumas ela própria: uma ou outra prateleira nos aposentos de cima.

— Tudo com o maior decoro e educação, faço ideia — disse Mrs. Bennet. — Parece-me muito gentil. Só é pena que não haja mais senhoras da alta sociedade como ela. E vive perto de si?

— O jardim no qual se situa a minha humilde morada está separado apenas por um caminho de Rosings Park, a residência de Sua Senhoria.

— Se não me engano, o senhor disse que ela era viúva. E não tem outra família?

— Apenas uma filha, herdeira única de Rosings e de uma vasta fortuna.

— Ah!... — exclamou Mrs. Bennet, acenando com a cabeça. — Então está muito melhor na vida que muitas raparigas... E como é que ela é? Bonita?

— É uma menina deveras encantadora. A própria Lady Catherine costuma dizer que, em matéria de beleza, Miss de Bourgh é infinitamente superior às demais, já que nos seus traços se reconhece aquilo que naturalmente distingue uma ascendência ilustre. Infelizmente, possui uma constituição delicada que não lhe tem permitido aperfeiçoar muitos dos seus dotes, o que de outro modo, e de acordo com o que me foi informado pela senhora que intende a sua educação e que ainda hoje reside com elas, ela não teria deixado de fazer. É, no entanto, de uma amabilidade sem par, e muitas vezes me tem dado a honra de passar à minha humilde porta no seu pequeno faetonte puxado por pónies.

— E já foi apresentada em St. James? Não me lembro de ter visto o seu nome entre as damas da corte.

— Lamentavelmente, a sua saúde delicada não lhe permite residir em Londres; e assim, como eu próprio tive um dia a ocasião de dizer a Lady Catherine, fica a corte britânica privada de um dos seus mais brilhantes ornamentos. Sua Senhoria pareceu comprazer-

-se com a imagem, e não será difícil de imaginar como me apraz oferecer sempre que posso estes pequenos cumprimentos, estas pequenas delicadezas, tão ao gosto das senhoras. Já por mais de uma vez comentei com Lady Catherine que sua adorável filha parecia nascida para ser duquesa, e que o mais elevado dos títulos, ao invés de lhe conferir estatuto, seria por ela adornado. São estes pequeninos nadas que agradam a Sua Senhoria, e é este o tipo de atenções que me sinto particularmente obrigado a dedicar-lhe.

— Tem o senhor toda a razão — disse Mr. Bennet —, e é para si uma felicidade que possua o talento de adular com delicadeza. Permite-me que lhe pergunte se essas gentis atenções advêm de um impulso momentâneo ou se, pelo contrário, são o resultado de estudo prévio?

— Elas são sobretudo inspiradas pelas circunstâncias do momento; e embora eu por vezes me divirta a idealizar e a polir essas pequenas delicadezas, adaptando-as a situações comuns, tento sempre dar-lhes um ar o mais espontâneo possível.

As expectativas de Mr. Bennet não podiam ter sido melhor atendidas. Seu primo era tão caricato quanto ele o imaginara; ouvia-o com o mais profundo deleite, mantendo ao mesmo tempo um ar de total compostura e, com exceção para um olhar ocasional na direção de Elizabeth, sem sequer necessitar de companhia na sua fruição.

Quando chegou a hora do chá, porém, a dose já tinha sido mais que suficiente, e foi de bom grado que Mr. Bennet acompanhou de novo o seu hóspede até à sala de estar e o convidou, no final, a ler em voz alta para as senhoras. Mr. Collins acedeu prontamente, aceitando o livro que lhe foi oferecido; mas, ao reparar na capa (pois tudo indicava que ele proviesse de uma biblioteca circulante[25]), sobressaltou-se e, pedindo desculpa, declarou que ler romances não fazia parte dos seus hábitos. Kitty ficou a olhar para ele incrédula, e Lydia soltou uma exclamação de espanto. Trouxeram-lhe então

---

[25] As bibliotecas circulantes dedicavam-se ao empréstimo de livros sob pagamento, adaptando-se por isso ao gosto cada vez mais popular por romances e novelas. (NT)

outros livros, de entre os quais, após alguma ponderação, ele acabou por escolher os *Sermões* de Fordyce[26]. Lydia começou a bocejar mal ele abriu o volume, e antes que, com monótona solenidade, Mr. Collins tivesse conseguido ler três páginas, ela interrompeu-o dizendo:

— Sabia, mamã, que o tio Phillips está a falar em dispensar o Richard e que, se isso acontecer, o coronel Foster o vai tomar ao seu serviço? Contou-me a tia no sábado. Amanhã vou a Meryton para tentar saber mais e para perguntar quando é que Mr. Denny volta de Londres.

As duas irmãs mais velhas pediram-lhe que estivesse calada, mas Mr. Collins, com ar ofendido, pôs o livro de lado e disse:

— Já muitas vezes tive a ocasião de notar o escasso interesse que as obras edificantes, embora escritas unicamente para seu benefício, despertam entre as meninas, especialmente as mais novas. Confesso que isso me causa algum espanto, já que nada lhes pode ser mais útil que a instrução. Mas não importunarei por mais tempo minha jovem prima.

Então, voltando-se para Mr. Bennet, ofereceu-se como seu adversário no gamão. Mr. Bennet aceitou o desafio, observando que ele tinha sido muito sensato em deixar as raparigas entregues às suas frívolas distrações. Mrs. Bennet e as filhas desculparam-se educadamente pela interrupção de Lydia e prometeram-lhe que, caso ele quisesse prosseguir a leitura do livro, o mesmo não voltaria a acontecer. Mas Mr. Collins, depois de lhes ter garantido que não guardara qualquer ressentimento em relação a sua prima e que jamais sentiria o seu comportamento como uma afronta, sentou-se a outra mesa com Mr. Bennet e preparou-se para o seu jogo de gamão.

---

[26] *Sermons to Young Women*, da autoria de James Fordyce: obra bastante popular na época, constituída por uma coleção de sermões de intuito moralizante, especialmente dedicados a um público feminino jovem. *(NT)*

CAPÍTULO 15

Mr. Collins não apenas era uma pessoa de pouco senso, como a educação e o convívio em sociedade pouco ou nada tinham contribuído para colmatar essa deficiência de natura. A maior parte da sua vida passara-a sob o domínio de um pai avarento e iletrado; e apesar de ter frequentado uma das universidades[27], limitara-se a permanecer nela o tempo estritamente necessário, sem ter travado quaisquer conhecimentos úteis. O regime de opressão em que o pai o criara dotara-o, no início, de uma extrema humildade no trato. Dela restavam agora poucos traços, contrariada que fora pela presunção própria de um espírito medíocre, pela vida num meio isolado, e pelo sentimento de importância que uma precoce e inesperada prosperidade lhe emprestara. Um acaso providencial tinha-o colocado sob a proteção de Lady Catherine de Bourgh quando a reitoria de Hunsford estava vaga. O respeito que ele nutria pelo elevado estatuto da sua benfeitora e a veneração que lhe consagrava, combinados com uma alta opinião de si mesmo, a sua autoridade de clérigo e os seus direitos de reitor, faziam dele um misto de orgulho e subserviência, de presunção e humildade.

Agora que possuía uma boa casa e um rendimento mais que suficiente, decidira casar. Este seu desejo não era estranho à tentativa de reconciliação com a família de Longbourn, já que de entre as suas filhas, caso as achasse tão belas e graciosas quanto comum-

---

[27] Oxford ou Cambridge, as duas únicas universidades inglesas na altura; entre os seus requisitos, contava-se o da residência dos alunos num colégio por um número mínimo de períodos escolares. (NT)

mente se dizia, pretendia escolher a sua esposa. Nisto consistia o seu plano de compensação — ou melhor, de expiação — por herdar os bens de seu pai. E que excelente era, tão conveniente e vantajoso para todos, e tão imensamente generoso e desinteressado da sua parte.

Nada se modificou depois de as ver. O rosto encantador de Miss Bennet confirmou as suas previsões e veio ao encontro das suas rígidas ideias sobre os direitos de primogenitura. Na primeira noite, foi sobre ela que recaiu a sua escolha. Na manhã seguinte, porém, teve de proceder a uma alteração. Tudo aconteceu ainda antes do pequeno-almoço, quando, durante uma conversa de quinze minutos com Mrs. Bennet, começada com o seu presbitério e terminada com a revelação das suas aspirações a encontrar em Longbourn uma senhora para a casa, um comentário da sua anfitriã, por entre sorrisos complacentes e palavras de incentivo, o pôs de sobreaviso em relação àquela pela qual se havia decidido. Sobre as filhas mais novas Mrs. Bennet não estava em condições de lhe dizer nada, pelo menos com segurança, mas não sabia da existência de qualquer impedimento. Já sobre a filha mais velha devia mencionar — sentia ser seu dever dar-lhe a entender — que era provável que muito em breve ela ficasse noiva.

Mr. Collins tinha apenas de passar de Jane para Elizabeth. E num instante o fez, aproveitando o momento em que Mrs. Bennet espertava o lume. Elizabeth, que vinha logo a seguir a Jane quer em idade quer em beleza, foi a sua natural sucessora.

Mrs. Bennet congratulou-se com a alusão, confiante de que em pouco tempo teria duas de suas filhas casadas. E o homem de quem ela nem conseguia ouvir falar no dia anterior estava agora nas suas boas graças.

Lydia, entretanto, não abandonara a sua intenção de ir a Meryton. Todas as irmãs, com exceção de Mary, concordaram em ir com ela; e Mr. Bennet, ansioso por se ver livre de Mr. Collins, incumbiu-o de as acompanhar. Queria voltar a ter a biblioteca só para si como já não tinha desde o pequeno-almoço, quando o primo, supostamente imerso num dos maiores in-fólios da coleção mas de facto ocupado em falar quase ininterruptamente sobre a sua casa e o seu jardim em Hunsford, lá se instalara. E isto perturbava Mr. Bennet profundamente. Na sua biblioteca tinha a certeza de poder gozar de ócio e tranquilidade. E embora estivesse preparado, como dizia a Elizabeth, para enfrentar a estultice e a presunção em qualquer outro compartimento da casa, sabia que havia sempre um lugar onde podia estar a salvo delas. Não podia, pois, deixar passar a oportunidade de ser amável com Mr. Collins, convidando--o de pronto a juntar-se a suas filhas no passeio — com o que este, de facto mais habilitado para caminhadas que para grandes leituras, pôde finalmente fechar o seu calhamaço e sair.

O tempo passou entre pomposas banalidades do lado dele e corteses assentimentos por parte de suas primas, até que chegaram a Meryton e as duas mais novas perderam todo o interesse nele. De imediato os seus olhos se puseram a vagar pela rua em busca de oficiais, e nada a não ser uma musselina acabada de chegar ou um elegantíssimo chapéu nalguma montra de loja as poderia chamar de novo à realidade.

Cedo, porém, a atenção das senhoras foi atraída por um rapaz de aspeto distinto, que caminhava na companhia de um oficial do outro lado da rua. Nunca o haviam visto antes. O oficial, que se inclinou à sua passagem, era o mesmo Mr. Denny acerca de cujo retorno de Londres Lydia se tinha ido informar. Todas ficaram impressionadas com a figura daquele desconhecido, todas se interrogaram sobre quem ele seria, e Kitty e Lydia, determinadas a descobrir o que pudessem, começaram a atravessar a rua sob pretexto de quererem alguma coisa da loja em frente, subindo por sorte o passeio exatamente quando os dois homens, que entretanto tinham tornado atrás, alcançavam o mesmo ponto. Mr. Denny dirigiu-se-lhes com um cumprimento, pedindo licença para lhes apresentar o seu amigo, Mr. Wickham, que acabara de regressar com ele de Londres no dia anterior e, dizia-o com satisfação, de aceitar uma comissão de oficial no seu regimento — e isso era exatamente aquilo que se pretendia, já que ao segundo apenas faltava um uniforme para que o seu encanto fosse absoluto. No que tocava a aparência, tinha tudo a seu favor, visto possuir todos os requisitos de beleza: feições corretas, compleição elegante e fino trato. Às apresentações seguiu-se, da sua parte, uma admirável fluidez de conversa — uma fluidez ao mesmo tempo perfeitamente correta e despretensiosa. E assim continuaram todos agradavelmente a conversar, até que o rumor de cavalos lhes chamou a atenção e eles viram que Darcy e Bingley desciam a rua. Ao avistarem as senhoras, os dois homens foram diretamente ao seu encontro, prestando-lhes as devidas cortesias. Bingley foi o principal orador e Miss Bennet o principal objeto. Estava precisamente nesse momento a caminho de Longbourn, disse, para inquirir sobre a sua saúde. Mr. Darcy corroborou-o com uma inclinação de cabeça e estava quase decidido a não fixar os olhos em Elizabeth, quando eles foram atraídos pela visão do desconhecido. Elizabeth, por seu lado, reparando nas expressões dos seus rostos quando se encararam, surpreendeu-se com o efeito produzido pelo encontro. Os dois mudaram de cor: um ficou branco, o outro vermelho. Depois de um momento, Mr. Wickham tocou a aba do chapéu, uma saudação que Mr. Darcy mal se dignou retribuir. O que significaria aquilo? Era impossível adivinhar, como era impossível não desejar saber.

No momento seguinte, Mr. Bingley, aparentando não se ter apercebido de nada, despediu-se e, tornando a montar o cavalo, afastou-se com o amigo.

Mr. Denny e Mr. Wickham acompanharam as raparigas até à porta de casa de Mr. Phillips onde, depois de feitas as respetivas vénias, as deixaram, apesar das instâncias de Miss Lydia para que entrassem e de Mrs. Phillips ter mesmo escancarado a janela para, em voz bem alta, confirmar o convite.

Mrs. Phillips ficava sempre contente por ver as sobrinhas, desta vez sobretudo as duas mais velhas, a quem a recente ausência proporcionou um acolhimento ainda mais entusiástico. Manifestava ela com exuberância a sua surpresa pelo inesperado retorno, do qual, já que elas não tinham sido trazidas na sua própria carruagem, nada teria sabido, não fora o caso de se ter cruzado na rua com o moço de fretes da farmácia de Mr. Jones e de este lhe ter dito que não enviariam mais doses de medicamento a Netherfield porque as meninas Bennet se tinham ido embora, quando a sua atenção foi reclamada por Jane, a quem coube apresentar Mr. Collins. Ela recebeu-o da forma mais cortês possível, à qual ele retribuiu com maior cortesia ainda, pedindo desculpa pela intrusão sem ter sido previamente apresentado, o que, ousava pensar, poderia ser justificado pela sua relação de parentesco com as meninas a quem devia esse prazer. Mrs. Phillips ficou assombrada perante tamanha profusão de boas maneiras; mas depressa a sua contemplação daquele estranho foi interrompida por exclamações e perguntas sobre o outro, do qual, no entanto, ela nada mais podia dizer para além daquilo que as sobrinhas já sabiam: que viera de Londres com Mr. Denny e que lhe havia sido atribuída a comissão de tenente no regimento do -------shire[28]. Tinha estado a observá-lo durante a última hora, disse, a andar para cá e para lá na rua, tarefa que, houvesse Mr. Wickham reaparecido, Kitty e Lydia teriam seguramente continuado a desempenhar. Para sua desgraça, porém, ninguém tornou a passar pelas janelas a não ser um ou outro oficial, que entretanto, por comparação com o estranho, se haviam tornado «aborrecidos e desinteressantes». Como alguns deles eram esperados pelos Phillips para jantar no dia seguinte, a tia prometeu enviar o marido com igual convite a Mr. Wickham, caso a família de Longbourn se lhes reunisse ao serão. A proposta foi aceite, e Mrs. Phillips asseverou-lhes que teriam um divertido e barulhento jogo de lotaria[29] e uma pequena ceia quente a seguir. Despediram-se animados, antecipando o gozo dessas delícias. Mr. Collins repetiu os pedidos de desculpas ao sair da sala, tendo-lhe sido com incansável cortesia assegurado que eles não tinham qualquer razão de ser.

Durante o regresso a casa, Elizabeth contou a Jane a cena a que tinha assistido entre os dois homens. E embora esta os tivesse em

---

[28] Em Inglaterra, os regimentos de milícias envergavam o nome do condado ao qual pertenciam (na sua grande maioria, com terminação em «shire»), embora estivessem normalmente deslocados noutros pontos do país. Como noutras partes do texto, a Autora utiliza aqui uma convenção — substituindo o nome, ou uma parte dele, por um espaço em branco —, de forma a evitar a identificação com topónimos ou apelidos reais. *(NT)*

[29] «*Lottery tickets*», no original: jogo de cartas que consistia em apostar naquela que sairia a seguir. *(NT)*

qualquer circunstância defendido, mesmo que um deles, ou ambos, parecessem culpados, foi tão incapaz quanto a irmã de encontrar uma explicação para um tal comportamento.

Chegado a Longbourn, Mr. Collins deixou Mrs. Bennet deleitada com os louvores tecidos aos refinados modos de Mrs. Phillips. Com exceção de Lady Catherine e de sua filha, declarou solenemente, nunca tinha conhecido senhora mais elegante. Não apenas ela o tinha recebido com a mais extrema cortesia, como ainda o havia expressamente incluído no seu convite para o próximo serão, apesar de nunca o ter visto antes. Pelo menos em parte, assim lhe parecia, isso poderia ficar a dever-se à relação de parentesco que mantinha com eles, mas a verdade é que nunca em toda a sua vida havia sido tão gentilmente recebido.

CAPÍTULO 16

Como nenhuma objeção foi levantada àquilo que tinha ficado acordado entre as raparigas e a tia, e todos os escrúpulos de Mr. Collins em deixar Mr. e Mrs. Bennet por uma noite que fosse durante a sua permanência foram firmemente opostos, chegada a hora, a carruagem transportou-o a si e a suas cinco primas até Meryton — para então estas receberem a feliz notícia, assim que entraram na sala de estar, de que Mr. Wickham tinha aceitado o convite do tio e que, por isso, também lá se encontraria.

Depois de dada a informação e de todos se terem sentado nos seus lugares, Mr. Collins teve então oportunidade de elogiar tudo aquilo que ia observando à sua volta. E tão impressionado ficou com o tamanho e a mobília da sala, que declarou poder quase imaginar-se na salinha onde, no verão, se servia o pequeno-almoço em Rosings. A comparação não recolheu de início grande favor, mas quando Mrs. Phillips foi por ele elucidada sobre o que era Rosings e sobre quem era o seu proprietário, quando enfim ouviu a descrição de uma das salas de estar de Lady Catherine e descobriu que só a moldura da lareira tinha custado oitocentas libras, então deu-se conta de todo o alcance do cumprimento — e nem uma comparação com o quarto da governanta a poderia já ter ofendido.

Enquanto os cavalheiros não se lhes juntavam, Mr. Collins esteve agradavelmente empenhado em descrever a Mrs. Phillips toda a magnificência de Lady Catherine e da sua mansão, com ocasionais digressões de encómio à sua própria e humilde residência e aos melhoramentos que nela estavam a ser feitos. Nela encontrou uma ouvinte deveras atenta, cada vez mais segura da importância de Mr. Collins à medida que o escutava e pronta a repetir tudo em pormenor às vizinhas logo que fosse possível. A suas primas porém, que já não suportavam ouvi-lo e nada mais tinham para fazer a não ser suspirar por um instrumento e contemplar, sobre a lareira, as medíocres imitações de porcelana[30] de sua própria lavra, aquele compasso de espera pareceu demasiado longo. Até que chegou ao fim. Os homens encaminharam--se para a sala; e quando Mr. Wickham entrou pela porta, Elizabeth percebeu que a admiração com que antes o olhara e com que depois pensara nele não fora de modo algum exagerada. Os oficiais do regimento eram, em geral, pessoas bastante distintas e honradas, sendo que os melhores de entre eles estavam ali presentes. Mr. Wickham, contudo, estava tão longe dos outros na figura e nas feições, nos modos e no porte, quanto eles do façudo e enfadonho tio Phillips que, exalando vinho do Porto, os conduzira até à sala.

Mr. Wickham foi o afortunado na direção de quem quase todos os olhares femininos se voltaram, e Elizabeth a afortunada junto de quem ele finalmente se sentou. E o modo desembaraçado como ele prontamente iniciou o diálogo, conquanto limitado ao mau tempo dessa noite e ao prenúncio de uma estação chuvosa, fê-la pensar em como, nas mãos de um hábil conversador, mesmo o tema mais banal, o assunto mais vulgar e trivial, se podia tornar interessante.

Com rivais tão temíveis como Mr. Wickham e os outros oficiais a disputar as atenções do belo sexo, Mr. Collins parecia condenado a mergulhar na insignificância. As mais jovens não lhe reconheciam qualquer interesse; mas já em Mrs. Phillips ele continuou a encontrar, ainda que a espaços, uma ouvinte amável, tendo ainda sido, graças aos seus cuidados, abundantemente provido de café e pãezinhos[31]. Quando as mesas de jogo foram postas, teve ocasião de retribuir a gentileza, sentando-se para jogar *whist*[32].

---

[30] Estas imitações consistiam na cópia, sobre outro suporte como a cerâmica ou a madeira, da decoração própria da porcelana fina. *(NT)*

[31] *«Muffins»*, no original: em Inglaterra, pãezinhos lêvedos, redondos e achatados, habitualmente servidos depois de serem abertos ao meio, torrados e barrados com manteiga. *(NT)*

[32] *Whist*: jogo de cartas, semelhante ao *bridge* e seu precursor, muito em voga na Inglaterra do século XIX. *(NT)*

— Não conheço ainda muito bem o jogo — disse —, porém terei todo o prazer em aperfeiçoar-me, já que a minha presente situação...

Mrs. Phillips agradeceu o obséquio, mas não quis saber dos motivos.

Mr. Wickham não jogou *whist*, tendo sido acolhido com indisfarçado regozijo na outra mesa, onde tomou lugar entre Elizabeth e Lydia. De início, parecia haver algum risco de esta, faladora inveterada, o absorver por completo. Mas como a lotaria a atraía em igual medida, em breve ficou demasiado entusiasmada com o jogo, demasiado empenhada em fazer apostas e em lançar exclamações sempre que havia um prémio, para conseguir dedicar-se a quem quer que fosse. Atendendo às modestas solicitações do jogo, Mr. Wickham tinha todo o tempo para conversar com Elizabeth, e ela toda a vontade de o escutar, mesmo que não ousasse esperar ouvir aquilo que mais queria: a história da sua relação com Mr. Darcy. Não se atreveu sequer a nomeá-lo. A sua curiosidade, porém, foi inesperadamente satisfeita. Coube ao próprio Mr. Wickham abordar o assunto. Primeiro, inquiriu a que distância ficava Netherfield de Meryton e, depois de ouvir a resposta, perguntou a Elizabeth, num tom algo hesitante, há quanto tempo Mr. Darcy aí se encontrava.

— Há cerca de um mês — respondeu Elizabeth, acrescentando logo a seguir, para não deixar cair o assunto: — Pelo que sei, é dono de vastíssimas terras em Derbyshire.

— Com efeito — retorquiu Wickham. — É uma propriedade verdadeiramente magnífica. Dez mil libras de renda por ano, pelo menos. Não poderia ter encontrado ninguém em melhores condições que eu para lhe fornecer informações seguras a esse respeito: mantenho desde a infância uma ligação muito especial com a família de Mr. Darcy.

Elizabeth não conseguiu esconder a sua surpresa.

— É perfeitamente normal que fique surpreendida, Miss Bennet, tendo reparado, como creio, na frieza com que ontem nos cumprimentámos. Conhece bem Mr. Darcy?

— Melhor do que desejaria — respondeu Elizabeth com energia. — Passámos quatro dias sob o mesmo teto e posso dizer-lhe que o acho muito desagradável.

— Não tenho o direito de lhe dar a minha opinião a esse respeito — disse Wickham. — Não me sinto habilitado a fazê-lo. Conheço-o demasiado bem e há demasiado tempo para ser um bom juiz. Nunca poderia ser imparcial. Mas estou em crer que a opinião que dele forma provocaria o espanto da maioria das pessoas; e que, se estivéssemos noutro lugar, que não entre os seus, ela não seria porventura expressa de forma tão veemente.

— Garanto-lhe que não digo mais aqui do que diria em qualquer casa das vizinhanças, com exceção de Netherfield. É um homem muito malquisto no Hertfordshire. Ninguém suporta a sua arrogância. Não encontrará nenhuma outra pessoa que lhe fale melhor dele.

— Não vou fingir que lamento — disse Wickham, depois de uma breve pausa — que ele, ou outra pessoa qualquer, não receba mais estima que aquela que merece. Mas no caso dele, em particular, não me parece que isso aconteça com frequência. As pessoas deixam-se cegar pela sua fortuna e pelo seu estatuto, ou então assustam-se com os seus modos altivos e arrogantes, vendo-o apenas como ele quer ser visto.

— O pouco que conheço dele não me parece de todo abonar em favor do seu caráter.

Wickham limitou-se a assentir com a cabeça.

— Pergunto-me — continuou ele, assim que teve oportunidade — se Mr. Darcy tencionará permanecer por muito mais tempo na região.

— Não lhe consigo dizer, mas não ouvi comentar nada sobre a sua partida enquanto estive em Netherfield. Espero que os seus planos de ingressar no regimento não se deixem influenciar pelo facto de ele se encontrar nas redondezas.

— Oh, não, de modo algum. Não serei eu a deixar-me afastar por Mr. Darcy. Se ele não quiser correr o risco de me encontrar, terá de ser ele a ir-se embora. Não mantemos boas relações e é-me sempre muito penoso vê-lo, mas não tenho qualquer razão para o evitar para além daquilo que posso declarar publicamente: um sentimento de profunda iniquidade e um intenso pesar por ele ser como é. Seu pai, Miss Bennet, o falecido Mr. Darcy, foi um dos melhores homens que já passaram pela terra e o maior amigo que já tive; e eu não consigo estar na presença do filho sem que me sinta dilacerado por tantas e tão ternas recordações. O seu procedimento para comigo foi escandaloso. E, no entanto, creio sinceramente que lhe poderia perdoar tudo, menos ter contrariado a vontade do pai e desonrado a sua memória.

A atenção com que Elizabeth o escutava crescia à medida que o relato ia ganhando interesse. Mas o tema era demasiado delicado para que pudesse fazer mais perguntas.

Então Mr. Wickham começou a falar de assuntos mais triviais, como Meryton, a vizinhança e, em particular, a vida social, à qual se referiu, por entre expressões de agrado por tudo o que até ao momento tinha visto, com discreta mas evidente galanteria.

— Foi sobretudo a perspetiva de uma vida social intensa, num meio elegante — acrescentou —, que me levou a ingressar no regimento. Sabia de antemão que se tratava de uma unidade muito prestigiada e com um ambiente agradável, mas o meu amigo Denny aliciou-me ainda mais com o relato que fez do aquartelamento, assim como do excelente acolhimento e ótimas relações que Meryton lhes proporcionava. O convívio, tenho de reconhecê-lo, é-me imprescindível. Sofri muitos desgostos ao longo da vida e, por isso, sou incapaz de suportar a solidão. Preciso de conviver e de me sentir ocupado. Não estava destinado à vida militar, mas as atuais circunstâncias acabaram por torná-la desejável. Na verdade, devia ter seguido a carreira eclesiástica; foi nesse sentido que fui educado e, a esta hora, tivesse sido também essa a vontade do cavalheiro de quem estivemos agora mesmo a falar, estaria a usufruir de um benefício[33] deveras rentável.

— Realmente!...

— É verdade. O falecido Mr. Darcy deixou-me em testamento a vaga seguinte para o melhor benefício de que dispunha. Era meu padrinho e nutria por mim uma afeição extrema. Não tenho palavras para descrever a sua bondade. Era sua intenção assegurar-

---

[33] No original, «*living*»: cargo eclesiástico, dotado de renda e atribuído a título pessoal. A concessão de benefícios estava, frequentemente, nas mãos de grandes senhores rurais. *(NT)*

-me uma vida desafogada, como acreditou ter conseguido. Mas quando a reitoria ficou vaga, foi oferecida a outro.

— Deus do céu! — exclamou Elizabeth. — Mas como é que isso pôde acontecer? Como é que a sua última vontade pôde ser ignorada? Porque é que não recorreu à justiça?

— A informalidade dos seus termos é tal que não me permite alimentar qualquer esperança nesse sentido. Um homem de honra não teria duvidado da intenção expressa no legado, mas Mr. Darcy preferiu fazê-lo; ou melhor, encarou-a como uma mera recomendação sujeita a condições, afirmando que eu tinha perdido todo o direito a ela por imprudência e por extravagância, em suma, por tudo e por nada. O certo é que o lugar ficou vago há dois anos, exatamente quando eu tinha acabado de atingir a idade necessária, e que foi dado a outro; como também é certo que eu não posso dizer que tenha feito realmente alguma coisa para o desmerecer. Tenho um feitio impulsivo, irrefletido, e uma ou outra vez talvez tenha falado sobre ele, e com ele, com demasiada liberdade. Não me recordo de nada mais grave que isso. A verdade é que somos os dois muito diferentes, e que ele me odeia.

— Mas isso é horrível! Ele merecia ser exposto publicamente!...

— Mais cedo ou mais tarde sê-lo-á, mas não por mim. Enquanto tiver viva a memória de seu pai, nunca serei capaz de o afrontar ou de o desmascarar em público.

Estes sentimentos inspiraram a admiração de Elizabeth, que o achou ainda mais belo enquanto ele os expressava.

— Mas qual terá sido o seu motivo? — perguntou ela, depois de uma curta pausa. — O que é que o terá levado a cometer semelhante injustiça?

— Uma profunda e firme antipatia pela minha pessoa. Uma antipatia que eu me vejo obrigado a atribuir, pelo menos em parte, ao ciúme. Houvesse o falecido Mr. Darcy gostado menos de mim, o filho ter-me-ia suportado melhor. Acredito que a rara afeição que o pai desde muito cedo me dedicou acabou por aborrecê-lo. Ele não é o tipo de pessoa capaz de suportar a espécie de competição que entre nós havia, ou antes, a espécie de preferência que muitas vezes me era dada.

— Não imaginava que Mr. Darcy pudesse ser tão perverso... Apesar de nunca ter gostado dele, não o tinha em tão má conta. Sabia que desprezava em geral os seus semelhantes, mas não suspeitava de que fosse capaz de uma vingança tão torpe, de uma crueldade e injustiça tamanhas!... — Depois, porém, de refletir um pouco, acrescentou: — Na verdade, lembro-me de um dia, em Netherfield, ele se ter gabado de ser inflexível no seu rancor, de jamais perdoar. Deve ter muito má índole...

— Não me atrevo a pronunciar-me sobre esse assunto — retorquiu Wickham. — O meu juízo nunca seria imparcial.

Elizabeth tornou a mergulhar nos seus pensamentos, exclamando passado pouco tempo:

— Tratar dessa maneira o afilhado, o amigo, o favorito de seu pai!...

Poderia ter acrescentado: *Um rapaz assim, como o senhor, cuja aparência por si só atesta a sua bondade*, mas limitou-se a dizer:

— Aquele que, para mais, terá sido o seu companheiro de infância, alguém, se bem percebi, a quem estava ligado por laços muito estreitos.

— Nascemos na mesma paróquia, dentro dos limites da mesma propriedade, e passámos juntos a maior parte da nossa juventude: habitando a mesma casa, partilhando as mesmas diversões, recebendo o mesmo afeto paterno. Meu pai, no seu início de vida, começou por exercer a profissão que seu tio, Mr. Phillips, tanto parece honrar. A tudo isso renunciou, porém, para poder colocar-se ao serviço do falecido Mr. Darcy, tendo dedicado todo o seu tempo a cuidar de Pemberley. Mr. Darcy tinha-o em elevada estima, encontrando nele um amigo e um confidente. Por mais de uma vez quis ele manifestar o muito que devia à eficiente administração de meu pai; e quando, imediatamente antes da sua morte, Mr. Darcy lhe fez a promessa voluntária de prover ao meu sustento, estou convencido de que o terá feito tanto em sinal de gratidão para com ele como de afeto por mim.

— Mas isso é incrível!... — exclamou Elizabeth. — Que coisa abominável! Muito me espanta que o orgulho de Mr. Darcy não o tenha levado a ser mais justo consigo. Ou que, à falta de melhor motivo, ele não tenha sido orgulhoso o bastante para não ser desonesto. Porque de desonestidade se trata.

— É de facto espantoso — retorquiu Wickham — que quase todos os seus atos possam ser atribuídos ao orgulho. Este tem sido, muitas vezes, o seu melhor amigo. Mais que qualquer outro sentimento, foi ele que o elevou mais perto da virtude. Mas ninguém está livre de contradição e, na sua conduta para comigo, houve impulsos mais fortes que esse.

— Será possível que esse seu abominável orgulho já lhe tenha trazido algum bem?

— Sim. Muitas vezes o inspirou a ser liberal e generoso: a doar com largueza o seu dinheiro, a oferecer hospitalidade, a ajudar os seus rendeiros e a socorrer os pobres. Isto deve-o ao seu orgulho familiar, e filial, já que se orgulha muito daquilo que seu pai era. Não querer desonrar a família, trair as virtudes que a tornaram conhecida, ou perder a influência de Pemberley House, são todas razões poderosas. Possui ainda um orgulho fraterno que, aliado a alguma dose de afeto, faz dele um guardião atento e solícito de sua irmã. Todos em geral se lhe referem como o melhor e mais devotado dos irmãos.

— E como é Miss Darcy?

Ele abanou a cabeça.

— Gostava de lhe poder dizer que é uma rapariga encantadora. Custa-me falar mal de um Darcy, mas ela é demasiado parecida com o irmão: orgulhosa, muito orgulhosa... Em criança era gentil e afetuosa, para além de muito apegada a mim. Dediquei horas e horas da minha vida a entretê-la. Mas hoje ela não me é nada. É uma rapariga bonita, de uns quinze ou dezasseis anos e, pelo que sei, muitíssimo dotada. Desde a morte do pai tem vivido em Londres, na companhia de uma senhora que se ocupa da sua educação.

Depois de muitas pausas e de muitas tentativas de abordar outros temas, Elizabeth acabou por tornar de novo ao primeiro, dizendo:

— Não consigo entender a sua intimidade com Mr. Bingley!... Como é possível que Mr. Bingley, que parece o bom génio em pessoa, e é, acredito, genuinamente amável, tenha amizade por um homem como esse? Como é que eles se entendem? O senhor conhece Mr. Bingley?

— De todo.

— Pois é um homem gentil, afável, enfim encantador. Não é possível que ele conheça realmente Mr. Darcy.

— Talvez não. Mas Mr. Darcy sabe agradar quando quer. Não lhe faltam qualidades. Pode ser uma companhia muito agradável se achar que vale a pena. Com os seus iguais é um homem muito diferente daquele que é com os menos abonados. O seu orgulho nunca o abandona, mas com os ricos é uma pessoa aberta, justa, sincera, ponderada, respeitável, e quiçá mesmo aprazível, tendo em consideração a sua fortuna e aparência.

Pouco depois, a partida de *whist* terminou e os jogadores reuniram-se em torno da outra mesa, tendo Mr. Collins ocupado o lugar entre sua prima Elizabeth e Mrs. Phillips. Coube a esta última fazer as perguntas costumeiras sobre o seu êxito no jogo. Não tinha sido muito — acabara por perder tudo. Mas quando Mrs. Phillips começou a manifestar a sua consternação pelo sucedido, ele assegurou-lhe com a máxima gravidade que aquilo não tinha a menor importância, que para ele o dinheiro era uma insignificância, rogando-lhe por fim que não se deixasse afligir.

— Sei bem, minha senhora — disse ele —, que quando nos sentamos a uma mesa de jogo temos de correr certos riscos. E eu, felizmente, não estou em situação de atribuir qualquer relevância a cinco xelins. Muitos haverá, seguramente, que não poderão dizer o mesmo, mas graças a Lady Catherine de Bourgh estou bem longe de ter de me preocupar com ninharias como esta.

Estas palavras captaram a atenção de Mr. Wickham, que, depois de ter observado Mr. Collins por um instante, perguntou em voz baixa a Elizabeth se o seu parente tinha alguma relação próxima com a família de Bourgh.

— Lady Catherine de Bourgh — respondeu ela — concedeu--lhe recentemente um benefício eclesiástico. Desconheço como ele lhe terá sido apresentado, mas estou certa de que não a conhece há muito tempo.

— Decerto saberá que Lady Catherine de Bourgh e Lady Anne Darcy eram irmãs; e que, por consequência, ela é tia do atual Mr. Darcy.

— Na verdade, não. Não sabia absolutamente nada nem de Lady Catherine nem da sua família. Até anteontem, nunca tinha ouvido falar dela.

— A filha, Miss de Bourgh, é herdeira de uma vasta fortuna, e consta que ela e o primo unirão as duas propriedades.

Esta informação fez Elizabeth sorrir, lembrando-se da pobre Miss Bingley. As suas atenções, o seu afeto pela irmã, a sua admiração por ele — tudo enfim em vão, se ele já estava destinado a outra.

— Mr. Collins — disse ela — tem Lady Catherine e a filha em elevada consideração. Alguns particulares que ele relatou de Sua Senhoria, no entanto, fizeram-me suspeitar que a sua gratidão lhe terá obnubilado o espírito e que, apesar de sua benfeitora, ela é uma mulher arrogante e presunçosa.

— Creio que ela será ambas, em elevado grau — respondeu Wickham. — Não a vejo há muitos anos, mas lembro-me muito bem de nunca ter gostado dela, nem da sua maneira de ser autoritária e insolente. Tem reputação de ser uma mulher extraordinariamente inteligente e arguta, mas estou convencido de que uma parte dos seus atributos deriva da sua fortuna e posição social, outra dos seus modos despóticos, e o resto do orgulho de seu sobrinho, que decidiu que todas as pessoas relacionadas com ele são dotadas de um entendimento superior.

Elizabeth concedeu que a explicação era bastante plausível e os dois continuaram a conversar com mútuo agrado, até que a ceia veio pôr um fim ao jogo de cartas, permitindo que o resto das senhoras recebesse também o seu quinhão das atenções de Mr. Wickham. Nenhuma conversa resistia à ruidosa ceia de Mrs. Phillips, mas as suas maneiras bastavam para o recomendar. Tudo o que dizia era bem dito, e tudo o que fazia era feito com graça. Quando Elizabeth por fim saiu, a sua imagem não lhe saía da cabeça. No caminho de volta para casa, não conseguiu pensar em mais nada a não ser em Mr. Wickham e em tudo o que ele lhe havia dito. Não teve, porém, uma oportunidade sequer para mencionar o seu nome, já que nem Lydia nem Mr. Collins estiveram calados por um momento que fosse. Lydia falava sem parar do jogo da lotaria, dos peixes que tinha perdido e dos peixes que tinha ganho[34]; e Mr. Collins, insistindo na urbanidade de Mr. e Mrs. Phillips, declarando que não se preocupava minimamente com o que tinha perdido ao *whist*, enumerando todos os pratos da ceia, e exprimindo repetidas vezes o receio de que suas primas viajassem apertadas por sua culpa, tinha mais para dizer que aquilo de que foi capaz antes de a carruagem parar em Longbourn House.

---

[34] Em Inglaterra, as fichas usadas em jogos de aposta tinham frequentemente a forma de um peixe. *(NT)*

CAPÍTULO 17

No dia seguinte, Elizabeth relatou a Jane a conversa que tivera com Mr. Wickham. Jane ouviu-a com espanto e preocupação. Não podia acreditar que Mr. Darcy fosse tão desmerecedor da consideração de Mr. Bingley. E, no entanto, não estava na sua natureza duvidar da sinceridade de um rapaz com um ar tão amável quanto Wickham. A mera possibilidade de que ele tivesse realmente suportado semelhante injustiça era o suficiente para apelar aos seus sentimentos mais ternos — e nada mais lhe restava senão pensar bem de um e de outro, defender o comportamento de ambos, e atribuir ao acaso ou a um qualquer erro tudo aquilo que não pudesse ser explicado de outra forma.

— É muito provável — disse ela — que, de alguma maneira que não podemos imaginar, os dois tenham sido induzidos em erro. Quem sabe se não terá havido pessoas que, em interesse próprio, os tenham indisposto um contra o outro? Em suma, é impossível adivinhar que causas e circunstâncias, sem culpa verdadeira de nenhum dos lados, terão feito nascer tal inimizade.

— Muito bem visto... E agora, minha querida Jane, o que tens tu a dizer em prol das tais *pessoas* que se terão intrometido no assunto? Se não as desculpas, ainda seremos obrigadas a pensar mal de alguém.

— Podes rir-te à vontade, que não é isso que me vai fazer mudar de opinião. Minha querida Lizzy, repara bem que imagem terrível isso dá de Mr. Darcy: tratar dessa maneira o protegido do pai, alguém cujo sustento este prometera assegurar... Não pode ser. Nenhum homem com o mínimo de coração, nenhum homem que preze o seu bom nome, seria capaz de semelhante ato. Será possível que os seus amigos mais íntimos se tenham deixado iludir a tal ponto? Não, nem pensar!

— Acredito mais facilmente que Mr. Bingley se tenha deixado enganar, do que Mr. Wickham tenha podido inventar uma história como aquela que me relatou ontem à noite. Nomes, factos, tudo mencionado de forma natural e espontânea. Se assim não for, que o desminta Mr. Darcy. Além disso, havia sinceridade na sua expressão.

— Que situação difícil, angustiante... Uma pessoa nem sabe o que há de pensar.

— Perdão, pelo contrário sabe até muito bem.

Jane, contudo, só tinha certeza de uma coisa: que, se acaso Mr. Bingley se tivesse deixado iludir, muito haveria de sofrer quando o assunto fosse tornado público.

Nesse momento, a chegada das mesmas pessoas de quem tinham estado a falar fê-las abandonar a vereda de arbustos onde a conversa tinha tido lugar. Mr. Bingley e as irmãs tinham vindo pessoalmente convidá-los para o tão ansiado baile em Netherfield, entretanto marcado para a terça-feira seguinte. As duas senhoras ficaram radiantes por reverem a sua querida amiga, declararam uma eternidade o tempo passado sem se verem, e repetidas vezes lhe perguntaram o que ela tinha andado a fazer desde a sua separação. Ao resto da família pouca atenção prestaram: evitando Mrs. Bennet tanto quanto possível, e dizendo pouco a Elizabeth ou absolutamente nada aos outros. Em breve estavam de saída, erguendo-se das cadeiras com um vigor que ao próprio irmão surpreendeu e apressando-se em abandonar a casa como se ansiosas de fugir às cortesias de Mrs. Bennet.

A perspetiva de um baile em Netherfield agradou sobremaneira ao lado feminino da família. Mrs. Bennet decidiu que ele seria dado em honra de sua filha mais velha e sentiu-se particularmente lisonjeada com o facto de o convite ter sido feito, não por escrito, mas por Mr. Bingley em pessoa; Jane imaginava um serão agradável rodeada das suas atenções e na companhia das suas duas amigas; e Elizabeth antecipava o prazer que seria dançar toda a noite com Mr. Wickham e de encontrar no semblante e no comportamento de Mr. Darcy a confirmação daquilo que ouvira dele dizer. A felicidade que tanto Catherine como Lydia anteviam para si dependia menos de um único acontecimento ou de uma pessoa em particular, pois se ambas, como Elizabeth, tencionavam dançar uma boa parte da noite com Mr. Wickham, este estava longe de constituir o único par que as poderia satisfazer — afinal, um baile era sempre um baile. A própria Mary achou por bem assegurar a família de que a ideia não lhe causava qualquer repugnância.

— Contanto possa ter as manhãs só para mim — disse ela —, já me dou por satisfeita. Não penso que constitua um sacrifício participar uma vez por outra em ocasiões sociais. A sociedade tem direitos sobre nós, e eu posso contar-me entre aquelas pessoas que consideram o divertimento e a recreação como intervalos necessários.

Elizabeth sentia-se de tão bom humor que, embora por regra apenas dirigisse a palavra a Mr. Collins quando a isso era obrigada, não pôde deixar de lhe inquirir se ele tinha intenção de aceitar o convite de Mr. Bingley e se, caso o fizesse, julgaria conveniente participar nos divertimentos da noite. Para seu grande espanto, porém, ficou a saber que ele não tinha o menor escrúpulo a esse respeito e que estava bem longe de temer uma reprimenda quer do Arcebispo quer de Lady Catherine de Bourgh, por cometer a ousadia de dançar.

— Não creio de modo algum, posso afiançar-lhe — disse ele —, que um baile deste tipo, oferecido por um cavalheiro de bem a pessoas respeitáveis, possa ter o que for de repreensível. E eu próprio oponho-me tão pouco a dançar, que me atrevo a alimentar a esperança de que minhas encantadoras primas me concedam todas essa honra, aproveitando desde já a oportunidade, Miss Elizabeth, para lhe solicitar em especial as duas primeiras danças. Quero acreditar que minha prima Jane atribuirá esta preferência ao seu verdadeiro motivo e não a qualquer desrespeito por sua pessoa.

Elizabeth sentiu-se encurralada. Tinha planeado que essas duas danças pertenceriam a Mr. Wickham — e logo Mr. Collins no seu lugar!... Nunca a sua vivacidade havia sido mais inoportuna. Porém, não havia nada a fazer. Dadas as circunstâncias, a sua felicidade e a de Mr. Wickham tiveram de ser adiadas para um pouco mais tarde e o convite de Mr. Collins aceite com toda a delicadeza de que foi capaz. Aquela galanteria incomodara-a profundamente, pelo que sugeria de outra coisa mais. Dava-se pela primeira vez conta de que fora escolhida de entre as irmãs para assumir a dignidade de senhora da casa no presbitério de Hunsford e ajudar a compor, na ausência de convidados mais ilustres, uma mesa de *quadrille* em Rosings. Esta ideia rapidamente se transformou em certeza, à medida que foi observando as crescentes mesuras de Mr. Collins para consigo e as suas repetidas tentativas de lhe elogiar o engenho e o espírito. Mais que fazê-la sentir-se lisonjeada, o efeito dos seus próprios encantos deixou-a surpreendida. Já a mãe, no entanto, pouco demorou até lhe dar a entender o quanto lhe agradava a probabilidade do seu casamento. Elizabeth, porém, preferiu fazer-se desentendida, ciente que estava de que qualquer resposta poderia dar azo a uma violenta discussão. Talvez Mr. Collins nunca chegasse a fazer a proposta e, até lá, era inútil zangarem-se por sua causa.

Se não tivesse havido um baile em Netherfield para preparar e sobre o qual falar, as mais novas das irmãs Bennet estariam por esta altura num estado deplorável, já que desde o dia do convite até àquele do baile choveu tão copiosamente que nem uma única vez puderam fazer o seu passeio a Meryton. Nem tia, nem oficiais, nem mexericos dos quais correr atrás — até as fitas dos sapatos[35] para usar em Netherfield foi preciso mandar buscar. Nem mesmo a paciência de Elizabeth escapou à provação do clima, que suspendeu qualquer hipótese de aprofundar o seu conhecimento com Mr. Wickham. E só a perspetiva de uma dança na terça-feira pôde tornar suportáveis para Kitty e Lydia uma sexta, um sábado, um domingo e uma segunda como aqueles.

---

[35] «*Shoe-roses*», no original: fitas que, arranjadas sob a forma de rosa aberta ou em botão, serviam para decorar os sapatos em ocasiões especiais. O seu uso tornou-se moda a partir de finais do século XVIII. *(NT)*

CAPÍTULO 18

Até ter entrado no salão em Netherfield e de em vão o ter procurado por entre as casacas vermelhas ali reunidas, nunca a Elizabeth ocorrera que Mr. Wickham pudesse não estar presente. Nenhuma daquelas lembranças que com razão a poderiam ter alarmado havia ensombrado a certeza de o encontrar. Tinha-se arranjado com mais esmero que o costume e preparado com entusiasmo para a tomada vitoriosa de tudo o que ficara ainda por subjugar no seu coração, segura de que não era mais que aquilo que seria possível conquistar no decorrer da noite. Então, subitamente, surgiu-lhe a terrível suspeita de que Mr. Bingley, para agradar a Mr. Darcy, tivesse de propósito omitido o seu nome no convite que dirigira aos oficiais. Mesmo não tendo sido esse exatamente o caso, o verdadeiro motivo da sua ausência foi anunciado pelo seu amigo Denny que, a instâncias de Lydia, lhes disse que Wickham se vira obrigado a ir a Londres em negócios no dia anterior e ainda não tinha voltado, acrescentando a seguir com um sorriso significativo:

— Imagino que os seus negócios não o tivessem levado para fora exatamente nesta altura, não fosse o caso de ele querer evitar um certo cavalheiro aqui presente.

Esta parte da informação, que Lydia nem sequer ouviu, não passou despercebida a Elizabeth. E já que ela só veio confirmar que Darcy não era menos responsável pela ausência de Wickham que se a sua primeira suposição tivesse estado certa, toda a aversão que por ele sentia foi tão aguçada pelo desapontamento que só a custo conseguiu responder com o mínimo de delicadeza às perguntas de cortesia que, entretanto, o próprio se aproximara para lhe fazer. Qualquer atenção, tolerância ou paciência para com Darcy era uma afronta a Wickham. Estava decidida a não entabular qualquer conversa com ele e, por isso, afastou-se, não sem uma boa dose de mau humor que nem mesmo a companhia de Mr. Bingley, cujo cego favor tanto a irritava, conseguiu remediar.

Elizabeth, contudo, não era dada a indisposições duradouras, pelo que, apesar de ter visto destruídas todas as suas esperanças para aquela noite, a nuvem depressa se dissipou. E assim foi que, depois de contar as suas mágoas a Charlotte Lucas, a quem já não via há uma semana, logo ficou pronta a mudar o rumo da conversa, oferecendo à curiosidade da amiga as bizarrias de seu primo. As duas primeiras danças, porém, trouxeram de volta a angústia. Sofreu-as como a uma penitência. Mr. Collins, desajeitado e solene, desfazendo-se em desculpas em vez de prestar atenção ao que fazia, e a maior parte das vezes errando os passos sem sequer se dar conta disso, cobriu-a de toda a vergonha e de toda a infelicidade que um mau parceiro de dança é capaz de proporcionar. Foi, pois, em quase êxtase que Elizabeth viu chegar o momento da sua libertação.

A seguir dançou com um oficial, tendo enfim o consolo de poder falar sobre Wickham e de ouvir o quão ele era benquisto por todos. Terminada a segunda dança, regressou então para junto de Charlotte Lucas, e com ela conversava quando, de repente, se viu interpelada por Mr. Darcy, tendo sido apanhada tão desprevenida no convite que ele lhe dirigiu para dançar que, sem bem perceber o que estava a fazer, aceitou. De imediato ele se tornou a afastar, deixando-a a maldizer a sua pouca presença de espírito. Charlotte tentou consolá-la:

— Quem sabe o aches afinal muito gentil.

— Deus me livre e guarde! Isso, sim, seria uma verdadeira desgraça. Achar gentil alguém que se decidiu odiar!... Como podes desejar-me tanto mal?

Quando, porém, a música recomeçou e Darcy se aproximou para lhe tomar a mão, Charlotte não resistiu a murmurar-lhe que não cometesse a tolice de permitir que a sua inclinação por Wickham a deixasse mal aos olhos de um homem dez vezes mais importante que ele. Elizabeth não respondeu e tomou o seu lugar na fila[36], ainda pasmada com a honra que lhe tinha sido concedida de fazer par com Mr. Darcy e lendo igual pasmo no rosto dos circunstantes ao disso se darem conta. Durante um tempo não trocaram palavra. Começava a pensar que o silêncio se iria manter até ao fim, e sentia-se decidida a não o romper, quando de repente, lembrando-se de que maior castigo seria para o seu parceiro obrigá-lo a falar, resolveu fazer um comentário vago sobre a dança. Depois de uma pausa de alguns minutos, tornou a interpelá-lo, observando:

— É a sua vez de dizer alguma coisa, Mr. Darcy. Eu falei sobre a dança, agora cabe-lhe a si fazer algum comentário sobre o tamanho da sala ou o número de pares.

Ele sorriu, garantindo-lhe que estava ao seu dispor para dizer tudo o que ela desejasse.

— Muito bem. Por ora, essa resposta será suficiente. Talvez mais adiante eu observe que os bailes particulares são muito mais agradáveis que os públicos. Mas, por enquanto, podemos guardar silêncio.

— É, portanto, seu costume observar regras de conversação enquanto dança?

— Às vezes. Alguma coisa tem sempre de se dizer, não crê? Seria muito estranho não trocar palavra durante meia hora. E, no entanto, para benefício de alguns, a conversa deveria ser disposta de tal modo que eles precisassem de dizer o menos possível.

— Atende neste caso às suas preferências, ou antes julga obsequiar as minhas?

— Ambas — respondeu Elizabeth ironicamente. — Sempre notei que havia entre nós uma grande afinidade de temperamentos. Possuímos os dois um modo de ser taciturno e reservado, pouco inclinado a conversas, a não ser para pronunciar qualquer coisa digna de provocar o assombro geral e de ser legada à posteridade com todo o esplendor de uma sentença.

---

[36] Uma das duas filas de pares que compunham a dança. (NT)

— Não me parece que esse seja um retrato muito fiel da sua pessoa... — disse ele. — E até que ponto ele será da minha não sei dizer. Considera-o, sem dúvida, uma descrição exata?

— Não me cabe a mim pronunciar-me sobre o meu desempenho.

Ele não respondeu e os dois ficaram de novo em silêncio, até que voltaram a tomar os lugares defronte um do outro na dança[37] e Darcy lhe perguntou se ela e as irmãs costumavam ir com frequência a Meryton. Elizabeth respondeu afirmativamente e a seguir, não resistindo à tentação, acrescentou:

— Quando nos encontrou no outro dia, tínhamos acabado de travar um novo conhecimento.

O efeito foi imediato. Uma expressão de profundo desdém cobriu a face de Darcy sem que ele dissesse palavra, e Elizabeth, recriminando-se embora pela sua própria fraqueza, não foi capaz de prosseguir. Quando finalmente ele falou, disse num tom forçado:

— Mr. Wickham é dotado de uns modos agradáveis que lhe permitem com facilidade fazer novas amizades; que ele seja, porém, igualmente capaz de as conservar já será menos certo.

— Teve, no entanto, a infelicidade de perder a sua — retorquiu Elizabeth —, e de uma forma que provavelmente lhe trará sofrimento para o resto da vida.

Darcy não respondeu, parecendo ansioso por mudar de assunto. Nesse preciso instante, apareceu junto deles Sir William Lucas, que tentava passar por entre os pares para o outro lado da sala. Ao ver Mr. Darcy, contudo, estacou e curvou-se numa profunda vénia, cumprimentando-o pela dança e pela companhia.

— Quero que saiba, meu caro senhor, que fiquei absolutamente deleitado ao vê-lo dançar. Que fineza, que elegância!... Vê-se logo que pertence à alta sociedade. Deixe-me, no entanto, dizer-lhe que a sua formosa companhia não o desonra e que eu espero receber este prazer muito mais vezes, em especial quando um certo evento,

---

[37] No original, «gone down the dance», pela expressão se entendendo que os dois terão dançado, percorrendo-as, por entre as filas de pares, até ocuparem os seus lugares de novo numa das extremidades. (NT)

minha querida Eliza — disse, lançando um olhar esperançado na direção de Jane e Bingley —, tiver lugar. Então sim, que motivo para nos congratularmos!... Faço-lhe daqui um apelo, Mr. Darcy... Mas não o retenho por mais tempo. Não me ficará decerto agradecido por privá-lo da encantadora conversa desta menina, em cujos lindos olhos noto alguma reprovação.

Esta última parte quase não foi ouvida por Darcy — mas já a alusão de Sir William ao seu amigo pareceu surpreendê-lo sobremaneira, fazendo-o olhar com ar sério e preocupado na direção de Bingley e Jane, que também dançavam juntos. Depressa porém se recompôs e, virando-se para o seu par, disse:

— A interrupção de Sir William fez-me esquecer do que estávamos a conversar.

— Na verdade, penso que nem sequer falávamos. Sir William não podia ter interrompido duas pessoas nesta sala com menos para dizer uma à outra. Já tentámos dois ou três assuntos sem sucesso, e não tenho a mínima ideia sobre o que poderemos falar a seguir.

— E se conversássemos sobre livros? — perguntou ele, sorrindo.

— Livros? Nem pensar. Estou certa de que não lemos os mesmos... ou, pelo menos, não com o mesmo espírito.

— Lamento que assim pense. Mas se for esse o caso, então não haverá falta de assunto. Poderemos sempre comparar as nossas diferentes opiniões.

— Não, nunca conseguiria falar de livros num salão de baile... Tenho a cabeça ocupada o tempo todo por outras coisas.

— Quer isso então dizer que, nestas ocasiões, se deixa sempre absorver por aquilo que a rodeia? — perguntou ele, com ar duvidoso.

— Sim, sempre — respondeu ela sem saber bem o que dizia, já que os seus pensamentos, como se tornou claro pelo comentário que logo se seguiu, tinham voado para bem longe dali: — Lembro-me de o ter uma vez ouvido dizer, Mr. Darcy, que o senhor dificilmente perdoa, que o seu ressentimento, uma vez formado, é implacável. Imagino que tome todos os cuidados para que ele não se forme...

— De facto — respondeu ele num tom firme.

— E que nunca se deixe influenciar pelo preconceito?

— Assim o espero.

— Aqueles que nunca mudam de opinião têm de estar especialmente atentos a que o juízo que formam seja o correto.

— Posso perguntar-lhe aonde levam todas essas perguntas?

— Tão simplesmente à ilustração do seu caráter — respondeu ela, esforçando-se por não pôr um ar sério. — Estou a tentar decifrá-lo.

— E tem conseguido?

Ela abanou a cabeça.

— Confesso que não tenho tido muito sucesso. Ouço tantas coisas contraditórias a seu respeito que me sinto completamente perdida.

— Não tenho razões para duvidar — retorquiu ele gravemente — de que as informações sobre a minha pessoa variem bastante. Preferiria, Miss Bennet, que não escolhesse este momento para esboçar o meu caráter, já que há razões para temer que a obra a nenhum dos dois honre.

— Mas se eu não traçar o seu retrato agora, pode ser que nunca mais tenha outra oportunidade.

— De forma alguma eu a privaria de um prazer — respondeu ele friamente.

Elizabeth nada mais disse e, chegado o fim da segunda dança, os dois separaram-se em silêncio, descontentes ambos, embora não em igual medida, pois o sentimento que Darcy por ela albergava era forte o bastante para que depressa a perdoasse, dirigindo para outro toda a sua raiva.

Tinham-se separado havia pouco tempo, quando Miss Bingley se aproximou de Elizabeth e, com uma expressão de polido desdém, disse:

— Então, Miss Eliza, ouvi dizer que anda encantada com George Wickham!... Sua irmã tem estado a falar dele comigo e a fazer-me toda a sorte de perguntas. Fiquei com a impressão de que ele se terá esquecido de dizer, entre tudo o que vos contou, que era filho do velho Wickham, o antigo administrador do falecido

Mr. Darcy. Permita-me que lhe ofereça um conselho de amiga e não parta do princípio de que tudo o que ele diz é verdade. Que Mr. Darcy tenha sido injusto com ele é absolutamente falso; pelo contrário, sempre foi de uma generosidade extrema, apesar da maneira infame como o George Wickham o tratou. Não conheço os pormenores da história, mas sei muito bem que Mr. Darcy não tem nada a censurar, que não suporta que lhe falem nesse senhor, e que ficou profundamente satisfeito, já que meu irmão não podia ter deixado de o incluir na lista de oficiais convidados, ao constatar que ele próprio tinha tido o bom senso de se afastar. A sua vinda para esta região é, só por si, de uma insolência sem par, e apenas me pergunto como pôde ele cometer tamanha afronta. Sinto muito, Miss Eliza, por ver assim reveladas as culpas do seu favorito. Mas enfim, também não se poderia esperar muito mais, tendo em conta as suas origens.

— A sua culpa e as suas origens parecem, pelo que acabou de me dizer, ser uma e a mesma coisa — retorquiu Elizabeth irritada —, visto que a acusação mais grave que lhe dirigiu foi a de ele ser filho do administrador de Mr. Darcy; e disso, posso asseverar-lho, ele próprio me informou.

— Queira então perdoar-me — disse Miss Bingley, afastando-se com um sorriso de escárnio. — Peço-lhe desculpa por me ter intrometido. Foi com boa intenção.

Que insolente, disse Elizabeth para consigo. *Pois se pensa que me vai fazer mudar de ideias com ataques mesquinhos como este, está muito enganada. Só serve para revelar a sua obstinada ignorância e a maldade de Mr. Darcy.* Depois disto foi à procura da irmã mais velha, que ficara encarregada de inquirir sobre o mesmo tema junto de Bingley. Jane recebeu-a com um tão doce sorriso de satisfação, um tal brilho de felicidade no rosto, que Elizabeth não precisou de muito para perceber o quanto ela se sentia contente com o desenrolar do serão. Então, qualquer solicitude para com Wickham, qualquer ressentimento contra os seus inimigos, o que quer que fosse, sucumbiu perante o desejo de vê-la no trilho certo da felicidade.

— Gostava de saber — disse ela, com um ar não menos sorridente que o da irmã — qual o resultado dos teus inquéritos sobre

Mr. Wickham. Mas terás estado porventura demasiado entretida para pensar numa terceira pessoa, o que, sendo o caso, te garante desde já o meu perdão.

— Não — respondeu Jane —, não me esqueci dele. Mas não tenho nada de muito interessante para te contar. Mr. Bingley não está a par de toda a sua história e desconhece por completo as circunstâncias particulares que terão indisposto Mr. Darcy. Está, contudo, não apenas pronto a atestar a conduta íntegra, proba e honrada do seu amigo, como perfeitamente convencido de que Mr. Wickham terá sido tratado com muito mais consideração por Mr. Darcy que aquela que mereceria. Custa-me dizer que, de acordo com o que tanto ele como a irmã me disseram, Mr. Wickham não é de facto uma pessoa respeitável. Receio que, tendo agido de forma imprudente, tenha merecido perder a estima de Mr. Darcy.

— Mr. Bingley não conhece pessoalmente Mr. Wickham?

— Não, nunca o tinha visto antes daquela manhã em Meryton.

— O que quer dizer que tudo o que ele sabe lhe foi transmitido por Mr. Darcy. Dou-me por satisfeita. Mas o que é que ele diz sobre o benefício?

— Ele não se lembra exatamente das circunstâncias, apesar de por mais de uma vez ter ouvido Mr. Darcy falar sobre o assunto, mas está convencido de que o legado era condicional.

— Não duvido da sinceridade de Mr. Bingley — disse Elizabeth com veemência —, mas vais-me desculpar se não me deixo convencer por simples garantias. Reconheço que a defesa que ele fez do seu amigo foi muito convincente. Mas visto que desconhece grande parte da história, e do resto foi informado pelo próprio Mr. Darcy, creio que manterei a opinião que já tinha antes sobre as duas pessoas em causa.

Dito isto, passou para um assunto bastante mais agradável para ambas e sobre o qual não poderia haver diferença de sentimentos. Jane falou-lhe das esperanças que alimentava, modestamente porém, de um dia ganhar a afeição de Mr. Bingley, enquanto Elizabeth a escutava satisfeita, dizendo tudo o que estava ao seu alcance para a animar. Como, entretanto, o próprio Mr. Bingley se lhes reunisse, Elizabeth retirou-se para junto de Miss Lucas, a cujas perguntas sobre os encantos do seu último parceiro ainda mal tinha conseguido responder quando Mr. Collins se aproximou e, em tom exultante, lhe anunciou que, para sua enorme fortuna, acabara de fazer uma importantíssima descoberta.

— Descobri por um acaso singular — disse ele — que nesta sala se encontra presente um familiar próximo da minha benfeitora. Aconteceu que, passando na sua proximidade, ouvi o cavalheiro em causa mencionar à jovem senhora que faz as honras desta casa os nomes de sua prima, Miss de Bourgh, e da mãe desta, Lady Catherine. As coisas extraordinárias que acontecem!... Quem poderia dizer que eu iria aqui encontrar, tudo parece indicá-lo, um sobrinho de Lady Catherine de Bourgh!... Agradeço a Deus ter feito a descoberta ainda a tempo de lhe apresentar os meus respeitos, função que agora passarei a desempenhar, na esperança de que ele me perdoe por não o ter feito antes. A minha total ignorância do parentesco servir-me-á de desculpa.

— Não está a pensar apresentar-se assim, sem mais, a Mr. Darcy?

— Decerto que sim. E rogar-lhe-ei o seu perdão por não o ter feito mais cedo. Estou quase certo de que se trata do sobrinho de Lady Catherine. Poder-lhe-ei, então, assegurar que fez ontem uma semana que Sua Senhoria se encontrava de perfeita saúde.

Elizabeth tentou por todos os meios dissuadi-lo da empresa, fazendo-lhe notar que, se ele se lhe dirigisse antes de lhe ter sido apresentado, Mr. Darcy nunca distinguiria nesse gesto deferência para com sua tia, mas pura e simples insolência para consigo próprio; que não havia qualquer necessidade de que os dois travassem conhecimento; e que, se houvesse, pertenceria a Mr. Darcy, dada a sua posição social, tomar a iniciativa. Mr. Collins escutou-a com ar de quem estava determinado a fazer o que lhe ia na cabeça e, quando ela terminou de falar, retorquiu:

— Minha cara Miss Elizabeth, tenho a mais elevada consideração pelo seu superior juízo em todas as matérias ao alcance do seu entendimento, mas deixe-me que lhe diga que uma enorme diferença separa as regras de etiqueta em uso entre os laicos daquelas pelas quais se rege o clero. Permita-me observar, a este propósito, que considero o ofício eclesiástico comparável em dignidade à mais alta nobreza do reino, desde que, é claro, se guarde a devida modéstia no trato. Há de, pois, consentir que eu siga os ditames da minha consciência e que desempenhe, nesta circunstância, aquilo que considero ser um dever. Perdoe-me se não aproveito o seu conselho, que em qualquer outra matéria me servirá sempre de guia, mas no presente caso, seja por educação seja por aturado estudo, devo considerar-me mais habilitado para decidir o que é correto que uma menina como minha prima.

E, fazendo uma rasgada vénia, partiu para o ataque a Mr. Darcy, enquanto Elizabeth, plena de ansiedade, observava a reação deste às investidas e a sua evidente estupefação ao ver-se assim interpelado. O primo prefaciou o seu discurso com uma inclinação solene, e a Elizabeth pareceu-lhe, embora não ouvindo uma palavra do que ele dizia, que conseguia ouvir tudo, percebendo no movimento dos seus lábios as palavras «desculpas», «Hunsford» e «Lady Catherine de Bourgh». Irritou-a vê-lo assim expor-se perante aquele homem. Mr. Darcy fitava-o com incontido espanto e quando, por fim, Mr. Collins o deixou falar, respondeu com um ar de fria polidez. Mr. Collins, no entanto, não se deixou desanimar e voltou à carga, o desprezo de Mr. Darcy parecendo aumentar à medida que se alongava aquele segundo discurso — findo o qual se limitou a inclinar levemente a cabeça, para depois se afastar noutra direção. Mr. Collins regressou então para junto de Elizabeth.

— Posso asseverar-lhe — disse ele — que não tenho qualquer motivo para ficar descontente com a forma como fui recebido. Mr. Darcy pareceu muito satisfeito com o meu obséquio. Respondeu-me com a maior cortesia e ainda me fez a honra de dizer estar absolutamente seguro de que o discernimento de Lady Catherine jamais lhe permitiria conceder um favor imerecidamente. Foi um pensamento deveras gentil. Em suma, posso dizer que ele me causou uma ótima impressão.

Como mais nada ali havia que a interessasse, Elizabeth concentrou quase toda a sua atenção em Jane e em Mr. Bingley, e a série de agradáveis pensamentos que as suas observações despoletaram fê-la sentir-se quase tão feliz quanto a irmã. Imaginou-a instalada naquela mesma casa, rodeada de toda a felicidade que só um casamento fundado no verdadeiro afeto pode proporcionar, e perante essa ideia sentiu-se até capaz de fazer um esforço por gostar das suas duas amigas. Vendo facilmente como os pensamentos da mãe se inclinavam no mesmo sentido, decidiu nem sequer se aproximar dela, não fosse ouvir aquilo que não queria. Por isso, quando se sentaram para a ceia, pareceu-lhe uma cruel sorte aquela que acabou por deixá-las apenas com uma pessoa de permeio. Mais profunda, porém, foi a sua aflição ao ver que a mãe falava aberta e livremente com a dita pessoa — Lady Lucas — sobre nada menos que as suas esperanças de ver Jane em breve casada com Mr. Bingley. Era um assunto empolgante, e Mrs. Bennet parecia incapaz de se cansar enumerando as vantagens de um tal matrimónio. Um rapaz tão bem-parecido, tão rico, e com uma casa a apenas três milhas dali... — tudo motivos mais que suficientes para se congratular. E, depois, era tão reconfortante ver o quanto as duas irmãs gostavam de Jane e não ter dúvidas de que desejariam tanto o enlace quanto ela própria... Sem contar que era um acontecimento muito promissor para as filhas mais novas, dado que um casamento como o de Jane as lançaria no caminho de outros homens igualmente ricos. Por fim, que agradável era, na sua idade, poder entregar as filhas solteiras aos cuidados da irmã e não ser obrigada a acompanhá-las nos seus compromissos mais do que lhe aprouvesse... Em semelhantes ocasiões, é de etiqueta fazer desta circunstância um motivo de deleite, mas a verdade é que não haveria ninguém que encontrasse menos prazer em ficar confinada a casa, qualquer que fosse a altura da sua vida, que Mrs. Bennet. Concluiu com repetidos desejos de que Lady Lucas em breve fosse bafejada por idêntica sorte, embora evidentemente, e para seu triunfo, estivesse convencida de que isso nunca aconteceria.

Em vão tentou Elizabeth abrandar a velocidade com que as palavras fluíam da boca da mãe, ou persuadi-la a descrever a sua própria felicidade num sussurro menos percetível, já que, para sua indizível aflição, se dera conta de que, sentado defronte delas,

Mr. Darcy ia ouvindo a maior parte do que era dito. A mãe limitou-se a repreendê-la por dizer disparates.

— Mas afinal queres-me tu dizer quem é esse Mr. Darcy para que eu o deva recear? Seguramente não lhe devemos qualquer consideração especial que nos impeça de dizer uma coisa só porque ele pode não gostar de a ouvir.

— Por amor de Deus, minha mãe, fale mais baixo. Que vantagem pode ter em ofender Mr. Darcy? Assim nunca ganhará a estima do seu amigo.

Nada do que ela pudesse dizer, contudo, era suficiente para demover Mrs. Bennet, que continuou a falar das suas esperanças no mesmo tom percetível. Elizabeth corava de vergonha e de irritação. Não conseguia deixar de ir olhando repetidamente na direção de Mr. Darcy, embora cada olhar lhe confirmasse aquilo que ela mais temia, segura que estava de que, se nem sempre ele fitava sua mãe, a sua atenção nunca deixava de estar concentrada nela. A expressão da sua face, com efeito, foi aos poucos mudando de um desprezo indignado para uma severa e composta gravidade.

Por fim, chegou um momento em que Mrs. Bennet deixou de ter o que dizer; e Lady Lucas, que já há algum tempo bocejava com a repetição das delícias que ela não via possibilidade de vir a gozar, pôde então consolar-se com a sua galinha e o seu presunto frios. Elizabeth sentiu-se reviver. Mas não durou muito aquele intervalo de tranquilidade: assim que a ceia terminou, alguém propôs que se cantasse, e ela passou pelo vexame de ver Mary, depois de muito pouca insistência, preparar-se para obsequiar o auditório. Por gestos e olhares lhe suplicou, de tudo tentando para evitar tal prova de complacência — mas em vão. Mary nunca seria capaz de os entender. Era uma oportunidade única para exibir os seus talentos, pelo que passou a dar início à canção. Elizabeth fitava-a em plena agonia, assistindo ao seu progresso pelas muitas estrofes com uma impaciência que, no fim, fraca recompensa alcançou, pois Mary, vislumbrando por entre os aplausos dos convivas um sinal de esperança de que pudesse ser de novo persuadida a obsequiá-los, depois de uma pausa de meio minuto recomeçou. Os seus recursos não estavam, de todo, à altura de semelhante exibição: a sua voz era fraca e as suas maneiras afetadas. Elizabeth sentia-se mortificada. Olhou para Jane para ver como suportava ela aquele suplício, mas viu-a conversar calmamente com Bingley. Olhou para as outras duas irmãs, que trocavam caretas, e depois para Darcy, que mantinha porém o mesmo ar grave e impenetrável. Olhou para o pai suplicando para que ele interviesse, caso contrário Mary continuaria a cantar pela noite fora. Ele percebeu o sinal e, quando a filha terminou a segunda canção, disse:

— Parece-me que por ora já chega, minha filha. Já nos deleitaste tempo suficiente. Deixa que as outras meninas tenham também a sua oportunidade de se exibir.

Mary, apesar de fazer de conta que não tinha ouvido, ficou desconcertada; e Elizabeth, tão desgostosa por ela como pelas palavras de seu pai, receou que a sua ansiedade só tivesse feito pior. Outras jovens foram então convidadas a revelarem os seus talentos.

— Houvesse eu sido abençoado com o dom do canto — disse Mr. Collins —, seria com todo o prazer que obsequiaria os presentes com uma canção. Considero a música um divertimento perfeitamente inocente e em tudo compatível com o ofício sacerdotal. Não tenciono com isto dizer que lhe devamos consagrar demasiado tempo, pois naturalmente temos de nos ocupar de outras coisas. Um pároco tem sempre muito que fazer. Antes de mais, tem de acordar o valor do dízimo[38], de um modo que o beneficie a ele sem, contudo, ofender o seu benfeitor. Depois, tem de escrever os seus próprios sermões, sendo que o tempo que lhe sobra nunca é demais para dedicar aos seus deveres de pároco e ao cuidado e benfeitorias de sua própria casa, que ele não pode deixar de tornar tão confortável quanto possível. Não penso, além do mais, que seja de somenos importância que ele use de modos atenciosos e conciliatórios para com todos, em especial para com aqueles a quem deve a sua

---

[38] No original, «*tithes*»: obrigação legal, imposta aos paroquianos, de pagarem dez por cento da sua produção agrícola ao respetivo pároco para seu sustento. *(NT)*

nomeação. Não o posso eximir de tal dever, como não posso deixar de censurar aquele que despreze uma ocasião para prestar os seus respeitos a um membro dessa família.

E com uma vénia a Mr. Darcy ele concluiu o seu discurso, pronunciado numa voz tão sonora que não pôde deixar de ser ouvida por metade da sala. Alguns olharam, outros sorriram, mas ninguém parecia divertir-se mais que o próprio Mr. Bennet, enquanto a esposa se ia estendendo em louvores a Mr. Collins por ter falado com tanto acerto e, em meia voz, aproveitava para comentar com Lady Lucas como ele era um rapaz invulgarmente simpático e de uma inteligência fora do comum.

A Elizabeth pareceu-lhe que, se a sua família tivesse acordado cobrir-se de ridículo naquela noite, não teria conseguido desempenhar os seus papéis com mais espírito ou maior sucesso. Pensou por isso que fora uma felicidade para Bingley, e para sua irmã, que uma parte do espetáculo lhe tivesse passado despercebida e que os seus sentimentos não fossem de molde a deixar-se afetar demasiado pela manifestação de tolice a que decerto teria assistido. Que suas duas irmãs e Mr. Darcy dispusessem de uma tal oportunidade para troçarem da sua família era-lhe porém muito penoso, e ela não conseguia decidir o que mais lhe custasse: se o desprezo mudo do cavalheiro, se os insolentes sorrisos das damas.

O resto do serão pouco divertimento lhe trouxe. Foi constantemente importunada por Mr. Collins, que se conservou teimosamente ao seu lado e, não a tendo conseguido persuadir a dançar com ele de novo, acabou por lhe retirar a possibilidade de dançar com outro. Em vão ela lhe suplicou que ele buscasse a companhia de outras pessoas, oferecendo-se para o apresentar a qualquer das meninas ali presentes na sala. Ele asseverou-lhe que dançar lhe era perfeitamente indiferente; que o seu principal desígnio era o de, por meio de delicadas atenções, ganhar o seu favor; e que, por isso, fazia questão de se manter junto dela durante todo o serão. Não havia como demovê-lo desse propósito. O seu único e grande alívio ficou a devê-lo à sua amiga, Miss Lucas, a qual por várias vezes se lhes reuniu, de bom grado desviando para si a conversa de Mr. Collins.

Estava pelo menos a salvo do suplício que a companhia de Mr. Darcy lhe infligia. Embora muitas vezes ele tivesse estado a muito pouca distância dela, e sem companhia, nunca se aproximou o suficiente para lhe falar. Elizabeth entendeu-o como a consequência provável das suas alusões a Mr. Wickham — e isso animou-a.

Os convivas de Longbourn não só foram os últimos a sair como, graças a uma manobra de Mrs. Bennet, tiveram ainda de esperar mais um quarto de hora pela carruagem depois de todos os outros terem partido, o que lhes deixou tempo para notarem o quanto a sua presença era indesejada por alguns dos seus anfitriões. Mrs. Hurst e a irmã não abriram a boca senão para se queixarem de cansaço, dando mostras de manifesta impaciência por voltarem a ter de novo a casa só para si. Repelidas que foram todas as tentativas de Mrs. Bennet de fazer conversa, estendeu-se sobre os presentes um torpor que pouco alívio encontrou nas longas tiradas de Mr. Collins, empenhado que esteve em elogiar Mr. Bingley e as irmãs pela elegância do serão, e pela hospitalidade e cortesia com que haviam recebido os seus convidados. Darcy não disse palavra. Mr. Bennet, também em silêncio, gozava a cena. Mr. Bingley e Jane, um pouco afastados dos restantes, conversavam entre si. Elizabeth mantinha-se tão firmemente muda quanto Mrs. Hurst e Miss Bingley. E mesmo Lydia estava demasiado exausta para soltar mais que uma exclamação ocasional de «Meu Deus, estou tão cansada!», acompanhada de um violento bocejo.

Quando finalmente se levantaram para sair, Mrs. Bennet reiterou com desmesurada cortesia o desejo de os ver brevemente a todos em Longbourn, dirigindo-se em particular a Mr. Bingley para lhe asseverar que ficariam muito felizes se ele um dia lhes quisesse fazer companhia ao jantar, sem a cerimónia de um convite formal. Bingley agradeceu com entusiasmo e ali mesmo se comprometeu a fazer-lhe uma visita na primeira oportunidade que tivesse depois do seu regresso de Londres, para onde no dia seguinte se via obrigado a partir por um curto período de tempo.

Mrs. Bennet deu-se por satisfeita e foi-se embora com a agradável convicção de que em três ou quatro meses, tendo em conta os necessários arranjos nupciais, as carruagens novas e o enxoval, veria a filha instalada em Netherfield. Que teria outra das filhas casada com Mr. Collins imaginava ela com igual certeza e com considerável, se bem que não idêntico, prazer. De todas as cinco, Elizabeth era-lhe a menos querida; e embora aquele homem e aquele casamento fossem suficientemente bons para ela, o valor de ambos era facilmente eclipsado pelo de Mr. Bingley e Netherfield.

CAPÍTULO 19

No dia seguinte, deu-se início a um novo ato em Longbourn. Mr. Collins apresentou a sua declaração em forma. Tendo decidido fazê-lo sem perda de tempo, já que a sua licença se estendia apenas até sábado, e não sentindo, mesmo naquele momento, qualquer incerteza que lhe tornasse penoso o encargo, dispôs-se a desempenhá-lo de forma metódica e no respeito pelas normas que julgava parte fundamental do negócio. Pouco depois do pequeno-almoço, encontrando Mrs. Bennet acompanhada de Elizabeth e de uma das filhas mais novas, interpelou a mãe com estas palavras:

— Posso esperar, minha senhora, que interceda junto de sua encantadora filha Elizabeth, quando lhe solicitar me seja concedida a honra de uma audiência privada durante esta mesma manhã?

Antes que Elizabeth tivesse tempo de fazer outra coisa senão corar de surpresa, Mrs. Bennet respondeu de imediato:

— Mas é claro... pois sim... sem dúvida... Tenho a certeza de que a Lizzy ficará muito contente... Estou segura de que não terá nada a opor... Anda comigo, Kitty, que preciso de ti lá em cima.

E, pegando na sua costura, apressava-se para sair, quando Elizabeth a chamou:

— Minha mãe, não saia... peço-lhe... Mr. Collins terá de me desculpar, mas não poderá ter nada a dizer-me que não deva ser ouvido pelos outros. Acompanho-vos.

— Não, não, que tolice, Lizzy... Quero que fiques onde estás.

E como Elizabeth, com o olhar aflito e embaraçado, parecesse realmente prestes a fugir, acrescentou:

— Lizzy, insisto em que fiques e ouças o que Mr. Collins tem para te dizer.

Não havia como desobedecer. E depois de um momento de reflexão, o bastante para se dar conta de que seria porventura sensato resolver a coisa o mais rápida e calmamente possível, voltou a sentar-se, procurando esconder atrás da costura as sensações que, alternando entre a angústia e o divertimento, se iam apoderando de si. Assim que Mrs. Bennet e Kitty saíram da sala e eles ficaram sozinhos, Mr. Collins começou:

— Acredite-me, minha querida Miss Elizabeth, que a sua modéstia, longe de a desfavorecer, apenas se vem juntar às suas outras perfeições. Teria parecido menos adorável aos meus olhos se não fosse esta sua pequena resistência. Permita-me assegurá-la, porém, de que disponho da permissão da respeitável senhora sua mãe para lhe falar. Não ignorará decerto o propósito deste meu discurso, por mais que, levada pela sua natural delicadeza, o tente dissimular. Os meus favores foram demasiado visíveis para poderem ser confundidos. Mal tinha acabado de entrar nesta casa, quando a elegi como aquela com quem partilharia o resto de meus dias. Mas antes que me deixe tomar pela emoção, talvez conviesse apresentar-lhe as razões que me levam a casar, assim como aquelas que me trouxeram ao Hertfordshire com o intuito de escolher uma esposa, como com efeito fiz.

A ideia de que Mr. Collins, com toda a sua pose solene, pudesse ser arrebatado pela emoção provocou tanta vontade de rir a Elizabeth, que ela não conseguiu usar a breve pausa concedida para o deter, e ele pôde assim continuar:

— Eis as razões que me levam a casar: primeiro, porque penso que qualquer clérigo que se encontre numa situação confortável (como eu próprio) deve dar o exemplo aos seus paroquianos. Segundo, porque estou persuadido de que tal contribuirá em muito para a minha felicidade. E, terceiro (o que talvez devesse ter mencionado antes), porque assim me foi aconselhado e recomendado pela muito nobre senhora a quem tenho a honra de chamar minha benfeitora. Por duas vezes (sem que sequer eu lho tivesse pedido!) se dignou ela conceder-me a sua opinião sobre o assunto. Ainda na noite de sábado que precedeu a minha partida de Hunsford, entre dois jogos de *quadrille* e enquanto Mrs. Jenkinson ajeitava o tamborete sob os pés de Miss de Bourgh, ela me disse: «Mr. Collins, precisa de se casar. Um clérigo como o senhor tem esse dever. Para meu bem, veja se age com acerto e escolhe uma mulher distinta e educada; e para seu, uma pessoa diligente e prestável, sem manias de grandeza, mas capaz de administrar com parcimónia um rendimento modesto. É este o meu conselho. Encontre o mais depressa possível uma mulher assim, traga-a para Hunsford, e eu mesma lhe farei uma visita.» Permita-me já agora observar, minha encantadora prima, que não conto a generosidade e o favor de Lady Catherine de Bourgh entre as menores das vantagens que lhe posso oferecer. Verá que as suas maneiras estão acima de qualquer descrição; assim como, quero crer, ela apreciará o seu espírito e vivacidade, sobretudo se temperados com o silêncio e o respeito que a sua dignidade inevitavelmente inspira. E isto é o que se me oferece dizer-lhe sobre a minha geral inclinação a favor do matrimónio. Fica ainda por explicar por que motivo voltei a minha atenção para Longbourn e não para as minhas próprias vizinhanças, onde, posso asseverar, não faltam meninas encantadoras. Mas a verdade é que, cabendo-me a mim herdar esta propriedade depois da morte do honrado senhor seu pai (que ele possa viver, porém, muitos mais anos), não ficaria satisfeito comigo mesmo se não resolvesse escolher uma esposa de entre suas filhas, de maneira a que, quando o funesto evento tiver lugar (o que não aconteça, como já disse, ainda por alguns anos), possa de algum modo aliviar a sua perda. Foi este o meu motivo, minha encantadora prima, e ouso acreditar que ele não me fará descer na sua estima. E agora nada mais me resta senão assegurá-la, nos mais veementes termos, de toda a violência dos meus afetos. Ao dote sou perfeitamente indiferente, e não farei nenhuma exigência dessa natureza ao senhor seu pai, pois bem sei que ela não poderia ser satisfeita; como sei que as mil libras a quatro por cento[39], que só serão suas depois da morte da senhora sua mãe, é tudo aquilo a que minha prima alguma vez terá direito. Sobre este assunto, por-

---

[39] No original, «the 4 per cents»: espécie de títulos do Estado que, neste caso, renderiam quatro por cento. Era usual, na altura, renderem entre três e cinco por cento. (NT)

tanto, manterei o mais rigoroso silêncio, e posso garantir-lhe que nunca os meus lábios proferirão um reparo menos generoso a esse respeito quando estivermos casados.

Neste ponto foi absolutamente necessário interrompê-lo.

— O senhor está a ser precipitado — exclamou Elizabeth. — Esquece-se de que ainda lhe não dei uma resposta. Deixe-me que o faça sem mais delongas. Aceite o meu agradecimento pelo elogio que me faz. Sinto-me muito honrada pela sua proposta, mas não posso fazer outra coisa senão decliná-la.

— Não é com certeza agora que vou aprender — retorquiu Mr. Collins, com um gesto solene — que é próprio das jovens senhoras rejeitarem as propostas do homem cuja mão em segredo tencionam aceitar, quando ele pela primeira vez reclama o seu favor; e que essa recusa chega a repetir-se duas ou até três vezes. Não me sinto, por isso, nada desanimado pelo que acaba de me dizer, esperando em breve poder conduzi-la até ao altar.

— Sinceramente, meu senhor — disse Elizabeth —, bem estranhas me parecem as suas esperanças depois do que lhe disse... Posso assegurá-lo de que não sou uma dessas jovens senhoras (se é que existem) tão audazes, a ponto de abandonarem a sua felicidade ao acaso de um segundo pedido. A minha recusa é sincera. Não só o senhor nunca me poderia fazer feliz, como eu estou convencida de que sou a última mulher à face da Terra que o poderia fazer feliz a si. Assim como estou persuadida de que, se a sua amiga Lady Catherine me conhecesse, me acharia a todos os respeitos pouco habilitada para a função.

— Se eu tivesse a certeza de que Lady Catherine pensaria assim... — disse ele, muito grave. — Mas não consigo imaginar que Sua Senhoria pudesse de todo desaprová-la. Fique segura de que, quando me for concedida a honra de a rever, lhe descreverei nos termos mais elogiosos a sua modéstia e a sua parcimónia, entre outras admiráveis qualidades.

— Garanto-lhe, Mr. Collins, que todos esses elogios serão desnecessários. Dê-me licença que julgue por mim própria e faça-me o cumprimento de acreditar naquilo que lhe digo. Desejo que seja muito feliz e muito rico, e recusando a sua mão faço tudo o que está ao meu alcance para impedir o contrário. Com esta proposta o senhor terá satisfeito os delicados escrúpulos que guardava em relação à minha família, pelo que, quando o momento for chegado, poderá tomar posse de Longbourn sem que precise de sentir qualquer remorso. Podemos, assim, dar por concluído este assunto.

E, dizendo isto, levantou-se. Encaminhava-se já para a porta, quando Mr. Collins a interpelou:

— Quando tiver a honra de lhe falar uma próxima vez sobre esta mesma matéria, espero receber uma resposta mais favorável que aquela que acaba de me dar. Não que por ora a acuse de crueldade, pois bem sei que é prática comum entre o vosso sexo rejeitar um homem na sua primeira declaração; e talvez minha prima, sem trair a verdadeira delicadeza do seu coração de mulher, já tenha dito o que podia para animar as minhas pretensões.

— Realmente, Mr. Collins — exclamou Elizabeth, um tanto exaltada —, o senhor não deixa de me surpreender!... Se o que eu disse até agora lhe pareceu um incentivo, não sei como poderei exprimir a minha recusa de forma a convencê-lo de que é exatamente disso que se trata.

— Permita-me acreditar, minha querida prima, que a sua rejeição da minha proposta será apenas de circunstância. As razões que me levam a acreditar nisso são, em resumo, as seguintes: não me parece que a minha mão seja indigna da sua pessoa, ou que o casamento que lhe ofereço possa ser outra coisa que não altamente desejável. A minha situação, as minhas relações com a família de Bourgh ou o meu parentesco com a sua própria, são todas circunstâncias que abonam profundamente em meu favor. E deve ter ainda em conta que, não obstante os seus múltiplos encantos, não é de todo seguro que alguma vez venha a receber outra proposta de casamento. O seu dote é infelizmente tão modesto que decerto anulará os efeitos da sua beleza e das suas outras admiráveis qualidades. Vendo-me, assim, obrigado a concluir que não é genuína a sua recusa, atribuí-la-ei ao desejo de com a incerteza fazer crescer o meu amor, de acordo com o que é uso entre as senhoras elegantes.

— Posso garantir-lhe que não tenho qualquer aspiração a um tipo de elegância que consista em atormentar senhores respeitáveis.

Seria preferível que me fizesse a cortesia de acreditar na minha franqueza. Agradeço-lhe muito a honra que me concedeu com a sua proposta, mas é-me absolutamente impossível aceitá-la. Os meus sentimentos impedem-no por completo. Posso dizê-lo de forma mais simples? Não me tome mais por uma senhora elegante apostada em atormentá-lo, mas antes por uma criatura racional que lhe fala com a maior sinceridade.

— É sempre tão encantadora!... — exclamou ele, com um ar de canhestra galanteria. — E estou certo de que, depois de sancionada pela vontade expressa de seus excelentes pais, a minha proposta não poderá deixar de ser aceite.

Perante tão obstinada persistência na ilusão, Elizabeth absteve-se de responder e de imediato e em silêncio se retirou, resolvida que estava, caso ele teimasse em tomar as suas reiteradas recusas por lisonjeiros incentivos, a socorrer-se do pai, cuja negativa poderia ser pronunciada de molde a tornar-se definitiva e cujo comportamento não poderia nunca ser confundido com os modos *coquettes* e afetados das senhoras elegantes.

CAPÍTULO 20

Não pôde Mr. Collins permanecer na silenciosa contemplação do seu bem-aventurado amor por muito tempo, pois assim que Mrs. Bennet, que se mantivera no vestíbulo à espera do fim da conferência, viu Elizabeth abrir a porta e com passo rápido passar por ela em direção às escadas, precipitou-se para a sala de pequeno--almoço e, de modo efusivo, congratulou-o a ele e a si mesma pela ditosa perspetiva do estreitamento dos seus laços. Mr. Collins recebeu e retribuiu estas felicitações com igual prazer, passando depois a relatar os particulares da sua entrevista, com cujos resultados, acreditava, tinha todos os motivos para se sentir satisfeito, já que a pronta recusa de sua prima naturalmente proviria da sua tímida modéstia e da genuína delicadeza do seu caráter.

Esta última informação, contudo, deixou Mrs. Bennet sobressaltada. Teria gostado muito de se poder considerar igualmente satisfeita se, rejeitando a proposta de Mr. Collins, a filha tivesse afinal intenção de o animar — mas não só não acreditava em tal coisa, como não pôde deixar de dizê-lo.

— Mas fique seguro, Mr. Collins — acrescentou ela —, de que a Lizzy acabará por ouvir a voz da razão. Eu mesma vou já falar com ela. É uma rapariga teimosa e insensata, que não sabe quais são os seus interesses. Mas eu vou-lhos mostrar...

— V. Ex.ª perdoe-me se a interrompo, minha senhora — disse Mr. Collins —, mas se ela é realmente teimosa e insensata como diz, não sei se será a esposa ideal para um homem na minha situação, o qual naturalmente busca a felicidade no estado matrimonial. Dito isto, e caso ela persista em rejeitar o meu pedido, talvez seja melhor não forçá-la a aceitar-me, já que, sendo dada a tais vícios de temperamento, muito pouco poderia contribuir para a minha ventura.

— O senhor percebeu-me mal, Mr. Collins... — disse Mrs. Bennet, alarmada. — A Lizzy só é teimosa em coisas como esta. Em tudo o resto é a criatura mais dócil do mundo. Vou já falar com Mr. Bennet e vai ver que num instante resolvemos o assunto com ela.

E, sem lhe dar tempo para ele sequer responder, apressou-se a ir ter com o marido, exclamando assim que entrou na biblioteca:

— Oh, Mr. Bennet, necessitamos urgentemente de si! Estamos todos num alvoroço! Tem de obrigar a Lizzy a casar com Mr. Collins, porque ela jura que não o quer e, se o senhor não se apressar, é ele quem deixa de a querer a ela.

Ao vê-la entrar, Mr. Bennet ergueu os olhos do livro e fixou-os no seu rosto com um ar de calma despreocupação, que nem um pouco se deixou turbar pela notícia.

— Não tenho o prazer de entendê-la — disse ele, quando a esposa terminou. — Do que está a falar?

— De Mr. Collins e da Lizzy. A Lizzy declarou que não quer Mr. Collins, e Mr. Collins já começou a dizer que não a quer a ela.

— E o que espera que eu faça quanto a isso? Parece-me um caso perdido.

— Converse com ela... Diga-lhe que insiste em que ela se case.

— Mande-a então chamar. Ouvirá o meu parecer.

Mrs. Bennet fez soar a campainha e mandou avisar Miss Elizabeth de que era esperada na biblioteca.

— Chega-te aqui ao pé de mim, minha filha — disse-lhe o pai, quando ela entrou. — Mandei-te chamar por causa de um assunto importante. Constou-me que Mr. Collins te fez uma proposta de casamento. É verdade?

Elizabeth respondeu que sim.

— Muito bem. E essa proposta foi recusada?

— Sim, senhor.

— Muito bem. Vamos então ao que interessa. Tua mãe insiste em que o deves aceitar. Não é assim, Mrs. Bennet?

— Sim. Caso contrário, nunca mais quero vê-la.

— Que cruel alternativa esta que se te oferece, Elizabeth. A partir deste dia, passarás a ser uma estranha para um de teus pais. Tua mãe nunca mais te quererá ver se não casares com Mr. Collins, e eu nunca mais te quererei ver se o fizeres.

Depois de uma tal abertura, aquela conclusão não podia deixar de fazer Elizabeth sorrir. Mas Mrs. Bennet, convencida que tinha estado de que o marido encararia o assunto à medida dos seus desejos, sentiu-se terrivelmente desapontada.

— O que significa essa conversa, Mr. Bennet? Tinha-me prometido insistir com Elizabeth para que se casasse com ele.

— Minha cara — respondeu o marido —, tenho dois pequenos favores a rogar-lhe. Primeiro, que na presente ocasião me permita o livre uso do meu entendimento; e, segundo, o da minha sala. Muito gostaria de voltar a dispor da biblioteca só para mim o quanto antes.

Mrs. Bennet, porém, apesar da desilusão com o marido, não se dera ainda por derrotada. Tornou a falar com Elizabeth, umas vezes seduzindo-a, outras ameaçando-a. Tentou conquistar Jane para o seu lado, mas esta, com toda a doçura de que era capaz, declinou intervir. E Elizabeth, ora com genuína sisudez ora com jocosa vivacidade, foi repelindo os seus ataques; mas se o seu ânimo variava, o mesmo não acontecia com a sua determinação.

Mr. Collins, entretanto, ia solitariamente meditando sobre o que se havia passado. Tinha-se numa conta demasiado elevada para perceber por que motivo sua prima o rejeitara. E embora o seu orgulho tivesse sido ferido, ele não experimentava qualquer outra dor. A sua afeição por Elizabeth era completamente imaginária, e a possibilidade de que ela merecesse as repreensões da mãe impedia-o de sentir qualquer arrependimento.

Estava a família naquele estado de confusão, quando Charlotte Lucas chegou para passar uns dias com eles. Foi recebida no vestíbulo por Lydia que, precipitando-se para ela, lhe disse numa voz abafada:

— Ainda bem que vieste, temo-nos divertido imenso!... Adivinha o que aconteceu esta manhã: Mr. Collins pediu a Lizzy em casamento e ela não aceitou.

Antes que Charlotte tivesse tido tempo para responder, apareceu Kitty, que tinha vindo dar a mesma notícia; e assim que entraram na sala de pequeno-almoço, onde só estava Mrs. Bennet, foi a vez de esta falar no assunto, apelando à compaixão de Miss Lucas e suplicando-lhe que persuadisse a sua amiga Lizzy a condescender com o desejo de toda a família.

— Peço-lho encarecidamente, minha querida Miss Lucas... — acrescentou em tom de queixume —; não tenho ninguém do meu lado, ninguém me apoia, todos me maltratam, ninguém tem dó dos meus pobres nervos...

A chegada de Jane e de Elizabeth salvou-a de responder.

— Ora aqui vem ela — continuou Mrs. Bennet —, com o ar mais despreocupado do mundo e não nos dando mais atenção do que se estivéssemos em York[40], contanto que se lhe façam todas as vontades. Mas digo-lhe uma coisa, Miss Lizzy, se continuar a recusar as ofertas de casamento que lhe forem feitas, nunca vai arranjar marido... E eu não sei quem é que a vai manter quando seu pai já cá não estiver. Eu é que não serei, desde já a aviso. A partir de hoje, não tenho mais nada a ver consigo... Já lhe disse na biblioteca que nunca mais lhe tornaria a falar, e vai ver como mantenho a minha palavra. Não tenho nenhum prazer em falar com filhas desobedientes... Não que eu tenha, na verdade, muito prazer em falar seja com quem for. As pessoas que sofrem de achaques nervosos como eu não podem sentir grande inclinação por conversar. Nem imaginam o que eu sofro!... Mas é sempre assim. Ninguém tem dó daqueles que não se queixam...

As filhas escutaram em silêncio aquela torrente, cônscias de que qualquer tentativa de a contradizer ou de a apaziguar apenas contribuiria para aumentar a sua irritação. Continuou pois naquela toada, sem que nenhuma delas a interrompesse, até à chegada de Mr. Collins, que entrou na sala com um ar ainda mais solene que o habitual. Ao vê-lo aparecer, a mãe virou-se para elas e disse-lhes:

— Agora façam-me o favor, vocês todas, de ficarem caladas. Preciso de ter uma pequena conversa com Mr. Collins.

---

[40] York: cidade do Norte de Inglaterra, distante por isso da região onde habitam os Bennets. *(NT)*

Elizabeth abandonou discretamente a sala, seguida de Jane e de Kitty, mas Lydia permaneceu no mesmo sítio, resolvida a ouvir tudo o que fosse capaz; e Charlotte, retida primeiro pela cortesia de Mr. Collins que, com requintes de minudência, lhe perguntava por si e pela sua família, e depois por uma ponta de curiosidade, satisfez-se com ir até à janela e fingir que não ouvia. Então, com voz pesarosa, Mrs. Bennet deu início à anunciada conversa:

— Oh, Mr. Collins!...

— Minha querida senhora — retorquiu ele —, guardemos para sempre silêncio sobre este assunto. Longe de mim — continuou pouco depois, numa voz que denunciava o seu desagrado — sentir-me ofendido pela atitude de sua filha. A resignação perante males inevitáveis é um dever que incumbe a todos nós; que incumbe, sobretudo, a alguém jovem como eu, que tão ditoso foi na sua precoce nomeação. E acredite-me que estou resignado. Porventura ainda mais pela incerteza que em mim surgiu de alcançar a absoluta felicidade, honrara-me minha encantadora prima com a sua anuência, pois muitas vezes notei que a resignação nunca é tão perfeita como quando a bênção que nos foi negada começa a perder um tanto o valor que antes lhe reconhecíamos. Espero, minha cara senhora, que não considere uma falta de respeito para com a sua família se retiro as minhas pretensões à mão de vossa filha, sem antes ter tido a fineza de lhes solicitar, a si e a Mr. Bennet, que interpusessem a vossa autoridade em favor da minha pessoa. Receio que, aceitando eu a recusa dos lábios de vossa filha, e não dos de V. Ex.ªs, a minha conduta seja merecedora de reprovação. Mas todos nós estamos sujeitos a errar. As minhas intenções foram sempre as melhores. Não tive outro propósito que o de encontrar uma companheira estimável, com a devida consideração pelos benefícios que daí adviriam para toda a família; e se os meus modos vos pareceram de alguma forma repreensíveis, permita-me que lhe apresente aqui mesmo as minhas mais sinceras desculpas.

CAPÍTULO 21

A discussão sobre a proposta de Mr. Collins aproximava-se do seu fim, e Elizabeth pouco mais tinha de padecer para além da inevitável sensação de desconforto que ela trouxera ou, de quando em quando, algum comentário mais azedo de sua mãe. Quanto a seu primo, os seus sentimentos manifestavam-se não tanto no embaraço ou na melancolia, ou mesmo nas tentativas de evitar sua prima, mas sobretudo na secura dos seus modos e num silêncio de rancor. Quase não lhe dirigia a palavra, e os assíduos cuidados de que tanta questão antes fizera foram transferidos durante o resto do dia para Miss Lucas, cuja solicitude em escutá-lo foi por fim um alívio para todos e, muito em especial, para a sua amiga.

A manhã seguinte não trouxe qualquer melhoria ao mau humor e à pior saúde de Mrs. Bennet. Também Mr. Collins se mantinha no mesmo estado de orgulho ferido. Elizabeth tivera esperanças de que o seu ressentimento lhe encurtasse a visita, mas a verdade é que o seu plano inicial não parecia ter sido minimamente abalado por isso. Sempre tivera a intenção de partir no sábado, e até sábado estava decidido a ficar.

Depois do pequeno-almoço, as irmãs caminharam até Meryton para inquirir se Mr. Wickham já tinha regressado e para lamentar a sua ausência no baile de Netherfield. Ele juntou-se-lhes quando elas entravam na vila e acompanhou-as até casa da tia, onde com profusão se falou do seu pesar, do seu desapontamento, e da preocupação de todos. A Elizabeth, porém, ele reconheceu voluntariamente que a necessidade de se ausentar tinha sido decisão sua.

— Pareceu-me, à medida que o momento se aproximava — disse —, que seria melhor não me encontrar com Mr. Darcy; que estar na mesma sala, na mesma companhia que ele, durante tantas horas, poderia ser superior às minhas forças e dar azo a cenas desagradáveis, para mim e não só.

Elizabeth admirou-lhe a contenção, e depois disso houve todo o tempo para aprofundar o assunto e trocar cortesias, já que Wickham e outro oficial as acompanharam de volta a Longbourn e ele lhe dedicou especial atenção durante todo o caminho. O facto de ele as acompanhar oferecia duas vantagens: por um lado, ela sentia-se particularmente lisonjeada pelo gesto, por outro, constituía uma ocasião deveras propícia para o apresentar a seus pais.

Pouco depois de terem entrado em casa, chegou uma carta para Miss Bennet. Tinha sido enviada de Netherfield e foi aberta sem demora. O envelope continha uma pequena folha, de elegante papel acetinado, coberta por uma fina e graciosa caligrafia de mulher. Elizabeth notou que o semblante da irmã se ia alterando à medida que a leitura avançava e que ela se demorava mais em algumas das passagens. Jane depressa se recompôs e, guardando a carta, tentou, com a sua habitual jovialidade, participar na conversa. Elizabeth, porém, de tão inquieta, nem a Wickham conseguiu mais prestar atenção. Ainda mal ele e o seu companheiro tinham saído, quando um olhar de Jane a convidou a segui-la. Assim que chegaram ao quarto, a irmã pegou na carta e disse:

— É da Caroline Bingley. O conteúdo deixou-me completamente surpresa. A esta hora, já todos devem ter deixado Netherfield, e estarão agora a caminho de Londres. E sem qualquer intenção de voltar. Escuta só o que ela diz.

Então leu em voz alta a primeira frase, onde Caroline dava conta da sua súbita resolução de se reunirem de imediato ao irmão em Londres, e da sua intenção de jantarem nesse mesmo dia em Grosvenor Street, onde Mr. Hurst tinha uma casa. Continuava assim:

Não vou fingir que sentirei falta daquilo que deixo no Hertfordshire, a não ser da sua companhia, minha querida amiga. Esperemos, contudo, que o futuro nos reserve a felicidade de muitas vezes renovarmos o agra-

dável convívio que mantivemos e que, entretanto, uma correspondência franca e assídua possa aliviar a dor da separação. Conto consigo para que isso aconteça.

Elizabeth escutou estas altissonantes expressões com toda a insensibilidade da desconfiança. E embora a precipitação daquela partida a tivesse surpreendido, não via nela nada a lamentar. Não havia razões para crer que o facto de eles terem saído de Netherfield pudesse impedir Mr. Bingley de ali estar. E quanto à falta do seu convívio, estava convencida de que em breve Jane deixaria de senti--la, consolada que seria pelo do irmão.

— É uma pena — disse Elizabeth, depois de uma curta pausa — que não tenhas podido ver as tuas amigas antes de partirem. Mas será que não podemos ter esperança de que o período de futura felicidade por que Miss Bingley tanto anseia chegue mais cedo do que ela julga, e de que o agradável convívio que mantiveram como amigas seja renovado, com ainda maior satisfação, já como irmãs? Mr. Bingley não se deixará prender por elas em Londres.

— A Caroline diz claramente que nenhum deles regressará ao Hertfordshire neste inverno. Ora ouve:

Ontem, quando partiu, meu irmão pensava que os assuntos que o chamavam a Londres pudessem estar concluídos em três ou quatro dias; mas sabendo nós que isso não será possível e estando ainda convencidas de que, assim que ele lá estiver, não terá pressa nenhuma em vir-se embora, resolvemos segui-lo, para que não se veja obrigado a passar as suas horas livres no desconforto de um hotel. Muitos dos meus conhecidos já lá se encontram para passar o inverno. Gostaria de saber que a minha querida amiga também teria intenção de se nos juntar, mas temo que isso não seja realizável. Faço votos sinceros de que o seu Natal no Hertfordshire seja pleno das alegrias próprias desta quadra festiva e que o número dos seus admiradores seja suficiente para compensar o sentimento de perda daqueles três de que a privaremos.

— De onde se torna evidente — acrescentou Jane — que ele não voltará neste inverno.

— A única coisa evidente é que Miss Bingley não quer que ele volte.

— Que te leva a pensá-lo? É ele quem decide... Ele é senhor de si mesmo. Mas tu ainda não ouviste tudo. Deixa-me ler-te a passagem que mais me magoou. Não te quero esconder nada.

Mr. Darcy está impaciente por ver a irmã e nós, para dizer a verdade, quase tão ansiosas quanto ele. Estou realmente convencida de que ninguém se compara em beleza, em elegância e em prendas a Georgiana Darcy. O afeto que ela na Louisa e em mim desperta é ainda mais profundo pela esperança que ousamos acalentar de que um dia ela se torne nossa irmã. Não sei se alguma vez lhe falei dos meus sentimentos a esse respeito, mas não posso partir sem lhos confessar, estimando que os não julgue insensatos. Meu irmão nutre por Miss Darcy uma grande admiração e terá agora frequentes ocasiões de privar com ela. A sua família deseja tanto este enlace quanto a dele, e penso não me deixar enganar pela minha parcialidade de irmã quando digo que o Charles é capaz de prender o coração de qualquer mulher. Com tantas circunstâncias a favor desta união e nenhuma contra ela, farei mal, minha querida Jane, em alimentar a esperança de um acontecimento que fará a felicidade de tantas pessoas?

— O que achas desta última frase, querida Lizzy? — perguntou Jane, mal terminou. — Não será suficientemente explícita? Não mostra claramente que a Caroline não espera nem deseja que eu seja sua cunhada? Que ela está completamente persuadida da indiferença do irmão e que, suspeitando dos sentimentos que ele me inspira, tenciona desta forma (e tão generosamente) prevenir-me? Poderá haver outra interpretação daquilo que te acabo de ler?

— Decerto que sim; a minha é completamente diferente. Estás disposta a ouvi-la?

— Com a melhor das vontades.

— Deixa-me dizê-lo em poucas palavras. Miss Bingley percebe que o irmão está apaixonado por ti, mas quer que ele se case com Miss Darcy. Segue-o até Londres na esperança de o reter na cidade, e tenta convencer-te de que ele não te quer.

Jane abanou a cabeça.

— Tens de acreditar em mim, Jane. Ninguém que vos tenha visto juntos pode duvidar da sua afeição. Muito menos Miss Bingley. Não é tão tola assim... Adivinhasse ela que Mr. Darcy sentia por si própria uma pequena parte que fosse do vosso amor, e já teria tratado do enxoval. Mas a situação é esta: nós não somos nem suficientemente ricas nem suficientemente importantes para eles. E Miss Bingley está ainda mais ansiosa por casar Miss Darcy com o irmão por saber que, uma vez realizado um matrimónio entre as duas famílias, ser-lhe-á muito menos difícil conseguir um segundo. O que é sem dúvida engenhoso... e estou mesmo convencida de que resultaria, não fora Miss de Bourgh. Mas, minha querida Jane, não podes seriamente acreditar, só porque Miss Bingley te diz que o irmão admira muito Miss Darcy, que ele seja nem um pouco menos sensível aos teus encantos que quando se despediram na terça-feira, ou que ela o conseguirá persuadir de que, em vez de estar apaixonado por ti, ele está na realidade perdido de amores pela amiga dela.

— Se tivéssemos a mesma opinião sobre Miss Bingley — retorquiu Jane —, a tua versão dos acontecimentos deixar-me-ia bastante mais tranquila. Mas sei que o seu fundamento é injusto. A Caroline é incapaz de enganar seja quem for e, assim sendo, só me resta esperar que seja ela a estar enganada.

— Parece-me bem. Não poderias ter tido ideia melhor, já que a minha te não serve de consolo. Convence-te então de que a Caroline está enganada. E agora, que já cumpriste a tua obrigação para com ela, podes deixar de te afligir.

— Mas, minha querida irmã, como poderei ser feliz, mesmo acreditando no melhor, aceitando por esposo um homem cujas irmãs e amigos desejam ver casado com outra?

— Tens de decidir por ti própria... — disse Elizabeth — e se, depois de aturada reflexão, considerares que a mágoa de desfeiteares suas duas irmãs é superior à felicidade de ser sua mulher, aconselho-te vivamente a recusá-lo.

— Como podes dizer isso? — disse Jane, esboçando um sorriso.

— Já devias saber que, apesar do desgosto que a sua desaprovação me causaria, não seria capaz de hesitar.

— Nunca pensei que fosses... E, nesse o caso, não vejo muitas razões para me compadecer da tua situação.

— Mas se ele não voltar este inverno, nunca terei de tomar uma decisão. Em seis meses podem acontecer tantas coisas!...

A ideia de que ele pudesse não regressar não mereceu de Elizabeth a mínima consideração. Parecia-lhe simplesmente a tradução dos desejos interesseiros de Caroline, e ela nem por um minuto conseguia conceber que esses, por mais aberta ou astuciosamente que fossem expressos, pudessem influenciar alguém tão independente quanto Mr. Bingley.

Com toda a veemência que pôde, comunicou à irmã o que pensava sobre o assunto, e em pouco tempo teve a satisfação de comprovar o seu efeito. Jane não se deixava desanimar facilmente e, aos poucos, foi sendo tomada pela esperança — conquanto a incerteza do afeto algumas vezes a excedesse — de que Bingley regressasse a Netherfield e assim respondesse a todos os anseios do seu coração.

Ambas concordaram em que a mãe deveria ser informada apenas da partida da família, sem mais sobre a conduta de Mr. Bingley que a pudesse inquietar. E no entanto, mesmo incompleta, aquela notícia foi o bastante para a deixar em cuidados e para que lamentasse como um incomparável infortúnio o facto de as senhoras se terem ido embora justamente quando as suas relações se começavam a estreitar. Depois de algum tempo nestes queixumes, porém, acabou por se consolar com a ideia de que Mr. Bingley em breve estaria de volta e a jantar em Longbourn, concluindo com a reconfortante declaração de que, embora o convite tivesse sido para um jantar em família, ela trataria de lhe preparar uma refeição com duas séries de pratos[41].

---

[41] No original, «*two full courses*»: na altura, cada uma destas séries (ou «*courses*») era composta por uma variedade grande de pratos, todos expostos em simultâneo na mesa e escolhidos de acordo com as preferências de cada um. *(NT)*

CAPÍTULO 22

Os Bennets jantavam nesse dia em casa dos Lucas e, durante grande parte dele, Miss Lucas teve de novo a bondade de escutar Mr. Collins. Assim que a oportunidade surgiu, Elizabeth aproveitou para lhe agradecer.

— Isso deixa-o de bom humor — disse ela. — Nem sabe o quanto eu lhe fico grata.

Charlotte assegurou-lhe que ficava satisfeita por poder ser útil e que isso compensava largamente aquele pequeno sacrifício do seu tempo. Era muito amável da sua parte — mas essa amabilidade estendia-se muito para além daquilo que Elizabeth podia sequer imaginar, já que era atraindo-as para si própria que ela mantinha a amiga a salvo de um possível ressurgimento das atenções de Mr. Collins. Tal era o plano de Miss Lucas. E os sinais eram tão auspiciosos que, quando se despediram já de noite, ela se teria sentido quase certa do seu bom termo, não fora o caso de ele estar prestes a deixar o Hertfordshire. Neste ponto, porém, ela não fez a devida justiça ao arrebatamento e à audácia de Mr. Collins, as mesmas que na manhã seguinte o levaram a esgueirar-se com admirável astúcia de Longbourn House e a precipitar-se na direção de Lucas Lodge, para enfim se prostrar a seus pés. Tentou a todo o custo que suas primas não dessem por nada, visto estar convencido de que, se elas o vissem sair, não poderiam deixar de adivinhar o seu propósito, e ele não queria de modo algum que a sua tentativa fosse conhecida antes de o seu triunfo o poder também ser. A verdade era que, apesar de o ter por quase certo — e com razão, uma vez que Charlotte lhe alimentara algumas esperanças —, não conseguia deixar de se sentir um tanto receoso desde os acontecimentos de quarta-feira. A sua receção, no entanto, foi das mais promissoras. Miss Lucas avistou-o de uma das janelas de cima e de imediato se meteu a caminho para poder, por mero acaso, cruzar-se com ele na azinhaga. Mas jamais ousara sonhar que naquele sítio a aguardariam tanta paixão e tanta eloquência.

No mais breve espaço de tempo que os longos discursos de Mr. Collins consentiam, ficou tudo acordado a contento dos dois, pelo que, mal entraram em casa, ele lhe implorou que designasse o dia que faria dele o mais feliz dos homens. E ainda que uma tal instância não pudesse por ora ser atendida, não sentia a sua dama a mínima inclinação para menosprezar essa felicidade. A estupidez de que a natureza o dotara decerto privava a sua corte de qualquer encanto que pudesse levar uma mulher a querer prolongá-la; e a Miss Lucas, que o aceitara apenas pelo puro e desinteressado desejo de se estabelecer, pouco lhe interessava a data em que isso sucederia.

O consentimento de Sir William e de Lady Lucas foi tão prontamente solicitado quanto prontamente concedido com o mais esfuziante entusiasmo. A atual situação de Mr. Collins tornava-o um partido muito desejável para a filha, à qual como dote pouco podiam dar; e as suas perspetivas de futura prosperidade eram deveras auspiciosas. Lady Lucas começou de imediato a calcular, com mais interesse do que alguma vez o assunto lhe houvesse despertado, quantos anos mais viveria Mr. Bennet, e Sir William sentenciou que, em sua opinião, quando Mr. Collins entrasse na posse de Longbourn, seria altamente conveniente que ele e a esposa fizessem a sua apresentação em St. James. Em suma, toda a família ficou devidamente exultante com a notícia. As filhas mais novas formularam o desejo de se estrearem na sociedade um ano ou dois mais cedo do que teriam podido, e os rapazes libertaram-se do receio de que Charlotte morresse solteira. Esta, por sua parte, manteve bastante bem a compostura. Conseguira o que queria e tinha agora tempo para pensar melhor sobre o assunto. As suas reflexões foram, em geral, satisfatórias. Mr. Collins, a bem dizer, não possuía nem encanto nem bom senso; a sua companhia era enfadonha e a sua afeição por si seguramente imaginária. Mas ainda assim ele seria seu marido. Apesar da pouca conta em que tinha quer os homens quer o matrimónio, sempre fora seu propósito casar-se. Era esse o único recurso para raparigas de boas famílias e pouca fortuna e, conquanto oferecendo poucas garantias de ventura, também a sua mais amena proteção contra a necessidade. Essa proteção já ela tinha alcançado, e com vinte e sete anos, sem nunca ter sido bonita, tinha bem consciência do quanto era afortunada. A circunstância menos agradável de todo este negócio era a surpresa que a notícia deveria causar a Elizabeth Bennet, cuja amizade ela estimava acima de qualquer outra. Elizabeth estranharia e talvez mesmo a censurasse; e embora a decisão que tomara não pudesse ser abalada, já a desaprovação da amiga não deixaria de a magoar. Resolveu, por isso, dar-lhe ela própria a notícia, encomendando a Mr. Collins, quando este se preparava para regressar a Longbourn para o jantar, que não deixasse escapar à frente de nenhum deles qualquer alusão ao que se tinha passado. A promessa de segredo, como competia, foi logo obedientemente feita — mas só a muito custo mantida. A curiosidade que a sua longa ausência despertara rebentou, ao regressar, em perguntas tão sem rodeios, que só com muita habilidade — e um penoso exercício de abnegação, de ansioso que estava por tornar público o seu amor — as conseguiu iludir.

Como na manhã seguinte partiria demasiado cedo para poder ver quem quer que fosse da família, o ritual de despedida foi encenado quando as senhoras se retiraram para dormir. Com grande polidez e cordialidade, Mrs. Bennet expressou o desejo de em breve o verem de novo em Longbourn, sempre que os seus compromissos lhe permitissem visitá-los.

— Minha querida senhora — retorquiu ele —, esse convite deixa-me particularmente grato, pois é exatamente aquilo por que eu ansiava. E pode ficar certa de que o aproveitarei o mais cedo que me for possível.

A estupefação foi geral, e Mr. Bennet, que não tinha qualquer desejo de o tornar a ver tão cedo, apressou-se a dizer:

— Mas não haverá perigo, meu caro senhor, de causar desprazer a Lady Catherine? Antes descurar os seus parentes que correr o risco de ofender a sua benfeitora.

— Fico especialmente obrigado a V. Ex.ª — respondeu Mr. Collins — pela amável advertência, e pode confiar que não darei um passo tão importante sem a aprovação de Sua Senhoria.

— Todo o cuidado é pouco. Arrisque tudo, menos cair no seu desagrado; e se considerar que a sua vinda aqui lhe pode dar azo, o que me parece extremamente provável, deixe-se estar sossegado em casa e fique tranquilo que não nos sentiremos ofendidos.

— Acredite V. Ex.ª que me sinto infinitamente grato por tão afetuosa atenção e fique seguro de que logo lhe enviarei uma carta de agradecimento por ela, bem como por qualquer outra prova da sua estima durante a minha estada no Hertfordshire. Quanto a minhas encantadoras primas, apesar de a minha ausência não dever ser tão longa que o justifique, permito-me agora desejar-lhes as maiores felicidades, incluindo a minha prima Elizabeth.

A seguir, e com as devidas cortesias, as senhoras retiraram-se, todas elas igualmente surpreendidas por vê-lo cogitar um regresso tão rápido. Mrs. Bennet quis ver nisso uma intenção de fazer a corte a uma de suas filhas mais novas — e Mary bem poderia ser persuadida a aceitá-lo. Tinha em muito melhor conta as capacidades de Mr. Collins que qualquer um dos outros. Havia uma solidez nas suas reflexões que frequentemente a impressionava, e embora ele não fosse de todo tão inteligente quanto ela, acreditava que, uma vez inspirado pelo seu exemplo a ler e a ilustrar-se, se poderia tornar uma companhia muito agradável. Mas na manhã seguinte, todas as esperanças nesse sentido se dissiparam. Miss Lucas apareceu pouco depois do pequeno-almoço e, numa conversa em privado com Elizabeth, relatou-lhe os acontecimentos do dia anterior.

A possibilidade de Mr. Collins se imaginar apaixonado pela sua amiga já por uma vez, no último dia ou dois, ocorrera a Elizabeth, mas que Charlotte o pudesse ter incentivado parecia-lhe quase tão impossível quanto ela própria fazê-lo. Tamanha foi pois a sua surpresa que, esquecendo de início todas as regras da conveniência, ela não conseguiu conter a exclamação:

— Noiva de Mr. Collins! Minha querida Charlotte... mas isso é impossível!

Ao receber uma reprimenda tão direta, a expressão controlada que Miss Lucas se havia imposto ao contar o sucedido deu lugar a uma momentânea perturbação; não tendo aquela, porém, ultrapassado o que ela esperara, logo se dominou, respondendo tranquilamente:

— Porquê essa surpresa, minha querida Eliza? Achas assim tão difícil acreditar que Mr. Collins possa conquistar o favor de uma mulher só porque não teve a fortuna de obter o teu?

Elizabeth já se tinha entretanto refeito e, fazendo um grande esforço, pôde assegurar-lhe com bastante firmeza que a perspetiva do seu enlace lhe era extremamente grata e que lhe desejava as maiores felicidades.

— Percebo o que estarás a sentir — retorquiu Charlotte —, deves ter ficado surpreendida, muito surpreendida... Ainda há pouco, Mr. Collins queria casar contigo. Mas quando tiveres tido tempo para pensar melhor sobre o assunto, espero que aproves aquilo que fiz. Sabes bem que não sou uma pessoa romântica. Nunca o fui. Peço apenas um lar confortável e, considerando o caráter, as relações e a posição de Mr. Collins, estou convencida de que tenho tanta probabilidade de ser feliz a seu lado quanto a maioria das pessoas ao entrar no estado de casadas.

Elizabeth respondeu num tom sereno:

— Sem dúvida.

E depois de uma pausa embaraçosa, as duas voltaram para junto da família. Charlotte não se demorou muito mais, deixando Elizabeth a meditar sobre o que ouvira. Foi preciso bastante tempo até que esta se conformasse com a ideia de um casamento tão despropositado quanto aquele. O facto de Mr. Collins ter feito duas propostas em apenas três dias parecia-lhe bem menos estranho que o consentimento da amiga. Sempre sentira que a opinião de Charlotte sobre o matrimónio não era exatamente igual à sua, mas nunca pudera imaginar que, quando chegasse o momento, ela fosse capaz de sacrificar os mais nobres sentimentos a interesses puramente materiais. Charlotte mulher de Mr. Collins!... Que visão mais aviltante!... E à dor de ver uma amiga assim desgraçar-se, afundar-se na sua estima, juntava-se ainda a penosa convicção de que nunca ela poderia encontrar a mínima felicidade no caminho que escolhera.

CAPÍTULO 23

Elizabeth estava sentada com a mãe e as irmãs, a refletir sobre o que lhe tinha sido contado e a perguntar-se se deveria ou não mencioná-lo, quando Sir William Lucas apareceu, enviado pela filha, a anunciar o noivado à família. Com desdobradas felicitações a todos, e ele próprio muito se congratulando, pela perspetiva de uma união entre as duas casas, foi revelando o motivo que ali o trouxera perante uma assembleia não apenas estupefacta como absolutamente incrédula. Mrs. Bennet, com mais persistência que polidez, insistiu que ele deveria estar completamente enganado, e Lydia, sempre irrefletida e muitas vezes indelicada, exclamou de maneira desabrida:

— Deus do céu, Sir William! Mas que história é essa? Então não sabe que Mr. Collins quer casar com a Lizzy?

Nada, a não ser a condescendência de um verdadeiro cortesão, poderia ter suportado semelhante tratamento sem se deixar perturbar. Valeram a Sir William, no entanto, as suas boas maneiras; e embora ele educadamente insistisse na veracidade das suas informações, escutou todas aquelas impertinências com a mais indulgente cortesia.

Neste ponto, Elizabeth sentiu que era seu dever libertá-lo de tão incómoda situação e, por isso, não só se adiantou para confirmar o seu relato, revelando ter tido dele conhecimento prévio pela própria Charlotte, como tentou a todo o custo pôr um ponto final nas exclamações da mãe e das irmãs, quer transmitindo os mais efusivos parabéns a Sir William — no que foi prontamente acompanhada por Jane —, quer tecendo as mais variadas considerações sobre a felicidade augurada pela união, o excelente caráter de Mr. Collins e a conveniente distância a que Hunsford ficava de Londres.

Mrs. Bennet, na verdade, sentia-se demasiado avassalada para conseguir dizer fosse o que fosse enquanto Sir William estivesse presente. Mal ele se retirou, porém, as suas emoções jorraram. Em primeiro lugar, teimava em não acreditar em nada do que fora dito; em segundo, estava convencidíssima de que Mr. Collins havia sido enganado; em terceiro, confiava em que eles nunca seriam felizes; e, em quarto, que o compromisso seria rompido. Duas conclusões, no entanto, podiam claramente ser retiradas de tudo isto: uma, que Elizabeth era a verdadeira causa de toda a desgraça; e, outra, que ela própria tinha sido barbaramente maltratada por todos eles. E sobre estes dois pontos, principalmente, discorreu o resto do dia. Nada havia que a pudesse consolar e nada que a apaziguasse. Nem aquele dia bastou para que o seu ressentimento se desvanecesse. Passou uma semana antes que ela pudesse ver Elizabeth sem a repreender, decorreu um mês até que conseguisse falar com Sir William ou Lady Lucas sem ser inconveniente, e foram precisos muitos meses para que fosse de todo capaz de perdoar Charlotte.

As emoções de Mr. Bennet foram bastante mais tranquilas — e aquelas que sentiu, que poucas foram, declarou-as profundamente agradáveis. Era para si muito gratificador descobrir que Charlotte Lucas, que sempre julgara uma rapariga razoavelmente sensata, era afinal tão tola quanto sua mulher e mais tola que sua filha!

Jane confessou-se um pouco surpreendida com aquela união, mas falou menos sobre o seu espanto que sobre o seu desejo sincero de que os dois fossem muito felizes. Nem mesmo Elizabeth a conseguiu convencer do quanto isso era improvável. Kitty e Lydia estavam bem longe de invejar Miss Lucas, visto que Mr. Collins era apenas um simples clérigo, e o assunto não as interessou a não ser como notícia para espalhar em Meryton.

Lady Lucas não poderia ser insensível ao triunfo de ver chegada a sua vez de retribuir a Mrs. Bennet a satisfação de ter uma filha bem casada e, por isso, passou a visitar Longbourn com mais frequência que o costume só para lhes dizer o quanto se sentia feliz, mesmo se os olhares rancorosos e os comentários azedos da sua vizinha tivessem sido suficientes para afugentar toda a felicidade.

Havia entre Elizabeth e Charlotte um constrangimento que às duas impedia de falar sobre o assunto, suficiente mesmo para convencer a primeira de que nunca mais entre elas poderia voltar a existir verdadeira confiança. A sua desilusão com Charlotte fê-la olhar com redobrado afeto para a irmã, de cuja probidade e delicadeza poderia estar sempre certa e por cuja felicidade se inquietava cada vez mais, visto que Bingley já tinha partido havia uma semana e nada se sabia ainda do seu regresso.

Jane tinha enviado uma resposta à carta de Caroline e contava os dias até que fosse razoável esperar notícias dela. A prometida carta de agradecimento de Mr. Collins chegou na terça-feira. Dirigida ao pai, estava escrita com a mesma solene gratidão que uma permanência de doze meses no seio da sua família poderia ter inspirado. Depois de descarregar a sua consciência a esse propósito, prosseguia informando-os, com expressões arrebatadas, do quão feliz se encontrava por haver conquistado o afeto da sua adorável vizinha, Miss Lucas, revelando ainda que fora apenas com o intuito de usufruir da companhia desta que tão prontamente assentira ao desejo, por todos expresso, de o receberem de novo em Longbourn, aonde, de resto, esperava poder retornar de segunda-feira a duas semanas. Lady Catherine, acrescentava, tinha tão fervorosamente aprovado o seu casamento, que era sua vontade que ele tivesse lugar o mais depressa possível, argumento irrefutável que usaria junto da sua adorável Charlotte para convencê-la a fixar para breve o dia que o tornaria o mais feliz dos homens.

O regresso de Mr. Collins ao Hertfordshire tinha deixado de ser um motivo de prazer para Mrs. Bennet. Pelo contrário, sentia-se tão inclinada a lastimá-lo quanto o marido. Não era apenas muito estranho que ele quisesse ficar em Longbourn em vez de Lucas Lodge; era também muito inconveniente, para além de causar um enorme transtorno. Detestava ter hóspedes em casa quando a sua saúde estava tão debilitada, e os apaixonados eram de todas as pessoas as mais insuportáveis. Tais eram os suaves murmúrios de Mrs. Bennet, que apenas cediam perante o ainda maior tormento causado pela continuada ausência de Mr. Bingley.

Nem Jane nem Elizabeth se sentiam tranquilas a esse respeito. Os dias iam passando sem mais notícias dele que o boato, bem cedo posto a circular em Meryton, de que não regressaria a Netherfield durante todo o inverno. Um boato que profundamente exasperava Mrs. Bennet e que ela nunca deixava de desmentir como a mais escandalosa falsidade.

Mesmo Elizabeth começou a recear, não que Bingley fosse indiferente, mas que suas irmãs conseguissem mantê-lo afastado. Relutante como se sentia em admitir uma ideia tão ruinosa para a felicidade de Jane, e tão desonrosa para a constância do seu amado, não conseguia no entanto evitar que ela com frequência a assaltasse. Os esforços combinados de suas desalmadas irmãs e do seu dominador amigo, ajudados pelos atrativos de Miss Darcy e pelos prazeres de Londres, poderiam revelar-se superiores, assim o temia, à intensidade dos seus sentimentos.

Quanto a Jane, a ansiedade provocada por toda aquela incerteza era-lhe naturalmente bem mais penosa que para Elizabeth. Mas o que quer que ela sentisse, fazia por escondê-lo, pelo que entre elas o assunto nunca era abordado. Como semelhante delicadeza, porém, não refreasse a mãe, raramente uma hora passava sem que ela falasse de Bingley, expressasse a sua impaciência pela sua chegada, ou mesmo tentasse obrigar Jane a confessar que, se ele não regressasse, se sentiria profundamente ultrajada. Só a inabalável serenidade da filha poderia ter suportado aqueles ataques com alguma tranquilidade.

Mr. Collins chegou pontualmente no dia marcado, mas a receção em Longbourn não foi tão cortês quanto havia sido na sua primeira visita. Estava, contudo, demasiado contente para precisar de muita atenção. De resto, e para sorte dos restantes, os seus deveres de noivo aliviaram-nos em grande medida da sua companhia. A maior parte do dia passava-a em Lucas Lodge, e vezes havia em que regressava a Longbourn apenas a tempo de fornecer uma desculpa pela sua ausência antes de a família se retirar.

Mrs. Bennet, por seu lado, encontrava-se num estado verdadeiramente lastimável. A mais pequena alusão a qualquer coisa que

pudesse ter a ver com o enlace afundava-a numa agonia de azedume, sendo que, aonde quer que fosse, era certo que ouviria falar
no assunto. A visão de Miss Lucas era-lhe odiosa. Como sua sucessora naquela casa, olhava-a com uma aversão plena de inveja. Sempre que Charlotte os visitava, imaginava-a antecipando a hora em
que tomaria posse da casa; e sempre que ela conversava em voz
baixa com Mr. Collins, tinha a certeza de que estariam a falar da
propriedade e a planear expulsá-la a ela e às filhas assim que
Mr. Bennet morresse. Disto tudo se queixava amargamente ao
marido:

— Na verdade, Mr. Bennet — disse ela —, é muito difícil imaginar que a Charlotte Lucas possa um dia ser senhora desta casa,
que eu serei forçada a abandoná-la por ela, e que viverei para vê-la
ocupar o meu lugar...

— Minha cara, não se deixe levar por esses pensamentos tão lúgu-
bres. Sejamos otimistas. Ousemos esperar que eu lhe sobreviva.

Como isto não lhe servisse de muito consolo, em vez de responder, ela continuou no mesmo tom:

— Não consigo suportar a ideia de que eles fiquem com toda a
propriedade. Se não fosse o vínculo, não me importaria.

— Não se importaria com quê?

— Não me importaria com nada.

— Estejamos então gratos por ter sido poupada a um tal estado
de insensibilidade.

— Nunca poderei estar grata, Mr. Bennet, pelo que quer que
seja que tenha a ver com o vínculo. Como é que alguém se pôde
lembrar de privar as próprias filhas da sua propriedade, é que eu
não percebo. E logo a favor de Mr. Collins!... Porquê ele e não outra
pessoa?

— Deixo-lhe a si a tarefa de o descobrir — respondeu Mr. Bennet.

CAPÍTULO 24

Chegou a carta de Miss Bingley e dissipou todas as dúvidas. A primeira frase confirmava desde logo estarem todos instalados em Londres para o inverno e terminava com as desculpas do irmão por não ter tido tempo de apresentar os seus respeitos aos amigos do Hertfordshire antes de partir.

Qualquer esperança que ainda houvesse desvaneceu-se nesse instante; e quando Jane, por fim, conseguiu prestar atenção ao resto da carta, encontrou nela muito pouco, para além dos protestos de afeto da sua autora, que lhe pudesse servir de algum consolo. A maior parte era ocupada pelo elogio de Miss Darcy. As suas muitas prendas eram de novo glosadas e Caroline vangloriava-se exultante da sua crescente intimidade, arriscando-se a prever a concretização dos desejos que formulara na carta anterior. Concluía informando com regozijo estar o irmão instalado em casa de Mr. Darcy, aproveitando ainda para discorrer, por entre exclamações de enlevo, sobre os planos que este tinha de adquirir nova mobília.

Elizabeth, a quem Jane logo transmitiu o essencial da carta, escutou-a num silêncio indignado. O seu coração dividia-se entre a inquietação pela irmã e o ressentimento contra todos os outros. Quanto ao que Caroline escrevia sobre a preferência do irmão por Miss Darcy, não lhe atribuiu crédito algum. De que ele sentisse uma verdadeira afeição por Jane, ela não tinha, como nunca tivera, a menor dúvida; e apesar da simpatia que ele sempre lhe merecera, não conseguia pensar sem raiva, ou até mesmo desprezo, naquele génio dócil, naquela falta de determinação que, tornando-o um joguete nas mãos dos amigos, o levava a sacrificar às caprichosas inclinações destes a sua própria felicidade. Tivesse sido esta a única sacrificada, poder-se-lhe-ia permitir que brincasse com ela como bem entendesse; mas em jogo estava também a felicidade de sua irmã, como de resto ele deveria saber. Era um assunto, enfim, que se prestava a uma aturada reflexão, por infrutífera que fosse. Não conseguia pensar em mais nada. E, no entanto, quer a afeição de Bingley tivesse realmente esmorecido, ou sido extinta pela influência dos seus amigos, quer ele se tivesse apercebido dos sentimentos de Jane, ou eles lhe tivessem escapado, qualquer que fosse o caso — se bem que a opinião que dele tinha variasse substancialmente com a resposta —, a situação de sua irmã seria sempre a mesma, com a sua paz de espírito igualmente perturbada.

Só passados um dia ou dois, arranjou Jane coragem suficiente para falar com Elizabeth sobre o que sentia. Mrs. Bennet acabara de as deixar a sós, não sem antes ter dado mais largas que o costume à sua irritação com Netherfield e o seu proprietário, e por fim ela não se conteve:

— Oh, quem dera que nossa querida mãe se conseguisse dominar um pouco melhor... Não faz ideia do quanto me magoa com os seus constantes comentários sobre ele. Mas não me vou lamentar. Não pode durar muito tempo. Ele será esquecido, e tudo voltará a ser como dantes.

Elizabeth fitou a irmã com um olhar de incrédula solicitude, mas não disse nada.

— Duvidas de mim — disse Jane, corando um pouco —, mas não tens razão para isso. Pode ser que eu o guarde na lembrança como o homem mais amável que já conheci, mas nada mais. Nada tenho a esperar ou a temer, nem nada a recriminar-lhe. Graças a Deus, essa dor eu não terei de suportar. Só um pouco mais de tempo... Farei o meu melhor por me recompor. — E logo acrescentou, com a voz mais firme: — Pelo menos, uma coisa me serve já de consolo: que tudo isto não tenha passado de uma fantasia da minha parte e não tenha causado sofrimento a mais ninguém senão a mim mesma.

— Minha querida Jane — exclamou Elizabeth —, és demasiado boa... A tua doçura e a tua generosidade são verdadeiramente angelicais. Não sei que dizer-te... Sinto que nunca te fiz a devida justiça, nem te amei como tu mereces.

Miss Bennet apressou-se a recusar qualquer mérito extraordinário, atribuindo os elogios ao generoso afeto da irmã.

— Não — objetou Elizabeth, — isso não é justo. Tu gostas de pensar que todas as pessoas são respeitáveis, e ficas magoada se eu disser mal de alguém. Eu só quero pensar que tu és perfeita, e tu opões-te. Não tenhas medo de que eu incorra em exagero ou usurpe o teu privilégio de benevolência universal. Não é necessário. Poucas são as pessoas a quem amo verdadeiramente e ainda menos aquelas de quem tenho boa opinião. Quanto mais conheço do mundo, mais desiludida fico, e cada dia que passa só vem confirmar a minha opinião sobre a inconsistência do caráter humano e a pouca confiança que nos merece a aparência de mérito ou de bom senso. Tive recentemente dois exemplos disso: do primeiro nada direi; o outro foi o casamento da Charlotte. É incompreensível! Absolutamente incompreensível!...

— Minha querida Lizzy, não te deixes arrastar por esses sentimentos. Acabarão por arruinar a tua felicidade. Esqueces-te de que existem diferenças de situação e de temperamento. Pensa na respeitabilidade de Mr. Collins, e no caráter prudente e resoluto da Charlotte. Lembra-te de que ela pertence a uma família numerosa, e que, em termos materiais, esta se trata de uma aliança muito desejável. E vê se aceitas, para bem de todos, que ela possa de facto sentir consideração e estima por nosso primo.

— Para te fazer a vontade, seria capaz de acreditar em qualquer coisa, mas ninguém mais poderia tirar daí algum proveito, já que se eu estivesse convencida de que a Charlotte sentia alguma consideração por ele, só teria em pior conta a sua inteligência do que agora tenho o seu coração. Minha querida Jane, para além de presumido e vaidoso, Mr. Collins é um homem tacanho, pomposo e tolo. Sabe-lo tão bem como eu; como tão bem como eu perceberás que a mulher que com ele se casar não poderá estar no seu perfeito juízo. Não a podes defender, mesmo sendo ela quem é. Não podes, por causa de uma só pessoa, trair o sentido da retidão e da integridade, nem tentar convencer-te, a mim e a ti própria, de que o interesse é prudência e a ignorância do perigo, garantia de felicidade.

— Diria que as tuas palavras são demasiado duras para com ambos — retorquiu Jane —, e espero que acabes por convencer-te disso quando os vires felizes juntos. Mas não falemos mais nisso. Aludiste a outra coisa, mencionaste dois exemplos. Sei no que estavas a pensar, mas peço-te encarecidamente, querida Lizzy, que não me aflijas atribuindo a culpa a *essa pessoa*, ou dizendo que ela desceu na tua consideração. Estamos sempre demasiado prontas a imaginar que nos magoam de propósito. Não podemos esperar de um rapaz que seja reservado e circunspecto o tempo todo. Muitas vezes, é apenas a nossa vaidade que nos engana. As mulheres têm tendência a imaginar que a admiração significa mais do que realmente é.

— E os homens esforçam-se para que elas assim pensem.

— Se o fizerem com intenção, então não merecem ser absolvidos. Mas, ao contrário de certas pessoas, não acredito que exista assim tanta premeditação neste mundo.

— Longe de mim atribuir o comportamento de Mr. Bingley a qualquer premeditação — disse Elizabeth —, mas mesmo quando não existe o propósito de fazer mal, ou de tornar os outros infelizes, pode haver engano, como pode haver sofrimento. A negligência, a falta de consideração pelos sentimentos dos outros, a fraqueza de ânimo, são todas razões mais que suficientes.

— E tu atribui-lo a uma delas?

— Sim, à última. Mas, se continuar, sei que te posso causar desprazer dizendo o que penso a respeito de pessoas que estimas. Detém-me enquanto podes.

— Teimas, então, em acreditar que as irmãs o influenciam?

— Sim, juntamente com o amigo.

— Não o posso crer. Porque haveriam eles de tentar influenciá-lo?... Só podem desejar a sua felicidade e, se a sua afeição por mim for verdadeira, nenhuma outra mulher lha poderá proporcionar.

— A tua primeira premissa é falsa. Elas poderão desejar-lhe muitas outras coisas para além da sua felicidade. Podem desejar que ele aumente a sua riqueza e o seu prestígio, como podem desejar que ele se case com uma rapariga que possua todas as vantagens do dinheiro, do estatuto e do orgulho.

— Que elas desejam que a sua eleita seja Miss Darcy não oferece dúvida — respondeu Jane —, mas isso poderá ser ditado por sentimentos mais elevados do que imaginas. Conhecem-na há muito mais tempo que a mim; não é de admirar que a prefiram. Mas seja qual for o seu desejo, não é nada provável que tenham querido contrariar o do irmão. Que irmã se julgaria autorizada a fazê-lo, a não ser que houvesse um impedimento muito forte? Se elas o soubessem enamorado de mim, não tentariam separar-nos; e se acaso ele estivesse, nunca o conseguiriam. Com supores essa afeição, fazes com que pareça que todos agem de maneira errada e artificiosa, deixando-me ainda mais triste. Peço-te que não me aflijas com essa ideia. Não me envergonho de me ter enganado, ou, pelo menos, isso é coisa pouca, quase nada quando comparada com o que sentiria se pensasse mal de Mr. Bingley e de suas irmãs. Deixa-me encarar as coisas pelo seu lado melhor, que é a única forma de as entender.

Elizabeth não se podia opor a um desejo assim expresso. E, desde então, entre elas o nome de Mr. Bingley quase não foi pronunciado.

Mrs. Bennet prosseguiu nos seus queixumes, estranhando que ele nunca mais regressasse, e embora não passasse um dia sem que Elizabeth lho explicasse com clareza, parecia pouco provável que alguma vez ela viesse a considerar o facto com menos perplexidade. A filha tentava convencê-la daquilo em que ela própria não acreditava: de que as atenções de Mr. Bingley para com Jane tinham sido apenas o efeito de uma inclinação vulgar e passageira, que tinha cessado quando ele deixara de a ver. Mas se bem que no momento a explicação fosse admitida como provável, todos os dias Elizabeth se via obrigada a repetir a mesma história. Mrs. Bennet ia-se reconfortando com a ideia de que ele estaria de regresso no verão.

Já Mr. Bennet encarava o assunto de outro modo.

— Com que então, Lizzy — disse ele um dia —, constou-me que tua irmã teve um desgosto amoroso. Dou-lhe as minhas felicitações. A seguir ao casamento, o que uma rapariga mais aprecia é sofrer um desgosto amoroso de quando em vez. Dá-lhe alguma coisa em que pensar e confere-lhe uma espécie de distinção entre as amigas. Quando chegará a tua hora? Não conseguirás suportar por muito mais tempo teres sido ultrapassada pela Jane. Agora é a tua vez. Em Meryton estão oficiais suficientes para desapontar todas as raparigas da região. Para ti podias escolher o Wickham. É uma pessoa educada, abandonar-te-ia com todo o decoro...

— Agradeço-lhe, meu pai, mas creio que me contentaria com um homem menos encantador. Nem todas podemos ter a sorte da Jane.

— É verdade — disse Mr. Bennet —, mas é reconfortante saber que, o que for que te venha a suceder desse género, tens uma mãe extremosa que tirará sempre o melhor proveito disso.

A companhia de Mr. Wickham foi uma ajuda preciosa para dissipar a melancolia que, depois dos últimos e infaustos acontecimentos, se apoderara de não poucos habitantes de Longbourn. Viam-no amiúde, e aos seus outros méritos foi-se juntando uma absoluta falta de reserva. Tudo aquilo que a Elizabeth fora dito, a demanda que ele mantinha com Mr. Darcy, os agravos que dele tinha recebido, era agora do conhecimento geral e tema de discussão pública — e todos se compraziam em pensar o quanto sempre haviam detestado Mr. Darcy, mesmo antes de saberem o que quer que fosse sobre o assunto.

Ninguém senão Miss Bennet era capaz de imaginar que pudesse haver circunstâncias atenuantes no caso, ignoradas pela sociedade do Hertfordshire. Aquela sua firme e suave candura em todos os momentos apelava à compreensão e à tolerância, recordando a possibilidade do equívoco. Aos olhos de todos os outros, no entanto, Mr. Darcy foi condenado como o mais desprezível dos homens.

CAPÍTULO 25

Depois de uma semana passada em juras de amor e projetos de felicidade, chegou o sábado e Mr. Collins teve de se separar da sua adorável Charlotte. No que lhe tocava, porém, a dor da separação poderia encontrar algum alívio nos preparativos de receção à noiva, dado ter razões para acreditar que, logo após o seu próximo regresso ao Hertfordshire, o dia que dele faria o mais feliz dos homens seria fixado. Despediu-se dos seus parentes em Longbourn com a mesma solenidade de que antes usara, voltou a desejar a suas encantadoras primas muita saúde e as maiores felicidades, e prometeu ao pai uma nova carta de agradecimento.

Na segunda-feira seguinte, Mrs. Bennet teve o prazer de receber o irmão e a cunhada, vindos que eram, como de costume, a passar o Natal em Longbourn. Mr. Gardiner era um homem sensato e de ar distinto, várias vezes superior à irmã quer por natureza quer por educação. Às senhoras de Netherfield ter-lhes-ia custado acreditar que alguém que vivia do comércio, e a pouca distância dos seus próprios armazéns, pudesse ser tão amável e bem-educado. Mrs. Gardiner, para além de bastante mais nova que Mrs. Bennet e Mrs. Phillips, era uma mulher de fino trato, inteligente e elegante, muito querida por todas as suas sobrinhas de Longbourn. Entre ela e as duas mais velhas, em particular, existia uma especial afeição. Já por mais de uma vez elas haviam ficado na sua casa em Londres.

A primeira tarefa de Mrs. Gardiner, assim que chegou, consistiu em distribuir os presentes e em descrever as últimas novidades da moda. Concluída esta, passou a desempenhar um papel menos ativo. Chegara a sua vez de escutar. Mrs. Bennet tinha muitas queixas para relatar e muito de que se lamentar. Tinham sido todos muito mal tratados desde que a vira pela última vez. Duas de suas filhas tinham estado prestes a casar-se, mas no fim não dera em nada.

— Não tenho nada que censurar à Jane — prosseguiu —, porque se pudesse ela teria apanhado Mr. Bingley. Mas já a Lizzy!... Oh, minha irmã, como é penoso pensar que a esta hora, não fosse a sua teimosia, ela poderia ser mulher de Mr. Collins!... Ele propôs--lhe casamento nesta mesma sala, e ela recusou-o. O resultado é que Lady Lucas vai ter uma filha casada antes de mim e que a propriedade de Longbourn continua tão vinculada como antes. Os Lucas são gente muito manhosa, minha querida irmã... O que puderem apanhar é deles. Custa-me dizer isto, mas é assim. Põe-me tão nervosa, tão indisposta, ser assim contrariada pela minha própria família e ter vizinhos que pensam mais em si mesmos que nos outros. Mas a vossa vinda, logo num momento destes, é o melhor consolo que podia receber... e muito me alegro com o que nos conta sobre as mangas compridas[42].

Mrs. Gardiner, a quem a maior parte destas notícias já tinha sido relatada pelas cartas de Jane e de Elizabeth, deu uma resposta curta à cunhada e, por compaixão para com as sobrinhas, mudou o tema da conversa.

Mais tarde, já a sós com Elizabeth, tornou a falar sobre o assunto.

— Parecia ser um ótimo partido para a Jane — disse. — É uma pena que não tenha resultado. Mas estas coisas estão sempre a acontecer!... Tão facilmente um rapaz, como me dizem ser Mr. Bingley, se enamora de uma rapariga bonita durante algumas semanas, como, se um acaso os separa, facilmente a esquece... pelo que este tipo de inconstância acaba por ser muito frequente.

— Pode ser que isso sirva de consolação para alguns — disse Elizabeth —, mas não para nós. Não foi *um acaso* que nos trouxe sofrimento. É muito raro que um rapaz independente e de fortuna se deixe influenciar por amigos, a ponto de esquecer a mulher por quem, apenas alguns dias antes, estava tão profundamente apaixonado.

---

[42] Mrs. Bennet parece aqui referir-se a uma alteração na moda, mais especificamente relacionada com os vestidos de noite. *(NT)*

— Mas essa expressão, «profundamente apaixonado», é tão banal, tão vaga, tão imprecisa, que me diz muito pouco. Tanto se aplica às emoções suscitadas por meia hora de convivência, como a uma afeição forte e verdadeira. Diz-me: *quão* profundo era o amor de Mr. Bingley?

— Nunca vi uma inclinação mais prometedora. Ele ia prestando cada vez menos atenção às outras pessoas e só tinha olhos para ela. Sempre que se encontravam, isso tornava-se mais evidente. No baile que ele próprio ofereceu, provocou a ofensa de duas ou três das presentes, não as convidando para dançar; e eu própria lhe dirigi a palavra por duas vezes, sem ter obtido qualquer resposta. Pode haver melhores sintomas? Não será a descortesia a própria essência do amor?

— Claro que sim, daquele tipo de amor que imagino ele terá sentido. Pobre Jane!... Tenho pena dela, até porque, com o seu feitio, pode ser que não se consiga recompor rapidamente. Antes te tivesse acontecido a ti, Lizzy... Mais depressa te ririas de tudo isso. Mas achas que ela se deixaria convencer a regressar connosco para Londres? Podia ser que uma mudança de ares ajudasse... e talvez uns tempos fora de casa lhe fizessem muitíssimo bem.

Elizabeth acolheu com entusiasmo a sugestão e ficou convencida da pronta anuência da irmã.

— Espero — acrescentou Mrs. Gardiner — que ela não se deixe influenciar na sua decisão por quaisquer considerações a respeito desse rapaz. Moramos em partes da cidade tão afastadas, todas as nossas relações são tão diferentes e, como bem sabes, saímos tão raramente, que é muito pouco provável que se cheguem a encontrar, a não ser que ele a visite de propósito.

— O que é completamente impossível, já que ele está agora à guarda do amigo e Mr. Darcy nunca lhe permitiria que ele a fosse visitar numa tal zona da cidade!... Minha querida tia, como pode imaginar uma coisa dessas? Pode ser que Mr. Darcy já tenha *ouvido* falar de um lugar como Gracechurch Street, mas se acaso ele alguma vez por lá passasse, era provável que um mês inteiro de abluções não lhe parecesse suficiente para limpar todas as impurezas. E pode ter a certeza de que Mr. Bingley não vai a lugar nenhum sem ele.

— Melhor assim. Espero que não se cheguem a encontrar de todo. Mas a Jane não mantém correspondência com a irmã? Ela não deixará, seguramente, de a visitar.

— Cortará por completo relações.

Mas apesar do tom de certeza que procurou imprimir a esta sentença — tal como à outra, mais significativa, de que Bingley seria impedido de a visitar —, o assunto provocou-lhe uma ansiedade que, depois de considerada, a convenceu de que não dava ainda a situação por inteiramente perdida. Seria de facto possível, e às vezes pensava até que provável, que a afeição de Mr. Bingley pudesse ser ressuscitada, e a influência dos seus amigos vencida, pelo efeito mais natural dos encantos de Jane.

Miss Bennet aceitou com prazer o convite da tia; e se nessa altura se lembrou dos Bingleys, foi apenas por desejar que Caroline, não estando instalada na mesma casa que o irmão, pudesse ocasionalmente passar uma manhã com ela, sem que houvesse qualquer risco de o encontrar.

Os Gardiners ficaram em Longbourn uma semana, e entre os Phillips, os Lucas e os oficiais, não houve um único dia livre. Mrs. Bennet estava a tal ponto empenhada em manter o irmão e a cunhada entretidos, que nem uma só vez se sentaram à volta da mesa para um jantar em família. Quando a reunião era em sua casa, da companhia faziam sempre parte alguns oficiais, sendo garantido que Mr. Wickham seria um deles. Alertada pelos calorosos elogios que Elizabeth lhe tecera, Mrs. Gardiner aproveitou essas ocasiões para observar os dois com toda a atenção. Mesmo não imaginando, pelo que via, que estivessem seriamente apaixonados, a manifesta predileção que mostravam um pelo outro foi o suficiente para deixá-la um pouco inquieta. Resolveu, por isso, falar com Elizabeth antes de deixar o Hertfordshire, fazendo-lhe notar o quão imprudente seria incitar aquela ligação.

Aos olhos de Mrs. Gardiner, Wickham dispunha de um atrativo especial, estranho aos seus poderes de sedução. Cerca de dez ou doze anos atrás, antes de se casar, ela tinha passado uma temporada bastante longa naquela mesma parte de Derbyshire de onde ele provinha. Tinham, por conseguinte, muitas relações em comum.

E apesar de Wickham pouco tempo lá ter estado depois da morte do pai de Darcy, havia cinco anos, podia dar-lhe notícias mais frescas dos seus anteriores amigos que aquelas que ela conseguira por si própria obter.

Mrs. Gardiner estivera em Pemberley e conhecia de reputação o falecido Mr. Darcy. Logo aqui havia uma inesgotável matéria para conversa. Comparando o que recordava de Pemberley com a descrição minuciosa fornecida por Wickham, e rendendo homenagem ao caráter do seu antigo proprietário, comprazia-o a ele e a si própria. Quando lhe foi dada a conhecer a maneira como o atual Mr. Darcy o havia tratado, esforçou-se por se recordar do que, na fama deste enquanto jovem, poderia confirmar o relato — até por fim se sentir certa de ter ouvido comentar que Mr. Fitzwilliam Darcy era um rapaz muito orgulhoso e de mau feitio.

CAPÍTULO 26

Mrs. Gardiner aproveitou a primeira oportunidade a sós com Elizabeth para lhe transmitir de forma suave e diligente as suas recomendações. Depois de lhe ter dito com franqueza o que pensava, prosseguiu deste modo:

— És uma rapariga demasiado sensata, Lizzy, para te deixares apaixonar só porque alguém te aconselhou em contrário. Não tenho, por isso, qualquer receio de te falar abertamente. Mas, muito a sério, gostava que te mantivesses atenta. Não te envolvas, e não o envolvas a ele, numa ligação que a ausência de fortuna tornaria assaz imprudente. Nada tenho a dizer em seu desfavor. É um rapaz muito interessante, e se tivesse a fortuna que lhe era devida, não imagino que pudesses escolher melhor. Mas tal como estão as coisas... não te podes deixar levar por um devaneio. Tens bom senso, e todos esperamos que faças uso dele. Estou certa de que teu pai confia na tua prudência e ponderação. Não quererás desiludi-lo.

— Isto está a tornar-se sério, minha tia.

— Sim, e a minha esperança é convencer-te *a ti* a também o seres.

— Pois então nada tem a recear. Saberei tomar conta de mim, e também de Mr. Wickham. Ele não se apaixonará, se eu o puder evitar.

— Ora, Elizabeth, agora não estás a ser séria...

— Peço-lhe desculpa. Farei nova tentativa. De momento, não estou apaixonada por Mr. Wickham... Não, de certeza que não. Mas ele é, de longe, o homem mais encantador que já conheci... e se ele se afeiçoasse a mim... enfim, talvez fosse melhor que isso não acontecesse. Percebo que fosse imprudente. Oh, aquele abominável Mr. Darcy!... Muito me honra a opinião que meu pai tem de mim, e muito também me custaria desmerecê-la. E, no entanto, Mr. Wickham tem o seu favor. Em resumo, minha querida tia, ficaria muito triste se pudesse ser a causa da infelicidade de qualquer de vós. Mas se todos os dias vemos que, quando existe verdadeiro afeto, raramente os mais jovens encontram na falta de fortuna razão suficiente para não se comprometerem, como poderei eu, se assim me tentarem, prometer ser mais ajuizada que tantos dos meus semelhantes, ou até mesmo saber que será mais sensato resistir? Dito isto, a única coisa que lhe posso prometer é que não terei pressa. Não correrei a acreditar que sou o principal objeto do seu interesse. Quando estiver na sua companhia, não criarei ilusões. Em suma, farei o meu melhor.

— Talvez também fizesses bem em não o animar a vir aqui com tanta frequência. Ou, pelo menos, não deverias lembrar tua mãe de o convidar.

— Como fiz no outro dia — disse Elizabeth, com um sorriso comprometido. — Tem toda a razão, seria sensato da minha parte abster-me de o fazer. Mas não imagine que ele aqui vem com tanta frequência quanto isso. Foi por vossa causa que esta semana se o convidou tantas vezes. Sabe o que minha mãe pensa sobre manter os convidados sempre entretidos... Mas, a sério, dou-lhe a minha palavra de que tentarei fazer o que me parecer mais sensato. E, agora, espero que esteja satisfeita.

A tia assegurou-a de que sim e, depois de Elizabeth lhe agradecer pela bondade dos seus conselhos, as duas separaram-se. Caso notável este, de um conselho oferecido sobre tão delicada matéria sem que qualquer ressentimento daí resultasse.

Mr. Collins regressou ao Hertfordshire pouco depois da partida dos Gardiners, acompanhados de Jane. Mas já que tinha escolhido instalar-se em casa dos Lucas, a sua chegada não foi motivo de transtorno para Mrs. Bennet. O dia do casamento aproximava-se rapidamente e, por fim, ela acabou por se resignar ao inevitável, a ponto de repetidas vezes conseguir dizer, num tom mal-humorado, que «*esperava* que eles fossem felizes». A cerimónia estava marcada para quinta-feira e, na véspera, Miss Lucas veio despedir-se.

Quando esta se levantou para sair, Elizabeth, envergonhada pelos deselegantes e contrariados votos de felicidades de sua mãe, e ela própria sinceramente comovida, acompanhou-a até fora da sala. Enquanto desciam juntas as escadas, Charlotte disse:

— Conto receber muitas vezes notícias tuas, Eliza.

— Disso podes ficar segura.

— E tenho outro favor a pedir-te. Virás visitar-me?

— Encontrar-nos-emos muitas vezes aqui no Hertfordshire, assim o espero.

— É pouco provável que, durante algum tempo, eu possa sair do Kent. Promete-me, por isso, que me visitarás em Hunsford.

Elizabeth não tinha como recusar, embora não antevisse muito prazer nessa visita.

— Meu pai e Maria virão em março — acrescentou Charlotte —, e espero que aceites juntar-te aos dois. De resto, Eliza, serás sempre tão bem vinda como qualquer um deles.

Enfim o casamento celebrou-se. Da porta da igreja os noivos partiram diretamente para o Kent, e todos, como é de uso nestas ocasiões, tiveram muito para dizer e outro tanto para ouvir. Elizabeth logo recebeu notícias da sua amiga, e a correspondência entre as duas manteve-se tão regular e tão frequente como antes. Mas que se mantivesse igualmente franca e aberta já não era possível. Elizabeth não conseguia dirigir-se-lhe sem sentir que todo o calor da intimidade se dissipara e, embora determinada a não deixar esmorecer o ritmo da correspondência, fê-lo menos por aquilo em que a sua amizade se tinha tornado que por aquilo que tinha deixado de ser. As primeiras cartas de Charlotte foram recebidas com grande expectativa. Não podia deixar de se sentir curiosa por saber como falaria ela do seu novo lar, o que pensaria de Lady Catherine e quão feliz ousaria declarar-se. Uma vez lidas, porém, Elizabeth sentia que Charlotte se exprimia sobre todos os pontos exatamente como seria de prever. Escrevia num tom alegre, parecia rodeada de confortos e não mencionava nada que não pudesse elogiar. A casa, a mobília, a paisagem, as estradas, tudo estava a seu contento, e os modos de Lady Catherine tinha-os por muito amáveis e atenciosos. Era o quadro pintado por Mr. Collins de Hunsford e Rosings, com algumas pinceladas de bom senso. E Elizabeth deu-se conta de que teria de aguardar pela sua própria visita para ficar a saber o resto.

Jane já tinha escrito algumas linhas à irmã, para lhe anunciar a sua chegada a Londres. Quando tornou a escrever, Elizabeth teve esperança de que ela já lhe pudesse dizer alguma coisa sobre os Bingleys.

A sua impaciência pela segunda carta teve a recompensa que sempre é de esperar nestas circunstâncias. Jane estava há uma semana em Londres e ainda não tinha visto, ou sequer sabido, de Caroline. Para isto ela arranjara uma explicação, atribuindo-o à possibilidade de a última carta que enviara de Longbourn para a amiga se ter, por algum acaso, perdido.

«Nossa tia», prosseguia ela, «vai amanhã para aqueles lados da cidade, e estou a pensar aproveitar a oportunidade para ir visitá-la a Grosvenor Street.»

Desempenhada a função, e vista Miss Bingley, tornou a escrever.

Não encontrei Caroline animada — foram as suas palavras —, mas ficou muito contente por me ver e repreendeu-me por não a ter avisado da minha vinda. Afinal, eu sempre tinha razão: ela nunca chegou a receber a minha carta. Naturalmente, perguntei como estava o irmão. Parece estar bem, mas tão entretido com Mr. Darcy que só muito raramente o veem. Fiquei a saber que Miss Darcy era esperada para jantar. Gostava de a conhecer. Não me demorei muito, porque a Caroline e Mrs. Hurst tinham de sair. Julgo que em breve receberei a sua visita.

Elizabeth abanou a cabeça. A leitura da carta convencera-a de que só um acaso poderia revelar a Mr. Bingley que a irmã se encontrava na cidade.

Quatro semanas passaram sem que Jane tivesse tido notícias dele. Tentou convencer-se de que não o lamentava, mas não podia continuar a ignorar a indiferença de Miss Bingley. Depois de durante duas semanas a ter esperado todas as manhãs, e de todas as noites lhe ter arranjado uma nova desculpa, a visita por fim apareceu. Mas o pouco tempo que lá se demorou e, mais ainda, a alteração no seu comportamento, fizeram com que Jane deixasse de se iludir. A carta que nessa ocasião escreveu à irmã é bom testemunho do que sentia:

Sei que a minha querida Lizzy não será capaz de se vangloriar do seu acerto à minha custa, quando eu reconhecer que estava completamente enganada ao acreditar na estima de Miss Bingley. Mas, minha querida irmã, embora o desfecho te tenha dado razão, não me julgues obstinada se eu continuar a afirmar que, tendo em conta o seu comportamento, a minha confiança era tão natural quanto a tua suspeita. Não compreendo de todo o que levou a Caroline a procurar a minha companhia, mas se as mesmas circunstâncias se repetissem, estou certa de que novamente me deixaria iludir. Ela só ontem retribuiu a minha visita, sem que eu tivesse recebido um bilhete, ou sequer uma linha, durante todo esse tempo. Quando finalmente veio, foi por demais evidente que não recebia nisso qualquer prazer. Esboçou um vago e formal pedido de desculpas por não me ter vindo visitar antes, não revelou qualquer vontade de me tornar a ver, e em tudo me pareceu tão mudada que, quando se foi embora, fiquei decidida a romper relações. Tenho pena dela, mas não posso deixar de lhe atribuir culpas. Fez muito mal em ter-me dedicado tanta atenção; não tenho qualquer dúvida em dizer que os primeiros passos foram todos dados por si. Mas tenho pena dela porque deve ter percebido que agiu mal e também porque tenho a certeza de que foi a preocupação com o irmão que motivou o seu comportamento. Creio que não será necessário que me explique melhor; e apesar de sabermos que essa preocupação é desnecessária, mesmo se a Caroline a sente, ela poderá facilmente justificar a sua atitude para comigo. Tal é o merecido afeto que nutre pelo irmão, que qualquer apreensão que por ele sinta é, não apenas natural, como perfeitamente louvável. Não posso deixar de estranhar, porém, que ela tenha agora tantos receios, pois se ele tivesse o mínimo de afeição por mim, já há muito nos teríamos encontrado. Ele sabe que estou em Londres, disso estou certa por uma alusão que ela própria fez. E, no entanto, pela sua maneira de falar, parece que ela própria se quer convencer da inclinação do irmão por Miss Darcy. Não consigo entender. Se não tivesse receio de fazer um juízo demasiado severo, sentir-me-ia quase tentada a dizer que há muito de fingimento em tudo isto. Mas esforçar-me-ei por afastar pensamentos dolorosos e concentrar-me apenas naquilo que me faz feliz: o teu afeto e a inabalável gentileza de nossos queridos tios. Espero receber notícias tuas muito em breve. Miss Bingley disse qualquer coisa sobre ele nunca mais regressar a Netherfield e deixar a casa, mas sem nenhuma certeza. É melhor não mencionarmos isso. Fico muito feliz com as boas notícias que me mandas dos nossos amigos de Hunsford. Peço-te que vás visitá-los com a Maria e Sir William. Tenho a certeza de que irás gostar muito de lá estar.

Tua, etc.

Elizabeth sentiu-se entristecida com a leitura da carta. Cedo, porém, se animou, à ideia de que Jane não seria mais enganada — ao menos pela irmã. Quanto ao irmão, nada mais havia a esperar. Nem sequer já desejava que ele renovasse os seus favores. Quanto mais pensava sobre o assunto, mais Mr. Bingley se afundava na sua consideração; e como castigo para ele, e possível vantagem para Jane, Elizabeth começou a desejar sinceramente que ele se casasse o mais depressa possível com Miss Darcy, já que, acreditando no que lhe dissera Mr. Wickham, ela o faria arrepender-se amargamente do que havia desperdiçado.

Mrs. Gardiner escrevera entretanto a Elizabeth, recordando-lhe aquilo que ela prometera em relação a Mr. Wickham e reclamando ser informada. As notícias que Elizabeth tinha para lhe enviar eram de molde a provocar mais regozijo em sua tia que em si própria. A aparente inclinação de Mr. Wickham murchara, as suas atenções tinham cessado, e ele era agora o admirador de outra. Elizabeth era suficientemente perspicaz para perceber o que se passava, mas que o observasse, e o descrevesse, não lhe causava mágoa de maior. O seu coração só ao de leve tinha sido tocado, e ao seu amor-próprio bastava-lhe a convicção de que, não fosse pelo dote, teria sido ela a eleita. A herança súbita de dez mil libras era o atributo mais notável daquela que ele agora cortejava. Mas Elizabeth, porventura menos clarividente neste caso que no de Charlotte, não lhe censurava o desejo de independência. Pelo contrário, nada podia ser mais natural. E embora tivesse motivos para supor que para Mr. Wickham não tivesse sido fácil renunciar-lhe, estava não só pronta a admitir que essa tinha sido uma decisão sábia e conveniente para ambos, como a desejar-lhe as maiores felicidades.

De tudo isso ela deu conta a Mrs. Gardiner. Depois de expostos os acontecimentos, a carta continuava assim:

Estou agora convencida, minha querida tia, de que nunca estive realmente apaixonada. Houvesse eu experimentado esse puro e nobre estado de alma, a esta hora não conseguiria sequer pronunciar o seu nome e desejar-lhe-ia todo o mal possível. Mas não me limito a querer-lhe bem a ele; mesmo a Miss King não guardo qualquer rancor. Não creio de modo algum que a odeie, ou que esteja pouco disposta a considerá-la uma rapariga cheia de qualidades. Não pode haver nisto amor. A minha vigilância foi eficaz. E embora eu pudesse ser um objeto bem mais interessante aos olhos dos meus conhecidos se estivesse perdidamente apaixonada por ele, não posso dizer que lamente a minha relativa insignificância. Às vezes, a fama pode sair muito cara. A Kitty e a Lydia levam a sua deserção muito mais a peito que eu. Têm pouca experiência do mundo e não despertaram ainda para a dolorosa realidade de que os rapazes bonitos precisem tanto de dinheiro para viver quanto os feios.

CAPÍTULO 27

Sem maiores sucessos do que estes, janeiro e fevereiro foram passando por Longbourn com poucas distrações mais que os passeios, umas vezes lamacentos outras gelados, até Meryton. Em março Elizabeth partiria. De início, ela não tinha levado a ideia muito a sério, mas Charlotte, como cedo descobriu, contava com a sua visita e, aos poucos, ela própria foi começando a pensar na viagem com um prazer e uma convicção cada vez maiores. A distância aumentara-lhe o desejo de rever a amiga e diminuíra-lhe a aversão por Mr. Collins. Afinal, sempre seria uma novidade, e como com uma tal mãe e irmãs tão pouco acolhedoras a casa estava longe de ser um paraíso, um pouco de mudança não lhe faria mal nenhum. A viagem, por outro lado, dava-lhe a oportunidade de se avistar com Jane. Em suma, e à medida que o dia da partida se aproximava, mais ansiosa ela ia ficando por que não acontecesse nenhum contratempo. Mas tudo correu pelo melhor e a viagem foi finalmente acertada segundo o projeto inicial de Charlotte. Elizabeth acompanharia Sir William e sua segunda filha. Melhorado que fora com o acrescento de uma noite em Londres, o plano era agora absolutamente perfeito.

A sua única mágoa era a de deixar o pai, que seguramente sentiria a sua falta — e a quem agradava tão pouco a sua partida que, chegada a altura, não só pediu à filha que lhe escrevesse, como quase lhe prometeu responder ao que ela lhe enviasse.

De Mr. Wickham, a despedida foi em tudo cordial, sobretudo do lado dele. Os seus atuais projetos não o faziam esquecer que Elizabeth tinha sido a primeira a despertar e a merecer o seu favor, a primeira a ouvi-lo e a lamentá-lo, a primeira a receber a sua admiração. Havia na sua forma de lhe dizer adeus, no desejar-lhe a mais agradável das estadas, no lembrá-la da pessoa que poderia esperar encontrar em Lady Catherine de Bourgh, no confiar que a opinião que Elizabeth dela faria — como de todos os outros — coincidiria sempre com a sua, uma solicitude, um interesse, que a ela pareceu uni-los no mais sincero afeto. E foi assim que dele se separou, com a convicção de que, solteiro ou casado, ele nunca deixaria de ser para si o modelo perfeito do homem gentil e amável.

Os seus companheiros de viagem no dia seguinte não eram de índole a torná-lo menos encantador aos seus olhos. Sir William Lucas e sua filha Maria, uma rapariga de boa índole mas tão tonta quanto o pai, nada tinham para dizer que merecesse ser ouvido, e Elizabeth escutava-os com o mesmo prazer com que escutava o ranger da carruagem. Tinha uma predileção pelo absurdo, mas conhecia há demasiado tempo Sir William para que ele lhe pudesse dizer o que fosse de novo sobre as maravilhas da sua apresentação na corte e da sua investidura — e as suas cortesias estavam tão gastas quanto a sua conversa.

Era uma viagem de apenas vinte e quatro milhas, e eles iniciaram-na cedo o suficiente para estarem em Gracechurch Street por volta do meio-dia. Quando chegaram à porta dos Gardiners, Jane observava-os de uma janela da sala de estar, e quando entraram no corredor, ela lá estava para os acolher. Elizabeth perscrutou-lhe o rosto e ficou radiante de encontrá-lo saudável e encantador como sempre. No cimo das escadas havia todo um bando de crianças, rapazes e raparigas, cuja ansiedade pela chegada da prima não os deixara aguardar na sala de visitas, e cuja timidez, já que a não viam há um ano, os impedia agora de descer. Tudo em seu redor era carinho e alegria. O dia passou-se muito agradavelmente: o resto da manhã em compras e correria, a tarde no teatro.

Aí chegados, Elizabeth conseguiu sentar-se ao lado da tia. O primeiro assunto de conversa versou sobre a irmã; e foi com mais mágoa que surpresa que Elizabeth ficou a saber, em resposta às suas minuciosas perguntas, que, apesar de Jane se ter esforçado por se animar, tinha havido períodos de prostração. Seria, contudo, razoável esperar que eles não se prolongassem por muito mais tempo. Mrs. Gardiner forneceu-lhe ainda informações pormenorizadas da visita de Miss Bingley a Gracechurch Street, bem como das repetidas conversas que em alturas diferentes tivera com a sobrinha, nas que assentava a sua convicção de que ela houvesse de facto desistido daquele conhecimento.

De seguida, Mrs. Gardiner pôs-se a gracejar com a sobrinha a propósito da deserção de Mr. Wickham, dando-lhe os parabéns por tê-la conseguido suportar tão bem.

— Mas, minha querida Elizabeth — acrescentou —, como é afinal essa Miss King? Não gostaria de pensar que o nosso amigo é mercenário...

— Pode dizer-me, minha querida tia, qual a diferença, no que ao matrimónio diz respeito, entre ser-se mercenário e ser-se prudente? Onde acaba a ponderação e começa a ganância? No Natal, minha tia tinha medo de que ele se casasse comigo porque isso seria imprudente; e agora, que ele está a tentar conquistar uma rapariga com apenas dez mil libras, quer a todo o custo que ele seja mercenário.

— Quando me disseres como é Miss King, saberei então o que pensar.

— Será uma boa rapariga, assim o creio. Nunca ouvi falar mal dela.

— Mas ele não lhe deu a mínima atenção, até que a morte do avô a fez senhora de uma fortuna.

— Não... e porque deveria? Se não lhe era permitido conquistar a minha afeição por eu não ter dinheiro, porque haveria ele de fazer a corte a uma rapariga por quem não se interessava e que era tão pobre quanto eu?

— Parece-me muito indelicado da sua parte começar a cortejá-la tão pouco tempo depois do acontecido.

— Alguém que, como ele, se encontre numa situação desesperada, não tem tempo para os pruridos de etiqueta que outros se podem dar ao luxo de observar. Se ela não tiver objeções, porque haveremos nós de as ter?

— O facto de ela as não ter, não lhe dá razão a ele. Serve apenas para demonstrar que ela tem falta de uma coisa: ou de bom senso, ou de sensibilidade.

— Pois bem — disse Elizabeth —, como queira. Ele que seja mercenário, e ela, tola.

— Não, Lizzy, não é isso que eu quero. Custar-me-ia muito pensar mal de um rapaz que viveu tanto tempo em Derbyshire.

— Oh, se é essa a razão, eu tenho uma péssima opinião de rapazes que vivem em Derbyshire!... E os seus amigos íntimos que vivem no Hertfordshire não são muito melhores... Estou farta deles todos. Graças a Deus que amanhã vou para um lugar onde encontrarei um homem que não possui uma única qualidade, alguém que não tem nem bons modos nem bom senso que o recomendem. Feitas as contas, os homens estúpidos são os únicos que vale a pena conhecer.

— Tem cautela, Lizzy. Essas palavras soam demasiado a despeito.

Antes que o fim da peça as separasse, Elizabeth teve ainda o inesperado prazer de receber um convite para acompanhar seus tios numa viagem de recreio que planeavam fazer no verão.

— Ainda não decidimos aonde iremos — disse Mrs. Gardiner —, mas talvez até à região dos Lagos.

Elizabeth não conseguia imaginar melhor programa, pelo que, agradecida, aceitou de pronto o convite.

— Oh, minha querida, querida tia — exclamou num arroubo —, que maravilha!... Que felicidade!... Sinto-me renascer. Adeus desilusão, adeus melancolia... O que são os homens ao pé das rochas e das montanhas? Oh, que horas de êxtase passaremos juntas!... E quando voltarmos, não seremos como aqueles viajantes que não são capazes de dar uma ideia exata de nada. Nós, sim, saberemos aonde fomos, e recordaremos tudo aquilo que tivermos visto. Os lagos, as montanhas e os rios não se confundirão na nossa lembrança. E quando tentarmos descrever alguma paisagem, não entraremos logo a discutir sobre a sua melhor ou pior situação[43]. Não deixemos que as nossas primeiras efusões sejam tão insuportáveis quanto as da maioria dos viajantes.

---

[43] Neste contexto, «situação» referia-se ao enquadramento da paisagem de acordo com a noção de pitoresco corrente na época. (NT)

CAPÍTULO 28

Tudo na viagem do dia seguinte se cobria de interesse e de novidade aos olhos de Elizabeth. Tal era o seu estado de alma. Tinha dissipado todos os receios pela saúde da irmã ao vê-la com tão bom ar, e a perspetiva da viagem ao Norte era para ela uma fonte constante de regozijo.

Quando deixaram a estrada principal para tomar o caminho que levava a Hunsford, todos os olhares buscaram o presbitério e todas as curvas o pareceram anunciar. De um dos lados, a estrada era limitada pela cerca de Rosings Park. Elizabeth sorriu à lembrança de tudo o que tinha ouvido sobre os seus habitantes.

Por fim, avistaram o presbitério. O jardim que descia até à estrada, a casa no cimo, a vedação verde e a sebe de loureiro, tudo indicava que estavam a chegar. Mr. Collins e Charlotte saíram a esperá-los à porta e, por entre acenos e sorrisos, a carruagem deteve--se em frente do portão pequeno que um curto caminho de gravilha ligava à casa. Logo se apearam da sege, radiantes todos de se reverem. Mrs. Collins recebeu a amiga com genuíno entusiasmo e Elizabeth, vendo-se assim rodeada de tanto afeto, ficou ainda mais satisfeita por ter ido visitá-la. Depressa percebeu que as maneiras de seu primo não se tinham alterado com o casamento. Mantinha a mesma cortesia afetada de sempre, retendo-a por alguns minutos junto ao portão para que escutasse e respondesse às suas perguntas sobre toda a família. Depois disso, e sem mais que os detivesse para além de um comentário de Mr. Collins sobre as harmoniosas pro-porções da entrada, foram então conduzidos até ao interior da casa onde, apenas chegados à sala de estar, pela segunda vez e com pomposa formalidade ele deu as boas-vindas à sua humilde morada, repetindo com ínfimo pormenor todas as ofertas da mulher para que tomassem alguma coisa.

Elizabeth estava preparada para o encontrar em toda a sua glória e não conseguia deixar de pensar que, enquanto fazia admirar as belas proporções, a orientação e a decoração da sala, ele se dirigia em especial a ela, como se desejasse fazê-la sentir o que havia perdido ao recusá-lo. Mas apesar do aspeto elegante e confortável de tudo o que via, não foi capaz de o obsequiar com um único suspiro de arrependimento, ao invés perguntando-se como podia a amiga mostrar um ar tão contente ao lado de tal companhia. Sempre que Mr. Collins dizia alguma coisa da qual sua mulher podia com razão envergonhar-se, o que decerto não seria raro, os olhos de Elizabeth viravam-se involuntariamente para ela. Por uma ou duas vezes conseguiu distinguir um pequeno rubor; mas em geral, e muito sensatamente, Charlotte nem sequer o escutava. Depois de se sentarem o tempo suficiente para admirarem, uma por uma, as peças de mobiliário da sala, desde o aparador à grade da lareira, e para fazerem um relato detalhado da viagem e de tudo o que tinha acontecido em Londres, Mr. Collins convidou-os a dar um passeio pelo jardim, que era amplo e bem desenhado, e de cujo cultivo ele pessoalmente se encarregava. Cuidar do jardim era um dos seus mais respeitáveis prazeres — e Elizabeth pôde admirar a compostura com que Charlotte falava dos benefícios do exercício para a saúde e admitia que o animava a fazê-lo o mais possível. Então, conduzindo-os por todos os caminhos e veredas, e mal lhes dando tempo para proferirem os elogios que ele mesmo reclamava, Mr. Collins fez-lhes notar cada vista com uma minudência que fazia esquecer toda a beleza. Era capaz de enumerar os campos em todas as direções ou de dizer quantas árvores havia na mata mais distante. Mas de todas as vistas de que o seu jardim, ou a região, ou mesmo o reino, se podiam orgulhar, nenhuma se comparava àquela de Rosings, proporcionada por uma abertura entre as árvores que limitavam a propriedade, quase em frente à sua casa. Era um edifício novo e bonito, elegantemente situado numa elevação de terreno.

Do seu jardim, Mr. Collins tê-los-ia levado todos a percorrer os seus dois prados; mas as senhoras, sem sapatos para enfrentar os restos da geada, voltaram para trás. E assim, enquanto Sir William o acompanhava, Charlotte conduziu a irmã e a amiga pela casa, radiante, talvez, por ter a oportunidade de a mostrar sem a ajuda do marido. Era bastante pequena, mas prática e de boa construção; e tudo estava disposto e arrumado com uma ordem e uma harmonia cujo mérito Elizabeth atribuía por inteiro a Charlotte. Quando era possível esquecer Mr. Collins, reinava em toda a casa um ambiente muito acolhedor — e pelo ar de evidente satisfação com que a mulher a mostrava, Elizabeth deduziu que ele fosse esquecido muitas vezes.

Elizabeth soubera, entretanto, que Lady Catherine ainda não tinha regressado à cidade. O assunto tornou a ser falado durante o jantar, altura em que Mr. Collins interveio, dizendo:

— Sim, Miss Elizabeth, a menina terá a honra de encontrar Lady Catherine de Bourgh no próximo domingo, na igreja, e não preciso dizer-lhe que ficará encantada com ela. Tudo na sua pessoa é amabilidade e condescendência, e não duvido de que ela se dignará dedicar-lhe um pouco da sua atenção depois de terminado o serviço. Não tenho qualquer hesitação em dizer que a incluirá a si e a minha irmã Maria em todos os convites com que nos honrará durante a vossa permanência. Os modos de que usa com a minha querida Charlotte são encantadores... Jantamos em Rosings duas vezes por semana e nunca Sua Senhoria nos deixa regressar a pé para casa. Oferece-nos sempre a sua carruagem. Ou melhor, uma das suas carruagens, já que ela possui várias.

— Lady Catherine é, de facto, uma mulher muito respeitável e sensata — acrescentou Charlotte —, e uma vizinha extremamente gentil.

— Tem toda a razão, minha querida, é exatamente isso que eu digo. É o tipo de pessoa para com quem a deferêncie nunca é excessiva.

A maior parte do serão foi passada a falar sobre os últimos mexericos do Hertfordshire e a relatar de novo aquilo sobre que já se escrevera. Finda a conversa, e uma vez na solidão do seu quarto,

Elizabeth pôde então refletir sobre o semblante alegre de Charlotte, a habilidade que ela revelava em manobrar o marido e a compostura com que o tolerava, reconhecendo por fim que o fazia na maior perfeição. Imaginou também os dias que ali passaria, o desenrolar calmo das suas ocupações habituais, as aborrecidas interrupções de Mr. Collins, a distração das visitas a Rosings. Nada que a sua imaginação fértil não fosse capaz de conceber em pouco tempo.

No dia seguinte, algures ao fim da manhã, quando estava no quarto a preparar-se para um passeio, um ruído inesperado no andar de baixo deu-lhe conta do alvoroço que, entretanto, se instalara na casa. Depois de prestar atenção por um instante, ouviu alguém correr escadas acima a toda a pressa, chamando pelo seu nome. Abriu a porta e encontrou Maria no patamar, a qual, sem fôlego de tanta agitação, lhe disse gritando:

— Oh, minha querida Eliza, por favor, vem depressa até à sala de jantar! Há uma coisa que precisas de ver!... Não te posso dizer o que é. Depressa, despacha-te!...

Todas as perguntas de Elizabeth foram em vão. Maria nada mais acrescentou e as duas lançaram-se pelas escadas abaixo até à sala, que dava para a alameda, a ver o prodígio: duas senhoras num faetonte baixo, estacionado em frente ao portão.

— Então é só isto? — exclamou Elizabeth. — Estava à espera que, no mínimo, os porcos tivessem invadido o jardim e, afinal, é só Lady Catherine com a filha.

— Mas que ideia, minha querida — retorquiu Maria, mostrando-se escandalizada com o erro —, aquela não é Lady Catherine... É uma senhora que mora com elas, Mrs. Jenkins. A outra é Miss de Bourgh. Olha bem para ela. Não é enfezada? Quem é que havia de imaginar que ela pudesse ser tão baixa e tão magra?

— Pois é muito indelicado da sua parte obrigar a Charlotte a ficar lá fora com este vento. Porque é que ela não entra?

— A Charlotte diz que isso quase nunca acontece. É uma grande honraria sempre que Miss de Bourgh se digna entrar.

— Gosto da sua aparência — disse Elizabeth, já com outras ideias na cabeça. — Tem um ar amuado e doentio... Sim, serve muito bem. Será a esposa ideal para ele.

Mr. Collins e Charlotte tinham ficado ambos junto ao portão a conversar com as senhoras; e Sir William, para grande divertimento de Elizabeth, estava colocado à soleira da porta, em solene contemplação da grandiosidade que se lhe oferecia e fazendo uma vénia sempre que Miss de Bourgh olhava na sua direção.

Quando já mais nada havia a dizer, as senhoras seguiram caminho e os restantes voltaram para casa. Assim que avistou as duas raparigas, Mr. Collins começou a felicitá-las pela sua fortuna, o que Charlotte passou a explicar, dizendo-lhes que tinham sido todos convidados para jantar em Rosings no dia seguinte.

CAPÍTULO 29

O triunfo de Mr. Collins em virtude desse convite foi completo. Tinha agora a possibilidade de exibir a magnificência da sua benfeitora aos olhos extasiados dos seus hóspedes e de lhes mostrar a maneira cortês como ele e a mulher eram tratados — e isso era exatamente o que ele desejara. Que a oportunidade de o fazer lhe tivesse sido concedida tão cedo era uma tal prova da condescendência de Lady Catherine, que ele não encontrava palavras para exprimir toda a sua admiração.

— Confesso — disse ele — que não teria ficado de todo surpreendido se Sua Senhoria nos tivesse convidado no domingo para tomar chá e passar o serão em Rosings. Conhecendo a sua amabilidade, estava até à espera que isso acontecesse. Mas quem poderia prever uma atenção destas? Quem poderia imaginar que receberíamos um convite para jantar (um convite que, além do mais, se estende a todos) tão cedo após a vossa chegada?

— A mim surpreendeu-me menos — retorquiu Sir William —, dada a familiaridade que tenho, e que a minha condição me permitiu adquirir, com aqueles que são os usos da alta sociedade. Na corte, exemplos de fineza como esse não são raros.

Durante todo o dia e na manhã seguinte, de pouco mais se falou para além da visita a Rosings. Mr. Collins instruía-os com todo o cuidado a respeito daquilo que os aguardava, para que não se sentissem esmagados pela visão daquelas salas, do sem-número de criados e de tão magnífico jantar.

Quando as mulheres se retiraram para se arranjar, ele disse a Elizabeth:

— Não se preocupe demasiado com a sua roupa, minha querida prima. Sua Senhoria está longe de exigir de nós a elegância que a ela e à filha tanto convém. Aconselho-a apenas a usar o que tiver de melhor, não mais que isso. Lady Catherine não fará má opinião de si só por ir vestida com simplicidade. Ela gosta que as distinções sociais sejam mantidas.

Enquanto se vestiam, Mr. Collins por duas ou três vezes lhes bateu à porta, recomendando-lhes que se apressassem, visto que Lady Catherine não tolerava que a fizessem esperar para jantar. Todas aquelas considerações sobre Sua Senhoria e o seu estilo de vida, de tão formidáveis, acabaram por assustar Maria que, pouco habituada ainda ao convívio social, pensava na sua entrada em Rosings com a mesma apreensão que seu pai havia sentido quando fora apresentado à corte em St. James.

Como o tempo estava bom, aproveitaram para fazer um agradável passeio de quase meia milha pelos jardins de Rosings. Todos os jardins têm as suas vistas e a sua beleza, e aquilo que Elizabeth viu encantou-a, ainda que sem os arroubos que Mr. Collins esperaria que a paisagem inspirasse e sem se deixar impressionar demasiado quando este passou a enumerar as janelas da fachada ou a fazer a relação do dinheiro que na altura tinha sido gasto por Sir Lewis de Bourgh a envidraçá-las[44].

À medida que subiam a escadaria, Maria ia ficando cada vez mais ansiosa — e mesmo Sir William não parecia inteiramente calmo. A coragem de Elizabeth, porém, não a abandonou. Nada ouvira acerca de Lady Catherine, nenhum talento extraordinário ou virtude milagrosa, que lhe provocasse assombro, e o mero esplendor da riqueza e da dignidade não chegariam, acreditava, para lhe inspirar temor.

Do vestíbulo, cujas harmoniosas proporções e perfeitos acabamentos Mr. Collins fez notar com ar enlevado, foram então conduzidos pelos criados, através de uma antecâmara, até à sala onde se

---

[44] Considerando o preço do vidro e a taxa que em Inglaterra, desde o século XVII, se tinha de pagar por cada janela, o seu número era muitas vezes indicativo do grau de riqueza. (NT)

encontravam Lady Catherine, sua filha e Mrs. Jenkinson. Com grande condescendência, Sua Senhoria levantou-se para os receber; e como Mrs. Collins tinha acordado com o marido que a apresentação lhe pertenceria a ela, o ato foi desempenhado da forma mais conveniente, sem nenhum dos agradecimentos e dos pedidos de desculpa que ele teria julgado necessários.

Apesar de ter estado em St. James, Sir William sentiu-se tão intimidado pela magnificência que o rodeava que apenas encontrou coragem para fazer uma vénia profunda e tomar o seu lugar sem dizer palavra, enquanto a filha, aterrada de medo, se sentou na ponta de uma cadeira, sem saber em que direção olhar. Elizabeth, pelo contrário, manteve-se perfeitamente à altura da situação, observando com toda a tranquilidade as três senhoras sentadas diante de si. Lady Catherine era uma mulher alta e corpulenta, com feições marcadas que noutro tempo talvez tivessem sido belas. Não tinha um ar cativante, nem a sua maneira de receber as visitas era de índole a fazê-las esquecer a inferioridade da sua condição. Não era o silêncio que a tornava temível; mas já aquilo que dizia era pronunciado num tom de autoridade que sublinhava bem a sua altivez. Elizabeth não pôde deixar de se lembrar de imediato de Mr. Wickham, a observação que fez no decurso do dia convencendo-a enfim de que Lady Catherine correspondia exatamente ao retrato que ele traçara.

Quando, depois de examinar a mãe, em cujo porte e fisionomia depressa encontrou semelhanças com Mr. Darcy, ela voltou os olhos na direção da filha, ficou quase tão pasmada quanto Maria por descobri-la tão magra e tão enfezada. Nem na figura nem nas feições havia qualquer semelhança entre as duas senhoras. Miss de Bourgh tinha um ar pálido e enfermiço; o seu rosto, mesmo que não feio, era desinteressante; e pouco falava, exceto quando em voz baixa a Mrs. Jenkinson, uma mulher sem nada de especial que a distinguisse, totalmente ocupada em ouvir o que ela dizia e em colocar-lhe diante dos olhos um ecrã que os protegesse da luz da lareira.

Ao fim de alguns minutos, foram todos convidados a admirarem a vista de uma das janelas, no que Mr. Collins os assistiu fazendo-

-lhes notar os seus encantos, ao mesmo tempo que Lady Catherine gentilmente os informava de que ela era ainda mais bonita no verão.

O jantar foi de um requinte sem par, com todos os criados e todas as pratas que Mr. Collins prometera, tendo-lhe a ele cabido ocupar, por desejo expresso de Sua Senhoria e como ele também anunciara, o lugar na outra cabeceira, o que fez com ar de que não haveria no mundo honra que se lhe pudesse comparar. Trinchava, comia e elogiava com um empenho embevecido; e um por um todos os pratos foram exaltados, primeiro por ele e, depois, por Sir William, então já suficientemente recomposto para servir de eco a tudo o que o genro dizia, de um modo que fez Elizabeth perguntar-se como fazia Lady Catherine para suportá-lo. Esta, no entanto, pareceu antes agradada com aquela admiração desmedida, respondendo-lhes com um sorriso indulgente, em especial quando alguma das iguarias se revelava para eles uma novidade. Nenhum dos convivas contribuiu muito para a conversa. Elizabeth estava pronta a falar sempre que surgisse uma oportunidade, mas ficara sentada entre Charlotte e Miss de Bourgh: a primeira estivera sempre ocupada em escutar Lady Catherine e a segunda não lhe dirigiu uma só palavra durante todo o jantar. Mrs. Jenkinson dedicou a maior parte do tempo a observar o pouco que Miss de Bourgh comia, a insistir para que ela provasse outro prato, e a recear que se encontrasse indisposta. Maria nunca se atreveria a abrir a boca. E os cavalheiros não fizeram outra coisa senão comer e encomiar.

Regressadas as senhoras à sala de estar, pouco mais havia para fazer senão ouvir Lady Catherine falar, o que ela fez sem qualquer interrupção até o café ser servido, dispensando a sua opinião sobre todo e qualquer assunto de uma maneira tão afirmativa que só vinha confirmar o quão desacostumada estava a que os seus juízos fossem contestados. Com pormenor e familiaridade, inquiriu junto de Charlotte sobre os seus assuntos domésticos, oferecendo-lhe profusos conselhos sobre a gestão deles todos, explicando-lhe como tudo devia ser administrado numa família tão pequena quanto a sua, e instruindo-a sobre o modo de cuidar das vacas e das galinhas. Elizabeth percebeu que, desde que lhe servisse para dar ordens aos outros, não havia assunto que não merecesse a atenção desta grande senhora. Nos intervalos do seu monólogo com Mrs. Collins, Sua Senhoria ia aproveitando para interrogar profusamente Maria e Elizabeth e, destas, sobretudo a segunda, de cuja família sabia menos e a qual, como àquela observou, lhe parecia uma rapariga elegante e educada. Foi-lhe assim perguntando, em diferentes alturas, quantas irmãs tinha, se eram mais novas ou mais velhas que ela, se alguma delas estava para se casar, se eram bonitas, onde tinham recebido a sua educação, que tipo de carruagem o pai possuía, e qual era o nome de solteira da mãe. Apesar da manifesta impertinência daquele interrogatório, Elizabeth a tudo foi respondendo com a maior serenidade. Então Lady Catherine comentou:

— A propriedade de vosso pai está vinculada a Mr. Collins, segundo creio. Fico contente por si — disse, virando-se para Charlotte —, mas em geral não vejo qualquer motivo para excluir a linha feminina da sucessão. Não foi julgado necessário na família de Sir Lewis de Bourgh... Sabe cantar e tocar, Miss Bennet?

— Um pouco.

— Oh, então numa destas ocasiões teremos o prazer de a escutar!... O nosso piano é excelente, porventura superior ao... Tem de o experimentar um dia destes. Suas irmãs também sabem cantar e tocar?

— Uma delas sim.

— Porque é que não aprenderam todas? Deviam tê-lo feito. Todas as Miss Webb sabem tocar e o pai delas não tem um rendimento tão bom quanto o vosso. Sabe desenhar?

— Não, de todo.

— O quê? Nenhuma de vós?

— Nenhuma.

— Isso é realmente estranho. Mas imagino que não tenham tido oportunidade. Vossa mãe devia tê-las levado para Londres todas as primaveras, para tomarem lições com um mestre.

— Nossa mãe não levantaria qualquer objeção, mas nosso pai detesta Londres.

— A vossa precetora deixou-vos?

— Nunca tivemos precetora.

— *Nunca* tiveram precetora? Como é que isso é possível? Cinco filhas educadas em casa sem uma percetora!... Onde é que já se ouviu uma coisa assim? Vossa mãe não deve ter feito mais nada senão tratar da vossa educação.

Elizabeth não pôde deixar de sorrir ao assegurá-la de que não havia sido esse o caso.

— Então quem é que vos educou? Quem é que cuidou de vós? Sem uma precetora, devem ter sido completamente descuradas.

— Se compararmos com algumas famílias, acredito que sim; mas aquelas de nós que quiseram aprender, nunca tiveram falta de meios para o realizar. Sempre fomos incitadas a ler e sempre tivemos todos os mestres que foram necessários. Claro que aquelas que preferiram ser indolentes, tiveram toda a liberdade para sê-lo.

— Sem dúvida! Mas isso é exatamente aquilo que uma precetora pode evitar, e se eu tivesse conhecido vossa mãe, tê-la-ia vivamente aconselhado a admitir uma. Não me canso de repetir que, no que toca à educação, nada se consegue sem uma instrução regular e constante, e ninguém a não ser uma precetora a pode fornecer. É impressionante o número de famílias que já pude prover nesse sentido. Fico sempre muito satisfeita por conseguir uma boa colocação para uma rapariga. Quatro sobrinhas de Mrs. Jenkinson obtiveram ótimas posições graças à minha intervenção. Aliás, ainda há bem pouco tempo pude recomendar outra rapariga, que só por mero acaso me tinha sido mencionada, e a família que a recebeu está encantada com ela. Mrs. Collins, já lhe disse que Lady Metcalfe me visitou ontem para me agradecer? Ela acha Miss Pope uma autêntica preciosidade. «Lady Catherine», disse-me ela, «a senhora ofereceu-me uma preciosidade.» Já alguma de suas irmãs foi apresentada à sociedade, Miss Bennet?

— Sim, minha senhora, todas elas.

— O quê? Todas as cinco ao mesmo tempo?!... Que insólito!... As mais novas a frequentar a sociedade antes de as mais velhas estarem casadas!... Imagino que suas irmãs sejam ainda muito jovens?

— Sim, a mais nova não fez ainda dezasseis anos. Será talvez demasiado jovem para conviver muito em sociedade. Mas realmente, minha senhora, penso que seria muito cruel para as irmãs mais novas serem privadas dos seus divertimentos apenas porque as mais velhas não tiveram os meios, ou a disposição, para se casarem mais cedo. A última a nascer tem tanto direito a gozar os prazeres da juventude quanto a primeira... E ser impedida de fazê-lo por uma razão destas!... Não creio que pudesse promover o afeto entre irmãs ou a delicadeza de sentimentos.

— Francamente — disse Sua Senhoria —, a menina exprime as suas opiniões com muita convicção para uma pessoa tão jovem... Diga-me, quantos anos tem?

— Com três irmãs mais novas já crescidas — respondeu Elizabeth com um sorriso —, Vossa Senhoria não pode esperar que eu o revele...

Lady Catherine pareceu absolutamente estupefacta com o facto de não ter obtido uma resposta direta — e Elizabeth começou a suspeitar que tivesse sido a primeira criatura no mundo a alguma vez ter tido a ousadia de gracejar com tão pomposa impertinência.

— Estou certa de que não terá mais de vinte... Não necessitará, por isso, de esconder a sua idade.

— Ainda não fiz vinte e um.

Depois de os cavalheiros se lhes juntarem e de terminado o chá, puseram-se as mesas de jogo. Lady Catherine, Sir William e Mr. e Mrs. Collins sentaram-se para jogar *quadrille*; e como Miss de Bourgh preferiu jogar *cassino*[45], as duas raparigas tiveram a honra de assistir Mrs. Jenkinson a compor o grupo. A partida, no entanto, foi sumamente aborrecida. Quase não se pronunciou uma sílaba que não tivesse a ver com o jogo, exceto quando Mrs. Jenkinson expressava os seus receios de que Miss de Bourgh sentisse demasiado calor ou demasiado frio, ou tivesse luz a mais ou luz a menos. Muito mais animada foi a outra mesa. Lady Catherine passou o tempo a falar, apontando os erros dos outros três ou relatando alguma história a respeito de si própria. Mr. Collins estava ocupado em concordar com tudo o que Sua Senhoria ia dizendo, em agra-

---

[45] *Cassino*: jogo de cartas, bastante mais simples que o *quadrille* ou mesmo o *whist*, para duas, três ou quatro pessoas. *(NT)*

decer-lhe por cada peixe que conseguia ganhar e em pedir-lhe perdão sempre que sentia que tinha conquistado demasiados. Sir William não disse grande coisa: ia recheando a sua memória de episódios e nomes aristocráticos.

Quando Lady Catherine e a filha já tinham jogado o bastante, e as mesas sido desmanchadas, foi oferecida uma carruagem a Mrs. Collins, logo aceite com gratidão, e de imediato mandada buscar. Os convivas reuniram-se então em torno da lareira para ouvir Lady Catherine determinar o tempo que iria fazer na manhã seguinte. Destas instruções foram contudo arrancados pela chegada da carruagem, e com muitos agradecimentos por parte de Mr. Collins e outras tantas vénias por parte de Sir William, por fim partiram. Ainda mal tinham saído da vista da porta, quando Elizabeth foi convidada pelo primo a dar o seu parecer sobre tudo o que tinha visto em Rosings, o que ela fez, em atenção a Charlotte, com bastante mais benevolência do que a verdade requeria. Mas os seus encómios, apesar do esforço a que se tinha dado para os formular, não chegavam de modo algum para satisfazer Mr. Collins, que depressa se viu constrangido a encarregar-se ele próprio do elogio de Lady Catherine.

CAPÍTULO 30

Sir William ficou apenas uma semana em Hunsford, mas esta breve visita foi longa o suficiente para o convencer de que a filha não só estava muito confortavelmente instalada, mas também possuía um marido e uma vizinha como muito raramente se viam. Enquanto Sir William esteve com eles, Mr. Collins dedicou as suas manhãs a levá-lo a passear na charrete, para lhe mostrar as redondezas. Mas depois de ele partir, a família regressou às suas habituais ocupações, podendo Elizabeth dar graças por aquela alteração não as ter obrigado a ver com mais frequência o primo, já que o tempo entre o pequeno-almoço e o jantar ele o passava quase por inteiro quer a cuidar do jardim, quer a ler e a escrever ou, então, a olhar pela janela do estúdio que dava para a estrada. A sala em que as senhoras se costumavam sentar ficava na parte de trás da casa. De início, Elizabeth estranhou que Charlotte não preferisse servir-se da sala de jantar: era uma divisão mais espaçosa e tinha uma vista mais bonita. Mas cedo percebeu que a amiga tinha um excelente motivo para não o fazer, dado que Mr. Collins sem dúvida permaneceria menos tempo no seu estúdio usassem elas uma sala igualmente agradável — e intimamente felicitou-a pela solução encontrada.

Da sala de estar as senhoras não podiam distinguir nada do que acontecia na estrada, ficando a dever a Mr. Collins aquilo que iam sabendo sobre as carruagens que por ali passavam e sobretudo o número de vezes que Miss de Bourgh era vista a governar o seu faetonte, facto que ele nunca deixava de lhes ir comunicar, apesar de isso acontecer quase todos os dias. Não era raro que ela parasse à frente do presbitério para conversar alguns minutos com Charlotte, embora quase nunca se deixasse convencer a descer da carruagem.

Muito poucos eram os dias em que Mr. Collins não caminhava até Rosings, e poucos menos aqueles em que sua mulher não se sentia também obrigada a fazê-lo — e Elizabeth só conseguiu entender o sacrifício de todas aquelas horas quando finalmente se lembrou de que poderiam existir na família de Lady Catherine outros benefícios eclesiásticos para distribuir. De tempos a tempos eram honrados com uma visita de Sua Senhoria e, nestas ocasiões, nada do que se passasse na sala escapava à sua atenção. Observava aquilo que estavam a fazer, examinava os seus trabalhos de costura e, a seguir, aconselhava-as a fazerem-nos de outro modo; encontrava defeitos na disposição da mobília ou apontava alguma negligência da criada; e se aceitava alguma coisa para comer, era só para observar que os assados de Mrs. Collins eram excessivos para tão reduzida família.

Elizabeth cedo se apercebeu de que esta grande senhora, apesar de não investida dos poderes de juiz de paz daquele condado[46], era uma magistrada extremamente ativa na sua própria paróquia, sendo mantida ao corrente dos mais insignificantes assuntos por Mr. Collins. E quando algum dos habitantes desse sinais de conflito, descontentamento ou demasiada pobreza, ela rumava em direção à aldeia para resolver as suas desavenças, silenciar os seus queixumes, e com as suas reprimendas restituí-los à harmonia e à abundância.

Os jantares em Rosings renovavam-se à volta de duas vezes por semana; e, à parte a ausência de Sir William e o facto de só haver uma mesa de jogo, cada um desses serões era uma cópia do primeiro. Os outros compromissos eram poucos, tendo em conta que o estilo de vida dos seus vizinhos estava em geral fora do alcance dos Collins. Isto, porém, não desprazia a Elizabeth que, tudo somado, passava bastante agradavelmente o seu tempo. Aqui e ali

---

[46] A função de juiz de paz estava reservada aos homens e, entre estes, àqueles com rendimentos superiores a cem libras anuais. *(NT)*

entretinha-se a conversar com Charlotte, e o clima estava tão bom para aquela altura do ano que frequentemente podia gozar o ar livre. O seu passeio favorito, e que muitas vezes fazia enquanto os outros visitavam Sua Senhoria, era através do arvoredo que lindava com a propriedade, onde um belo caminho resguardado a que ninguém, sem ser ela própria, parecia dar valor lhe permitia por fim sentir-se ao abrigo da curiosidade de Lady Catherine.

E assim, nessa toada calma, rapidamente passaram os primeiros quinze dias da sua visita. A Páscoa estava à porta e a semana que a antecedia deveria acrescentar mais um elemento à família de Rosings, o que, num círculo tão restrito como aquele, não era um acontecimento de somenos importância. Elizabeth tinha sabido, pouco depois da sua chegada, que Mr. Darcy era esperado daí a poucas semanas e, embora entre os seus conhecidos não houvesse muitos que a ele não preferisse, parecia-lhe que a sua vinda traria alguém comparativamente novo a quem observar durante os serões de Rosings, reservando-lhe ainda o gozo de ver na sua atitude para com a prima, a quem evidentemente tinha sido destinado por Lady Catherine, até que ponto eram vãos os desígnios de Miss Bingley a seu respeito. Sua Senhoria falava na sua vinda com a maior satisfação, referia-se a ele em termos altamente elogiosos, e pareceu quase zangada ao descobrir que tanto Miss Lucas como Elizabeth já várias vezes o haviam encontrado antes.

A sua chegada foi de pronto conhecida no presbitério, uma vez que Mr. Collins, de forma a certificar-se dela o mais cedo possível, tinha andado a passear toda a manhã à vista da casa de guarda[47] que dava para Hunsford Lane e, assim que vira a carruagem entrar na propriedade, tinha feito uma vénia na sua direção e corrido a toda a velocidade para casa a dar a grande notícia. Na manhã seguinte, apressou-se em ir até Rosings apresentar os seus respeitos. Aí encontrou dois sobrinhos de Lady Catherine a quem dirigi-los, visto que Mr. Darcy tinha trazido consigo um tal coronel Fitzwilliam, filho mais novo de seu tio, Lord ------, sendo que, para grande

---

[47] «*Lodges*», no original: casa de pequenas dimensões, situada junto dos portões de uma propriedade e ocupada pelo respetivo guarda. (*NT*)

surpresa de todos, quando Mr. Collins regressou a casa, os dois cavalheiros resolveram acompanhá-lo. Charlotte avistou-os da janela do estúdio do marido quando atravessavam a estrada e, precipitando-se de imediato para a outra sala, informou as duas raparigas da honra que as aguardava, acrescentando:

— Tenho de te agradecer, Elisa, este ato de cortesia. Mr. Darcy nunca teria vindo tão cedo prestar-me uma visita.

Elizabeth mal teve tempo de rejeitar qualquer merecimento antes da sua chegada ser anunciada pela campainha da porta e de, pouco depois, os três terem entrado na sala. À frente vinha o coronel Fitzwilliam, um homem de uns trinta anos, nada bonito, mas na figura e nos modos um autêntico cavalheiro. Mr. Darcy era o mesmo que tinham conhecido no Hertfordshire: apresentou os seus cumprimentos a Mrs. Collins com a habitual reserva e, quaisquer que fossem os seus sentimentos pela amiga, encarou-a com a mais absoluta compostura. Elizabeth respondeu-lhe com uma ligeira cortesia, sem dizer palavra.

Com a prontidão e a desenvoltura de um homem genuinamente polido, o coronel Fitzwilliam encetou logo conversa, o que fez de forma muito aprazível. Já seu primo, depois de dirigir a Mrs. Collins um breve comentário sobre a casa e o jardim, permaneceu sentado durante algum tempo sem falar com ninguém, até que os bons modos o vieram arrancar da mudez e ele perguntou a Elizabeth como se encontrava a sua família. Ela respondeu como de uso e, depois de uma pequena pausa, acrescentou:

— Minha irmã mais velha tem estado em Londres nestes últimos três meses. Não lhe aconteceu alguma vez encontrá-la?

Elizabeth sabia bem que não, mas queria ver se ele deixava transparecer estar informado daquilo que se passara entre os Bingleys e Jane. Pareceu-lhe detetar alguma atrapalhação quando ele lhe respondeu que não tinha tido a felicidade de encontrar Miss Bennet. A conversa ficou por ali e, pouco depois, os dois homens saíram.

CAPÍTULO 31

As maneiras do coronel Fitzwilliam foram muito apreciadas no presbitério e todas as senhoras concordaram em que ele contribuiria consideravelmente para tornar ainda mais interessantes os serões em Rosings. Passaram alguns dias, porém, antes que recebessem qualquer convite, já que, havendo hóspedes na casa, a sua presença deixara de ser necessária; e foi só no dia de Páscoa, quase uma semana depois da chegada dos dois primos, que mereceram essa honra, mesmo se o convite foi feito enquanto saíam da igreja e apenas para comparecerem depois do jantar. Ao longo da última semana, quase não tinham encontrado Lady Catherine ou a filha. O coronel Fitzwilliam aparecera no presbitério por mais de uma vez durante esse tempo, mas a Mr. Darcy só o tinham visto na igreja.

Naturalmente, o convite foi aceite e, à hora julgada conveniente, Mr. Collins, a esposa e as suas duas visitas juntaram-se aos outros convivas na sala de estar de Lady Catherine. Sua Senhoria recebeu-os cortesmente, mas era visível que a sua companhia lhe era bem menos grata do que quando não conseguia arranjar mais ninguém. Na verdade, a maior parte da sua atenção estava absorvida pelos sobrinhos, com quem conversava, sobretudo com Darcy, mais que com qualquer outro dos presentes.

O coronel Fitzwilliam parecia realmente satisfeito de os ver. Qualquer novidade em Rosings era para ele um alívio, e a bonita amiga de Mrs. Collins tinha, para além disso, feito despertar o seu interesse. Estava agora sentado ao seu lado, a falar tão agradavelmente do Kent e do Hertfordshire, de viajar e de ficar em casa, de novos livros e de música, que Elizabeth não se lembrava de alguma vez ter passado naquela sala um serão tão aprazível; e assim foi que, de tão descontraída e animada que se ia desenrolando, a conversa acabou por chamar a atenção da própria Lady Catherine e de Mr. Darcy. Cedo, e por repetidas vezes, os olhos deste se voltaram na direção dos dois com uma expressão de curiosidade, e que Sua Senhoria partilhasse o mesmo sentimento tornou-se pouco depois ainda mais óbvio, quando, sem reservas, ela exclamou:

— O que é que estás a dizer, Fitzwilliam? Do que é que estão a conversar? O que é que estás a falar com Miss Bennet? Também gostava de ouvir.

— Estamos a falar de música, minha senhora — disse ele, quando já não podia mais furtar-se a uma resposta.

— De música!... Peço-te então que fales mais alto. É, de todos, o meu assunto preferido. Tenho de participar na conversa, se é de música que estão a falar. Creio que haverá poucas pessoas em Inglaterra a quem a música proporcione mais prazer ou que tenham nascido com um gosto mais apurado. Se alguma vez a tivesse estudado, seria seguramente uma exímia praticante. Assim como a Anne, se a sua saúde lhe tivesse permitido dedicar-se-lhe. Tenho a certeza de que tocaria divinamente. E a Georgiana tem feito muitos progressos, Darcy?

Mr. Darcy elogiou afetuosamente o talento da irmã.

— Folgo em ouvir tão boas notícias — disse Lady Catherine —, mas diz-lhe, por favor, da minha parte que ela não poderá esperar brilhar se não praticar com muita perseverança.

— Posso garantir-lhe, minha senhora — retorquiu ele —, de que ela não necessita desse conselho. Pratica com grande constância.

— Tanto melhor. O exercício nunca é demasiado, e quando lhe tornar a escrever instá-la-ei a não o descurar seja por que razão for. Como tenho dito a muitas jovens senhoras, a excelência na música só pode ser alcançada pela prática constante. Por mais de uma vez tive ocasião de fazer notar a Miss Bennet que ela nunca tocará realmente bem se não praticar mais; e apesar de Mrs. Collins não possuir um piano, tenho todo o gosto, como já várias vezes lhe disse, em que ela venha todos os dias tocar naquele que está nos aposentos de Mrs. Jenkinson. A verdade é que naquela parte da casa ela não poderia incomodar ninguém...

Mr. Darcy pareceu um pouco embaraçado com a falta de polidez da tia e não respondeu.

Depois do café, o coronel Fitzwilliam lembrou Elizabeth da promessa que lhe fizera de tocar, ao que ela respondeu sentando-se de imediato ao piano. Ele aproximou uma cadeira. Lady Catherine ouviu metade de uma canção e depois pôs-se a falar, como antes fizera, com seu outro sobrinho, até que este se afastou e, caminhando com a sua habitual fleuma em direção ao instrumento, se colocou de maneira a obter uma vista desimpedida do rosto da bela executante. Elizabeth apercebeu-se da sua intenção e, aproveitando a primeira oportunidade, virou-se para ele e, com um sorriso irónico, disse:

— Pretende assustar-me, Mr. Darcy, aproximando-se com toda essa solenidade para me ouvir? Não me deixarei intimidar, mesmo sabendo que sua irmã toca *assim* tão bem. Existe em mim uma determinação que não se deixa amedrontar facilmente pelos outros. A cada nova tentativa, a minha coragem ganha ainda mais força.

— Não direi que estará equivocada — retorquiu ele —, pois não vejo como possa realmente crer que eu tenha alguma intenção de assustá-la, e eu tenho o prazer de a conhecer há tempo suficiente para saber que, ocasionalmente, se diverte muito em professar opiniões que na verdade não são as suas.

Elizabeth riu com gosto daquele retrato de si própria e, virando-se para o coronel Fitzwilliam, disse:

— Seu primo vai fornecer-lhe uma bela imagem de mim e ensiná-lo a não acreditar numa só palavra do que digo. Tive o especial infortúnio de conhecer uma pessoa tão habilitada a expor o meu verdadeiro caráter, numa parte do mundo onde eu tinha esperança de poder passar por uma pessoa digna de algum crédito. Francamente, Mr. Darcy, é muito pouco generoso da sua parte revelar aquilo que em meu desabono ficou a saber no Hertfordshire e, se me permite que lhe diga, também muito imprudente, visto que me incita a retaliar e poderão vir à tona certas coisas que poderão mesmo escandalizar os seus parentes.

— Não a receio — disse ele com um sorriso.

— Deixe-me ouvir, por favor, aquilo de que o acusa — pediu-lhe o coronel Fitzwilliam. — Gostaria de saber como se comporta ele entre estranhos.

— Então dir-lho-ei... Mas prepare-se para ouvir uma história absolutamente horrenda. A primeira vez que o vi, como deverá saber, foi no Hertfordshire, num baile; e, neste baile, o que imagina o senhor que ele fez? Dançou apenas quatro danças! Custa-me muito dizer-lhe isto, mas é a verdade. Dançou apenas quatro danças, apesar de os cavalheiros serem escassos, e posso asseverar-lhe que mais de uma menina teve de ficar sentada por falta de par. O senhor não pode negar este facto, Mr. Darcy...

— Não tivera ainda à data o prazer de conhecer nenhuma das senhoras presentes, para além daquelas que me acompanhavam.

— É verdade... E nunca se apresenta ninguém num salão de baile. Bom, coronel Fitzwilliam, o que quer que toque a seguir? Os meus dedos aguardam pelas suas ordens.

— Talvez eu me devesse ter feito apresentar — continuou Mr. Darcy —, mas não possuo as qualidades necessárias para me recomendar a estranhos.

— Perguntamos a seu primo a razão disso? — perguntou Elizabeth, dirigindo-se ainda ao coronel Fitzwilliam. — Perguntamos-lhe porque é que um homem inteligente e educado, habituado a frequentar a sociedade, não possui as qualidades necessárias para se recomendar a estranhos?

— Creio poder responder à sua questão — disse Fitzwilliam — sem ter de recorrer a meu primo: é porque ele não se quer dar a esse trabalho.

— Não possuo seguramente o mesmo talento de outras pessoas — replicou Darcy — para começar a conversar facilmente com alguém que nunca tenha visto antes. Não consigo acertar no tom da conversa ou mostrar-me interessado nos assuntos dessa pessoa, como tantas vezes vejo fazer.

— Os meus dedos — disse Elizabeth — não se movem sobre este instrumento com a maestria que em muitas outras senhoras tenho podido observar. Não têm a mesma força ou a mesma rapidez, nem transmitem o mesmo sentimento. Mas isso eu sempre atribuí a uma falha minha, pois nunca me dei ao trabalho de praticar. Não é que eu não considere os meus dedos tão capazes de uma execução superior como os de qualquer outra senhora...

Darcy sorriu e disse:

— Tem a senhora toda a razão. Empregou muito melhor o seu tempo. Ninguém que tenha o privilégio de a escutar lhe poderá achar algum defeito. Nenhum de nós dois se exibe perante estranhos.

Neste ponto foram interrompidos por Lady Catherine que, erguendo a voz, lhes perguntou sobre o que conversavam. Elizabeth recomeçou de imediato a tocar. Lady Catherine aproximou-se e, depois de a escutar durante alguns minutos, disse a Darcy:

— Miss Bennet não tocaria nada mal se praticasse mais e pudesse beneficiar de um mestre de Londres. Sabe dedilhar bem, mas não possui o gosto da Anne. Essa sim seria uma executante perfeita se a sua saúde lhe tivesse permitido estudar.

Elizabeth olhou para Darcy para ver quão cordialmente ele assentia ao elogio de sua prima — mas nem nesse momento nem em qualquer outro conseguiu ela discernir o mínimo sintoma de que estivesse apaixonado. De todo o seu comportamento com Miss de Bourgh ela retirou uma conclusão reconfortante para Miss Bingley: que ele teria a mesma probabilidade de se casar com *ela*, fosse ela sua parente.

Lady Catherine prosseguiu nos seus comentários sobre o desempenho de Elizabeth, alternando-os com abundantes recomendações a propósito de gosto e de execução. Elizabeth escutou-os com toda a tolerância que lhe impunha a cortesia e, a pedido dos cavalheiros, permaneceu sentada ao instrumento até que a carruagem de Sua Senhoria ficou pronta para os levar a casa.

CAPÍTULO 32

Na manhã seguinte, escrevia Elizabeth uma carta a Jane enquanto Mrs. Collins e Maria tratavam de alguns assuntos na aldeia, quando um toque de campainha, sinal certo de visita, a fez sobressaltar-se. Como não tinha ouvido nenhuma carruagem, pensou que poderia tratar-se de Lady Catherine, pelo que, um tanto apreensiva, se pôs a guardar a carta a fim de evitar perguntas indiscretas — até que a porta se abriu e, para sua grande surpresa, ela viu que Mr. Darcy, e tão-só Mr. Darcy, entrava na sala.

Ele pareceu também surpreendido por encontrá-la sozinha e pediu desculpa por a importunar, dizendo-lhe ter entendido que todas as senhoras se encontrassem em casa.

A seguir sentaram-se e, depois de Elizabeth ter feito as perguntas de estilo sobre Rosings e os seus habitantes, pareceram correr o risco de mergulhar no mais completo silêncio. Era pois absolutamente necessário pensar em alguma coisa, e foi nesta aflição, recordando-se de quando o tinha visto pela última vez no Hertfordshire e sentindo-se curiosa em saber o que ele teria para dizer sobre a precipitação da sua partida, que ela comentou:

— A pressa com que saíram todos de Netherfield em novembro, Mr. Darcy!... Deve ter sido uma surpresa muito agradável para Mr. Bingley vê-los a todos tão cedo, pois, se bem me recordo, ele tinha partido apenas um dia antes. Espero que tanto ele como as irmãs se encontrassem bem quando deixou Londres?

— Muito bem, obrigado.

Depois de uma curta pausa, percebendo que não iria obter mais resposta, Elizabeth acrescentou:

— Creio ter percebido que Mr. Bingley não faz grande tenção de voltar a Netherfield?

— Nunca o ouvi dizer tal coisa, mas parece-me provável que ele no futuro passe lá muito pouco tempo. Não só tem muitos amigos, como está numa altura da vida em que as relações e os compromissos não param de aumentar.

— Se ele tenciona passar pouco tempo em Netherfield, seria melhor para toda a vizinhança que ele deixasse por completo a propriedade, pois assim talvez conseguíssemos ter uma família lá instalada. Mas é provável que Mr. Bingley não tenha alugado a casa para conveniência dos vizinhos como para sua própria, e é por isso de esperar que ele a mantenha ou dela desista de acordo com o mesmo princípio.

— Não me admira nada — disse Darcy — que ele desista dela assim que surja uma boa oportunidade de compra.

Elizabeth não respondeu. Teve receio de continuar a falar sobre Mr. Bingley e, não tendo mais nada que dizer, decidiu deixar-lhe a ele o encargo de encontrar outro tema de conversa.

Ele percebeu a intenção e de pronto recomeçou, dizendo:

— Parece bastante confortável esta casa. Lady Catherine, segundo sei, procedeu a muitas benfeitorias por ocasião da vinda de Mr. Collins para Hunsford.

— Assim o creio... e estou certa de que a sua bondade não poderia ter encontrado destinatário mais reconhecido.

— Mr. Collins parece ter sido muito afortunado na escolha que fez para esposa.

— Com efeito. Os seus amigos bem podem dar graças por ele ter encontrado uma das pouquíssimas mulheres de bom senso que seriam capazes de o aceitar ou ainda, depois disso, de o fazer feliz. A minha amiga é uma mulher de muito entendimento, embora eu não tenha a certeza de que o seu casamento com Mr. Collins seja a coisa mais sensata que já fez. Parece-me, no entanto, muito contente, e a verdade é que, em termos materiais, esta se trata sem dúvida de uma união muito vantajosa para ela.

— Deve ser um motivo de grande satisfação para ela habitar a uma distância tão curta da família e dos amigos.

— Uma distância curta, o senhor diz? Mas se são quase cinquenta milhas...

— E o que são cinquenta milhas numa boa estrada? Pouco mais de meio dia de viagem. Sim, de facto parece-me mesmo uma distância *muito* curta.

— Nunca consideraria a distância como uma das vantagens deste casamento — protestou Elizabeth. — Jamais teria dito que Mrs. Collins vivesse *perto* da família.

— Isso só prova o seu apego ao Hertfordshire. Qualquer coisa para lá dos arredores de Longbourn, imagino, parecer-lhe-á sempre distante.

Enquanto falava, havia no seu rosto um ligeiro sorriso que Elizabeth julgou entender: Mr. Darcy devia supor que ela estaria a pensar em Jane e em Netherfield. Então, corando, respondeu:

— Não quero com isto dizer que uma mulher deve sempre viver próximo da sua família. O longe e o perto são coisas relativas, e variam muito com as circunstâncias. Havendo dinheiro suficiente para tornar o custo da viagem irrelevante, a distância não é um problema. Mas não é este o caso. Mr. e Mrs. Collins possuem um rendimento bastante confortável, mas não tão grande que lhes permita viajar com frequência; e estou certa de que a minha amiga nunca se consideraria *perto* da família se não estivesse a menos de metade da distância a que agora se encontra.

Mr. Darcy aproximou um pouco a cadeira de Elizabeth e disse:

— Mas como é que a senhora pode sentir um apego tão forte a esse lugar? Não é possível que tenha vivido sempre em Longbourn...

Elizabeth fez um ar de espanto. Ele pareceu arrepender-se; tornou a afastar a cadeira, pegou num jornal que estava em cima da mesa e, folheando-o, perguntou num tom distante:

— Está a gostar do Kent?

Seguiu-se um breve diálogo sobre a região, calmo e conciso de ambas as partes e pouco depois interrompido pela entrada de Charlotte e da irmã, que tinham acabado de chegar do seu passeio.

Aquele *tête-à-tête* surpreendeu-as. Mr. Darcy deu-lhes conta do mal-entendido que o levara a importunar Miss Bennet e, depois de permanecer sentado durante mais alguns minutos sem quase dizer palavra, retirou-se.

— O que quererá isto dizer? — comentou Charlotte, assim que ele saiu. — Minha querida Eliza, ele deve estar apaixonado por ti, caso contrário nunca nos teria vindo fazer uma visita de um modo tão familiar...

Quando, porém, Elizabeth falou do seu silêncio, mesmo à esperançosa Charlotte a hipótese deixou de parecer provável. E assim, depois de muito conjeturar, puderam finalmente chegar à única conclusão possível de que a sua visita se teria devido à dificuldade de encontrar outra coisa para fazer, o que era o mais plausível tendo em conta a altura do ano. A época dos desportos ao ar livre estava encerrada[48]. Dentro de portas havia Lady Catherine, livros e uma mesa de bilhar, mas os homens não conseguem passar o tempo todo fechados em casa; e quer fosse pela proximidade do presbitério, pela beleza do passeio que a ele conduzia ou pelas pessoas que nele habitavam, o facto é que os dois primos se sentiam cada vez mais tentados a caminhar até lá quase todos os dias. Apareciam às mais diversas horas da manhã, umas vezes separados, outras juntos, e outras ainda acompanhados pela tia. Era claro para todos eles que o coronel Fitzwilliam os visitava por ter prazer na sua companhia, uma convicção que, naturalmente, o recomendava ainda mais aos seus olhos. Quanto a Elizabeth, tanto a satisfação que experimentava quando estava com ele, como a evidente admiração que ele lhe devotava, a faziam recordar-se daquele que antes merecera o seu favor, George Wickham; e conquanto, em comparação com este, ela não encontrasse no coronel Fitzwilliam os mesmos modos doces e sedutores, estava convencida de que, de entre os dois, era o último quem possuía um espírito mais cultivado.

Por que razão viesse Mr. Darcy tantas vezes ao presbitério era já mais difícil de entender. Não poderia ser pelo convívio, dado

---

[48] A Autora refere-se aqui às duas atividades de ar livre mais populares entre os homens, a caça e o tiro, que tinham lugar no outono e no inverno. *(NT)*

que frequentemente lhe acontecia ficar sentado sem abrir a boca durante dez minutos seguidos e, quando por fim falava, parecia fazê-lo mais por necessidade que por escolha — um sacrifício em nome da etiqueta, não um prazer pessoal. Era raro vê-lo verdadeiramente animado. Mrs. Collins não sabia o que pensar dele. O facto de o coronel Fitzwilliam se rir ocasionalmente do seu enfado servia para provar que ele nem sempre era assim, coisa que o pouco que dele conhecia não lhe teria permitido perceber. E como ela gostaria de acreditar que aquela mudança fosse originada pelo amor, e que o objeto desse amor fosse a sua amiga Eliza, empenhou-se com afinco em tentar descobri-lo. Observava-o sempre que estavam em Rosings e sempre que ele vinha a Hunsford — mas sem grande êxito. Era verdade que ele olhava bastante para a sua amiga, mas a forma como o fazia era difícil de interpretar. Era um olhar fixo e intenso, mas Charlotte com frequência se perguntava se existiria nele admiração, por vezes mesmo parecendo-lhe que houvesse pouco mais que simples alheamento.

Por uma ou duas vezes havia sugerido a Elizabeth a possibilidade de Mr. Darcy se sentir atraído por ela, mas a amiga sempre se rira da ideia; e Mrs. Collins, com receio de gerar expectativas que poderiam vir a acabar em desilusão, não quis insistir no assunto, já que não tinha a menor dúvida de que toda a sua aversão se desvaneceria no dia em que o acreditasse subjugado.

Nos afetuosos projetos que concebia para Elizabeth, imaginava-a às vezes casada com o coronel Fitzwilliam. Ele era, de longe, o mais gentil dos dois homens, sentia, com toda a certeza, uma inclinação por ela, e a sua situação na vida era deveras invejável; só que, para contrabalançar estas vantagens, Mr. Darcy gozava de considerável influência na Igreja — enquanto seu primo não tinha nenhuma.

CAPÍTULO 33

Por mais de uma vez, enquanto passeava pelos jardins de Rosings, aconteceu a Elizabeth ter um encontro inesperado com Mr. Darcy. Parecia-lhe uma crueldade da fortuna que ele aparecesse onde mais ninguém ia, e assim, para evitar que isso tornasse a acontecer, tratou desde logo de o informar de que aquele era um dos seus refúgios favoritos. Que esse acaso se pudesse dar uma segunda vez era muito estranho!... E, no entanto, não só assim foi, como sucedeu mesmo uma terceira. Talvez tivesse vontade de aborrecê-la, ou de impor-se a si mesmo uma penitência, pois nessas ocasiões não se contentou apenas com algumas perguntas de circunstância, seguidas de uma pausa embaraçada, para depois se afastar, mas antes se sentiu obrigado a voltar para trás e acompanhá-la no seu passeio. Nem ele falava muito, nem Elizabeth se dava ao trabalho de dizer ou ouvir grande coisa. Espantou-a, por isso, que, durante o seu terceiro encontro, ele lhe fizesse umas perguntas suspeitas e, aparentemente, incoerentes: sobre a sua estada em Hunsford, o seu gosto pelas caminhadas solitárias e a sua opinião sobre a felicidade de Mr. e Mrs. Collins; e que, ao falar de Rosings e do facto de ela não conhecer ainda bem a casa, ele parecesse esperar que quando ela voltasse ao Kent ficasse lá instalada. Era isto, pelo menos, que se deduzia das suas palavras. Estaria ele a pensar no coronel Fitzwilliam? Imaginou que, se ele tinha alguma coisa em mente, quisesse fazer uma alusão a possíveis desenvolvimentos nesse campo. Isso perturbou-a um pouco, pelo que foi com bastante satisfação que deu por si no portão da cerca em frente ao presbitério.

Certo dia, caminhava ela ao mesmo tempo que relia uma carta de Jane, demorando-se nalgumas passagens que mostravam que a irmã não a havia escrito no melhor estado de ânimo, quando, em vez de ser surpreendida de novo por Mr. Darcy, ela ergueu os olhos e viu que o coronel Fitzwilliam caminhava ao seu encontro. Pondo de imediato a carta de lado e fazendo um esforço por sorrir, ela disse:

— Não fazia ideia de que alguma vez viesse passear para estes lados...

— Estive a dar a volta à propriedade — respondeu ele —, como costumo fazer todos os anos, e planeava encerrá-la com uma visita ao presbitério. Tenciona prosseguir até muito mais longe?

— Não, estava prestes a regressar.

Dito isto, deu meia-volta e os dois caminharam juntos em direção ao presbitério.

— Sempre se confirma que partirá no sábado? — perguntou ela.

— Sim... se o Darcy não voltar a adiar a saída. Estou nas suas mãos. Ele dispõe as coisas como bem lhe apraz.

— E assim, ainda que a disposição não seja inteiramente do seu agrado, terá, pelo menos, o infindo prazer de ser ele a decidir. Não conheço ninguém que pareça gostar tanto de fazer aquilo que bem lhe apetece como Mr. Darcy.

— É verdade que ele gosta que as coisas se façam à sua maneira — retorquiu o coronel Fitzwilliam. — Mas todos nós gostamos... A diferença é que ele possui mais meios para fazer com que assim seja que o comum dos homens, porque ele é rico enquanto os outros, na sua maioria, são pobres. Falo de conhecimento próprio. Os filhos segundos, sabê-lo-á com certeza, devem acostumar-se à renúncia e à dependência.

— Na minha opinião, um filho segundo de um conde não poderá conhecer muito de nenhuma das duas... Diga-me a sério, o que é que o senhor sabe de renúncia e de dependência? Quando é que a falta de dinheiro o impediu de ir aonde quer que escolhesse ou de ter o que quer que desejasse?

— As suas perguntas são certeiras... e talvez eu não possa dizer que tenha experimentado muitas dificuldades dessa natureza.

Mas, em assuntos de maior peso, poderei ressentir-me da falta de dinheiro. Os filhos mais novos não podem casar com quem querem.

— A menos que se enamorem de mulheres de fortuna, o que me parece acontecer-lhes com bastante frequência...

— Os nossos hábitos dispendiosos tornam-nos demasiado dependentes e não há muitos homens na minha situação que se permitam casar sem levar o dinheiro em linha de conta.

Será que isto me é dirigido a mim?, pensou Elizabeth, corando. Mas depressa se dominou, dizendo num tom animado:

— E qual é, por favor, o preço normal para um filho segundo de um conde? A não ser que o irmão mais velho tenha uma saúde muito delicada, não creio que pudesse pedir mais de cinquenta mil libras.

Ele respondeu-lhe no mesmo tom, e o assunto morreu por ali. Mas para não deixar que o silêncio o levasse a imaginar que ela se sentisse atingida pela conversa, Elizabeth logo continuou:

— Imagino que seu primo o tenha trazido consigo para Rosings com o objetivo principal de ter alguém à sua disposição. Espanta-me que ele não se case, sempre poderia assegurar de forma permanente essa comodidade. Mas talvez a irmã preencha por enquanto esses requisitos, já que, tendo-a ao seu exclusivo cuidado, ele pode fazer com ela o que bem entender.

— Não — disse o coronel Fitzwilliam —, isso é um privilégio que ele tem de dividir comigo. Partilho com ele a tutela de Miss Darcy.

— A sério? E posso perguntar que espécie de tutela exercem? A vossa pupila dá-vos muito trabalho? As raparigas da idade dela são, por vezes, um pouco difíceis de governar e, se ela possuir o verdadeiro espírito dos Darcys, pode ser que goste que as coisas se façam à sua maneira.

Enquanto falava, Elizabeth notou que o coronel Fitzwilliam a olhava com ar sério, e o modo como de imediato este lhe perguntou por que é que ela supunha que Miss Darcy lhes pudesse causar preocupações convenceu-a de que, de uma forma ou de outra, tinha chegado perto da verdade. Depressa lhe respondeu:

— Nada tem a recear. Nunca ouvi nada em seu desabono, e creio mesmo que será uma das criaturas mais dóceis à face da Terra. É uma grande predileta de duas senhoras das minhas relações, Mrs. Hurst e Miss Bingley. Julgo tê-lo ouvido comentar que são suas conhecidas.

— Conheço-as vagamente. O irmão é uma pessoa muito amável e distinta, e um grande amigo do Darcy.

— Oh, sim!... — disse Elizabeth em tom de ironia. — Mr. Darcy é invulgarmente gentil com Mr. Bingley e toma conta dele de uma forma absolutamente prodigiosa.

— Toma conta dele!... Sim, de facto creio que o Darcy toma realmente conta dele naqueles aspetos em que ele mais precisa. Por uma coisa que ele me disse na viagem para cá, tenho razões para pensar que o Bingley lhe deve muito. Mas talvez esteja a ser injusto, pois não tenho razões para supor que era a ele que meu primo se referia. Tudo não passou de uma conjetura.

— Que quer dizer com isso?

— Trata-se de uma circunstância que o Darcy seguramente não gostaria que se tornasse pública, pois seria extremamente desagradável se chegasse ao conhecimento dos familiares da senhora em questão.

— Pode ficar certo de que não direi uma palavra sobre o assunto.

— E lembre-se de que eu não tenho demasiados motivos para supor que se trata do Bingley... O que ele me disse foi apenas isto: que se congratulava por ter recentemente livrado um amigo dos inconvenientes de um casamento deveras imprudente, mas sem mencionar nomes ou quaisquer outros pormenores; e eu só suspeitei que se tratasse do Bingley por ele me parecer o tipo de pessoa capaz de se meter em apuros desse tipo e por saber que tinham estado juntos durante todo o verão.

— E Mr. Darcy explicou-lhe os motivos que o levaram a intrometer-se?

— Pelo que entendi, havia sérias objeções contra a dita senhora.

— E de que artimanhas usou ele para os separar?

— Ele não me falou das suas artimanhas... — disse Fitzwilliam com um sorriso. — Apenas me disse o que acabei de lhe contar.

Elizabeth não respondeu e continuou a andar, com o coração a estalar de indignação. Depois de observá-la por uns momentos, Fitzwilliam perguntou-lhe porque estava ela tão pensativa.

— Estou a meditar no que me esteve a dizer — respondeu. — Não aprovo a conduta de seu primo. Porque se arrogou ele o direito de julgar?

— Considera porventura importuna a sua intervenção?

— Não vejo com que direito pôde Mr. Darcy decidir se era adequada a inclinação do seu amigo, ou por que razão lhe coube determinar, com base apenas no seu próprio juízo, de que forma é que ele podia ou não ser feliz. Porém, como não conhecemos nada dos particulares — continuou —, não é justo que o condenemos. Não será de supor que existisse muita afeição em jogo...

— Essa conjetura não é despropositada — disse Fitzwilliam — mas, lamentavelmente, retira muito valor ao triunfo de meu primo.

Isto foi dito em tom de gracejo, mas a Elizabeth pareceu um retrato tão exato de Mr. Darcy que não se atreveu a dar uma resposta; e assim, mudando abruptamente de tema, foi falando sobre assuntos triviais até que chegaram ao presbitério. Aí, fechando-se no quarto mal a sua visita os deixou, pôde então refletir sem interrupção sobre tudo o que tinha ouvido. Não era provável que as pessoas em questão não fossem as que ela conhecia. Não poderia haver no mundo dois homens sobre os quais Mr. Darcy pudesse exercer um domínio tão absoluto. De que ele tivesse estado envolvido nas manobras para separar Mr. Bingley de Jane ela nunca duvidara — mas sempre atribuíra a Miss Bingley o papel principal no seu esboço e execução. Mesmo que a vaidade o não tivesse traído, tinha sido ele, tinham sido o seu orgulho e o seu capricho, a causa de tudo o que Jane sofrera e continuava a sofrer. Pelo menos por algum tempo, conseguira destruir toda e qualquer esperança de felicidade no coração mais terno e generoso que alguma vez existira — e ninguém poderia dizer até quando duraria o mal que ele lhe havia infligido.

«Havia sérias objeções contra a dita senhora», tinham sido as palavras do coronel Fitzwilliam, sendo que essas *sérias objeções* se resumiam a ela ter um tio que era solicitador de província e outro que era comerciante em Londres.

Contra Jane, dizia para consigo, *nunca poderia haver nada a objetar, doce e generosa como ela é!... Um entendimento superior, uma mente cultivada, umas maneiras cativantes. Nada haverá a dizer também de nosso pai, o qual, à parte certas peculiaridades, possui alguns atributos que o próprio Mr. Darcy não desdenharia e uma respeitabilidade que ele provavelmente nunca conseguirá alcançar.* É verdade que, ao pensar na mãe, a sua confiança vacilou um pouco, mas não podia acreditar que quaisquer objeções a seu respeito pudessem ter um peso determinante para Mr. Darcy, cujo orgulho, estava convencida, se sentiria muito mais ferido pela falta de distinção dos novos parentes do seu amigo que pela sua falta de juízo. Concluiu, por fim, que ele teria sido guiado, por um lado, pela pior espécie de orgulho que existe e, por outro, pelo desejo de guardar Mr. Bingley para a irmã.

A perturbação e as lágrimas suscitadas por aquela reflexão trouxeram consigo uma dor de cabeça, a qual, de tanto que se agravou ao longo do dia e ajudada pela relutância de Elizabeth em ver Mr. Darcy, acabou por decidi-la a não acompanhar os primos a Rosings, onde eram esperados para o chá. Mrs. Collins, vendo que ela de facto não se encontrava bem, não só não insistiu com a amiga como tentou tudo para que o marido também o não fizesse — mesmo que Mr. Collins não tivesse sido capaz de esconder o receio de que Lady Catherine ficasse desagradada com a sua ausência.

CAPÍTULO 34

Quando eles saíram, Elizabeth, como que empenhada em exasperar-se o mais que pudesse com Mr. Darcy, decidiu ocupar-se em examinar com atenção todas as cartas que Jane lhe tinha escrito desde que havia chegado ao Kent. Não encontrou nelas qualquer queixa digna desse nome, nenhuma lembrança de acontecimentos passados, nenhuma alusão a sofrimentos presentes. Mas em todas elas, e em quase todas as linhas que as compunham, se sentia a falta daquela jovialidade que tanto caracterizava o seu estilo e que, procedendo da serenidade de um espírito em paz consigo mesmo e de bem com os outros, só muito raramente se deixava nublar. Com uma atenção de que não usara na primeira leitura, Elizabeth ia agora identificando uma a uma cada frase em que sentisse perpassar alguma inquietação. A forma ignominiosa como Mr. Darcy se vangloriara da infelicidade que tinha sido capaz de infligir tornou-a mais sensível ao sofrimento da irmã. Servia-lhe de algum consolo pensar que a visita dele a Rosings terminaria daí a dois dias; mas mais reconfortante ainda era saber que, em menos de duas semanas, ela estaria de novo com Jane e que, com toda a força do seu afeto, poderia finalmente ajudá-la a recobrar de novo o seu ânimo.

Não conseguia pensar na partida de Darcy sem se lembrar de que o primo iria com ele. O coronel Fitzwilliam, porém, havia tornado claro que não tinha quaisquer intenções a seu respeito, pelo que, por mais amável que ele fosse, ela não estava disposta a sentir-se infeliz por sua causa.

Preparava-se Elizabeth para assentar este ponto, quando o som da campainha a arrancou de repente aos seus pensamentos e ela se agitou um pouco à ideia de que se pudesse tratar precisamente do coronel Fitzwilliam, o qual já por uma vez ali passara ao fim da tarde e podia agora ter vindo especialmente para se inteirar do seu estado. Mas essa ideia depressa foi afastada, e as suas emoções bastante diversas, quando, para seu grande espanto, viu Mr. Darcy entrar na sala. De forma precipitada, ele começou de imediato a inquirir sobre a sua saúde, atribuindo a visita ao desejo de sabê-la melhor. Ela respondeu-lhe com fria polidez. Darcy sentou-se por uns instantes e depois, erguendo-se, pôs-se a andar pela sala. Apesar de atónita, Elizabeth não disse palavra. Após um silêncio de vários minutos, ele dirigiu-se para ela com um ar perturbado e disse:

— Em vão lutei. De nada adianta. Não posso reprimir mais os meus sentimentos. Permita-me que lhe expresse toda a veemência da admiração e do amor que por si sinto.

A perplexidade de Elizabeth foi total. Olhou-o, corou, descreu e, por fim, ficou em silêncio. Mr. Darcy viu nisso incentivo suficiente, passando de imediato a confessar-lhe tudo aquilo que por ela desde há muito sentia. Exprimia-se bem, mas havia outros sentimentos a relatar que não os do coração — e ele não foi menos eloquente ao falar do seu orgulho que da sua ternura. A consciência da inferioridade da sua amada, do rebaixamento que a sua condição arrastava, dos obstáculos familiares que a razão sempre opusera ao seu afeto, tudo exposto com um calor que parecia gerado pela dignidade que ele ofendia, mas que dificilmente poderia abonar em favor da sua causa.

Apesar da profunda aversão que por ele sentia, Elizabeth não podia ficar indiferente à homenagem que representava a afeição de um tal homem e, conquanto o seu propósito não se tivesse alterado por um só instante, começou por se condoer do sofrimento que lhe iria causar — até que, indignada com o discurso que se seguiu, deixou que a raiva dissipasse a compaixão. Tentou, porém, dominar-se, de modo a responder-lhe com toda a compostura quando chegasse o momento. Mr. Darcy concluiu manifestando-lhe a violência daquele sentimento que todos os seus esforços não tinham conseguido vencer, e exprimindo ainda a esperança de que ela agora o recompensasse aceitando a sua mão. Não foi difícil para Elizabeth perceber, pela forma como estas palavras foram pronunciadas, que ele não tinha qualquer dúvida de que a sua resposta seria favorável. Falava de apreensão e de ansiedade, mas a sua expressão denotava segurança. Semelhante atitude só podia exasperá-la ainda mais, pelo que, quando ele terminou, e com a face enrubescida, ela disse:

— Em casos como este, creio que é de etiqueta exprimir reconhecimento pelos sentimentos que nos foram confessados, ainda que eles possam não ser retribuídos. É natural que nos sintamos obrigados e, se eu pudesse sentir gratidão, com certeza lhe agradeceria. Mas não posso. Nunca desejei a sua estima, a qual, de resto, me concedeu tão contra sua vontade. Lamento causar sofrimento seja a quem for. Não o fiz, no entanto, propositadamente, e apenas espero que ele seja de curta duração. Os sentimentos que, segundo me diz, durante tanto tempo o impediram de admitir o seu afeto, não terão depois desta explicação qualquer dificuldade em extingui-lo.

Mr. Darcy, apoiado contra a pedra da lareira e com os olhos fixos na face de Elizabeth, parecia ouvir aquelas palavras com uma indignação não inferior ao seu espanto. Empalidecido de raiva, tudo no seu semblante denunciava a perturbação que lhe ia na alma. Lutava por manter um ar composto, e os seus lábios só se moveram quando acreditou tê-lo conseguido. Aquela pausa foi como uma tortura para Elizabeth. Por fim, num tom de calma forçada, ele disse:

— E é esta toda a resposta que tenho a honra de receber! Desejaria, talvez, conhecer as razões para ter sido assim rejeitado, sem sequer ter merecido um esforço de cortesia. Mas será de somenos importância...

— Também eu lhe poderia perguntar — retorquiu ela — porque é que, com um propósito tão evidente de me ofender e insultar, resolveu o senhor dizer-me que gostava de mim contra a sua vontade, contra a sua razão e mesmo contra os seus princípios. Não servirá isto como desculpa para alguma descortesia da minha parte, se é que *de facto* ela houve? Mas eu tenho outros motivos para me sentir ofendida, e o senhor sabe bem quais são. Mesmo que os meus sentimentos não lhe fossem já hostis, fossem-lhe eles indiferentes ou mesmo favoráveis, acredita que houvesse algum motivo para eu me sentir tentada a aceitar aquele que foi o responsável por destruir, quem sabe para todo o sempre, a felicidade de uma irmã tão querida?

Ao escutá-la pronunciar estas palavras, Mr. Darcy mudou de cor. A perturbação, porém, foi curta, e ele ouviu-a sem a tentar interromper enquanto ela prosseguia:

— Tenho todas as razões do mundo para pensar mal do senhor. Nenhum motivo pode servir de desculpa à injustiça e à mesquinhez da sua conduta. O senhor não poderá... o senhor não se atreverá a negar que foi o principal, se não mesmo o único, responsável por separar aquelas duas pessoas, por expor uma delas à censura do mundo por capricho e inconstância e a outra ao seu escárnio pelas esperanças desfeitas, a ambas lançando num estado de profunda infelicidade.

Elizabeth fez uma pausa e constatou, com não pouca indignação, que ele a escutava com ar de quem não se tinha deixado tocar por qualquer sentimento de remorso. Pelo contrário, olhava para ela com um sorriso afetado de incredulidade.

— Ousará porventura negá-lo? — repetiu ela.

Com uma expressão de falsa tranquilidade, ele respondeu:

— Não tenho qualquer intenção de negar que fiz tudo aquilo que estava ao meu alcance para separar o meu amigo de sua irmã, ou mesmo que me regozije com o meu êxito. Fui mais generoso com ele que comigo próprio.

Elizabeth não se dignou revelar que notara a gentileza daquela reflexão, mas o seu sentido não só não lhe escapou como não era de molde a apaziguar-lhe o ânimo.

— Mas não é apenas nesse episódio — prosseguiu ela — que se funda a minha antipatia. Muito antes de ele ter tido lugar, já a minha opinião sobre si estava formada. O seu caráter foi-me desvelado muitos meses atrás pelo relato que ouvi de Mr. Wickham. O que tem o senhor a dizer sobre este assunto? Que imaginário ato de amizade poderá, neste caso, invocar em sua defesa? Ou com que falsidades conseguirá aqui iludir os outros?

— Vejo que toma muito interesse pelos assuntos desse cavalheiro — comentou Darcy com a face ruborizada e num tom bem menos tranquilo.

— E quem não tomaria interesse por ele conhecendo o seu infortúnio?

— *O seu infortúnio*!... — repetiu Darcy com desdém. — Sim, foi sem dúvida grande o seu infortúnio...

— E infligido por si! — exclamou Elizabeth com energia. — Foi o senhor quem o reduziu ao seu presente estado de pobreza... de relativa pobreza. Recusou-lhe aquilo que sabia estar-lhe destinado. Privou os melhores anos da sua vida daquela independência que lhe era não apenas devida, mas também merecida. O senhor fez tudo isso!... E, mesmo assim, a menção do seu infortúnio só lhe consegue suscitar desprezo e ironia.

— É essa então — exclamou Darcy, dando passos rápidos pela sala — a opinião que forma de mim! É essa a consideração em que me tem! Agradeço-lhe por tê-lo exposto com tanto pormenor. As minhas faltas, de acordo com o rol que apresenta, são deveras graves. Mas talvez — acrescentou, parando e virando-se de seguida para Elizabeth — essas ofensas tivessem sido toleradas, não houvesse o seu orgulho sido ferido pela sincera confissão dos escrúpulos que, durante tanto tempo, me impediram de tomar uma resolução. Talvez essas amargas acusações pudessem ter sido poupadas, houvesse eu com mais habilidade dissimulado a minha luta, levando-a na sua vaidade a crer que eu era impelido por uma inclinação pura e sem reservas, pela razão, pelo bom senso, enfim pelo que fosse!... Mas todas as formas de dissimulação me provocam repugnância. Tão-pouco me envergonho dos sentimentos que lhe expressei. Eram naturais e merecidos. Acaso esperaria a senhora que me regozijasse com a inferioridade de seus familiares? Que me felicitasse pela perspetiva de estabelecer laços de parentesco com pessoas cuja posição social está tão abaixo da minha?

Elizabeth sentia a sua irritação aumentar a cada momento, mas esforçou-se quanto pôde para falar com toda a compostura ao dizer:

— Engana-se, Mr. Darcy, se supõe que a forma como se declarou teve outro efeito que o de me poupar a inquietação que sentiria por recusá-lo, tivesse a sua conduta sido mais própria de um cavalheiro.

Ela notou o seu sobressalto a estas palavras, mas como ele não dissesse nada, continuou:

— Nenhum modo que tivesse escolhido para me oferecer a sua mão me poderia ter persuadido a aceitá-la.

Darcy não conseguiu de novo esconder o seu espanto, olhando-a com uma expressão entre o embaraço e a incredulidade. Ela prosseguiu:

— Desde o início, diria mesmo que desde o primeiro momento em que o conheci, que as suas maneiras, infundindo em mim a mais completa convicção da sua arrogância, da sua presunção e do seu desprezo egoísta pelos sentimentos dos outros, fundaram os alicerces daquele desfavor sobre o qual os acontecimentos sucessivos vieram a erguer a mais inabalável aversão. E nem um mês tinha passado desde esse dia quando eu percebi que o senhor seria o último homem no mundo com quem alguma vez consentiria casar.

— V. Ex.ª já disse mais que o suficiente, minha senhora. Compreendo perfeitamente os seus sentimentos, e não me resta agora senão envergonhar-me dos meus. Peço-lhe que me perdoe por lhe ter tomado tanto tempo e aceite os meus mais sinceros votos de felicidades.

E, dizendo estas palavras, abandonou apressadamente a sala, ouvindo-o pouco depois Elizabeth abrir a porta da frente e sair.

O tumulto no seu espírito tornara-se agora quase insuportável. Incapaz de se manter em pé, de tão sem forças se sentia, deixou-se cair numa cadeira e chorou durante meia hora. A sua perplexidade, enquanto refletia sobre os últimos acontecimentos, ia aumentando a cada vez que os recapitulava. Que *ela* tivesse recebido uma proposta de casamento de Mr. Darcy, que *ele* estivesse há tantos meses apaixonado por si, e tão apaixonado a ponto de a desejar para esposa apesar de todas as objeções que não só o tinham levado a impedir o casamento do amigo com sua irmã como, no seu caso, não podiam deixar de se manifestar pelo menos com a mesma intensidade — parecia-lhe quase irreal!... Não podia deixar de se sentir envaidecida por ter involuntariamente inspirado uma afeição tão forte. Mas o seu orgulho, o seu abominável orgulho, a ignominiosa confissão de tudo o que havia feito a Jane, a imperdoável petulância com que o tinha reconhecido, ainda que o não pudesse justificar, enfim a forma desapiedada como se tinha referido a Wickham, sem sequer ter tentado negar a crueldade com que o tratara, cedo se sobrepuseram à compaixão que, por um instante, a ideia daquele amor havia suscitado.

Nestas tormentosas meditações se manteve, até que o som da carruagem de Lady Catherine a veio despertar e ela, não se sentindo em condições de enfrentar o olhar observador de Charlotte, correu a refugiar-se no quarto.

CAPÍTULO 35

Elizabeth acordou na manhã seguinte com os mesmos pensamentos e reflexões com que, por fim, havia conseguido adormecer. Ainda não se sentia recomposta da surpresa que tinha recebido. Era-lhe impossível pensar noutra coisa e, completamente incapaz de se dedicar a qualquer tarefa, resolveu, mal acabado o pequeno-almoço, conceder-se o prazer de um pouco de ar livre e exercício. Caminhava ela na direção do seu passeio favorito quando, lembrando-se de que Mr. Darcy tinha vindo algumas vezes para aqueles lados, se deteve e, em vez de entrar nos jardins, seguiu a vereda que se afastava da estrada principal. Tinha ainda a cerca da propriedade de um dos lados e, pouco depois, passou um dos portões que lhe davam acesso.

Depois de ter percorrido duas ou três vezes aquele trecho da vereda, e como a manhã estava bonita, sentiu-se tentada a parar junto do portão e admirar os jardins. Mudara muito a paisagem nas cinco semanas que já tinha passado no Kent, com as árvores cada dia mais verdes. Estava prestes a retomar o seu passeio quando avistou de relance a figura de um homem na espécie de bosque que bordejava a propriedade. Vinha a caminhar na sua direção, pelo que ela, receosa de que se tratasse de Mr. Darcy, de imediato preparou a sua retirada. Só que a pessoa que se aproximava estava agora suficientemente perto para conseguir vê-la e, avançando decidida, pronunciou o seu nome. Elizabeth tinha voltado para trás mas, ouvindo a voz que a chamava, mesmo que essa pertencesse a Mr. Darcy, tornou a dirigir-se para o portão. Ele já o tinha entretanto alcançado e, estendendo-lhe uma carta, que ela instintivamente tomou nas mãos, disse com um ar de serena altivez:

— Tenho andado a caminhar no bosque na esperança de encontrá-la. Posso pedir-lhe que me conceda a honra de ler esta carta?

Dito isto, e fazendo uma ligeira vénia, embrenhou-se de novo no arvoredo, logo tornando a desaparecer.

Sem esperar encontrar na sua leitura qualquer prazer, mas com a mais acesa curiosidade, Elizabeth abriu a carta e, para seu maior espanto, viu um sobrescrito com duas folhas de papel, totalmente recobertas de uma letra apertada. O próprio sobrescrito tinha sido todo utilizado[49]. Continuando a andar pela vereda, começou então a lê-la. Estava datada de Rosings, às oito horas da manhã, e dizia o seguinte:

Não receie V. Ex.ª, ao receber esta carta, que ela contenha qualquer repetição dos sentimentos, ou a renovação da proposta, que tanto a indispuseram na passada noite. Escrevo-lhe sem a menor intenção de lhe causar sofrimento a si ou de me rebaixar a mim, insistindo na expressão de desejos que, para a felicidade de ambos, deverão ser o quanto antes esquecidos; e o esforço que me custará escrever esta carta, assim como a si lê-la, bem poderia ter sido poupado, não o tivesse assim exigido o meu bom nome. Deve, por isso, perdoar-me a liberdade com que requeiro a sua atenção. Sei que os seus sentimentos não me a concederão de boa vontade, mas é ao seu sentido de justiça que agora apelo.

Fez V. Ex.ª ontem à noite recair sobre a minha pessoa duas acusações de natureza diversa e de magnitude igualmente desigual. A primeira, a de que, sem consideração pelos sentimentos de ambos, eu tinha separado Mr. Bingley de sua irmã; e a outra, a de que eu havia, contrariando reivindicações legítimas e com desprezo de toda a honra e de toda a compaixão, arruinado a prosperidade imediata e aniquilado as perspetivas de futuro de Mr. Wickham. Ter assim deliberada e propositadamente

---

[49] Na época, o sobrescrito, ou envelope, consistia numa folha de papel dobrada à volta de outras. Só na década de 1830 entraram no uso comum os envelopes tais como hoje os conhecemos. *(NT)*

desamparado o companheiro da minha juventude, o confesso favorito de meu pai, alguém quase sem outro meio de subsistência senão o nosso patrocínio e que crescera na confiança de que ele nunca lhe faltaria, seria uma ignomínia, à qual a separação de duas pessoas, cujo afeto não poderia ter mais que poucas semanas, nunca se poderia comparar. Mas da severidade da recriminação que ontem à noite tão prodigamente me foi infligida, espero vir a ser em todos os pontos absolvido quando o seguinte relato das minhas ações, e das razões que as motivaram, tiver sido lido. Se, no curso desta explicação, que julgo ser de meu direito, eu me sentir na necessidade de exprimir sentimentos que ofendam os seus, posso apenas dizer que o lamento. Essa necessidade deve ser respeitada — e voltar a desculpar-me não teria sentido. Não estava há muito tempo no Hertfordshire quando, como outros, percebi que Bingley preferia sua irmã mais velha a qualquer outra jovem senhora da região. Só na noite do baile em Netherfield, porém, comecei a recear que a sua fosse uma inclinação séria. Já muitas vezes o vira apaixonado. Durante o baile, quando tive a honra de dançar consigo, tomei pela primeira vez conhecimento, por um comentário acidental de Sir William Lucas, que as atenções de Bingley para com sua irmã tinham gerado muitas expectativas em torno do seu casamento. Sir William falou dele como de um acontecimento seguro, do qual restaria apenas decidir a data. A partir desse momento, passei a observar cuidadosamente o comportamento do meu amigo, apercebendo-me então que a sua inclinação por Miss Bennet sobrepujava em muito o que nele alguma vez havia visto. Observei também sua irmã. O seu ar e os seus modos eram francos, joviais e cativantes como sempre, mas sem qualquer sintoma de um interesse especial, tendo eu ficado persuadido pelo exame dessa noite de que, não obstante acolhesse com prazer os seus favores, ela não os convidava por qualquer comunhão de sentimentos. Se a senhora se não tiver equivocado neste ponto, então o erro terá sido meu. O conhecimento privilegiado que tem de sua irmã torna a segunda hipótese mais provável. Sendo esse o caso, havendo eu sido induzido por tal erro a causar-lhe sofrimento, o seu ressentimento não é sem razão. Mas eu não tenho qualquer hesitação em asseverar que a serenidade que se desprendia do ar e da expressão de sua irmã ao mais atento observador convenceria de que, por mais suave que fosse o seu temperamento, o seu coração não se deixaria facilmente tocar. Que eu desejasse acreditar na sua indiferença é absolutamente verdade, mas creio poder *dizer que as observações que faço e as decisões que tomo não são normalmente influenciadas pelas minhas esperanças ou pelos meus receios. Não a acreditei indiferente por querê-lo, mas por estar disso tão sincera e imparcialmente convencido quanto sincera e racionalmente o desejava. As minhas objeções ao casamento não foram somente aquelas que ontem à noite admiti, no meu caso, terem necessitado de toda a força da paixão para serem vencidas. A inferioridade dos laços familiares nunca poderia causar tanto dano ao meu amigo quanto a mim. Mas havia outros motivos para a minha relutância; motivos que, conquanto ainda subsistam, e em igual medida nos dois casos, eu próprio me esforcei por esquecer, pois não os tinha na altura diante dos olhos. Estas razões, embora de forma breve, devem ser mencionadas. A situação da família de sua mãe, apesar de objetável, não era nada quando comparada com a total falta de decoro com tanta frequência, e quase uniformemente, revelada por ela e por suas três irmãs mais novas, ou até mesmo, por vezes, por seu pai. Peço-lhe que me perdoe. Creia que me é penoso ofendê-la. Mas, por entre o constrangimento que o deslustre dos seus familiares mais próximos não deixará de lhe causar e o desprazer que receberá de vê-las deste modo representadas, deixe que lhe sirva de consolação pensar que o não ter a sua conduta e a de sua irmã mais velha dado azo a uma censura semelhante é um mérito não apenas universalmente reconhecido, como honroso para o bom senso e o caráter de ambas. Limitar-me-ei a acrescentar que o que se passou naquele serão confirmou a minha opinião sobre todas as pessoas envolvidas e reforçou todos os motivos que eu pudesse ter para proteger o meu amigo daquilo que estimei ser uma união muito pouco conveniente. No dia seguinte ele partiu para Londres com o propósito, como V. Ex.ª decerto se recordará, de regressar dentro de pouco tempo. É altura de lhe explicar qual o papel que me coube desempenhar em todo este negócio. Essa inquietação não era só minha; também em suas irmãs tinha sido despertada. A coincidência dos nossos sentimentos cedo foi descoberta e, cientes todos de que não havia tempo a perder se o queríamos apartar de sua irmã, resolvemos de imediato segui-lo até Londres. Assim fizemos, e aí de pronto me entreguei à tarefa de apontar ao meu amigo os prejuízos que seguramente resultariam de tal escolha. Fi-los notar um por um, descrevendo-os nos termos mais veementes. Mas ainda que esta advertência possa ter enfraquecido ou adiado a sua resolução, não creio que ela tivesse chegado para impedir o enlace, não fora a informação adicional, que não hesitei em fornecer-lhe, da segura indiferença de sua irmã. Até àquele momento, ele acreditara que os seus sentimentos eram correspondidos com sincera, mesmo se não igual, afeição. Bingley, contudo, possui por natureza uma enorme modéstia, e confia muito mais no meu juízo que no seu próprio. Convencê-lo, portanto, de que ele se tinha deixado iludir não foi difícil. E, conseguido isto, persuadi-lo a não regressar a Netherfield foi questão de um instante. Não me arrependo de o ter feito. Há apenas um aspeto da minha conduta em todo este assunto que me desgosta: o ter condescendido em recorrer à dissimulação e ao artifício para lhe esconder o facto de sua irmã se encontrar na cidade. Sabia-o, como o sabia Miss Bingley, mas o irmão ainda hoje o ignora. Que se poderiam ter encontrado sem que qualquer mal daí adviesse é talvez provável — mas a sua afeição não me pareceu ainda suficientemente extinta para que ele a pudesse ver sem correr algum risco. Pode ser que este encobrimento, esta dissimulação, não tenha sido digna de mim. Mas está feito, e se assim agi foi com a melhor das intenções. Sobre este assunto não tenho mais nada a acrescentar nem outras desculpas a fornecer. Se eu feri os sentimentos de sua irmã, fi-lo involuntariamente; e, apesar das razões que me moveram lhe poderem naturalmente parecer insuficientes, não sou ainda capaz de as condenar. No que diz respeito à outra, e mais grave, acusação de ter lesado Mr. Wickham, só poderei refutá-la se lhe desvelar toda a história da sua relação com a minha família. Ignoro do que me acusa ele em particular, mas da verdade daquilo que vou relatar posso apresentar mais que uma testemunha acima de qualquer suspeita. Mr. Wickham é filho de um homem muito respeitável, o qual, durante vários anos, esteve encarregado da administração de todas as propriedades de Pemberley e cujo bom desempenho no cumprimento das suas funções naturalmente levou meu pai a querer manifestar-lhe o seu apreço e a usar, assim mesmo, de uma generosidade sem limites para com George Wickham, de quem era padrinho. Meu pai custeou-lhe os estudos no colégio e, mais tarde, em Cambridge — uma ajuda incalculável, já que seu próprio pai, continuamente empobrecido pelas extravagâncias da mulher, não teria tido condições para lhe proporcionar uma educação própria de um cavalheiro. Meu pai não prezava apenas a companhia deste rapaz, cujas maneiras eram sempre tão cativantes; guardava também dele a mais elevada opinião e, na esperança de vê-lo enveredar pela carreira eclesiástica, tinha a intenção de o prover nesse sentido. Quanto a mim, já há muitos anos comecei a pensar de maneira bem diferente a seu respeito. As suas inclinações viciosas, a falta de princípios que ele soube manter cuidadosamente escondida daquele que era o seu melhor amigo, não podiam passar despercebidas a alguém quase da mesma idade que a sua e que, ao contrário de Mr. Darcy, teve oportunidade de o ver em momentos de maior descuido. Vejo-me de novo obrigado a magoá-la — com que intensidade, só a senhora o poderá dizer. Mas quaisquer que sejam os sentimentos que ele possa ter despertado, a suspeita que tenho da sua natureza não me deverá impedir de expor o verdadeiro caráter de Mr. Wickham. Fornece, pelo contrário, mais um motivo. Meu excelente pai faleceu há cerca de cinco anos, e o seu afeto por Mr. Wickham manteve-se até ao último momento tão firme que, no seu testamento, me deixou especialmente encomendado que favorecesse a sua promoção da maneira mais apropriada à carreira que escolhesse, manifestando ainda o desejo de, tomando ele ordens, lhe ser concedido um dos benefícios de maior renda em posse da família assim que esse vagasse. Para além disto, havia ainda um legado de mil libras. Seu pai não sobreviveu por muito tempo a meu*[50] *e, seis meses passados sobre estes acontecimentos, Mr. Wickham escreveu-me dizendo que, tendo por fim decidido não se ordenar, esperava que eu não considerasse despropositado o ser-lhe oferecida, em lugar da nomeação que lhe estava destinada e da qual não podia vir a beneficiar, uma compensação pecuniária mais imediata. Tinha intenções, acrescentava, de estudar direito, e eu deveria compreender que os juros de mil libras seriam insuficientes para garantir o seu sustento. Desejava, mais que acreditava, que ele fosse sincero. De qualquer forma, estava absolutamente disposto a aceder à sua proposta. Sabia que Mr. Wickham nunca poderia ser clérigo. O negócio foi, por isso, depressa ajustado. Ele renunciou a qualquer patrocínio na carreira eclesiástica, se algum dia acontecesse ficar em posição de o receber, e em troca aceitou três mil libras. Parecia que qualquer laço que pudesse haver entre nós se havia rompido. Tinha-o em demasiada má conta para o convidar para Pemberley, ou para admitir o seu convívio quando me encontrava em Londres. Penso que ele*

---

[50] A informação fornecida por Darcy neste ponto contradiz aquela anteriormente dada por Wickham (no cap. XVI), não sendo no entanto claro se essa contradição é intencional ou antes um lapso da Autora. *(NT)*

aí residisse a maior parte do tempo, mas já o estudo do direito não passava de um engano; liberto enfim de constrangimentos, escolhera entregar-se a uma vida de ócio e de dissipação. Durante cerca de três anos quase não soube dele, mas quando o titular do benefício que lhe havia sido destinado faleceu, tornou a escrever-me solicitando a sua nomeação. A sua situação financeira, asseverou-me — e eu não tive qualquer dificuldade em acreditar —, era desastrosa. O estudo do direito parecera-lhe muito pouco proveitoso e estava agora totalmente resolvido a tomar ordens, se eu o nomeasse para a vaga em causa. Nisto ele confiava que não houvesse dúvida, visto estar seguro de que eu não tinha outra pessoa a quem prover e de que não me podia ter esquecido das intenções de meu venerando pai. Não me poderá censurar por ter recusado aceder a esta súplica ou por ter resistido a cada nova insistência da sua parte. O seu ressentimento foi proporcional à situação difícil em que se encontrava — e não duvido de que ele terá sido tão violento nas queixas que de mim fez a outras pessoas, como nas recriminações que me dirigiu pessoalmente. Depois desse período, todo o simulacro de relação que pudesse ainda haver entre nós foi abandonado. Em que condições vivia, não sei. Mas, no verão passado, ele atravessou-se de novo no meu caminho de uma forma extremamente dolorosa. Devo agora mencionar uma circunstância que desejaria esquecer e que apenas uma obrigação como a presente poderia induzir-me a revelar a qualquer outra pessoa. Dito isto, sei que posso confiar na sua discrição. Minha irmã mais nova, que tem mais de dez anos de diferença de mim, foi deixada à minha guarda e à do sobrinho de minha mãe, o coronel Fitzwilliam. Há cerca de um ano, ela foi tirada do colégio e instalada em Londres, onde lhe foi posta casa; e, no verão passado, foi com a governanta para Ramsgate, para onde também viajou Mr. Wickham, este sem dúvida com um propósito em mente, já que mais tarde se veio a saber que ele conhecia Mrs. Younge, uma pessoa sobre cujo caráter muito lamentavelmente nos equivocámos. E assim foi que, com a conivência e auxílio desta, ele se insinuou em Georgiana, em cujo terno coração estava ainda viva a recordação da sua gentileza para com ela enquanto criança, levando-a a acreditar que estava apaixonada e, por fim, a consentir numa fuga. Tinha então apenas quinze anos, o que lhe servirá de desculpa, se bem que, depois de assim ter exposto a sua imprudência, eu possa com satisfação acrescentar ter sido ela própria a pôr-me ao corrente de tudo.

Um dia ou dois antes da planeada fuga, apareci sem avisar, e então Georgiana, incapaz de suportar a ideia de magoar e ofender um irmão que ela considerava quase como um pai, contou-me tudo. Pode imaginar o que senti e como reagi. O respeito pela reputação e pelos sentimentos de minha irmã impediram-me de desmascarar publicamente o responsável, mas escrevi a Mr. Wickham, que partiu de imediato, e Mrs. Younge foi obviamente destituída das suas funções. O principal objetivo de Mr. Wickham era, sem dúvida, a fortuna de minha irmã, a qual ascende a trinta mil libras, embora não consiga deixar de pensar que o seu desejo de se vingar de mim terá constituído um poderoso incentivo. A sua vingança teria sido, de facto, completa. Esta, minha senhora, é a narrativa fiel de todos os acontecimentos que nos envolveram a ambos e, se a não rejeitar por falsa, ousarei esperar que, daqui em diante, me absolva de ter usado de crueldade com Mr. Wickham. Desconheço por que meios, ou com que enganos, ele conseguiu conquistar o seu favor, mas talvez o seu êxito não deva causar espanto, posto que V. Ex.ª previamente ignorasse tudo a nosso respeito. Não estava nas suas mãos descobrir a verdade, como desconfiar não está na sua índole. É possível que se pergunte por que razão nada disto lhe foi dito ontem à noite. Mas eu não tinha então suficiente domínio sobre mim próprio para saber aquilo que podia ou não ser revelado. Para atestar a verdade de tudo aquilo que aqui lhe relatei posso apelar em particular ao testemunho do coronel Fitzwilliam, o qual, dado o nosso estreito parentesco e convívio constante, e sobretudo por ser um dos executores do testamento de meu pai, foi necessariamente mantido ao corrente de todos os pormenores destes assuntos. Se a aversão que por mim sente retirar valor às minhas afirmações, a mesma causa não a poderá impedir, porém, de confiar em meu primo; e, para que tenha a possibilidade de consultá-lo, procurarei encontrar uma oportunidade para colocar esta carta nas suas mãos ainda no decurso desta manhã. Acrescentarei apenas: que Deus a abençoe.

FITZWILLIAM DARCY[51]

---

[51] O primeiro nome de Darcy, tal como aqui surge na assinatura, corresponde ao apelido de solteira da mãe (que era irmã do pai do coronel Fitzwilliam). Este estilo de nomeação era sobretudo usual no caso dos filhos primogénitos de famílias aristocráticas ou muito abastadas. *(NT)*

CAPÍTULO 36

Se Elizabeth, quando Mr. Darcy lhe entregou a carta, não esperava encontrar nela uma renovação da sua proposta, não fazia também nenhuma ideia de qual pudesse ser o seu conteúdo. Mas sendo esse o que era, bem se pode imaginar a ansiedade com que percorreu aquelas linhas e que sentimentos contraditórios elas desencadearam. As emoções que experimentava à medida que ia avançando na leitura eram difíceis de definir. Antes de mais, constatou estupefacta que Mr. Darcy acreditava poder desculpar-se, firmemente convencida como estava de que ele não poderia fornecer qualquer explicação que um legítimo sentimento de vergonha não preferisse esconder. Foi assim que, desde logo prevenida contra tudo o que ele pudesse dizer, ela começou a ler a sua versão do que tinha acontecido em Netherfield. Fazia-o com uma avidez que quase não deixava lugar à compreensão e, impaciente por saber o que traria a próxima frase, era incapaz de atentar no significado daquela que tinha sob os olhos. A convicção da indiferença da irmã foi de imediato dada como falsa, e a enumeração que ele fazia das reais, e ainda mais graves, objeções ao enlace deixaram-na demasiado enfurecida para sentir a mínima vontade de lhes reconhecer algum fundamento. Em nenhuma parte ele expressava qualquer arrependimento pelo que havia feito que a pudesse satisfazer — o seu estilo não era contrito, mas antes altivo. Tudo nele era orgulho e insolência.

Mas quando a este assunto sucedeu o relato sobre Mr. Wickham, quando Elizabeth leu com a atenção menos turvada uma versão dos acontecimentos que, sendo verdadeira, deitaria por terra a tão prezada opinião que ela fazia dos seus merecimentos e que, para mais, mostrava uma inquietante afinidade com a história que ele contara sobre si próprio, então as suas sensações tornaram-se ainda mais intensas e difíceis de definir. O assombro, a apreensão, até mesmo o horror, oprimiam-lhe o peito. Queria descrer de tudo, não cessando de exclamar:

— Isto só pode ser mentira! Não é possível! É a maior das falsidades!

E assim, depois de ler a carta toda, apesar de ignorar quase tudo o que era dito nas últimas duas páginas, apressou-se a pô-la de lado, prometendo a si mesma que não lhe daria qualquer crédito e que nunca mais voltaria sequer a olhar para ela.

Neste estado de perturbação, com os pensamentos num incessante tropel, ela retomou o passeio — mas de nada adiantou. Meio minuto depois, estava de novo a desdobrar a carta e, com o ânimo um pouco mais serenado, recomeçou a penosa leitura de todas as passagens que se referiam a Wickham, dominando as emoções de forma a examinar com cuidado o sentido de cada frase. A história da sua relação com a família de Pemberley correspondia exatamente àquela que o próprio lhe relatara, e a generosidade do falecido Mr. Darcy, conquanto ela antes desconhecesse o seu alcance, acordava igualmente bem com as suas palavras. Até aí, as duas versões confirmavam-se uma à outra; quando, porém, ela chegou ao testamento, a diferença era enorme. Tinha ainda fresco na memória o que Wickham lhe havia dito sobre a vaga para a reitoria e, enquanto se ia recordando dos termos exatos que ele empregara, era impossível não perceber que uma das partes teria agido com incontestável má-fé, por uns instantes deixando-se convencer de que os seus desejos não a haviam atraiçoado. Mas quando tornou a ler e a reler com toda a atenção os pormenores que se seguiam sobre a renúncia de Mr. Wickham a qualquer pretensão sobre o benefício e o facto de, em seu lugar, ele ter recebido a avultada soma de três mil libras, ela foi forçada de novo a hesitar. Pousou a carta, sopesou cada circunstância de um modo que estimou imparcial, meditou na verosimilhança de cada afirmação — mas sem êxito. De ambos os lados não havia mais que isso: afirmações. Continuou a ler. A cada linha, no entanto, se tornava mais evidente que aqueles acontecimentos, que ela julgara nenhum engenho ser capaz de expor de modo a tornar outra que infame a conduta de Mr. Darcy, eram afinal suscetíveis de uma interpretação que o isentavam por completo de quaisquer culpas.

A extravagância e a devassidão de que ele não hesitara acusar Mr. Wickham tinham-na chocado profundamente, mais ainda por não conseguir apresentar uma prova que fosse da sua injustiça. Nunca ouvira falar dele antes do seu ingresso no regimento, onde entrara por sugestão de um rapaz que tinha encontrado por acaso em Londres e com o qual reatara uma vaga camaradagem. Do seu anterior modo de vida nada se sabia no Hertfordshire, para além daquilo que o próprio havia contado. Quanto ao seu verdadeiro caráter, mesmo que ela tivesse tido oportunidade de se informar, nunca sentira vontade de o fazer. A sua aparência, a sua voz, as suas maneiras, tinham-no desde logo investido de todas as qualidades. Tentou lembrar-se de um exemplo de bondade, de algum traço evidente de integridade ou de benevolência que pudesse resgatá-lo dos ataques de Mr. Darcy ou, pelo menos, por predomínio da virtude, compensar aqueles erros fortuitos, como então se esforçaria por designar o que o último havia descrito como muitos anos de ociosidade e depravação. Mas nenhuma recordação desse tipo veio em seu auxílio. Conseguia vê-lo à sua frente, com todo o encanto da sua pessoa e dos seus modos, mas não era capaz de se lembrar de nenhum outro mérito considerável para além do favor geral dos vizinhos e da estima que o seu trato mundano lhe tinha conquistado entre os oficiais. Depois de ter meditado durante bastante tempo neste ponto, Elizabeth retomou de novo a leitura. Infelizmente, porém, o relato que se seguia sobre as suas intenções a respeito de Miss Darcy não apenas era, em alguma medida, confirmado pela conversa que ela própria tinha tido com o coronel Fitzwilliam na manhã anterior, como terminava com remetê-la para este — para o mesmo que previamente a informara estar ao corrente de todos os assuntos que diziam respeito ao primo e de cujo caráter ela não tinha razão alguma para duvidar — com vista à confirmação de todos os pormenores. Por momentos, esteve quase resolvida a procurá-lo, mas logo o impulso foi refreado pela delicadeza da diligência e, por fim, a ideia completamente banida, perante a convicção de que Mr. Darcy nunca teria arriscado tal proposta se não estivesse bem seguro de que o primo corroboraria a sua versão.

Lembrava-se perfeitamente de tudo o que Mr. Wickham lhe havia dito naquele primeiro serão em casa de Mr. Phillips. Muitas das suas afirmações estavam ainda bem vivas na sua memória. Só agora se apercebia de quão inconvenientes tinham sido essas confidências, assim feitas a uma estranha, e admirou-se de não ter pensado nisso antes. Conseguia enfim ver a indelicadeza daquela falta de discrição e a incoerência entre as suas afirmações e a sua conduta. Recordava-se de ele se ter vangloriado de não sentir qualquer temor de encontrar Mr. Darcy, de que este poderia partir se quisesse mas que ele não arredaria pé de onde estava — e, no entanto, furtara-se a comparecer ao baile em Netherfield apenas na semana seguinte. Lembrava-se ainda de que, até os Bingleys terem deixado a região, Mr. Wickam não havia contado a história a ninguém senão a ela, mas que, depois da sua partida, a tinha tornado assunto público, a partir de então não mostrando quaisquer reservas ou quaisquer escrúpulos em desacreditar o caráter de Mr. Darcy, apesar de lhe haver a ela garantido que o respeito que guardava pelo pai o impediria sempre de expor o filho.

Como tudo aquilo que o envolvia lhe parecia agora diferente!... As suas atenções para com Miss King eram agora a consequência de aspirações tão-só, e odiosamente, mercenárias, e a modéstia do dote que ela trazia não era já prova da moderação das suas ambições mas antes da sua avidez em agarrar a primeira oportunidade que lhe surgisse. Consigo o seu comportamento não podia ter tido nenhum motivo razoável: ou ele se tinha enganado quanto ao seu dote, ou satisfizera a sua vaidade animando uma preferência que ela sabia agora ter-lhe muito imprudentemente revelado. Qualquer esforço que ainda subsistisse para o justificar ia-se tornando cada vez mais fraco. Pelo contrário, em abono de Mr. Darcy, ela não podia deixar de reconhecer que Mr. Bingley, quando interrogado por Jane, já há muito tinha atestado a sua inocência em todo aquele negócio; que, apesar dos seus modos orgulhosos e antipáticos, ela nunca tinha notado no decurso da sua convivência — uma convivência que ultimamente os aproximara e que lhe permitira de certo modo familiarizar-se com a sua maneira de ser — nenhum sinal de que ele fosse injusto ou desprovido de princípios, nada que denunciasse nele hábitos irreligiosos ou imorais; que, entre as suas relações, ele era considerado e estimado; que mesmo Mr. Wickham lhe reconhecera qualidades como irmão, e ela própria o ouvira por várias vezes falar da irmã com um afeto que não o deixava crer totalmente insensível; que, se ele tivesse agido como Mr. Wickham afirmara, um tão clamoroso desrespeito pelos princípios mais básicos da decência e da justiça muito dificilmente poderia permanecer ignorado; e que uma amizade entre uma pessoa capaz de semelhantes atos e alguém tão gentil quanto Mr. Bingley seria incompreensível.

Então teve pejo de si mesma. Não conseguia pensar em Darcy ou em Wickham sem sentir que tinha sido ingénua, parcial, preconceituosa e insensata.

Como pude agir de forma tão desprezível?, interrogou-se. *Eu, que sempre me orgulhei do meu discernimento! Eu, que sempre me gabei das minhas faculdades, que por mais de uma vez desdenhei da generosa candura de minha irmã, para satisfazer o meu amor-próprio com inúteis e censuráveis desconfianças! Que descoberta humilhante!... E, no entanto, que humilhação tão merecida!... Tivesse eu estado apaixonada, e não poderia ter sido mais desgraçadamente cega! Mas foi a vaidade, e não o amor, aquilo que me turvou o entendimento. Envaidecida com a preferência de um e ofendida com a indiferença de outro no início mesmo do nosso conhecimento, com ambos cultivei o preconceito e a ignorância, escorraçando a razão. Até este momento, não me conhecia.*

Dela para Jane, e de Jane para Bingley, os seus pensamentos seguiram uma linha que depressa a fizeram lembrar-se de quão insuficiente havia sido a explicação de Mr. Darcy sobre este assunto. Tornou a lê-la. Bem diverso foi o efeito desta segunda vez. Como poderia ela negar-se a atribuir crédito às suas afirmações neste caso, quando se tinha visto obrigada a conceder-lhe no outro? Ele afirmava desconhecer por completo a inclinação de sua irmã — e Elizabeth não pôde deixar de se recordar de qual havia sido sempre a opinião de Charlotte. Da mesma forma, não podia negar a justeza do retrato que ele traçara de Jane. Viu-se constrangida a admitir que os seus sentimentos, por mais veementes que fossem, eram bem pouco manifestos, havendo nos seus modos e no seu ar uma complacência como só raramente acompanha as emoções intensas.

Quando chegou à parte da carta em que se falava da sua família, num tom tão embaraçoso e, ao mesmo tempo, tão merecido de censura, sentiu-se profundamente envergonhada. A justiça das acusações era demasiado evidente para que pudesse ser contestada, e os acontecimentos a que Mr. Darcy em particular aludia como tendo ocorrido no baile de Netherfield e confirmado toda a sua desaprovação inicial, não podiam ter deixado uma impressão mais forte no seu espírito que no dela.

O elogio a si própria e a sua irmã não lhe foi indiferente. Apaziguou-a um pouco, se bem que não pudesse compensar o desprezo que o resto da sua família havia daquela forma atraído; e quando, enfim, ela concluiu que a desilusão de Jane fora na verdade obra dos seus parentes mais próximos e se apercebeu de até que ponto a reputação de ambas seria necessariamente afetada por tão imprópria conduta, sentiu-se mais desalentada do que alguma vez tivesse estado.

Depois de caminhar pela vereda durante umas duas horas, entregando-se a todo o género de pensamentos, revendo os acontecimentos passados, conjeturando probabilidades e conformando-se da melhor forma que podia com aquela mudança tão súbita e tão profunda, a fadiga e a lembrança de que tinha estado demasiado tempo ausente convenceram-na por fim a regressar a casa, onde entrou esperançosa de aparentar a boa disposição de sempre e determinada a reprimir todo e qualquer pensamento que a tornasse incapaz de manter uma conversa.

De imediato foi informada de que tanto Mr. Darcy como o coronel Fitzwilliam tinham vindo durante a sua ausência. O primeiro ficara alguns minutos, apenas o suficiente para se despedir, mas já o segundo, na esperança de que ela regressasse, se demorara pelo menos uma hora, tendo-se quase resolvido a sair a pé à sua procura. Elizabeth só pôde fingir sentir-se desapontada por não o ter encontrado. Na realidade, ficou satisfeita. O coronel Fitzwilliam já não era motivo de interesse. Não conseguia pensar noutra coisa que não na sua carta.

CAPÍTULO 37

Os dois homens deixaram Rosings na manhã seguinte, e Mr. Collins, que ficara à espera junto da casa de guarda para lhes fazer uma última reverência, pôde correr para casa a dar a reconfortante notícia de que ambos aparentavam estar de ótima saúde e no melhor estado de ânimo que a melancólica cena que acompanhara a sua despedida lhes permitia. Feito isto, rapidamente se precipitou na direção de Rosings a fim de consolar Lady Catherine e a filha, trazendo no regresso, com grande satisfação, um recado de Sua Senhoria, pelo qual esta lhes comunicava sentir-se tão desanimada que era seu desejo recebê-los a todos para jantar.

Elizabeth não pôde ver Lady Catherine sem se lembrar de que, se o tivesse querido, a essa hora estar-lhe-ia a ser apresentada como sua futura sobrinha; como não pôde deixar de imaginar com um sorriso a indignação de Sua Senhoria ao receber a notícia. *O que é que ela teria dito? Como é que ela se teria comportado?*, perguntava-se divertida.

A conversa começou por versar sobre a diminuição do número de hóspedes em Rosings.

— Posso assegurar-vos de que me causa uma grande pena — disse Lady Catherine. — Não acredito que alguém sinta mais a ausência dos seus entes queridos que eu. Além do mais, sou muito afeiçoada a estes rapazes, e sei que eles também o são a mim!... Custou-lhes tanto partir!... Mas é sempre assim. O nosso querido coronel conseguiu manter-se razoavelmente animado até quase ao fim, mas o Darcy pareceu especialmente desolado, mais ainda, creio, que no ano passado. É evidente que está cada vez mais apegado a Rosings.

Aqui, Mr. Collins não pôde deixar de fazer um elogio, e uma alusão, que foram recebidos com um sorriso complacente por mãe e filha.

Depois do jantar, Lady Catherine observou que Miss Bennet parecia abatida e, imaginando logo que a explicação para isso fosse a proximidade do regresso a casa, acrescentou:

— Mas se é esse o caso, deve escrever a sua mãe pedindo-lhe permissão para ficar mais algum tempo. Tenho a certeza de que Mrs. Collins ficará muito contente por ter a sua companhia.

— Fico muito agradecida a Vossa Senhoria por tão generoso convite — respondeu Elizabeth —, mas não o posso infelizmente aceitar. Tenho de estar em Londres no próximo sábado.

— Mas se assim for, só terá aqui estado seis semanas. Contava com que ficasse dois meses. Foi o que disse a Mrs. Collins ainda antes da sua vinda. Não pode haver nenhum motivo para que se vá embora tão cedo... Mrs. Bennet poderá decerto passar sem si durante mais quinze dias.

— Mas meu pai não. Escreveu-me a semana passada insistindo em que apressasse o meu regresso.

— Oh, é claro que seu pai poderá passar sem si, se sua mãe pode... As filhas nunca são tão importantes para um pai como para uma mãe. E se a menina ficar mais um mês, pode ser que leve uma das duas a Londres, onde vou passar uma semana no começo de junho. Como a Dawson não se importa de viajar na boleia da caleche[52], haverá espaço mais que suficiente para outra pessoa; aliás, se o tempo não estiver demasiado quente, e já que nem uma nem outra ocupam muito espaço, não me oporei mesmo a levar ambas.

— É muita bondade sua, minha senhora, mas creio que devemos respeitar o plano original.

Lady Catherine pareceu resignada.

— Mrs. Collins, tem de enviar um criado com elas. Sabe que digo sempre o que penso, e não suporto a ideia de duas raparigas

---

[52] No original, «*barouche*», carruagem de quatro rodas desenvolvida a partir da caleche. *(NT)*

a viajar sozinhas numa carruagem de aluguer[53]. É absolutamente impróprio. Tem de arranjar maneira de mandar alguém. Sinto a mais completa aversão por esse género de coisa... Uma menina deve ser sempre devidamente vigiada e acompanhada, de acordo com a sua posição social. Quando minha sobrinha Georgiana foi para Ramsgate no verão passado, fiz questão de que ela levasse dois criados. Miss Darcy, a filha de Mr. Darcy, senhor de Pemberley, e de Lady Anne, não poderia viajar com decoro de um modo que não esse. Dou sempre muita atenção a estas coisas. Tem de mandar o John com elas, Mrs. Collins. Ainda bem que me lembrei disso, pois seria muito pouco abonador da sua pessoa se as deixasse ir sozinhas.

— Meu tio vai enviar-nos um criado.

— Oh! Seu tio?... Mas ele tem um criado?[54] Ainda bem que alguém na sua família pensa nessas coisas. E onde é que trocarão de cavalos? Oh, em Bromley, é claro!... Se mencionarem o meu nome na *Bell*[55], serão bem atendidos.

Muitas eram as perguntas que Lady Catherine tinha ainda para fazer a propósito da viagem; mas como a própria não conseguisse responder a todas, para sorte de Elizabeth houve que manter a atenção, caso contrário, com a cabeça tão cheia de pensamentos como tinha, poder-se-ia esquecer de onde estava. As reflexões devem ser guardadas para as horas de solidão. Sempre que estava sozinha, abandonar-se-lhes era um refrigério, e nem um dia passava sem uma caminhada solitária em que pudesse gozar em paz toda a delícia das lembranças desagradáveis.

Já conhecia quase de cor a carta de Mr. Darcy. Estudava uma por uma cada frase — e os seus sentimentos em relação ao autor eram por vezes completamente opostos. Quando se lembrava do

---

[53] No original, «*travelling post*». Em Inglaterra e entre os grupos sociais mais abastados, as viagens mais longas eram normalmente feitas, não em transporte público (como as diligências), mas em carruagem própria ou alugada, trocando-se os cavalos — estes sempre de aluguer — em estações de muda. *(NT)*

[54] Os criados auferiam salários bastante mais elevados do que as criadas, o que atestaria a relativa prosperidade de Mr. Gardiner. *(NT)*

[55] *(The) Bell*: presumivelmente, o nome de uma estalagem e estação de muda. *(NT)*

modo como ele se lhe propusera não conseguia deixar de sentir a mesma indignação de antes, mas ao pensar como havia sido injusta em repreendê-lo e censurá-lo, então a sua raiva virava-se contra si própria e o desapontamento de Mr. Darcy tornava-se objeto de compaixão. O seu afeto inspirava-lhe gratidão, o seu caráter, respeito. E, no entanto, ele não conseguira obter a sua estima, nem ela, de resto, se arrependia por um momento que fosse da sua recusa ou sentia a mínima vontade de alguma vez tornar a encontrá-lo. A sua própria conduta no passado era uma fonte constante de aflição e de remorso, e os lamentáveis despropósitos da sua família um motivo ainda maior de mortificação. Mas estes não tinham remédio. O pai, que se limitava a rir-se deles, nunca faria um esforço para suster a desenfreada leviandade de suas irmãs mais novas, e a mãe, ela própria com modos bem pouco aceitáveis, permanecia totalmente indiferente aos danos que um semelhante comportamento poderia causar. Já por várias vezes Elizabeth contara com a ajuda de Jane para tentar refrear a imprudência de Catherine e de Lydia — mas enquanto elas encontrassem refúgio na indulgência da mãe, que esperança poderia haver de melhoria? Catherine — tola, irritável e completamente dominada por Lydia — tomara sempre como uma ofensa os seus conselhos; e Lydia — voluntariosa e despreocupada — nem sequer as ouvia. Eram ambas ignorantes, indolentes e vaidosas. Enquanto houvesse um oficial em Meryton, elas continuariam a namorá-lo, e enquanto Meryton ficasse a uma distância a pé de Longbourn, elas passariam o tempo a caminhar na sua direção.

Outra das suas preocupações dominantes prendia-se com Jane — e a explicação dada por Mr. Darcy, ao elevar de novo Mr. Bingley na sua estima, tornava ainda mais presente tudo o que a irmã havia perdido. A sua afeição revelara-se afinal sincera e a sua conduta livre de qualquer censura, a não ser que se lhe reprovasse a desmedida confiança que depositava no amigo. Como era pois doloroso pensar que Jane tivesse sido privada de uma situação em todos os sentidos tão desejável, tão cheia de vantagens e tão auspiciosa da sua felicidade, por causa da insensatez e da falta de decoro da sua própria família!...

Quando a estes pensamentos se vinha juntar o da revelação do verdadeiro caráter de Mr. Wickham, bem fácil é imaginar que o seu espírito, que antes raramente se deixara abater, se encontrava agora num tal estado de desalento a ponto de lhe tornar quase impossível aparentar o mínimo de animação.

Os convites para Rosings foram tão frequentes durante a última semana da sua estada como haviam sido no início. O seu último serão foi aí passado. Sua Senhoria tornou a informar-se minuciosamente sobre todos os pormenores da viagem, forneceu-lhes instruções sobre a melhor forma de fazer uma mala e insistiu tanto na necessidade de guardar os vestidos da única maneira correta que Maria se sentiu obrigada, assim que regressaram a casa, a desfazer todo o trabalho da manhã e arrumar de novo o seu baú.

Quando partiram, Lady Catherine, com grande condescendência, desejou-lhes boa viagem e convidou-as a voltarem a Hunsford no ano seguinte, enquanto Miss de Bourgh se deu mesmo ao incómodo não só de lhes fazer uma cortesia, como de a ambas estender a mão.

CAPÍTULO 38

No sábado de manhã, poucos minutos antes de os outros descerem, Elizabeth e Mr. Collins encontraram-se na sala de pequeno-almoço, aproveitando este o ensejo para prestar a sua prima as cortesias que julgava absolutamente indispensáveis numa despedida.

— Não sei, Miss Elizabeth — começou ele —, se Mrs. Collins já lhe expressou o nosso reconhecimento pela amabilidade que teve em vir visitar-nos, mas estou inteiramente seguro de que não partirá de nossa casa sem antes receber os seus agradecimentos. Posso asseverar-lhe que o favor da sua companhia nos deixou muito sensibilizados. Sabemos bem os poucos atrativos que a nossa humilde morada tem para oferecer. O nosso modo de vida simples, as nossas modestas salas, o escasso número de criados e o pouco contacto que temos com o mundo devem fazer de Hunsford um lugar deveras entediante para alguém tão jovem como minha prima. Mas espero que nos creia gratos pela sua condescendência e acredite termos feito tudo o que estava ao nosso alcance para evitar que passasse o seu tempo de uma forma menos agradável.

Elizabeth retribuiu-lhe com prontidão os agradecimentos, assegurando-lhe que tinha ficado encantada. Passara seis semanas de absoluto deleite, e o prazer de estar com Charlotte, bem como as amáveis atenções de que fora rodeada, faziam com que fosse ela a sentir-se obrigada. Satisfeito, e com um ar de solenidade mais sorridente, Mr. Collins retorquiu:

— Folgo muito em saber que não lhe desprazeu o tempo que aqui passou. Fizemos certamente o nosso melhor. Mais ainda, estando afortunadamente ao nosso alcance apresentá-la a pessoas da mais alta sociedade e possuindo nós os meios, dada a nossa ligação com Rosings, de variar frequentemente o nosso humilde cenário doméstico, creio podermos dizer que a sua visita a Hunsford não terá sido inteiramente aborrecida. A posição privilegiada de que gozamos junto da família de Lady Catherine é seguramente uma dessas bênçãos raras de que só poucos se podem gabar. Pôde observar como são as nossas relações, ou a assiduidade com que somos convidados. Na verdade, devo reconhecer que, com todas as desvantagens deste humilde presbitério, não me parece que quem o habita seja merecedor de compaixão, posto que partilhe da mesma intimidade com que somos recebidos em Rosings.

As palavras eram insuficientes para aquela elevação de sentimentos, pelo que Mr. Collins se viu impelido a andar pela sala, enquanto Elizabeth se esforçava por combinar polidez e sinceridade nalgumas frases curtas.

— Na verdade, creio que poderá levar para o Hertfordshire notícias muito favoráveis a nosso respeito, minha cara prima. Congratulo-me, pelo menos, que esteja em condições de o fazer. Foi testemunha diária dos desmedidos cuidados que Lady Catherine dispensa a Mrs. Collins e, tudo somado, confio em que não ficará com a impressão de que a sua amiga terá sido infeliz no seu... Mas, sobre este ponto, será melhor guardar silêncio. Deixe-me apenas assegurar-lhe, minha querida Miss Elizabeth, que posso, do fundo do coração, desejar-lhe igual felicidade no casamento. A minha adorável Charlotte e eu possuímos uma só vontade e uma só forma de pensar. Existe entre nós a mais notável comunhão de espírito e de ideias em todos os assuntos. Parecemos ter sido feitos um para o outro.

Elizabeth pôde afirmar com convicção que era uma incomparável felicidade quando tal acontecia, e acrescentar com igual sinceridade que não só acreditava firmemente serem verdadeiras as suas venturas conjugais como se alegrava muito com elas. Não lhe desagradou, contudo, que o desfiar dessas venturas tivesse sido interrompido por aquela que as tornara possíveis. Pobre Charlotte!... Como era triste ter de a deixar entregue a tal companhia!... Mas ela havia-a escolhido de olhos bem abertos; e se bem que com evidente pena de que as suas visitas tivessem de partir, não parecia pedir-lhes que sentissem por ela qualquer compaixão. A sua casa e as suas tarefas domésticas, os seus paroquianos e as suas galinhas, e todas as preocupações que daí decorriam, ainda não tinham perdido o seu encanto.

Por fim a sege chegou, os baús foram amarrados, os embrulhos guardados no interior, e tudo ficou pronto para a partida. Após uma sentida despedida entre as amigas, Elizabeth foi acompanhada até à carruagem por Mr. Collins, o qual, enquanto atravessavam o jardim, a foi encarregando de transmitir os seus respeitos a toda a família, não esquecendo os seus agradecimentos pela amabilidade com que fora recebido em Longbourn no inverno, assim como os seus cumprimentos, conquanto os não conhecesse, a Mr. e Mrs. Gardiner. Então ofereceu-lhe a mão para ajudá-la a subir, depois também a Maria, e a portinhola estava prestes a ser fechada quando, de repente, ele lhes lembrou, com um ar consternado, de que se tinham esquecido de deixar uma mensagem para as senhoras de Rosings.

— Naturalmente — acrescentou — desejarão que lhes transmita os vossos mais humildes respeitos, bem como os vossos sentidos agradecimentos, pela gentileza com que foram tratadas enquanto cá estiveram.

Elizabeth não levantou qualquer objeção, pelo que a portinhola pôde enfim ser fechada e a carruagem partir.

— Deus do céu! — exclamou Maria, ao fim de uns minutos de silêncio. — Parece que não passaram mais de um ou dois dias desde que chegámos... E, no entanto, aconteceram tantas coisas!...

— É bem verdade... muitas coisas — respondeu a companheira, soltando um suspiro.

— Jantámos nove vezes em Rosings, além das duas que lá tomámos chá! Tanto que eu vou ter para contar!...

Só para si, Elizabeth acrescentou: *e tanto que eu vou ter para esconder.*

A viagem passou-se sem muita conversa nem qualquer percalço e, quatro horas depois de terem saído de Hunsford, as duas raparigas chegaram a casa de Mr. Gardiner, onde deveriam permanecer alguns dias.

Jane parecia bem, ainda que Elizabeth não tivesse tido grandes oportunidades para averiguar o seu estado de espírito, ocupada que esteve com os vários compromissos que a amabilidade da tia lhes reservara. Mas Jane iria regressar a casa com ela e em Longbourn teria todo o tempo para a observar com mais atenção.

Foi necessário, entretanto, um esforço grande da sua parte para que pudesse esperar pela chegada a Longbourn antes de dar conta à irmã da proposta de Mr. Darcy. Saber que tinha nas suas mãos uma revelação que deixaria Jane absolutamente atónita, e que tão lisonjeadora seria, ao mesmo tempo, para aquilo que da sua própria vaidade a razão ainda não fora capaz de suprimir, era uma tentação demasiado grande para que pudesse ter sido vencida, a não ser pelo estado de indecisão em que se mantinha sobre o que deveria ou não relatar e pelo receio que sentia, uma vez iniciado o tema, de deixar escapar alguma referência a Bingley que só fizesse aumentar ainda mais o sofrimento da irmã.

CAPÍTULO 39

Corria a segunda semana de maio, quando as três raparigas saíram juntas de Gracechurch Street rumo à cidade de ------, no Hertfordshire. À medida que se iam aproximando da estalagem onde tinha sido combinado que a carruagem de Mr. Bennet as apanharia, aperceberam-se de imediato, e em abono da pontualidade do cocheiro, que tanto Kitty como Lydia espreitavam pela janela da sala de jantar no andar de cima. Havia mais de uma hora que as duas ali estavam, entretidas em visitar a loja de moda em frente, observar a sentinela de guarda, e preparar uma salada com pepino.

Depois de darem as boas-vindas às irmãs, as duas puderam então exibir triunfantes uma mesa repleta de toda a variedade de carnes frias que a despensa de uma estalagem costuma oferecer, ao mesmo tempo que exclamavam:

— Que nos dizem a isto? Não é uma bela surpresa?

— Somos nós que convidamos — acrescentou Lydia —, mas têm de nos emprestar dinheiro porque gastámos todo o que tínhamos naquela loja ali em frente.

E, a seguir, mostrando-lhes as compras:

— Olhem só o chapéu que eu comprei. Não me pareceu muito bonito, mas pensei que mais valia trazê-lo... Assim que chegarmos a casa, vou desmanchá-lo e ver se consigo fazer alguma coisa com ele.

Quando, porém, todas as irmãs por igual declararam que o achavam feio, ela acrescentou com a mais perfeita indiferença:

— Oh, mas na loja havia dois ou três ainda piores!... E depois de eu comprar um cetim de uma cor bonita para o enfeitar, acho que vai ficar bastante aceitável. Além do mais, não fará grande diferença o que usarmos este verão, quando o regimento sair de Meryton... e isso é já daqui a quinze dias.

— A sério? — exclamou Elizabeth, visivelmente satisfeita.

— Vão ficar acantonados perto de Brighton... E eu gostava tanto que o papá nos levasse lá para passar o verão!... Não seria magnífico? E de certeza que não custaria quase nada. Até a mamã quer ir, vejam só!... Pensem no verão miserável que vamos ter se não formos!

Sim, pensou Elizabeth, *absolutamente magnífico e mesmo aquilo de que nós estamos agora a precisar. Valha-nos Deus! Brighton e todo um acampamento de soldados à nossa disposição; nós que já ficámos suficientemente desorientadas por causa de um simples regimento de milícia e de um baile por mês em Meryton.*

— E agora tenho uma notícia para vos dar — disse Lydia, enquanto se sentavam à mesa. — Vejam lá se adivinham... É uma notícia excelente, fantástica, e acerca de uma certa pessoa de quem todas nós gostamos.

Jane e Elizabeth olharam uma para a outra, dizendo em seguida ao criado que se podia retirar. Lydia riu-se e disse:

— Lá estão vocês com as vossas manias da formalidade e da discrição... Acham que o criado não deve ouvir, como se lhe importasse o que dizemos!... Imagino que ele ouça muitas vezes coisas bem piores que aquela que eu vos vou contar. Mas é um homem mesmo feio!... Ainda bem que se foi embora. Nunca vi um queixo tão pontudo em toda a minha vida. Bem, vamos agora às minhas novidades: dizem respeito ao nosso querido Wickham. Demasiado boas para o criado, não é? Já não há perigo de o Wickham se casar com a Mary King. Aqui têm! Ela foi para casa do tio, em Liverpool: e foi para ficar. Desta o Wickham já se livrou.

— E a Mary King também! — acrescentou Elizabeth —, que se livrou de uma ligação muito imprudente do ponto de vista material.

— É uma grande tola em ter-se ido embora se gostava dele.

— Espero que nem de um lado nem de outro exista uma grande afeição — disse Jane.

— Tenho a certeza de que do lado dele não haverá. Ponho as mãos no fogo em como ele nunca se interessou um bocadinho que fosse por ela. Quem é que se poderia interessar por aquela coisinha horrível cheia de sardas?

Elizabeth não pôde deixar de se sentir envergonhada consigo mesma ao perceber que, se bem que incapaz de uma linguagem tão vulgar, já o não era daquela vulgaridade de sentimento, que chegara mesmo a albergar no peito como se de indulgência se tratara.

Assim que terminaram de comer, e paga a conta pelas duas irmãs mais velhas, chamou-se a carruagem; e depois de algum esforço e bastante engenho, as cinco raparigas, com todas as suas malas, embrulhos e cestas de costura, para além do dispensável acrescento das compras de Kitty e Lydia, conseguiram enfim caber lá dentro.

— Que bem apinhadas que nós aqui vamos!... — exclamou Lydia. — Ainda bem que comprei o chapéu... nem que fosse só para ter mais uma chapeleira!... E agora vamos lá a aconchegar-nos bem, para podermos conversar e rir o caminho todo. Antes de mais nada, queremos saber o que fizeram desde que se foram embora. Conheceram algum homem atraente? Alguém lhes fez a corte? Tinha muita esperança de que uma de vocês conseguisse arranjar marido antes de regressar. A Jane será uma solteirona não tarda nada, digo-vos eu. Qualquer dia faz vinte e três anos! Meu Deus, a vergonha que eu teria se não estivesse casada antes de fazer vinte e três anos!... Nem imaginam o quanto a tia Phillips está desejosa de que vocês arranjem marido!... Ela diz que a Lizzy teria feito bem em aceitar Mr. Collins, mas não vejo como é que isso pudesse ser divertido. Meu Deus! Como eu gostava de casar antes de vocês todas; assim era eu que vos acompanhava aos bailes. Oh, céus! O que nós nos divertimos no outro dia em casa do coronel Forster!... A Kitty e eu íamos passar lá o dia e Mrs. Forster prometeu que organizava um pequeno baile para a noite (a propósito, agora eu e Mrs. Forster somos amicíssimas!); por isso convidou as duas Harrington, mas a Harriet estava doente e a Pen teve de ir sozinha. Então adivinhem só o que nós fizemos!... Vestimos o Chamberlayne com roupas de senhora para ver se ele passava por mulher... Foi tão divertido! Para além do coronel, de Mrs. Forster, da Kitty e de mim, e com exceção da tia, porque tivemos de lhe pedir emprestado um vestido, ninguém sabia de nada. Nem imaginam o bem que ele ficou!... Quando o Denny, o Wickham, o Pratt e mais dois ou três homens chegaram, não o conseguiram reconhecer! Meu Deus! O que eu me ri!... E Mrs. Forster também. Pensei que morria. Foi isso que os fez suspeitar; depois, foi um instante até perceberem o que se passava.

Com histórias similares sobre as festas a que tinham ido e as partidas que tinham pregado, e auxiliada pelas sugestões e pelos acrescentos de Kitty, foi procurando Lydia entreter as suas companheiras durante o caminho todo até Longbourn. Elizabeth escutava o menos que conseguia, mas não havia modo de fugir à menção frequente do nome de Wickham.

A receção que tiveram à chegada foi muito calorosa. Mrs. Bennet ficou radiante por verificar que Jane não havia perdido nada da sua beleza, e mais de uma vez durante o jantar Mr. Bennet se virou expressamente para Elizabeth, dizendo:

— Estou muito contente por te ter de volta, Lizzy.

O grupo que se reuniu para jantar era bastante grande, uma vez que quase toda a família Lucas apareceu para receber Maria e conhecer as novidades. Vários foram os assuntos que os ocuparam: da outra ponta da mesa, Lady Lucas ia perguntando à filha sobre o bem-estar e as galinhas de Charlotte; Mrs. Bennet estava duplamente ocupada, por um lado, em saber por Jane, sentada uns lugares mais adiante, quais eram as últimas novidades da moda e, por outro, em repetir tudo o que ia ouvindo às mais novas das irmãs Lucas; e Lydia, num tom de voz mais alto que o de qualquer outra pessoa, ia dando conta das emoções da manhã a quem quer que quisesse ouvi-la.

— Oh, Mary — disse ela —, quem dera que tivesses ido connosco!... Divertimo-nos tanto! Durante a viagem, a Kitty e eu levantámos todos os estores e fingimos que não estava ninguém dentro da carruagem; e eu teria feito o caminho todo assim, se ela não tivesse ficado enjoada. E quando chegámos ao George, acho que nos portámos muito bem, porque oferecemos às três o melhor almoço de carnes frias que se pode imaginar, e se tu tivesses ido, também te teríamos convidado. E depois, quando nos viemos embora, foi tão cómico!... Nunca pensei que coubéssemos na carruagem. Ia morrendo a rir. E viemos tão divertidas durante o caminho todo até casa!... Conversámos e rimos tão alto, que deviam ouvir-nos a dez milhas de distância!

A isto Mary respondeu com ar solene:

— Longe de mim, minha querida irmã, menosprezar tais prazeres. Convirão seguramente à índole da maior parte das mulheres. Mas confesso que não me atraem minimamente. Preferiria mil vezes um livro.

A irmã, no entanto, não ouviu uma única palavra desta resposta. Raras vezes escutava outra pessoa mais que meio minuto e a Mary nunca prestava a mínima atenção.

Durante a tarde, Lydia insistiu junto das outras raparigas em que caminhassem até Meryton, a fim de saber como estavam todos — mas Elizabeth opôs-se com firmeza ao plano. Não se podia dar azo a que se dissesse que as meninas Bennet não conseguiam ficar em casa meio dia que fosse sem sair logo a correr atrás dos oficiais. Mas havia um outro motivo para a sua objeção. Temia voltar a ver Wickham e estava decidida a retardar o encontro o mais que pudesse. Pela sua parte, o consolo que sentia em saber que o regimento iria em breve ser deslocado era indescritível. Dentro de duas semanas os militares partiriam e, uma vez longe dali, ela esperava não ter mais motivos para se atormentar à sua conta.

Não tinham passado muitas horas desde que tinha chegado a casa, quando Elizabeth descobriu que o plano de viagem a Brighton, a que Lydia aludira quando estavam na estalagem, era objeto de frequente discussão entre os pais. Não demorou a constatar que Mr. Bennet não tinha a menor intenção de ceder, mas as suas respostas eram ao mesmo tempo tão vagas e tão equívocas que a própria mãe, se bem que facilmente desanimasse, ainda não perdera toda a esperança de alcançar o seu intento.

CAPÍTULO 40

Elizabeth estava demasiado impaciente para continuar a guardar de Jane o relato do que acontecera e, por fim, determinada a suprimir minuciosamente todos os pormenores que envolvessem a irmã e avisando-a de que iria ficar surpreendida, contou-lhe na manhã seguinte o essencial da cena passada entre si e Mr. Darcy.

Não durou muito, porém, o assombro de Miss Bennet, atenuado que logo foi pelo profundo afeto que a unia à irmã e que fazia com que qualquer admiração por Elizabeth parecesse absolutamente natural — e toda a surpresa depressa se diluiu noutras emoções. Lamentava que Mr. Darcy tivesse manifestado os seus sentimentos de uma forma tão pouco adequada aos seus propósitos, mas mais ainda afligia-a pensar no sofrimento que a recusa da irmã lhe deveria ter causado.

— Fez mal em ter tido tanta certeza do seu sucesso — disse — e é evidente que não deveria tê-la deixado transparecer; mas pensa só no quanto isso terá contribuído para aumentar a sua deceção.

— Na verdade, tenho muita pena de Mr. Darcy — retorquiu Elizabeth —, mas ele possui outros sentimentos que, muito provavelmente, cedo o farão esquecer a inclinação que sente por mim. Espero que não me censures por tê-lo recusado?

— Censurar-te? É claro que não!...

— Mas censuras-me por ter falado do Wickham em termos tão favoráveis.

— Não... Afinal, não sei se estavas errada em dizer o que disseste.

— Mas vais saber, depois de eu te relatar o que aconteceu logo no dia seguinte.

Então contou-lhe da carta, repetindo tudo o que se relacionasse com George Wickham. Pobre Jane, que rude golpe!... Logo ela que, de bom grado, teria passado pelo mundo sem acreditar que existisse tanta maldade em toda a espécie humana quanto aquela que via agora reunida num só indivíduo. Nem sequer a reabilitação de Darcy, apesar de grata aos seus sentimentos, foi capaz de a consolar de uma tal descoberta. Com afinco, esforçou-se por demonstrar a probabilidade de tudo ter sido um erro, procurando a todo o custo ilibar um sem incriminar o outro.

— É inútil — disse Elizabeth —, nunca conseguirás inocentar os dois ao mesmo tempo. Decide-te, mas terás de te satisfazer com um só. Entre os dois existe apenas a quantidade de mérito suficiente para fazer de um deles um homem bom e, nos últimos tempos, mesmo esse tem oscilado bastante. Pela parte que me toca, estou inclinada a acreditar que ele pertença por inteiro a Mr. Darcy... mas tu decidirás como achares melhor.

Passou algum tempo, porém, antes que ela conseguisse arrancar um sorriso a Jane.

— Não me lembro de alguma vez ter ficado mais abismada — disse a irmã. — É quase impossível acreditar que o Wickham possa ter sido capaz de tamanha maldade! Coitado de Mr. Darcy!... Querida Lizzy, imagina o quanto ele deve ter sofrido. Um desapontamento tão grande, para mais sabendo da tua má opinião a seu respeito! E ter de revelar uma coisa destas acerca da irmã!... É realmente lamentável. Estou certa de que sentes o mesmo que eu.

— Oh, não! O meu pesar e a minha compaixão desvaneceram-se por completo ao ver-te tão cheia de ambos. Sei que lhe farás tanta justiça, que a cada momento que passa vou ficando menos inquieta e mais indiferente. A tua prodigalidade torna-me poupada; e se continuares a lamentá-lo durante muito mais tempo, o meu coração tornar-se-á leve como uma pena.

— Pobre Wickham!... Existe uma tal expressão de bondade no seu semblante, uma tal franqueza e distinção nos seus modos!...

— É evidente que terá havido uma grave falha na educação destas duas pessoas. Uma ficou com toda a bondade, a outra com toda a aparência de a ter.

— Ao contrário de ti, nunca considerei que Mr. Darcy fosse assim tão desprovido dessa aparência.

— E, no entanto, convenci-me de que estava a ser invulgarmente sagaz em antipatizar tão firmemente com ele, sem ter nenhum motivo para isso. Uma aversão assim é um tal incentivo ao engenho, uma tal oportunidade para a ironia!... Pode passar-se a vida a injuriar alguém sem se dizer uma única coisa acertada; mas não é possível estar sempre a troçar de uma pessoa sem se topar de vez em quando com algum comentário espirituoso para se fazer.

— Tenho a certeza de que, quando leste a carta pela primeira vez, não conseguiste encarar o assunto dessa maneira, Lizzy.

— É verdade que não. Senti-me bastante incomodada ou, mais que isso, talvez mesmo triste. E sem ninguém com quem falar sobre o assunto, sobre o que sentia, sem nenhuma Jane para me consolar e dizer que eu não fora tão fraca, vaidosa e insensata como sabia ter sido!... Oh, como eu desejei ter-te a meu lado!

— Que pena teres utilizado expressões tão fortes com Mr. Darcy a propósito do Wickham, já que agora se revelaram absolutamente imerecidas.

— É verdade. Mas o infortúnio de ter falado com azedume é uma consequência muito natural dos preconceitos que tenho vindo a alimentar. Há uma questão, no entanto, em que preciso do teu conselho. Quero que me digas se devo ou não revelar aos nossos conhecidos o verdadeiro caráter do Wickham.

Miss Bennet refletiu um pouco antes de responder:

— Decerto não haverá necessidade de o expor dessa forma. Qual é a tua opinião?

— Que não se deve fazê-lo. Mr. Darcy não me autorizou a tornar público o que me comunicou. Pelo contrário, deveria guardar tanto quanto possível para mim os pormenores relativos à irmã. E se eu tentar desenganar as pessoas no que toca aos outros aspetos da sua conduta, quem irá acreditar em mim? O preconceito contra Mr. Darcy é tão geral e tão violento, que tentar colocá-lo a uma luz mais benevolente seria absolutamente devastador para metade das boas pessoas de Meryton. Não me sinto capaz de tanto... O Wickham partirá dentro de pouco tempo, pelo que para as pessoas daqui deixará de ser relevante saber quem ele realmente é. Um dia descobrir-se-á tudo e, então, poderemos rir-nos da inépcia dos outros por não o terem percebido antes. Para já, nada direi sobre o assunto.

— Tens toda a razão. Tornar públicos os seus erros poderia arruiná-lo para todo o sempre. Talvez ele esteja agora arrependido do que fez e ansioso por reabilitar o seu bom nome. Não podemos fazer com que perca a esperança.

Esta conversa amainou o tumulto que reinava no espírito de Elizabeth. Desembaraçara-se finalmente de dois dos segredos que carregara consigo durante aquelas duas semanas e sabia que tinha agora ao seu lado uma irmã sempre pronta a escutá-la quando quer que ela quisesse voltar a falar de algum deles. Mas havia ainda uma coisa que permanecia oculta na sombra e que a prudência não lhe permitia descobrir. Não se atrevia a relatar à irmã a outra metade da missiva de Mr. Darcy, nem a desvelar-lhe toda a sinceridade do afeto que Mr. Bingley lhe devotava. Aí estava uma informação que nunca poderia partilhar com ninguém; e ela estava bem ciente de que só um entendimento perfeito entre as duas partes poderia justificar que se libertasse daquele ónus, levantando o último véu do mistério.

E então, disse para consigo, *se esse improvável acontecimento alguma vez tiver lugar, poderei dizer apenas aquilo que o próprio Bingley terá podido contar de um modo bem mais aprazível. Não me permitirei fazer qualquer revelação antes que ela tenha perdido todo o seu valor.*

Agora que tinha voltado para casa, Elizabeth dispunha enfim de todo o tempo para observar o verdadeiro estado de espírito da irmã. Jane não estava feliz. Conservava por Bingley uma terna afeição. Nunca tendo antes sequer imaginado estar apaixonada, o seu afeto tinha toda a força do primeiro amor e, no entanto, tendo em conta a sua idade e disposição, também uma firmeza como só raras vezes se vê nas inclinações de juventude; tão fervorosamente ela acalentava a sua recordação e o punha acima de qualquer outro homem, que foi necessário todo o seu bom senso e toda a atenção que prestava aos sentimentos dos seus mais próximos para impedir que se entregasse a um desgosto que acabaria por afetar não apenas a sua saúde como a tranquilidade de todos.

— Então, Lizzy — perguntou um dia Mrs. Bennet —, qual é agora a tua opinião sobre esta triste história da Jane? Pela minha parte, estou determinada a nunca mais falar de Mr. Bingley seja com quem for. Foi o que ainda no outro dia disse a minha irmã Phillips. Mas não consigo saber se a Jane o conseguiu ver alguma vez enquanto esteve em Londres. Enfim, só posso dizer que ele é um rapaz muito pouco merecedor, e calculo que, agora, ela não tenha a mais pequena hipótese de o apanhar. Já perguntei a toda a gente que poderia saber alguma coisa e não consta que ele vá regressar a Netherfield neste verão.

— Não creio que alguma vez ele volte a viver em Netherfield.

— Ora, ele que faça como bem entender. Ninguém quer que ele regresse. Mas eu continuarei sempre a afirmar que ele se portou muito mal com minha filha e que, se eu estivesse no lugar dela, nunca o teria tolerado. Enfim, a única coisa que me consola é pensar que a Jane vai com toda a certeza morrer de desgosto e, então, ele vai arrepender-se daquilo que fez.

Uma vez que Elizabeth não era capaz de encontrar o mesmo consolo naquele prognóstico, não respondeu.

— Com que então, Lizzy — prosseguiu a mãe, pouco depois —, os Collins têm uma bela vida, dizes-me tu? Enfim, só espero que dure... E a mesa deles, como é que é? Imagino que a Charlotte deva dar uma excelente dona de casa. Se tiver metade da esperteza da mãe, será bastante poupada. Calculo que não devam dar-se a grandes luxos...

— Não, nenhuns.

— Muita atenção aos gastos, é o que é. Sim, sim... Eles devem ter cuidado em não ultrapassar o rendimento... Assim não vão ter aflições de dinheiro. Enfim, que lhes faça bom proveito! Suponho que devam falar muitas vezes do dia em que vão ficar com Longbourn, depois de teu pai morrer. Estou mesmo a ver que, quando isso acontece, devem falar da casa como se já fosse deles...

— Não creio que pudessem ter mencionado esse assunto na minha presença.

— Não... Seria estranho se o tivessem feito. Mas tenho a certeza de que falam muitas vezes sobre isso entre eles. Enfim, se eles não têm problemas de consciência em ficar com uma propriedade que por direito não lhes pertence, tanto melhor. Por mim, teria vergonha de a aceitar só por me estar vinculada.

CAPÍTULO 41

A primeira semana depois do regresso das irmãs depressa passou. Começou a segunda. Era a última que o regimento passava em Meryton e todas as raparigas das redondezas esmoreciam a olhos vistos. O desalento era quase geral. Apenas as mais velhas das meninas Bennet eram ainda capazes de comer, beber, dormir e dedicar-se às suas tarefas habituais. Esta sua falta de sensibilidade era-lhes frequentemente reprovada por Kitty e Lydia, tomadas de uma tristeza profunda e incapazes de compreender como algum membro da sua família pudesse ter um coração tão empedernido.

— Deus do céu! O que vai ser de nós? O que é que vamos fazer? — exclamavam com frequência, num desespero amargurado. — Como é que podes estar tão sorridente, Lizzy?

Já sua extremosa mãe partilhava da mesma dor, ao recordar-se do quanto ela própria havia sofrido numa ocasião semelhante, vinte e cinco anos atrás.

— Acreditem-me — disse ela — que não parei de chorar durante dois dias seguidos quando o regimento do coronel Miller se foi embora. Achei que se me partia o coração.

— O meu ficará partido de certeza — retorquiu Lydia.

— Se ao menos pudéssemos ir para Brighton!... — comentou Mrs. Bennet.

— Oh, sim!... Se ao menos pudéssemos ir... Mas não há maneira de o papá concordar...

— Uns banhos de mar bastavam para me pôr boa para todo o sempre.

— E a tia Phillips garante que a mim também me fariam muito bem — acrescentou Kitty.

Tais eram as lamentações que continuamente ressoavam pelos corredores e pelas salas de Longbourn House. Elizabeth esforçava-se por encontrar nelas algum motivo de diversão, mas todo o prazer que pudesse sentir se diluía na vergonha. Tornou a pensar em quão justas eram as objeções de Mr. Darcy e nunca como então se sentiu tão disposta a perdoar-lhe a sua interferência na vontade do amigo.

Cedo, porém, aquele sombrio cenário se dissipou com a chegada de um convite de Mrs. Foster, esposa do coronel do regimento, convidando Lydia para a acompanhar a Brighton. Esta amiga inestimável era uma mulher muito jovem e acabada de casar. Uma afinidade de bom humor e de boa disposição aproximara-as uma da outra, pelo que, tendo-se conhecido havia três meses, há já dois que eram íntimas.

Seria difícil descrever o arrebatamento de Lydia naquele momento, a sua adoração por Mrs. Forster, o deleite de Mrs. Bennet — e o desconsolo de Kitty. Absolutamente indiferente aos sentimentos da irmã, Lydia corria pela casa num desassossego de exultação, reclamando as felicitações de todos, falando e rindo mais alto que nunca, enquanto a infeliz Kitty continuava na sala de estar a maldizer a sua sorte nuns termos tão pouco razoáveis quanto impertinente era o seu timbre.

— Não percebo porque é que Mrs. Forster não me convidou também a mim — disse ela —, mesmo que eu não seja sua amiga íntima. Tenho tanto direito a ser convidada quanto a Lydia, e mais ainda porque sou dois anos mais velha que ela.

Em vão procurou Elizabeth chamá-la à razão e Jane convencê-la a resignar-se. Quanto à primeira, o convite estava tão longe de lhe suscitar os mesmos sentimentos que à mãe e a Lydia, que o via mesmo como o golpe de misericórdia que acabaria para todo o sempre com toda e qualquer possibilidade de algum dia a irmã vir a ganhar juízo; e assim, por mais que uma tal manobra, caso viesse a ser descoberta, a tornasse detestável aos olhos dos outros, não conseguiu deixar de aconselhar em segredo o pai a que a não deixasse ir. Chamou-lhe a atenção para o comportamento indecoroso de Lydia, para o pouco benefício que ela poderia colher de uma amizade com uma mulher como Mrs. Forster, e para a probabilidade de a irmã, numa tal companhia, se comportar de forma ainda mais inconveniente em Brighton, onde as tentações seriam maiores que em Meryton. Ele escutou-a com toda a atenção e depois disse:

— A Lydia não ficará descansada enquanto não der espetáculo de si mesma num qualquer lugar público, e nós não podemos contar com que ela o faça com tão poucos custos ou transtorno para a sua família como nas presentes circunstâncias.

— Se meu pai soubesse — retorquiu Elizabeth — os graves prejuízos que esse comportamento indecoroso e leviano da Lydia nos pode causar, ou mesmo já nos causou, tenho a certeza de que encararia o assunto de um modo bem diverso...

— Já causou? — repetiu Mr. Bennet. — O quê, não me digas que ela assustou algum dos teus admiradores? Pobre pequena!... Mas não te deixes desanimar. Esses rapazes delicados que não suportam a proximidade de um pouco de insensatez, não merecem ser chorados. Anda, deixa-me ver a lista desses infelizes que a tolice da Lydia manteve à distância.

— Engana-se, meu pai. Não tenho tais injúrias a lamentar. É dos males gerais, e não dos particulares, que eu me queixo. O nosso bom nome, a nossa respeitabilidade, não podem deixar de ser afetados pela leviana inconstância, pela impudência e pelo desprezo de todas as normas tão próprios do caráter da Lydia. Peço-lhe que me perdoe, pois tenho de lhe falar com toda a franqueza. Se o senhor, meu querido pai, não se der ao trabalho de lhe refrear a exuberância e de lhe explicar que as suas ocupações atuais nunca poderão durar a vida toda, em breve ela deixará de ter emenda. O seu caráter estará formado e, com dezasseis anos, ela passará o tempo a namorar sob os olhos de todos, cobrindo-se a si mesma e à sua família de ridículo. E digo namorar na pior e mais vulgar aceção do termo, sem que ela possua qualquer outro atrativo para além da sua juventude e figura aceitável, sendo de resto absolutamente incapaz, dada a sua vasta ignorância e total falta de entendimento, de se resguardar o mínimo que seja do desprezo geral que à sua ânsia desenfreada de admiração não deixará de suscitar. E a

Kitty corre o mesmo risco. Ela seguirá sempre o exemplo da Lydia. Vaidosa, ignorante, indolente e absolutamente desgovernada! Oh, meu querido pai, considera porventura possível que elas não sejam objeto de censura e de desprezo onde quer que sejam conhecidas, e que suas irmãs não venham muitas vezes a ser também arrastadas nessa desonra?

Vendo como o assunto a afetava profundamente, Mr. Bennet pegou-lhe afetuosamente na mão e disse:

— Não te aflijas, minha querida. Tu e a Jane serão sempre respeitadas e consideradas por qualquer pessoa que vos conheça, e não o serão menos só por terem um par de... ou melhor, três irmãs muito tolas. Não teremos um instante de sossego em Longbourn se a Lydia não for para Brighton. Deixá-la ir, então. O coronel Forster é um homem sensato e mantê-la-á afastada de complicações mais sérias. Por sorte, ela é demasiado pobre para ser objeto de cobiça seja de quem for. Em Brighton terá menos sucesso, mesmo que só a namoriscar, do que aqui. Os oficiais encontrarão mulheres bastante mais dignas da sua atenção. Esperemos, pois, que a estada sirva para lhe revelar a sua própria insignificância. Seja como for, ela já não pode descer muito mais sem que nos dê motivos a que a tranquemos em casa para o resto da vida.

Elizabeth não teve outro remédio senão contentar-se com esta resposta; mas a sua opinião manteve-se firme e, quando ela por fim deixou o pai, sentia-se triste e desapontada. Não estava, porém, na sua natureza ficar a remoer, aumentando-os, os seus dissabores. Sentia que tinha cumprido o seu dever, e repisar males inevitáveis, ou agravá-los com a ansiedade, não estava na sua índole.

Se o teor da sua conversa com o pai tivesse chegado aos ouvidos de Lydia e da mãe, nem mesmo toda a sua loquacidade junta teria sido suficiente para exprimir a indignação que lhes iria na alma. Na imaginação de Lydia, uma visita a Brighton encerrava todas as possibilidades de ventura terrena. Com o olhar fecundo da fantasia, ideava aquela animada estância balnear, com as ruas cobertas de oficiais e ela rodeada de dezenas, de dúzias deles, ainda desconhecidos. Diante de si via desfilar todos os esplendores do acampamento: as tendas alinhadas em belas filas regulares, a fervilhar de rapazes, resplandecentes de escarlate; e completando o quadro, ela própria sentada sob uma delas, namoriscando ternamente com nada menos que meia dúzia de oficiais ao mesmo tempo.

Soubesse ela que a irmã conspirava para frustrar aquelas expectativas, aquelas realidades, que sentimentos teria experimentado? Só a mãe poderia compreendê-los, já que em grande parte os partilharia. A viagem de Lydia a Brighton era a única coisa que a consolava da triste convicção de que o marido nunca tivera a menor intenção de lá ir.

Estavam, no entanto, na mais perfeita ignorância do que se passara — e os seus arroubos prosseguiram quase sem interrupção até ao dia da partida.

Elizabeth ia enfim ver Mr. Wickham pela última vez. Tendo estado com ele em várias ocasiões desde que regressara de Hunsford, tanto o seu desassossego havia amainado como os sobressaltos da sua anterior inclinação se tinham extinguido por completo. Aprendera mesmo a detetar, naquela gentileza que inicialmente a encantara, uma afetação e uma sensaboria que agora lhe inspiravam enfado e aversão. No modo como ele agora a tratava, além disso, encontrava uma nova fonte de desprazer, pois as mostras que Mr. Wickham depressa deu de renovar os favores que haviam marcado os primeiros tempos do seu convívio só serviam, depois de tudo o que sucedera, para irritá-la. Perdeu toda a consideração que ainda por ele pudesse ter ao ver-se assim escolhida como objeto de tão frívola e leviana galanteria; e embora tentasse a todo o custo reprimi-la, não conseguia deixar de sentir toda a humilhação implicada naquela sua atitude, seguro como ele se sentia de que, por mais tempo que já tivesse passado e quaisquer que tivessem sido os motivos para ter desviado as suas atenções, o amor-próprio de Elizabeth seria satisfeito e o seu favor reconquistado quando quer que ele as renovasse.

No último dia de permanência do regimento em Meryton, Mr. Wickham jantou com alguns dos outros oficiais em Longbourn; e tão pouco inclinada se sentia Elizabeth a despedir-se dele em bons termos que, quando ele lhe inquiriu sobre como tinha sido a sua estada em Hunsford, resolveu mencionar o facto de que tanto o coronel Fitzwilliam como Mr. Darcy haviam passado três semanas em Rosings, perguntando-lhe de seguida se ele conhecia o primeiro.

Ele pareceu surpreendido, porventura incomodado, talvez mesmo inquieto; mas após um momento de reflexão, e de novo com um sorriso nos lábios, retorquiu que no passado o encontrara frequentes vezes e, depois de observar que se tratava de um verdadeiro cavalheiro, perguntou-lhe o que ela achara dele. A resposta de Elizabeth não podia ser mais favorável. Pouco depois, com um ar de indiferença, ele acrescentou:

— Quanto tempo disse que ele esteve em Rosings?

— Perto de três semanas.

— E via-o com frequência?

— Sim, praticamente todos os dias.

— Os seus modos são muito diferentes dos do primo...

— Sim, muito diferentes. Mas creio que Mr. Darcy melhora à medida que se o vai conhecendo.

— Realmente? — exclamou Mr. Wickham, com uma expressão que não passou despercebida a Elizabeth. — E, se me permite a pergunta...

Porém, refreando-se, acrescentou num tom mais jovial:

— É no trato que ele melhora? Será que ele condescendeu em acrescentar um pouco que fosse de polidez ao seu estilo habitual? Não ousarei esperar — prosseguiu ele numa voz mais baixa e grave — que ele tenha melhorado nos aspetos essenciais.

— Oh, não!... — disse Elizabeth. — No essencial, segundo creio, mantém-se igual ao que sempre foi.

Ouvindo-a falar, Wickham parecia não saber se devia regozijar-se com as suas palavras ou desconfiar do seu verdadeiro sentido. Qualquer coisa no semblante de Elizabeth o impelia a escutá-la com uma atenção apreensiva e ansiosa, enquanto ela acrescentava:

— Quando eu disse que ele melhora à medida que se o vai conhecendo, não quis dizer que a sua índole ou as suas maneiras sofressem uma melhoria, mas antes que, conhecendo-o melhor, o seu caráter se torna mais fácil de penetrar.

A face ruborizada e o olhar agitado de Wickham traduziam agora a sua perturbação. Durante uns minutos, ficou em silêncio, até que, dominando o embaraço, se tornou a virar para Elizabeth e disse num tom o mais brando possível:

— Conhecendo tão bem a senhora os sentimentos que nutro por Mr. Darcy, compreenderá sem dificuldade o quão sinceramente me apraz saber que ele é suficientemente sensato para assumir, ao menos, uma *aparência* de retidão. Nessa medida, o seu orgulho poderá ser de utilidade, se não para ele, pelo menos para muitos outros, uma vez que seguramente o demoverá de usar da mesma torpeza de que eu fui objeto. Receio apenas que esse tipo de cautela a que, imagino, a senhora tenha estado a aludir, seja exclusivamente adotada durante as suas visitas à tia, por cuja opinião e julgamento ele guarda um respeito quase reverencial. O temor que ela lhe inspira, sei-o bem, manifesta-se sempre que estão na presença um do outro, o que em boa medida se deverá atribuir ao desejo, que estou certo Mr. Darcy albergará, de assegurar o seu enlace com Miss de Bourgh.

A estas palavras, Elizabeth foi incapaz de reprimir um sorriso. Limitou-se, porém, a responder com uma ligeira inclinação da cabeça. Percebeu que ele queria envolvê-la no velho tema das suas queixas e não se sentia na disposição de lhe fazer a vontade. Do lado dele, o resto do serão decorreu com a *aparência* de jovialidade que lhe era habitual, conquanto sem novas tentativas de cortejar Elizabeth, tendo-se os dois por fim separado com mútua cortesia e, possivelmente, também com o mútuo desejo de nunca mais se tornarem a ver.

Quando a companhia se desfez, Lydia regressou com Mrs. Foster a Meryton, de onde partiriam de manhã cedo no dia seguinte. A despedida da família foi mais ruidosa que comovente. Kitty foi a única a verter lágrimas, mas era de contrariedade e de inveja que ela chorava; Mrs. Bennet foi profusa nos votos de felicidades à filha e veemente nas instruções que lhe deu para que não deixasse escapar a oportunidade de se divertir tanto quanto possível, conselho que havia todas as razões para crer seria cumprido à risca; e por entre o clamoroso júbilo de Lydia nas últimas despedidas, as outras mais suaves das irmãs foram proferidas sem que alguém as ouvisse.

CAPÍTULO 42

Se as suas opiniões derivassem apenas do exemplo da sua própria família, nunca Elizabeth poderia ter formado uma ideia muito favorável da felicidade conjugal ou do conchego doméstico. Seu pai, atraído pela juventude e pela beleza, e bem assim pela aparência de jovialidade que estas sempre emprestam, desposara uma mulher cuja falta de entendimento e espírito inculto desde muito cedo na sua vida de casados pusera fim a qualquer afeto que pudesse sentir por ela. Para sempre se tinham desvanecido o respeito, a estima e a confiança, e com eles também todas as suas expectativas de felicidade doméstica. Não estava, porém, na índole de Mr. Bennet buscar conforto para as desilusões causadas pela sua própria imprudência num desses prazeres em que demasiadas vezes os desafortunados se consolam dos seus erros e das suas fraquezas. Gostava de livros e da vida no campo, e destes tirava o seu maior prazer. À mulher pouco mais devia para além da diversão que a sua ignorância e a sua tolice lhe proporcionavam. Não é este, em geral, o tipo de felicidade por que um homem deseje ficar agradecido a sua esposa mas, à falta de outros motivos de entretenimento, o verdadeiro filósofo tira proveito do que se lhe oferece.

A Elizabeth, no entanto, nunca lhe escapara o comportamento impróprio do pai como marido. Sempre o havia notado com desgosto mas, apreciando os seus dotes e grata pelo tratamento afetuoso que dele recebia, esforçava-se por esquecer o que não podia ignorar e por banir dos seus pensamentos aquela contínua violação do dever e do decoro conjugais que, expondo a mulher ao escárnio das próprias filhas, tão reprovável era. Mas nunca como naquele momento sentira com tanta força as desvantagens que podem advir à prole de um casamento tão inconveniente, nem estivera tão consciente dos perigos que poderiam resultar de um uso tão desavisado dos próprios atributos — atributos que, conquanto insuficientes para alargar os horizontes da esposa, poderiam ao menos, se bem empregados, ter preservado a respeitabilidade das filhas.

Para além da alegria que lhe causara a partida de Wickham, Elizabeth não encontrava muitos outros motivos de satisfação na ausência do regimento. Os seus compromissos eram menos variados, enquanto em casa os contínuos queixumes da mãe e da irmã sobre o tédio que tudo lhes provocava iam ensombrando pesadamente o quotidiano familiar; e ainda que Kitty pudesse vir, com o tempo, a recuperar a sua normal dose de bom senso, uma vez que os responsáveis pela agitação do seu cérebro se encontravam agora longe, já com a outra irmã, cuja índole fazia recear males piores, era provável que se acentuasse a sua ousadia e insensatez, exposta que estava ao duplo perigo de uma estância balnear e de um acampamento militar. Tudo considerado, portanto, Elizabeth descobriu que, como tantas vezes sucede, um acontecimento pelo qual com impaciência se anseia nem sempre traz, quando tem lugar, toda a satisfação que se previra. Era por isso indispensável designar outro período para o início da sua verdadeira felicidade, ter outro ponto no qual apoiar as suas esperanças e os seus desejos, para assim, experimentando de novo todo o prazer da antecipação, se consolar do presente desapontamento — preparando-se para o seguinte. A viagem à região dos Lagos era agora o objeto dos seus mais agradáveis pensamentos, o seu maior consolo para todas as horas de desconforto que o descontentamento da mãe e de Kitty tornava inevitáveis. Tivesse ela podido incluir Jane no seu projeto, e ele não poderia ser mais perfeito.

É no entanto uma sorte, pensou, ter alguma coisa que desejar. Se o quadro estivesse completo, a minha desilusão seria garantida. Mas assim, trazendo comigo uma fonte incessante de desalento pela ausência de minha irmã, tenho razões suficientes para acreditar que as minhas esperanças serão correspondidas. Um plano que prometa apenas delícias nunca poderá ter êxito; e só alguma pequena contrariedade é capaz de evitar que o desapontamento seja geral.

Quando partira, Lydia prometera à mãe e a Kitty que lhes escreveria frequentemente e com grande abundância de pormenores — mas as cartas revelaram-se não só muito demoradas, como muito curtas. Aquelas dirigidas à mãe pouco mais diziam para além de que tinham acabado de chegar da biblioteca, onde tal e tal oficial as tinham acompanhado e onde vira *toilettes* de fazer cortar a respiração; ou, então, que tinha um vestido novo, ou uma nova sombrinha, que descreveria com mais pormenor não fora ter de sair a toda a pressa, porque Mrs. Forster a chamava para irem ao acampamento militar. Da correspondência com a irmã ainda menos se ficava a saber, já que as cartas para Kitty, se bem que bastante mais longas, tinham demasiados sublinhados e subentendidos para serem tornadas públicas.

Passadas duas ou três semanas sobre a partida de Lydia, a saúde, o bom humor e a animação começaram a regressar a Longbourn. Tudo em redor respirava alegria. As famílias que tinham ido passar o inverno a Londres estavam de volta, e com elas vieram os trajes elegantes e os compromissos de verão. Mrs. Bennet recuperou a sua habitual e lamurienta serenidade e, em meados de junho, Kitty estava já suficientemente restabelecida para ser capaz de ir a Meryton sem se desfazer em lágrimas — um evento tão prometedor que mesmo Elizabeth se permitiu esperar que, no Natal seguinte, ela tivesse já recuperado suficiente juízo para não falar de oficiais mais que uma vez por dia, a menos que, por alguma cruel e malvada disposição do Ministério da Guerra, outro regimento viesse a ser aquartelado em Meryton.

A data marcada para o início da viagem ao Norte aproximava-se rapidamente. Faltavam apenas quinze dias para o dia previsto, quando chegou uma carta de Mrs. Gardiner, em que ao mesmo tempo se adiava a partida e se encurtava a duração. Por motivos de negócios, Mr. Gardiner via-se impedido de sair de Londres antes de duas semanas após a data fixada, já avançado julho, e teria de estar de regresso à cidade um mês depois; e como isso deixava pouco tempo para viajarem até tão longe e visitarem tantos lugares quantos os que haviam previsto, ou, pelo menos, para fazê-lo com a calma e o conforto pretendidos, viam-se forçados a desistir do passeio à região dos Lagos e a substituí-lo por um mais curto, de acordo com esse novo plano não indo mais para norte que Derbyshire. Nesse condado não só havia atrações suficientes para ocupar grande parte das três semanas de que dispunham, como ele oferecia a Mrs. Gardiner um motivo de interesse particular. A vila onde passara alguns anos da sua vida, e onde iriam agora passar uns dias, era para ela um tão grande motivo de curiosidade quanto todas as celebradas belezas de Matlock, Chatsworth, Dovedale ou The Peak.

Elizabeth não poderia ter ficado mais desiludida; estava desejosa de visitar a região dos Lagos e acreditava que, apesar de tudo, ainda tinham tempo para o fazer. Mas era sua obrigação sentir-se satisfeita e ainda mais do seu temperamento alegrar-se — e em breve tudo se recompôs.

À menção de Derbyshire, muitos outros pensamentos lhe vieram à mente. Era-lhe impossível pensar naquela palavra sem se lembrar de Pemberley e do seu proprietário.

Mas sempre poderei entrar impunemente no seu condado e roubar-lhe umas pedrinhas de cristal[56] *sem que ele dê por nada*, disse para consigo.

O período de antecipação era agora duas vezes maior. Teriam de passar ainda quatro semanas antes que seus tios chegassem. Fosse como fosse, elas acabaram por passar, e Mr. e Mrs. Gardiner, com seus quatro filhos, apareceram por fim em Longbourn. As crianças, duas raparigas com seis e oito anos de idade e dois rapazes mais novos, iam ficar entregues ao cuidado especial de sua prima Jane, que não apenas era de entre todas a sua favorita, como o seu bom senso e a doçura do seu génio a tornavam especialmente apta a se ocupar deles em todos os sentidos: ensinando-os, brincando com eles e cobrindo-os de mimos.

Os Gardiners passaram apenas uma noite em Longbourn, partindo na manhã seguinte, acompanhados de Elizabeth, em busca de novidades e de diversão. Um prazer estava desde logo assegurado: o de serem companheiros ideais de viagem, todos eles com

---

[56] Mais especificamente, cristais de espato («*petrified spars*», no original): tipo de mineral translúcido e cristalino existente em grandes quantidades nas grutas e minas de Derbyshire, e já na época, dada a sua beleza e qualidade, vendido nas lojas da região. *(NT)*

saúde e feitio para suportar previsíveis inconvenientes, entusiasmo para desfrutar todos os prazeres, e afeto e inteligência suficientes para se animarem uns aos outros caso se deparassem com alguma deceção pelo caminho.

Não é propósito desta obra oferecer uma descrição de Derbyshire, nem de nenhum dos lugares notáveis que o seu itinerário abarcou; Oxford, Blenheim, Warwick, Kenelworth, Birmingham, etc., são lugares sobejamente conhecidos. Por ora, só uma pequena zona de Derbyshire aqui interessa. Depois de terem visitado as principais maravilhas da região, o grupo rumou para Lambton[57], a pequena vila em que Mrs. Gardiner habitara no passado e onde, como lhe constara recentemente, viviam ainda alguns seus conhecidos. Dela, soube então Elizabeth pela tia, Pemberley distava apenas cinco milhas. Não ficava na estrada que tinham tomado, mas também não mais que duas ou três milhas para lá dela. À noite, quando discutiam o percurso para o dia seguinte, Mrs. Gardiner expressou o desejo de tornar a visitar a propriedade, no que foi apoiada pelo marido. Faltava apenas pedir a aprovação de Elizabeth:

— Minha querida, não gostavas de conhecer um sítio do qual já tanto ouviste falar? — perguntou a tia. — Uma casa a que estão ligados tantos dos teus conhecidos... Deves saber que o Wickham passou ali grande parte da sua juventude?

Aquela ideia afligiu Elizabeth. Sentia que não tinha nada a fazer em Pemberley, pelo que se viu forçada a dizer que o plano não a seduzia. Acrescentou que estava cansada de grandes mansões: depois de ter percorrido tantas, já não experimentava nenhum prazer em admirar finos tapetes e cortinados de cetim.

Mrs. Gardiner censurou-lhe a falta de interesse.

— Se fosse apenas uma bela mansão, ricamente mobilada — disse ela —, eu própria não me interessaria. Mas a propriedade é absolutamente magnífica. Tem alguns dos bosques mais esplêndidos de toda a região.

Elizabeth não replicou — mas no seu íntimo não podia concordar. A possibilidade de se deparar com Mr. Darcy, enquanto visi-

---

[57] Lambton: uma vila fictícia. (NT)

tava a casa, veio-lhe de imediato à mente. Seria horrível! Corou só de o imaginar; e pensou que seria talvez melhor falar abertamente com a tia que correr tal risco. Mas também isso levantava dificuldades e, por fim, acabou por decidir que o usaria como último recurso, caso os seus inquéritos sobre a ausência da família não obtivessem a resposta desejada.

Em resultado disto, quando à noite se recolheu, perguntou à criada de quarto se Pemberley era assim tão bela quanto diziam, qual era o nome do seu proprietário e, não sem alguma apreensão, se a família não tinha vindo para passar o verão. A resposta negativa que se lhe seguiu foi acolhida com alívio. Dissipados enfim os seus temores, já nada impedia Elizabeth de sentir ela própria enorme curiosidade em ver a casa; e quando, na manhã seguinte, o assunto foi retomado e de novo lhe foi pedida a opinião, ela pôde responder sem hesitar e com um ar de absoluta indiferença que, para dizer a verdade, o programa não lhe provocava qualquer aversão.

A Pemberley, pois, ficou decidido que iriam.

CAPÍTULO 43

Durante o caminho, Elizabeth aguardava com alguma inquietação o momento em que pela primeira vez avistaria os bosques de Pemberley, tendo sido tomada por um profundo desassossego quando finalmente transpuseram o portão.

Era uma vasta propriedade, de paisagem muito variada. Entraram por uma das zonas mais baixas e, durante algum tempo, avançaram através de um belo e extenso arvoredo.

Elizabeth tinha demasiadas coisas na cabeça para ser capaz de conversar, mas viu e admirou, uma por uma, todas as perspetivas e todas as vistas que se lhe foram oferecendo. E assim, quase sem se aperceberem, foram subindo suavemente durante meia milha, até que, findo o arvoredo, deram por si no cimo de uma alta colina. De imediato, o seu olhar foi atraído por Pemberley House, do outro lado do vale em direção ao qual a estrada abruptamente curvava. Era um edifício de pedra, belo e imponente, bem situado numa elevação de terreno e emoldurado por elevadas encostas cobertas de árvores. À sua frente, alargava-se ainda mais o leito generoso de um ribeiro, mas sem que se revelasse haver nele mão humana. As suas margens não eram simétricas nem artificiosamente embelezadas. O deslumbramento de Elizabeth foi total. Nunca vira um sítio em que a natureza tivesse sido mais pródiga, ou onde a beleza natural tivesse sido menos contrariada por um gosto artificioso. Todos manifestaram da forma mais veemente a sua admiração — e, nesse momento, ela deu-se conta do que significaria ser senhora de Pemberley!...

Desceram então a colina, cruzaram a ponte e, por fim, estacionaram em frente à casa. E aí, examinado mais de perto o edifício,

Elizabeth foi assaltada por todos os anteriores receios de se deparar com o seu proprietário. Teve medo de que a criada se tivesse equivocado. Quando pediram para visitar a casa, foram conduzidos ao vestíbulo e, enquanto esperavam pela governanta, Elizabeth teve enfim tempo para se espantar consigo mesma por estar onde estava.

Veio ter com eles a governanta, uma senhora idosa e de ar respeitável, muito menos requintada e muito mais polida do que alguma vez a imaginara. Seguiram-na até à sala de jantar. Era um compartimento amplo, de harmoniosas proporções e elegantemente mobilado. Depois de a inspecionar sumariamente, Elizabeth aproximou-se de uma janela para admirar a vista. A colina encimada por um arvoredo por onde tinham descido, tornada ainda mais íngreme pela distância, era bela de se ver. O mais pequeno arranjo naquela composição denotava harmonia, e foi com intenso deleite que ela contemplou todo o quadro — o ribeiro, as árvores que o bordejavam e o vale sinuoso — até onde o seu olhar alcançava. À medida que percorriam outros aposentos, aqueles elementos iam tomando novas posições, mas em cada janela havia sempre belezas para admirar. Eram salas bonitas e espaçosas, e a mobília como convinha à fortuna do proprietário, se bem que, aprovando-lhe o bom gosto, Elizabeth tivesse constatado que ela não era nem extravagante nem desnecessariamente sumptuosa, sendo menos opulenta mas seguramente mais elegante que aquela de Rosings.

E eu que poderia ter sido senhora desta casa..., pensou. *Estas salas poderiam agora ser-me familiares. Em vez de as admirar como uma estranha, poderia desfrutá-las como minhas e receber nelas meus tios. Mas não,* lembrou-se, *isso nunca poderia acontecer: eles estariam perdidos para mim. Nunca eu seria autorizada a convidá-los.*

Este pensamento não poderia ter sido mais oportuno — salvou-a de alguma coisa semelhante a um remorso.

Estava ansiosa por perguntar à governanta se Mr. Darcy estava de facto ausente, mas faltava-lhe coragem. Por fim, a pergunta foi feita pelo tio e ela, um pouco inquieta, afastou-se ao ouvir Mrs. Reynolds responder que de facto assim era, para acrescentar logo de seguida:

— Mas estamos à espera dele amanhã, com um grande grupo de amigos.

Que alívio para Elizabeth que o seu passeio não tivesse, por algum motivo, sido adiado para o dia seguinte!...

Era agora chamada pela tia para observar um quadro. Foi ter com ela e viu um retrato de Mr. Wickham pendurado, no meio de muitas outras miniaturas, por cima da lareira. Sorridente, a tia perguntou-lhe o que achava dele. A governanta então aproximou-se e explicou-lhes que se tratava do retrato de um jovem cavalheiro, filho do administrador de seu falecido amo, a cujas expensas ele havia sido criado.

— Entrou agora para o exército — acrescentou ela —, mas receio que tenha seguido maus caminhos.

Mrs. Gardiner olhou para a sobrinha com um sorriso, que Elizabeth não foi capaz de devolver.

— E aquele — disse Mrs. Reynolds, apontando para outra das miniaturas — é meu amo... Está muito parecido. Foi pintado pela mesma altura que o outro retrato, uns oito anos atrás.

— Já ouvi comentar muito a sua figura — disse Mrs. Gardiner, olhando para o retrato. — Que bonitas feições... Mas, Lizzy, tu podes dizer-nos se ele está ou não parecido...

O respeito de Mrs. Reynolds por Elizabeth pareceu aumentar à menção de que esta conheceria o seu amo.

— Esta menina conhece Mr. Darcy?

Corando, Elizabeth respondeu:

— Não muito bem.

— E a senhora não crê que se trata de um cavalheiro muito elegante?

— Sim, muito elegante.

— Pela minha parte, estou certa de que não conheço nenhum tão elegante quanto ele. Mas na galeria de cima vão poder ver um retrato melhor e maior que este. Esta sala era a preferida de meu falecido amo e estas miniaturas são exatamente as mesmas de então. Mr. Darcy gostava muito delas.

Elizabeth compreendeu então por que motivo a miniatura de Mr. Wickham se encontrava entre as outras.

A seguir, Mrs. Reynolds chamou-lhes a atenção para uma de Miss Darcy, pintada quando ela contava apenas oito anos.

— E Miss Darcy é tão bonita quanto o irmão? — perguntou Mr. Gardiner.

— Oh, sim!... É a menina mais bonita que alguma vez se viu. E tão prendada!... Passa os dias a cantar e a tocar. Na sala ao lado está um novo piano, acabado de chegar para ela; um presente de meu amo. Eles vêm juntos amanhã.

Mr. Gardiner, sempre amável e desenvolto no trato, ia animando a loquacidade da governanta com perguntas e comentários. Mrs. Reynolds, fosse por orgulho ou por afeto, tinha manifesto prazer em falar do amo e de sua irmã.

— E Mr. Darcy costuma passar muito tempo em Pemberley?

— Não tanto quanto eu desejaria, meu senhor, mas direi que passa cá metade do ano. E Miss Darcy está cá sempre durante os meses de verão.

Exceto, pensou Elizabeth, *quando vai para Ramsgate.*

— Se o seu amo se casasse, podia ser que passasse a vê-lo mais vezes.

— É verdade; mas não faço ideia de quando isso acontecerá. Não sei quem poderá estar à sua altura.

Mr. e Mrs. Gardiner sorriram. Elizabeth não conseguiu reprimir um comentário:

— Estou certa de que a sua opinião lhe fará muita honra.

— Limito-me a dizer a verdade e o mesmo que dirão todos aqueles que o conhecem — retorquiu a governanta.

A Elizabeth pareceu-lhe que ela tivesse ido um pouco longe demais; mas para seu maior espanto, a governanta ainda acrescentou:

— Nunca em toda a minha vida lhe ouvi uma palavra mais áspera, e conheço-o desde que ele tinha quatro anos.

Este elogio, de todos o mais extraordinário, era absolutamente contrário à opinião que ela própria formara. Fora sempre sua convicção que ele não possuía bom génio. Aquilo aguçou-lhe a curiosidade; ansiosa por ouvir mais, não pôde deixar de se sentir agradecida ao tio quando este continuou:

— Muito poucas pessoas haverá de quem se possa dizer o mesmo. Tem muita sorte por ter um amo assim.

— Eu sei que sim, meu senhor. Nem que corresse o mundo todo, seria capaz de encontrar outro igual. Mas sempre notei que aqueles que têm boa índole em crianças, também a têm em adultos; e com aquele génio doce e aquele coração de ouro eu nunca conheci outro rapaz.

Elizabeth ficou quase boquiaberta. *Será possível que ela esteja a falar do mesmo Mr. Darcy?*, pensou.

— O pai era um excelente homem — comentou Mrs. Gardiner.

— É bem verdade, minha senhora. E o filho vai ser tal qual ele: tão generoso com os pobres quanto o pai.

Elizabeth escutava, espantava-se, duvidava e sentia-se impaciente por saber mais. Nenhuma outra coisa era capaz de lhe despertar o interesse. Mrs. Reynolds ia falando sobre os temas dos quadros, as dimensões das salas e o preço da mobília — tudo em vão. Assaz divertido com aquela espécie de preconceito de família a que atribuía os excessivos elogios feitos pela governanta a seu amo, Mr. Gardiner depressa retomou o assunto, enquanto ela, à medida que subiam a escadaria, ia defendendo com toda a energia os muitos méritos de Mr. Darcy.

— É o melhor amo e o melhor senhor que alguma vez existiu — disse ela. — Não é nada como esses rapazes estouvados de hoje, que não pensam em mais nada senão em si mesmos. Não encontrarão um criado ou um rendeiro que não diga bem dele. Algumas pessoas acham-no orgulhoso, mas, pelo que me toca, nunca dei por nada. A meu ver, dizem isso apenas porque ele é mais reservado que outros da sua idade.

Com que belas cores isto o pinta!, pensou Elizabeth.

— Não se pode dizer que este belo retrato — sussurrou-lhe a tia ao ouvido, enquanto avançavam — condiga muito com a forma como ele tratou o nosso pobre amigo...

— Talvez tenhamos ficado com uma ideia errada.

— Isso não é muito provável... A nossa fonte era de confiança.

Ao chegar à vasta galeria no andar superior, deixaram-se então conduzir a uma graciosa sala de estar, recentemente decorada com ainda maior leveza e elegância que as salas de baixo. Acabara de ser expressamente preparada para Miss Darcy, assim ficaram a saber, já que essa se lhe havia afeiçoado da última vez que estivera em Pemberley.

— Não há dúvida de que é um bom irmão — comentou Elizabeth, enquanto se dirigia para uma das janelas.

Mrs. Reynolds antevia o regozijo de Miss Darcy quando entrasse na sala.

— E ele é sempre assim — acrescentou. — É sabido que, qualquer coisa que possa dar prazer à irmã, é feito de imediato. Não há nada que ele não fizesse por ela.

Faltava apenas visitar a galeria de pintura e dois ou três dos quartos de dormir principais. Na primeira estavam expostos muitos quadros de grande valor; mas como Elizabeth não soubesse nada de pintura, àqueles semelhantes aos que vira no andar de baixo preferiu alguns desenhos a pastel de Miss Darcy, cujos temas eram em geral não apenas mais interessantes, como também mais compreensíveis.

Havia ainda muitos retratos de família, mas esses pouco interesse podiam ter para um estranho. Elizabeth avançou em busca do único rosto cujas feições seria capaz de reconhecer. Por fim, um deles chamou-lhe a atenção — e diante de si viu erguer-se o mais perfeito retrato de Mr. Darcy, com o mesmo sorriso nos lábios que se recordava de algumas vezes ter visto quando ele a fitava. Durante vários minutos ficou a contemplar o quadro, tornando a ele uma vez mais antes de abandonarem a galeria. Mrs. Reynolds informou-os de que fora pintado ainda em vida do pai.

Naquele momento, havia seguramente no ânimo de Elizabeth um sentimento mais benévolo em relação ao original do que ela alguma vez experimentara, mesmo no auge do seu convívio. Os louvores que Mrs. Reynolds lhe tecia não eram despiciendos. Que elogio será mais valioso que o de um criado inteligente? Enquanto irmão, amo, senhor, pôs-se a pensar, de quantas pessoas tinha ele a felicidade nas mãos!... Quanto prazer e quanta dor tinha ele o poder de infligir!... Quanto bem e quanto mal podia ele fazer!... Cada comentário feito pela governanta abonava o seu caráter, e ali, diante daquela tela onde ele estava representado, como se de novo a fitasse, pensou no seu afeto com um sentimento de gratidão mais fundo do que alguma vez ele lhe tivesse despertado, avivando o ardor, e esbatendo a incivilidade, com que ele lhe fora expresso.

Quando a parte da casa aberta aos visitantes ficou toda vista, tornaram então a descer a escadaria e, despedindo-se da governanta, foram confiados ao jardineiro que os esperava junto à entrada do vestíbulo.

Enquanto atravessavam o relvado em direção ao ribeiro, Elizabeth virou-se para olhar de novo a casa. Os tios fizeram o mesmo, e conjeturava Mr. Gardiner quanto à data de construção do edifício quando, subitamente, vindo do caminho de trás que levava aos estábulos, apareceu em pessoa o seu proprietário.

Separava os dois apenas uma curta distância, e tão repentina foi aquela sua aparição que não foi possível evitar que ele a visse. De imediato os seus olhares se encontraram, cobrindo-se os rostos de ambos de um intenso rubor. Ele deu um salto e, por um instante, pareceu paralisado pela surpresa; recuperou, contudo, rapidamente, avançando na direção do grupo e cumprimentando Elizabeth, se não com perfeita serenidade, pelo menos com perfeita polidez.

Ela tinha-se voltado instintivamente para recomeçar a andar mas, sentindo-o aproximar-se, detivera-se, recebendo os seus cumprimentos com um embaraço impossível de dominar. Tivesse a sua aparição, ou a sua parecença com o retrato que haviam acabado de contemplar, sido insuficiente para assegurar os tios de que estavam agora defronte do próprio Mr. Darcy, a expressão de surpresa do jardineiro ao ver o seu amo tê-los-ia de imediato elucidado. Deixaram-se ficar um pouco afastados enquanto ele falava com a sobrinha, a qual, de tão estupefacta e desconcertada, mal se atrevia a levantar os olhos e encará-lo, não sabendo sequer que respostas ia dando às corteses perguntas que ele lhe fazia sobre a sua família. Admirada com aquela mudança de atitude desde a última vez que se tinham visto, cada frase que ele proferia só aumentava o seu embaraço, e aqueles poucos minutos em que estiveram juntos, incapaz que se encontrava de pensar noutra coisa senão na inconveniência de ter sido vista naquele lugar, revelaram-se alguns dos mais penosos de toda a sua vida. Tão-pouco parecia ele estar mais à vontade; quando falou, não se notava na sua voz o tom pausado com que de costume se expressava, e tantas e tão precipitadas foram as vezes em que repetiu as perguntas sobre há quanto tempo tinha ela partido de Longbourn e há quanto se encontrava em Derby-shire, que fácil foi ver o turbilhão em que tinha os pensamentos.

Por fim, pareceu não encontrar mais nada para dizer e, durante uns momentos, ficou parado sem proferir palavra, depois do que, repentinamente, tornou a si, pedindo licença para se retirar.

Os tios foram então ter com ela, expressando a sua admiração pelo elegante porte de Mr. Darcy; mas Elizabeth não ouviu uma palavra do que diziam e, completamente absorta nas suas próprias emoções, seguiu-os em silêncio. Invadia-a um sentimento ao mesmo tempo de vergonha e irritação. A sua ida ali fora a coisa mais infeliz e mais insensata do mundo! Que estranho aquilo lhe deveria ter parecido!... E como isso a rebaixaria aos olhos daquele homem tão vaidoso!... Pareceria que se tornava a lançar de propósito no seu caminho... Oh, porque é que tinha vindo ali? Ou porque é que ele tinha regressado um dia antes do previsto? Tivessem saído da estalagem dez minutos mais cedo, e ele nunca os teria visto. Era óbvio que acabara de chegar, e de descer do cavalo ou da carruagem, naquele mesmo instante. Não conseguia deixar de corar à ideia daquele desafortunado encontro. E o seu comporta-mento, tão espantosamente mudado... O que poderia significar? Que ele lhe tivesse sequer dirigido a palavra era já de si surpreen-dente! Mas usar de tanta cortesia, perguntando-lhe pela família... Nunca ela lhe vira modos tão pouco altivos, nem nunca ele lhe falara com tanta gentileza, como nesta inesperada entrevista. Que contraste com a última vez que ele se lhe dirigira em Rosings Park, quando lhe entregara a sua carta!... Não sabia o que pensar, ou como explicar tudo aquilo.

Seguiam agora por um bonito caminho à beira da água, cada passo que davam revelando um declive mais harmonioso ou uma vista mais esplêndida do bosque do qual se aproximavam. Teve, contudo, de passar algum tempo antes que Elizabeth se desse conta do que se passava à sua volta; apesar de responder maquinalmente às repetidas interpelações dos tios e parecer dirigir o olhar para aquilo que eles lhe apontavam, de facto não via nada da paisagem. Todos os seus pensamentos estavam concentrados naquele sítio de Pemberley House, qualquer que ele fosse, em que Mr. Darcy nesse instante se encontraria. Ansiava por saber o que lhe passaria pela mente, o que teria pensado dela e se, apesar de tudo, ainda nutria por si alguma afeição. Talvez tivesse sido cortês apenas porque se sentia à vontade; e, no entanto, qualquer coisa na sua voz o desmentia. Não era capaz de dizer se ele tinha sentido mais desgosto ou mais prazer por tê-la encontrado, mas seguramente não ficara indiferente.

Ao fim de um tempo, porém, os comentários dos seus companheiros sobre o seu ar ausente acabaram por despertá-la, e ela sentiu que era necessário recompor-se.

Penetraram no bosque e, despedindo-se do ribeiro por uns momentos, subiram a alguns dos pontos mais elevados, de onde se podiam contemplar, sempre que alguma abertura entre as árvores permitia que o olhar vagueasse, vistas encantadoras do vale, das colinas em frente, com a vasta mancha de arvoredo cobrindo muitas delas, e, de vez em quando, de um trecho do ribeiro. Mr. Gardiner exprimiu o desejo de contornar os jardins, mas teve receio de que o trajeto fosse demasiado longo para um passeio a pé. Com um sorriso triunfante, foi-lhes dito que eles teriam dez milhas a toda a volta. Com isso a questão ficou resolvida e eles seguiram o percurso habitual, ao fim de um bocado tornando a descer a colina por entre o arvoredo até junto do ribeiro, onde as margens estreitavam. Atravessaram-no por uma ponte singela, em harmonia com o resto da paisagem. Estavam num ponto menos ornamentado que qualquer dos outros que até aí tinham visto, e o vale, que aqui se apertava, deixava apenas espaço para o curso de água e para um estreito caminho por entre o mato que o bordejava. Elizabeth bem desejaria explorar-lhe os meandros, mas depois de atravessarem a ponte e de se terem apercebido da distância a que se encontravam da casa, Mrs. Gardiner, que não era grande caminhante, sentiu-se incapaz de continuar, pensando apenas em regressar à carruagem o mais depressa possível. À sobrinha não restava senão conformar-se, pelo que começaram a andar em direção à casa pela outra margem, tomando o trajeto mais curto. O progresso, contudo, era lento, já que Mr. Gardiner, apesar de raras vezes se poder entregar a esse prazer, tinha um gosto particular pela pesca, e tão entretido esteve em observar a aparição ocasional de alguma truta e em conversar com o jardineiro sobre o assunto, que só a muito custo avançava. Prosseguiam, pois, neste ritmo vagaroso, quando foram de novo surpreendidos pela visão de Mr. Darcy — e o assombro de Elizabeth vendo-o aproximar-se, para mais a tão pouca distância, não foi inferior ao da primeira vez. O caminho pelo qual seguiam, mais aberto que o do outro lado, permitiu-lhes vê-lo antes que ele os alcançasse. Elizabeth, se bem que atónita, sentia-se pelo menos mais preparada que anteriormente para manter uma conversa, prometendo a si mesma aparentar serenidade e falar com calma, se é que ele tinha na verdade intenção de se lhes reunir. Por uns instantes, pensou mesmo que ele fosse virar por outro caminho. Mas uma vez passada a curva que o ocultara, logo ele surgiu à sua frente. Um rápido olhar bastou para que Elizabeth se apercebesse de que ele não havia perdido nada da sua recente amabilidade; e, para lhe imitar a polidez, ela começou desde logo a exaltar a beleza do lugar. Não tinha, no entanto, ido além das palavras «adorável» e «encantador», quando foi assaltada por algumas recordações menos felizes e se pôs a pensar que, vindos de si, aqueles elogios a Pemberley poderiam ser mal interpretados. O seu rosto mudou de cor e ela não disse mais nada.

Mrs. Gardiner estava parada um pouco atrás da sobrinha e, quando esta se calou, Mr. Darcy perguntou-lhe se ela lhe faria a honra de o apresentar aos seus amigos. Era um rasgo de cortesia para o qual ela não estava de todo preparada; e quase deixou escapar um sorriso, ao vê-lo empenhado em travar conhecimento com algumas daquelas pessoas contra as quais, quando se lhe propusera, o seu orgulho se havia indignado. *Que surpresa vai ter*, pensou ela, *quando descobrir quem são!... Deve tomá-los por pessoas da alta sociedade.*

As apresentações, não obstante, fizeram-se prontamente e, enquanto o elucidava sobre o parentesco que os unia, ela lançou-lhe um olhar de relance para ver a sua expressão, na expectativa de que ele se furtasse tão depressa quanto possível a tão ignominiosa companhia. Que ficara surpreso com a relação era manifesto; sofreu-o, porém, com galhardia e, em vez de se afastar, voltou para trás com eles, começando a conversar com Mr. Gardiner. Elizabeth não pôde deixar de se sentir satisfeita, talvez mesmo vitoriosa. Era reconfortante poder apresentá--lo a familiares seus dos quais ela não precisava de se envergonhar. Com a maior atenção, escutou tudo o que foi dito entre os dois, rejubilando a cada expressão, a cada frase do tio que revelasse a sua inteligência, o seu bom gosto ou as suas boas maneiras.

A conversa depressa se desviou para o tema da pesca, e ela ouviu Mr. Darcy muito cortesmente convidá-lo, enquanto estivesse na região, a ir pescar na propriedade tantas vezes quantas desejasse, oferecendo-se ao mesmo tempo para lhe ceder o material necessário e indicando-lhe quais os melhores trechos do ribeiro. Mrs. Gardiner, que caminhava de braço dado com Elizabeth, lançou-lhe um olhar que não escondia o seu espanto. A sobrinha não disse palavra, mas sentia-se profundamente satisfeita — aquela amável oferta era-lhe também dirigida. Permanecia, contudo, completamente estupefacta, repetindo sem cessar para si mesma: *Porque é que ele está tão diferente? Qual será a razão? Não terá sido seguramente por minha causa, não terá sido em minha atenção, que os seus modos se tornaram tão mais gentis. As censuras que lhe fiz em Hunsford não podem ter operado tamanha mudança. É impossível que ele ainda me ame.*

Continuaram a caminhar deste modo por algum tempo, com as duas senhoras à frente e os dois cavalheiros atrás, até que, ao retomarem os seus lugares depois de terem descido até à orla da água para observar melhor alguma curiosa planta aquática, se produziu uma pequena alteração: Mrs. Gardiner, fatigada do exercício da manhã, achou o braço de Elizabeth inadequado para se apoiar e preferiu, em consequência, o do marido. Mr. Darcy ocupou o seu lugar junto da sobrinha, caminhando lado a lado com ela. Depois de um breve silêncio, coube à dama iniciar a conversa. Queria que ele soubesse que a haviam assegurado da sua ausência antes de ter vindo visitar a casa, começando por isso mesmo por observar que a sua chegada tinha sido bastante inesperada.

— Na verdade — acrescentou —, a sua governanta informou--nos de que, com toda a certeza, o senhor só chegaria amanhã; e, de facto, antes de sairmos de Bakewell, constou-nos que não estavam para já à sua espera na região.

Aquelas informações eram, de facto, exatas: uns assuntos a tratar com o seu administrador tinham-no feito vir umas horas mais cedo que as restantes pessoas com quem viajava.

— Estarão cá amanhã de manhã — prosseguiu Mr. Darcy — e, entre eles, há quem reclame ser das suas relações: Mr. Bingley e suas irmãs.

Elizabeth limitou-se a fazer um breve aceno com a cabeça. A sua mente voou instantaneamente para a última ocasião em que o nome de Mr. Bingley fora pronunciado entre eles — e, a julgar pelo rubor na face do seu interlocutor, os seus pensamentos não andariam muito longe dos dela.

— Vem ainda uma outra pessoa — continuou ele, após uma breve pausa — que deseja mais particularmente conhecê-la. Permite-me, se não for pedir-lhe muito, que lhe apresente minha irmã durante a sua estada em Lambton?

A surpresa que aquele pedido lhe causou foi de facto grande — tão grande, que ela nem sequer soube em que termos assentiu. De imediato percebeu que, qualquer que fosse o desejo que Miss Darcy tivesse de a conhecer, ele seria obra do irmão, o que, só por si, era suficiente para deixá-la satisfeita. Era bom saber que o ressentimento não dera ocasião a que ele formasse uma opinião demasiado desfavorável a seu respeito.

Caminhavam agora em silêncio, cada um imerso nos seus próprios pensamentos. Elizabeth não estava à vontade; isso seria impossível. Sentia-se, contudo, grata e lisonjeada. O desejo que Mr. Darcy formulara de lhe apresentar a irmã era uma honra das mais elevadas. Depressa se distanciaram dos outros e, quando chegaram junto da carruagem, já tinham um avanço de um quarto de milha sobre Mr. e Mrs. Gardiner.

Então ele convidou-a a entrar em casa — mas ela declarou que não estava cansada, e os dois esperaram no relvado. Numa ocasião como aquela, em que muito poderia ser dito, o silêncio tornava-se verdadeiramente embaraçoso. Elizabeth queria conversar, mas era como se sobre cada assunto pendesse um embargo. Por fim, lembrou-se de que tinha andado a viajar, e foi com grande persistência que os dois conversaram sobre Matlock e Dovedale. Mas quer o tempo quer a tia avançavam devagar — e quando o *tête-à-tête* terminou, tanto a sua perseverança quanto as suas ideias se tinham quase esgotado. À chegada de Mr. e Mrs. Gardiner, foram todos instados a entrar para tomarem qualquer coisa; mas o convite foi declinado e as despedidas foram feitas, de ambos os lados, com a maior polidez. Mr. Darcy ajudou as senhoras a subir para a carruagem e, quando esta se pôs em movimento, Elizabeth ficou a vê-lo dirigir-se lentamente para casa.

Os comentários dos tios tiveram então início, declarando-o ambos infinitamente superior a qualquer expectativa.

— É um perfeito cavalheiro, em tudo cortês e desafetado — disse o tio.

— É verdade que há qualquer coisa de altivo na sua pessoa — retorquiu a tia —, mas é só na aparência e não lhe assenta nada mal. Agora posso dizer como a governanta que, apesar de algumas pessoas o acharem orgulhoso, eu não dei por nada.

— Nunca fiquei tão surpreendido como com a maneira como ele nos tratou. Não foi apenas cortês: foi genuinamente atencioso, quando não tinha qualquer obrigação de o ser. As suas relações com a Elizabeth eram muito superficiais.

— Decerto, Lizzy — disse a tia —, ele não será tão bonito quanto o Wickham, ou melhor, ele não terá o mesmo ar do Wickham, já que as suas feições são perfeitamente harmoniosas. Mas por que razão nos disseste que ele era tão desagradável?

Elizabeth justificou-se o melhor que pôde: disse que aprendera a gostar mais dele quando o encontrara no Kent e que nunca o vira tão gentil como nessa manhã.

— Talvez ele seja um pouco caprichoso nas suas cortesias — comentou o tio. — Não é raro entre os grandes senhores. Por isso mesmo não vou tomar ao pé da letra aquilo que ele disse sobre a pesca, já que de um dia para o outro pode mudar de ideias e convidar-me a sair das suas terras.

Elizabeth percebeu que eles se tinham equivocado por completo a seu respeito, mas não disse nada.

— Por aquilo que vimos dele — prosseguiu Mrs. Gardiner —, confesso que nunca o julgaria capaz de tratar alguém com tamanha crueldade como aquela de que usou com o pobre do Wickham. Não tem um ar desalmado. Pelo contrário, há qualquer coisa de muito ameno na maneira como fala e uma dignidade no seu semblante que nunca o deixaria crer sem coração. É verdade que a senhora que nos mostrou a casa foi incansável nos seus louvores!... Não sei como é que, nalgumas alturas, não desatei a rir... Mas imagino que ele seja um amo generoso, e isso, aos olhos de um criado, resume todas as virtudes.

Neste ponto, Elizabeth sentiu-se no dever de dizer qualquer coisa para justificar a forma como ele se comportara com Wickham, dando-lhes a entender, com a maior discrição de que foi capaz, que, pelo que ouvira dos seus familiares no Kent, o procedimento de Mr. Darcy poderia ter uma interpretação muito diferente, e que nem o seu caráter era assim tão abominável nem o de Wickham tão respeitável como no Hertfordshire se julgara. Como prova do que afirmava, relatou-lhes os pormenores de todas as transações pecuniárias em que os dois se tinham achado envolvidos, sem revelar o nome do seu informante mas assegurando-os de que era uma pessoa da mais inteira confiança.

Mrs. Gardiner ficou tão surpresa quanto apreensiva, mas como se aproximava agora do cenário das suas passadas alegrias, todos os pensamentos sucumbiram ao fascínio da memória, e tão absorvida esteve em indicar ao marido cada sítio notável das redondezas, que não se conseguiu ocupar de mais nada. Apesar de exausta da caminhada desse dia, mal tinha terminado o jantar quando ela tornou a sair em busca de velhos conhecidos — e a noite foi passada por entre as delícias de um convívio reatado ao fim de muitos anos.

Quanto a Elizabeth, os sucessos do dia ocupavam-lhe demasiado a mente para que pudesse prestar muita atenção a estes novos amigos; a verdade é que não conseguia fazer mais nada senão pensar, ainda maravilhada, na cortesia de Mr. Darcy e, sobretudo, no desejo que ele expressara de lhe apresentar sua irmã.

CAPÍTULO 44

Elizabeth convencera-se de que Mr. Darcy traria a irmã para visitá-la logo no dia seguinte à sua chegada a Pemberley e, em consequência disso, resolveu que não sairia da vista da estalagem durante toda essa manhã. As suas previsões, contudo, revelaram-se falsas, pois na mesma manhã em que chegou com os tios a Lambton, as visitas inesperadamente apareceram. Tinham andado a passear na vila com alguns dos seus novos amigos e acabavam de regressar à estalagem, onde trocariam de roupa para jantar com essa mesma família, quando o som de uma carruagem os atraiu a uma janela e eles viram que um cabriolé[58] se aproximava, trazendo nele um cavalheiro acompanhado de uma senhora. Elizabeth, que imediatamente reconheceu a libré, adivinhou o que aquilo queria dizer, e não foi com pequena surpresa que os tios a ouviram comunicar a honra que a aguardava. Os dois ficaram mudos de espanto, mas o modo embaraçado como ela falou, juntamente com a presente circunstância e muitas outras do dia anterior, abriram-lhes uma nova perspetiva sobre o assunto. Nada anteriormente o sugerira, mas agora tornava-se claro que não havia outra forma de explicar tais atenções, vindas de quem vinham, sem ser presumindo que ele sentisse alguma inclinação pela sobrinha. Enquanto essas novas ideias lhes atravessavam a mente, a turbação de Elizabeth aumentava a cada momento. Ela mesma se surpreendia de se sentir tão inquieta, mas não era sem razão: entre outras causas de desassos-

---

[58] No original, *«curricle»*, veículo ligeiro de duas rodas muito semelhante ao cabriolé, mas puxado por dois cavalos. *(NT)*

sego, temia que a parcialidade do irmão a tivesse pintado com cores demasiado favoráveis; e mais ansiosa em agradar que o habitual, naturalmente suspeitava que os seus recursos fossem insuficientes.

Afastou-se da janela, com medo de que a vissem; a seguir pôs-se a andar de um lado para o outro da sala, esforçando-se por manter a compostura — os olhares admirados e interrogativos que os tios iam trocando entre si fizeram-na, no entanto, sentir-se ainda pior.

Então Miss Darcy e o irmão foram conduzidos à sua presença e a tão temida função teve lugar. Não foi pequena a surpresa de Elizabeth ao verificar que a sua visita estava, no mínimo, tão embaraçada quanto ela. Desde que chegara a Lambton, ouvira comentar que Miss Darcy era uma pessoa extremamente orgulhosa — mas uns escassos minutos de observação convenceram-na de que ela era apenas imensamente tímida. Foi a custo que lhe conseguiu arrancar uma palavra que não fosse um monossílabo.

Miss Darcy era alta e de compleição mais robusta que Elizabeth e, apesar de ter pouco mais de dezasseis anos, tinha já a silhueta formada e um ar feminil e gracioso. Era menos bonita que o irmão, mas havia sensatez e bonomia no seu rosto, e as suas maneiras eram amáveis e sem afetação. Elizabeth, que esperara encontrar nela uma observadora tão perspicaz e expedita quanto Mr. Darcy, sentiu-se profundamente aliviada ao constatar uma tal diferença de temperamentos.

Pouco tempo passou antes que Mr. Darcy a informasse de que Bingley viria também prestar-lhe os seus respeitos; e ainda não terminara Elizabeth de exprimir a sua satisfação e se preparar para receber aquela inesperada visita, quando se ouviram nas escadas os passos rápidos de Bingley, seguidos, um instante depois, pela sua entrada na sala. Toda a irritação que por ele sentira se havia há muito dissipado, mas mesmo que ainda conservasse alguma, ela dificilmente teria resistido à natural cordialidade com que ele se manifestou ao revê-la. Num tom caloroso, embora sem nomear ninguém, Bingley passou então a inquirir sobre a sua família, nos modos e na maneira de falar aparentando a desenvolta bonomia de sempre.

Não era inferior ao de Elizabeth o interesse que ele suscitava em Mr. e Mrs. Gardiner. Há muito que desejavam conhecê-lo. Na verdade, todas aquelas visitas lhes despertavam a mais viva atenção. As suas recentes suspeitas a respeito de Mr. Darcy e da sobrinha levaram-nos a observar cada um deles com intensa, se bem que discreta, curiosidade — e destas suas averiguações depressa resultou a plena convicção de que pelo menos um deles sabia o que era estar apaixonado. Quanto aos sentimentos dela, mantinham ainda algumas dúvidas, mas que ele transbordasse de admiração era por demais evidente.

No que lhe tocava, Elizabeth tinha muito que fazer. Queria certificar-se dos sentimentos de cada uma das suas visitas, dominar os seus, e ser amável com todos. Neste último propósito, em que sobretudo receava falhar, era ao invés seguro o seu êxito, uma vez que aqueles a quem desejava agradar estavam já inclinados a seu favor: Bingley estava pronto, Georgiana empenhada e Darcy determinado a admirá-la.

À aparição de Bingley, os seus pensamentos voaram naturalmente para a irmã — e com que ardor ela desejou saber se os dele teriam seguido o mesmo caminho!... Em certas alturas, pareceu-lhe que ele falasse menos que noutras ocasiões e, uma ou outra vez, comprazeu-se com a ideia de que, enquanto olhava para ela, ele tentasse encontrar alguma parecença com Jane. Mas ainda que isto pudesse ser apenas produto da imaginação, já quanto ao seu comportamento com Miss Darcy, que lhe fora apresentada como rival da irmã, não poderia haver nenhum equívoco. Não houve entre os dois um único olhar que denotasse um afeto especial. Nada se passou entre eles que pudesse justificar as esperanças de Miss Bingley. Sobre este ponto, ela rapidamente se tranquilizou; mas antes ainda das visitas partirem, pareceu-lhe, na sua interpretação ansiosa, que duas ou três circunstâncias aparentemente irrelevantes tivessem traído nele não só uma lembrança de Jane não isenta de ternura como um desejo de acrescentar alguma coisa mais, tivesse ele tido coragem, que os pudesse conduzir até ela. Mas não a teve. Num momento em que os outros conversavam entre si, ele disse-lhe, num tom genuinamente contristado, que «havia muito tempo que não tinha o prazer de a ver»; e, antes que ela conseguisse dar-lhe uma resposta, acrescentou:

— Já passaram mais de oito meses. Não nos vemos desde o dia 26 de novembro, quando estivemos todos a dançar em Netherfield.

Elizabeth não pôde deixar de se sentir grata ao constatar que ele guardava uma memória tão exata. Um pouco mais tarde, quando apenas na companhia um do outro, Bingley aproveitou a oportunidade para lhe perguntar se suas irmãs se encontravam *todas* em Longbourn. A pergunta nada tinha de excecional, como não tivera o comentário precedente, mas o olhar que a acompanhou e o modo como foi pronunciada cobriram-na de significado.

Não foram muitas as ocasiões em que Elizabeth conseguiu voltar os olhos na direção de Mr. Darcy mas, sempre que o fez, encontrou uma tal expressão de complacência e, em tudo o que ele dizia, um tom tão despido de qualquer soberba ou desdém pelo próximo, a ponto de a convencer de que a melhoria nos seus modos que testemunhara no dia anterior, por mais efémera que viesse a provar--se, durara pelo menos mais de um dia. Quando o viu empenhado em travar conhecimento e tentando conquistar a estima de pessoas com quem, apenas poucos meses antes, qualquer tipo de convívio teria sido considerado ignominioso; quando o viu tão amável, não só com ela, mas com aqueles seus mesmos parentes que abertamente desdenhara, e recordou a última e agitada cena entre os dois no presbitério de Hunsford — a diferença, a mudança era tão grande e causava uma tal impressão no seu espírito, que ela mal conseguia dissimular o seu assombro. Nunca, nem mesmo na companhia dos seus queridos amigos em Netherfield ou dos seus ilustres familiares em Rosings, o tinha visto tão desejoso de agradar, tão despido de presunção e de impassível frieza, como agora, quando nenhuma vantagem poderia advir do bom êxito dos seus esforços e quando o simples facto de travar conhecimento com aqueles a quem de presente dirigia as suas atenções atrairia sobre si o ridículo e a censura quer das irmãs de Bingley quer de sua tia.

As visitas demoraram-se um pouco mais de meia hora e, quando se levantaram para sair, Mr. Darcy apelou à irmã para, juntamente com ele, exprimir o desejo de os receber a todos em Pemberley para jantar antes de abandonarem a região. Miss Darcy, não obstante uma timidez que revelava a sua pouca experiência em formular convites, obedeceu prontamente. Mrs. Gardiner olhou para a sobrinha, desejosa de saber se ela, a quem o convite sobretudo dizia respeito, estaria inclinada a aceitá-lo, mas Elizabeth desviara o rosto. Presumindo, contudo, que esta fuga deliberada traduziria mais um embaraço momentâneo que qualquer repugnância pela proposta, e notando no marido, que apreciava a vida em sociedade, inteira disposição para o aceitar, considerou poder afiançar a sua presença, tendo a data sido fixada para dois dias mais tarde.

Bingley confessou-se deleitado por poder estar de novo com Elizabeth, tendo ainda muito que lhe contar e muitas perguntas a fazer-lhe sobre os seus amigos do Hertfordshire. Elizabeth, atribuindo tudo isso a um desejo de a ouvir falar da irmã, ficou igualmente encantada; por este motivo, e outros ainda, quando as visitas partiram, conseguiu pensar na última meia hora com alguma satisfação, mesmo que o prazer tivesse sido pouco enquanto ela durara. Ansiosa por ficar sozinha, e receando alguma pergunta ou insinuação por parte dos tios, ficou com eles apenas o tempo suficiente para os ouvir falar com aprovação de Bingley, após o que saiu apressadamente para trocar de roupa.

E, no entanto, não havia qualquer razão para temer a curiosidade de Mr. e Mrs. Gardiner: não tinham a menor intenção de forçá-la a dizer fosse o que fosse. Era evidente que a sobrinha conhecia bastante melhor Mr. Darcy do que haviam suposto, como era igualmente evidente que ele estava profundamente apaixonado. Eram muitos os motivos de interesse, mas nada que justificasse um inquérito.

De Mr. Darcy tornara-se agora imperioso ter boa opinião e, tanto quanto podiam avaliar da sua convivência, não encontravam nele defeito que se lhe apontasse. Não podiam ter ficado insensíveis à sua cortesia, e se tivessem esboçado o seu retrato a partir do que eles próprios sentiam e do relato da governanta, sem mais referência a qualquer outra opinião, ninguém no Hertfordshire o teria reconhecido como pertencendo a Mr. Darcy. Havia agora alguma inclinação para acreditar na governanta; e eles depressa tomaram consciência de que a opinião de uma criada que o conhecia desde os quatro anos, e cujos modos indicavam tratar-se de uma pessoa respeitável, não podia ser descartada com ligeireza. Tão-pouco as informações fornecidas pelos amigos de Lambton eram de molde a desacreditá-la. Nada tinham de que acusá-lo a não ser de orgulho; um orgulho que provavelmente possuiria e que, mesmo se assim não fosse, lhe seria com toda a certeza imputado pelos habitantes de uma pequena vila comercial de província, cujas casas a sua família não frequentava. Era, no entanto, reconhecido que se tratava de um homem generoso e muito amigo dos pobres.

No que dizia respeito a Wickham, os viajantes cedo se aperceberam de que não gozava de muita estima na região, pois se pouco se sabia acerca da desavença que mantinha com o filho do seu protetor, era facto conhecido que, ao abandonar Derbyshire, ele tinha deixado atrás de si um número considerável de dívidas que, mais tarde, haviam sido saldadas por Mr. Darcy.

Quanto a Elizabeth, tinha mais o pensamento em Pemberley naquela noite do que havia tido na anterior, e o serão, apesar de lhe ter parecido interminável, acabou por não ser suficientemente longo para que concluísse sobre o tipo de sentimentos que nutria por um dos habitantes daquela mansão. Durante duas horas não conseguiu dormir, ocupada que esteve em encontrar uma resposta. Definitivamente não o odiava. Não — o seu ódio há muito se desvanecera, como há muito ela própria se envergonhava de alguma vez ter sentido por ele uma aversão que pudesse merecer tal nome. O respeito inspirado pelas inegáveis qualidades de Mr. Darcy, apesar da inicial relutância em admiti-lo, já há algum tempo vencera a sua oposição, elevando-se agora, graças aos testemunhos altamente favoráveis da véspera, tão abonatórios do seu caráter, a alguma coisa de mais cordial. Mas acima de tudo, mais que respeito e estima, havia em si um impulso, um apelo à sua boa vontade, que ela não podia ignorar: e esse era a gratidão. Gratidão não apenas por ele a ter amado em tempos, mas por gostar ainda o suficiente de si para lhe perdoar toda a impertinência e acrimónia dos seus modos quando o rejeitara, bem como todas as injustas acusações que os tinham acompanhado. Aquele que, assim se persuadira, a evitaria como a sua maior inimiga, parecera, neste encontro acidental, especialmente ansioso por preservar a relação, além disso, e sem que no que apenas aos dois respeitava tivesse havido qualquer demonstração indelicada de estima ou de especial atenção, tendo-se empenhado quer em granjear a estima dos seus familiares quer em apresentar-lhe a irmã. Uma tal mudança num homem tão cheio de orgulho suscitava-lhe não apenas assombro mas também gratidão — pois só ao amor, a um profundo amor, aquela podia ser atribuída, deixando nela uma impressão tão contrária ao desprazer que, conquanto difícil de definir, não podia ser senão acalentada. Ela respeitava-o, estimava-o, estava-lhe grata, e preocupava-se genuinamente com o seu bem-estar; restava-lhe apenas saber até que ponto pretendia que esse bem-estar dependesse de si e até onde, em nome da felicidade de ambos, ela deveria empregar os recursos — acreditando que ainda os possuísse — que poderiam inspirá-lo a renovar a sua proposta.

Ficara decidido na noite anterior, entre tia e sobrinha, que um ato de tão notável cortesia como o de Miss Darcy, vinda que fora a visitá-los no mesmo dia da sua chegada a Pemberley, para mais já ao fim da manhã, deveria ser, se não igualado, pelo menos retribuído com alguma demonstração de gentileza da sua parte, elegendo-se por isso a manhã seguinte como a altura mais conveniente para lhe prestarem uma visita em Pemberley. Assim seria feito. Elizabeth sentiu-se satisfeita, ainda que, quando se perguntou a si própria sobre a razão desse contentamento, não tivesse encontrado resposta.

Mr. Gardiner deixou-as pouco depois do pequeno-almoço. A proposta para que fosse pescar fora renovada no dia anterior e o compromisso de se reunir a alguns dos cavalheiros em Pemberley por volta do meio-dia assumido em conformidade.

CAPÍTULO 45

Convencida como agora Elizabeth se encontrava de que a hostilidade de Miss Bingley fora originada pelo ciúme, não pôde deixar de pensar em como a sua aparição em Pemberley lhe deveria causar desprazer, sentindo-se curiosa por saber com quanta cortesia da outra parte o convívio entre as duas seria reatado.

Chegadas à casa, foram conduzidas através do vestíbulo até ao salão, que a exposição a norte tornava especialmente agradável nos dias estivais. As janelas até ao chão proporcionavam uma vista muito aprazível das altas colinas cobertas de arvoredo por detrás da casa, e assim mesmo dos magníficos carvalhos e castanheiros que se espalhavam pelo relvado.

Aí foram recebidas por Miss Darcy, acompanhada por Mrs. Hurst, Miss Bingley e a senhora com quem vivia em Londres. Georgiana acolheu-as com toda a amabilidade, mas também com um constrangimento que, nascido da timidez e do receio de não proceder bem, com facilidade infundiria naqueles que se lhe sentissem inferiores a crença de que se tratasse de uma pessoa orgulhosa e distante. Mrs. Gardiner e a sobrinha, contudo, não caíram no mesmo erro, condoendo-se mesmo do seu esforço.

Mrs. Hurst e Miss Bingley limitaram-se a assinalar a sua presença com uma leve cortesia e, uma vez as visitas sentadas, seguiu-se um silêncio — tão incómodo como estes silêncios sempre são — que se prolongou por alguns instantes. A primeira a quebrá-lo foi Mrs. Annesley, uma mulher de ar amável e distinto, e cujos esforços por encetar um diálogo revelaram tratar-se de uma pessoa genuinamente mais educada que qualquer das outras duas senhoras; e assim, entre ela e Mrs. Gardiner, com uma achega ocasional de Elizabeth, se foram fazendo as despesas da conversa. Miss Darcy parecia tentar arranjar coragem para se lhes juntar, uma vez por outra arriscando mesmo uma breve frase, quando as probabilidades de ser ouvida eram poucas.

Elizabeth cedo se apercebeu de que estava a ser cuidadosamente observada por Miss Bingley e de que não podia pronunciar uma palavra, sobretudo se dirigida a Miss Darcy, sem atrair a sua atenção. Esta vigilância não a teria impedido de tentar falar com a última, não fosse o caso de estarem sentadas a uma distância pouco prática uma da outra. Mas não lamentava o facto de não ter de dizer grande coisa. Estava ocupada com os seus próprios pensamentos. Esperava, a todo o instante, que alguns dos cavalheiros entrassem na sala. Desejava, e ao mesmo tempo temia, que o dono da casa se encontrasse entre eles — e se fosse maior o desejo ou o temor ela não conseguia dizer. Durante um quarto de hora esteve assim embrenhada, sem que a voz de Miss Bingley se tivesse feito ouvir, até que, vinda desse lado, uma pergunta de circunstância sobre a sua família a fez despertar. Respondeu com a mesma indiferença e brevidade, e da sua interlocutora não houve mais palavra.

Uma outra variação, proporcionada pela sua visita, foi a entrada de criados trazendo pratos com carnes frias, bolos e uma grande variedade da melhor fruta da estação, se bem que apenas depois de Mrs. Annesley, por entre inúmeros olhares e sorrisos sugestivos, ter recordado a Miss Darcy o seu papel de anfitriã. Havia, finalmente, alguma coisa com que ocupar por igual as presentes, pois se nem todas podiam conversar, já todas podiam comer, e as belas pirâmides de uvas, nectarinas e pêssegos em breve reuniram-nas em torno da mesa.

Estavam pois entregues àquela função, quando Elizabeth dispôs de uma bela oportunidade para decidir se sentia mais vontade ou mais receio de que Mr. Darcy aparecesse, assaltada que foi pelos sentimentos que acompanharam a sua entrada na sala — e então, apesar de um momento antes ter acreditado que o desejo predominasse, começou a lamentar que ele tivesse vindo.

Mr. Darcy tinha estado com Mr. Gardiner e outros dois ou três hóspedes junto ao ribeiro, mas deixara-os assim que soubera que as duas senhoras tencionavam fazer uma visita a Georgiana nessa mesma manhã. Mal ele fez a sua aparição, Elizabeth decidiu, com toda a sensatez, comportar-se de forma absolutamente descontraída e natural — uma resolução tão mais necessária, mas talvez não tão simples de manter, por se ter dado conta de que os dois eram alvo das suspeitas das senhoras ali presentes e de que quase não houve olhar que não se tivesse voltado para observar a atitude de Mr. Darcy quando este entrou na sala. Em nenhum semblante estava estampada uma curiosidade mais intensa que no de Miss Bingley, apesar dos sorrisos que lhe enfeitavam o rosto sempre que se dirigia a um dos objetos do seu escrutínio; o ciúme não a fizera ainda perder toda a esperança, e ela estava longe de dar por terminadas as suas atenções para com Mr. Darcy. À chegada do irmão, Miss Darcy esforçou-se ainda com mais empenho por falar; quanto a Mr. Darcy, como a Elizabeth foi dado notar, estava ansioso por que ela e a irmã aprofundassem o conhecimento, animando o mais possível qualquer ensaio de conversa entre ambas. A tudo isto Miss Bingley assistiu, na imprudência da sua ira e num tom de polido escárnio aproveitando a primeira oportunidade para perguntar:

— Diga-nos, Miss Eliza, é verdade que a milícia já não está em Meryton? Deve ter sido uma grande perda para a sua família...

Na presença de Darcy, ela não se atreveu a pronunciar o nome de Wickham, mas Elizabeth de imediato percebeu que era nele que Miss Bingley pensava, e as muitas lembranças que isso lhe trouxe causaram-lhe um instante de perturbação; mas, reunindo todas as suas forças para repelir aquele ataque malicioso, depressa lhe respondeu, pondo um ar suficientemente distante. Enquanto falava, um olhar involuntário revelou-lhe Darcy, de face enrubescida, fitando-a intensamente, e a irmã, visivelmente turbada e incapaz de erguer os olhos do chão. Tivesse Miss Bingley consciência da dor que naquele momento infligia à sua muito querida amiga, certamente se teria refreado de fazer a alusão; mas apenas tencionara desconcertar Elizabeth trazendo à sua lembrança um homem pelo qual acreditava ela sentisse uma inclinação, induzi-la a trair um sentimento que a poderia rebaixar aos olhos de Darcy, e talvez mesmo recordar a este todos os despropósitos e inconveniências que traziam uma parte da sua família associada àquele regimento. Nem uma só palavra lhe chegara alguma vez aos ouvidos sobre a planeada fuga de Miss Darcy. Sempre que o seu segredo pôde ser mantido, com exceção de Elizabeth, a ninguém ela fora revelada; e sobretudo dos familiares de Bingley, o amigo estava ansioso por escondê-la, dado o desejo, que desde há muito Elizabeth lhe adivinhara, de um dia eles o virem a ser também de sua irmã. De que houvesse ideado um tal plano não havia dúvida nenhuma, sendo provável, mesmo que isso não tivesse influído nos seus esforços para o separar de Miss Bennet, que tivesse tornado ainda mais acesa a sua preocupação com o bem-estar de Bingley.

A atitude composta de Elizabeth, porém, cedo lhe serenou o ânimo, e como Miss Bingley, aborrecida e desapontada, não se atrevesse a aludir mais claramente a Wickham, Georgiana acabou também, aos poucos, por se recompor, se bem que não o suficiente para tornar a dizer palavra. O irmão, cujo olhar receava enfrentar, mal se lembrou contudo do seu envolvimento no caso, e a circunstância que havia sido engendrada para desviar os seus pensamentos de Elizabeth, pareceu ao invés tê-los fixado nela ainda com maior força e entusiasmo.

Feita a pergunta e dada a resposta, as visitas não se demoraram muito mais, tendo Miss Bingley aproveitado a oportunidade, enquanto Mr. Darcy as acompanhava até à carruagem, para dar livre rédea às suas emoções, criticando a aparência, o comportamento e a forma de trajar de Elizabeth. Mas Georgiana não se lhe juntou. Os elogios do irmão eram suficientes para garantir o seu favor: o seu juízo era infalível, e ele referira-se-lhe em termos tais que Georgiana nada mais pôde fazer senão achá-la amável e encantadora. Quando Darcy regressou ao salão, Miss Bingley não se conteve, repetindo-lhe parte do que estivera a dizer à irmã.

— Que aspeto terrível o de Miss Eliza Bennet esta manhã, Mr. Darcy — comentou. — Nunca em toda a minha vida vi alguém mudar tanto como ela desde o inverno. Ficou tão morena e com um ar tão rude!... A Louisa e eu estávamos a comentar que não a teríamos reconhecido.

Por muito que lhe tenha desprazido o comentário, Mr. Darcy limitou-se a responder friamente que não reparara em qualquer outra mudança se não no facto de ela estar um pouco bronzeada — o que nada tinha de prodigioso quando se viajava no verão.

— Pela parte que me toca — retomou Miss Bingley —, confesso que nunca consegui achar nela qualquer beleza. A cara é demasiada magra, a tez não tem brilho e as feições não são nada graciosas. Ao nariz falta caráter, não possui nenhum traço que o distinga. Os dentes são razoáveis, mas nada fora do comum. Quanto aos olhos, a que já ouvi chamar belos, nunca notei neles nada de extraordinário; têm uma expressão penetrante e insolente que não me agrada de todo. De resto, há em toda ela uma presunção, mas sem nenhuma elegância, que é absolutamente intolerável.

Persuadida que estava da inclinação de Mr. Darcy por Elizabeth, não seria esta a melhor forma de se lhe recomendar; mas nem sempre, quando se está zangado, se faz uso do bom senso, e notando-o por fim um tanto exasperado, ela sentiu que alcançara todo o sucesso pretendido. Ele, porém, manteve-se obstinadamente em silêncio; determinada a fazê-lo falar, ela prosseguiu:

— Quando pela primeira vez a vimos no Hertfordshire, lembro-me de como ficámos todos estupefactos ao descobrir que era considerada uma beldade; mas, em particular, recordo-me de uma noite, depois de eles terem ido jantar a Netherfield, o senhor nos ter dito: «Uma beldade, *ela*? Mais depressa diria que a mãe é uma mulher de espírito!» Mas, depois, parece que foi subindo na sua opinião, e julgo que, a certa altura, chegou mesmo a achá-la bastante bonita.

— Sim — respondeu Darcy, incapaz já de se conter —, mas isso foi apenas no início, pois há já muitos meses que a considero uma das mulheres mais belas que conheço.

Dito isto, retirou-se, deixando Miss Bingley com a satisfação de o ter forçado a dizer o que só a ela, e a mais ninguém, poderia magoar.

Durante o caminho de regresso, Mrs. Gardiner e Elizabeth falaram de tudo o que tinham observado durante a visita, exceto da única coisa que realmente interessava a ambas. De todos comentaram os modos e a aparência, exceto da pessoa que sobretudo prendera a sua atenção. Falaram de sua irmã, dos seus amigos, da sua casa, da sua fruta, de tudo menos dele; e, no entanto, não só Elizabeth estava ansiosa por saber qual a opinião da tia a seu respeito, como Mrs. Gardiner lhe haveria ficado muito grata se ela tivesse abordado o assunto.

CAPÍTULO 46

Elizabeth sentira-se muito desiludida ao chegar a Lambton por não encontrar à sua espera uma carta de Jane. A mesma sensação foi renovada nas duas manhãs que se seguiram, até que a terceira veio pôr termo à sua ansiedade e explicar o silêncio da irmã com a chegada de duas cartas de uma só vez, uma das quais com uma nota em como fora primeiro entregue num destino errado. O facto não a surpreendeu, considerando que Jane tinha escrito o endereço de uma forma quase ilegível.

Preparava-se para passear com os tios quando as cartas chegaram; e estes assim fizeram, deixando-a sozinha para que pudesse desfrutar da sua leitura em paz. Impunha-se ler primeiro aquela que se extraviara, escrita há já cinco dias. O início continha um relato de todos os pequenos entretenimentos e compromissos que os tinham trazido ocupados, e assim mesmo daquelas novidades que a vida de província pode oferecer; mas a segunda parte da carta, datada de um dia depois e escrita num estado de evidente agitação, fornecia notícias de maior relevância. Rezava assim:

Querida Lizzy, desde que comecei a escrever esta carta, sucedeu uma coisa inesperada e bastante séria. Mas não te quero assustar — acredita-me que estamos todos bem. O que tenho para te contar diz respeito à nossa pobre Lydia. Ontem à meia-noite, precisamente quando tínhamos acabado de nos ir deitar, chegou uma mensagem do coronel Forster, informando-nos de que ela tinha fugido para a Escócia[59] com um dos seus

---

[59] Na Escócia, ao contrário de Inglaterra, os rapazes a partir dos catorze anos e as raparigas a partir dos doze podiam casar-se independentemente do consentimento dos pais. *(NT)*

oficiais: para ser mais exata, com o Wickham! Podes imaginar o nosso
espanto. Já Kitty, no entanto, parece ter ficado menos surpreendida. Não
me podia sentir mais desgostosa. Que casamento tão imprudente para
ambas as partes! Mas estou disposta a acreditar que tudo correrá pelo
melhor e que o caráter do Wickham terá sido mal avaliado. Será leviano
e indiscreto, mas um passo destes (e alegremo-nos por isso) não revela más
intenções. Pelo menos, a sua escolha é desinteressada, já que decerto saberá
que nosso pai nada tem para oferecer à Lydia. Nossa pobre mãe está
profundamente desolada; mas nosso pai tem suportado melhor. Ainda
bem que nunca lhes contámos o que soubemos sobre o Wickham; nós mes-
mas teremos de o esquecer. Julga-se que terão partido no sábado, por volta
da meia-noite, mas só ontem às oito da manhã a sua falta foi notada.
O postilhão foi enviado de imediato. Minha querida Lizzy, eles devem
ter passado a umas dez milhas de nossa casa... O coronel Forster deu-
-nos motivos para crer que em breve o teríamos aqui. A Lydia escreveu
umas linhas a sua esposa, dando-lhe conta da sua resolução. Tenho de
terminar, pois não posso estar muito tempo longe de nossa pobre mãe. Temo
que não consigas perceber nada desta carta, pois nem eu sei bem o que
escrevi.

Sem sequer se dar tempo para refletir e ainda mal percebendo
o que sentia, assim que terminou a leitura Elizabeth pegou de
imediato na outra carta e, abrindo-a com sofreguidão, leu o que se
segue (fora escrita um dia a seguir à conclusão da primeira):

Por esta altura, minha querida irmã, já terás recebido a carta que te
escrevi à pressa. Espero que esta seja mais compreensível mas, se bem que
desta vez não tenha falta de tempo, a minha cabeça encontra-se num tal
estado de confusão que não te posso prometer coerência. Minha querida
Lizzy, nem sei bem por onde começar, mas tenho más notícias e não posso
adiá-las. Por mais imprudente que um casamento entre Mr. Wickham e
a nossa pobre Lydia pudesse ser, estamos agora ansiosos por que nos garan-
tam que teve mesmo lugar, pois há boas razões para crer que eles não terão
partido para a Escócia. O coronel Forster chegou ontem de Brighton, de
onde tinha partido na véspera, não muito tempo depois de ter enviado o
postilhão. Apesar de a breve carta da Lydia para Mrs. Forster lhes ter

dado a entender que se dirigiam para Gretna Green[60], o Denny deixou escapar uns comentários sobre estar convencido de que o Wickham nunca tivera intenção de lá ir ou sequer de se casar com a Lydia. Isto chegou aos ouvidos do coronel Forster que, sobressaltado, saiu de imediato de Brighton com o intuito de ir no seu encalço. Foi fácil seguir-lhes o rasto até Clapham, mas não mais além, pois quando eles lá chegaram tomaram uma tipoia e dispensaram a sege em que tinham vindo de Epsom. Depois disso, sabe-se apenas que prosseguiram na estrada para Londres. Não sei o que pensar. Depois de ter feito todos os inquéritos possíveis naquela parte de Londres, o coronel Forster seguiu para o Hertfordshire, repetindo ansiosamente as mesmas perguntas em todas as peagens e nas estalagens de Barnet e Hatfield, mas sem que tivesse tido qualquer sucesso: ninguém os vira passar. Com a mais amável das solicitudes, ele veio até Longbourn e partilhou connosco as suas inquietações, de uma forma que só abona o seu caráter. Lamento profundamente por ele e por Mrs. Forster, mas ninguém lhes pode assacar qualquer culpa. A nossa aflição é grande, minha querida Lizzy. Nossos pais acreditam no pior, mas eu não sou capaz de pensar assim tão mal do Wickham. Pode ser que, por uma circunstância ou outra, eles tenham achado preferível casar-se secretamente em Londres a cumprirem o plano inicial; e ainda que ele pudesse ter concebido semelhantes intenções em relação a uma rapariga de boas famílias como a Lydia, o que não me parece provável, poderei eu admitir que ela tenha perdido todo o sentido do decoro e da dignidade? Impossível. Entristece-me, no entanto, saber que o coronel Forster não se sente inclinado a acreditar que o matrimónio se tenha realizado; abanou a cabeça quando manifestei as minhas esperanças e disse temer que o Wickham não seja digno de confiança. Nossa pobre mãe está realmente doente e não tem saído do quarto. Seria melhor se fizesse um esforço, mas não é de esperar que isso aconteça. Quanto a nosso pai, nunca em toda a minha vida o vi tão abalado. Estão todos zangados com a coitada da Kitty por ter escondido a relação mas, tratando-se de uma confidência, não vejo por que se deva ficar admirado. Fico sinceramente satisfeita, querida Lizzy, por teres sido

---

[60] Gretna Green: vila no Sul da Escócia, junto à fronteira com Inglaterra, e lugar de eleição para a realização de casamentos clandestinos, como aqueles sem autorização parental. *(NT)*

282

poupada a algumas destas lamentáveis cenas, mas agora que o primeiro
choque passou, poderei enfim confessar que anseio pelo teu regresso? Não
sou, contudo, tão egoísta, a ponto de insistir para que voltes antes que o
aches conveniente. Adeus!

Torno a pegar na pena para fazer aquilo que acabei de te dizer que
não faria, mas as circunstâncias são tais que não posso deixar de vos
implorar do fundo do coração que regressem todos tão depressa quanto
possível. Conheço demasiado bem nossos queridos tios para ter receio de lhes
fazer este pedido, mesmo que a nosso tio tenha outro favor a rogar-lhe.
Nosso pai está para partir a todo o instante para Londres com o coronel
Forster, em busca da Lydia. Desconheço aquilo que tenciona fazer, mas a
aflição extrema em que se encontra não lhe permitirá tomar as medidas
mais seguras e adequadas, e o coronel Forster tem de estar em Brighton
amanhã ao fim do dia. Perante circunstâncias tão urgentes, o conselho e
assistência de nosso tio seriam inestimáveis. Sei que ele me compreenderá e
que poderei confiar na sua generosidade.

— Meu tio! Onde está meu tio?... — exclamou Elizabeth, levantando-se de um salto da cadeira assim que terminou de ler a carta, ansiosa que estava por ir atrás dele sem perder um segundo que fosse.

Tinha, porém, acabado de alcançar a porta, quando esta de repente foi aberta por um criado e do outro lado surgiu Mr. Darcy. O rosto pálido e os modos precipitados de Elizabeth fizeram-no sobressaltar-se e, antes que conseguisse recompor-se o suficiente para falar, foi ela quem, sem conseguir pensar em mais nada a não ser no que se passara com Lydia, exclamou de supetão:

— Peço-lhe que me perdoe, mas vejo-me obrigada a deixá-lo. Preciso de encontrar de imediato Mr. Gardiner, por causa de um assunto que não pode ser adiado. Não tenho um instante a perder.

— Santo Deus! Que se passa? — perguntou ele, com mais sentimento que educação; mas a seguir, recompondo-se, acrescentou:

— Não a quero deter um minuto que seja, mas permita-me que eu, ou um criado, vamos procurar Mr. e Mrs. Gardiner. A senhora não está capaz de ir... não no estado em que se encontra.

Elizabeth hesitou mas, sentindo os joelhos tremer, percebeu que não havia qualquer vantagem em ser ela a fazê-lo. Chamou por isso de volta o criado, encarregando-o, embora de um modo tão ofegante que tornava a sua voz quase impercetível, de ir naquele mesmo instante buscar os seus senhores.

Quando ele saiu da sala, Elizabeth deixou-se cair numa cadeira, incapaz de se suster e com um ar tão infeliz e tão abatido que Darcy não foi capaz de deixá-la ou de se refrear de dizer, num tom repleto de ternura e compaixão:

— Deixe-me chamar-lhe a sua criada. Não há nada que possa tomar que lhe dê algum alívio? Um pouco de vinho, talvez... Quer que lho traga? Não está nada bem...

— Agradeço-lhe, mas não — respondeu-lhe ela, enquanto tentava recompor-se. — Não se passa nada comigo. Asseguro-lhe que estou bem. Fiquei apenas muito transtornada com umas terríveis notícias que acabei de receber de Longbourn.

Dizendo isto, rompeu em lágrimas e, durante alguns minutos, não foi capaz de falar. Darcy, ansioso e aflito, pôde apenas murmurar umas palavras indistintas exprimindo a sua consternação, para depois ficar a olhá-la num silêncio condoído. Por fim, ela continuou:

— Recebi agora mesmo uma carta da Jane, com notícias absolutamente aterradoras. Não é possível escondê-lo. Minha irmã mais nova abandonou todos aqueles que lhe são queridos... Fugiu... e entregou-se nas mãos de... de Mr. Wickham. Partiram juntos de Brighton. O senhor conhece-o suficientemente bem para adivinhar o que se seguiu. Ela não tem dinheiro, relações, nada que o possa induzir a... Está irremediavelmente perdida.

Darcy ficou petrificado de espanto.

— Quando penso — acrescentou ela, numa voz ainda mais agitada — que *eu* o podia ter evitado!... *Eu*, que sabia quem ele verdadeiramente era. Se tivesse contado à minha própria família ao menos uma parte... só uma parte daquilo que sabia!... Tivesse o seu verdadeiro caráter sido revelado, nada disto teria acontecido. Mas agora é tarde, demasiado tarde...

— Estou profundamente consternado... indignado com o que me conta — disse Darcy. — Mas têm certeza disso?

— Sim, certeza absoluta. Sabe-se que os dois saíram juntos de Brighton no domingo à noite e conseguiu seguir-se-lhes o rasto até perto de Londres, mas não mais longe. Para a Escócia é seguro que não foram.

— E que foi feito... que tentativas houve para a encontrar?

— Meu pai foi para Londres e a Jane escreveu a pedir o auxílio imediato de meu tio. Partiremos, assim o espero, dentro de uma meia hora. Mas não há nada a fazer, sei bem que não há nada a fazer... Como é que se pode persuadir um homem assim? Como é que vamos sequer encontrá-los? Não tenho a menor esperança. É demasiado horrível!...

Darcy anuiu em silêncio, acenando com a cabeça.

— Quando finalmente me apercebi do seu verdadeiro caráter... Oh, soubesse eu o que deveria ter feito... o que deveria ter tido coragem de fazer! Mas não soube... Tive receio de ir demasiado longe. Foi um erro, um erro terrível!...

Darcy não respondeu. Parecia quase não a escutar, caminhando de um lado para o outro da sala imerso em profunda meditação, de testa franzida e expressão sombria. Elizabeth notou-o e de imediato percebeu o seu significado. O seu fascínio declinava, como tudo o mais inevitavelmente declinaria perante um tal testemunho do deslustre da sua família, perante uma tal prova da mais profunda ignomínia. Não havia nada de que se admirar nem nada a condenar, mas a convicção de que ele havia por fim vencido a afeição que por ela sentira não trouxe qualquer consolo ao seu peito, nenhum bálsamo à sua dor. Pelo contrário, era exatamente o que faltava para fazê-la compreender a sua própria vontade — e nunca como naquele instante, quando todo o amor seria vão, ela sentiu tão claramente que o poderia ter amado.

Mas os seus assuntos, conquanto se intrometessem, nunca poderiam prender-lhe a atenção. Depressa Lydia, e a humilhação e infelicidade que lançava sobre toda a sua família, se sobrepuseram a qualquer outra preocupação; e assim, tapando o rosto com um lenço, Elizabeth cedo se alheou de tudo o resto. Passaram vários minutos antes que fosse chamada de novo à realidade pela voz de Mr. Darcy, o qual, num tom ao mesmo tempo condoído e reservado, lhe disse:

— Receio que há já algum tempo deseje que me vá, e nem a minha presença tem outra desculpa sem ser uma genuína, ainda que inútil, preocupação. Quisesse Deus que eu pudesse dizer ou fazer alguma coisa que lhe servisse de consolo à sua angústia. Mas não a atormentarei com vãs esperanças, que podem parecer reclamar apenas a sua gratidão. Temo que este infausto acontecimento prive minha irmã do prazer de a ver hoje em Pemberley.

— Sim, de facto. Tenha, por favor, a bondade de nos desculpar perante Miss Darcy. Diga-lhe que um assunto urgente nos obriga a regressar de imediato. Oculte a infeliz verdade enquanto for possível... Sei que não poderá ser por muito tempo.

Ele assegurou-lhe prontamente a sua discrição, tornou a manifestar-se consternado pelo seu padecimento, augurou-lhe um desenlace mais feliz do que naquele momento seria razão esperar, pediu-lhe que transmitisse os seus respeitosos cumprimentos a Mr. e Mrs. Gardiner e, lançando-lhe um olhar grave de despedida, partiu.

Ao vê-lo abandonar a sala, Elizabeth percebeu como seria improvável que alguma vez se tornassem a ver num ambiente de tanta cordialidade como aquele que marcara os seus encontros em Derbyshire; e, enquanto olhava para trás, contemplando todo o tempo — um tempo tão cheio de contradições e de vicissitudes — desde que se tinham conhecido, não conseguiu conter um suspiro ao pensar na inconstância dos seus sentimentos, que agora a teriam animado a prolongar aquele convívio quando antes se haveriam regozijado com o seu termo.

Se a gratidão e a estima forem bons fundamentos para o afeto, a mudança de sentimentos de Elizabeth não poderá causar espanto nem merecer censura. Mas se assim não for, se ao invés a afeição emanada de tais fontes parecer absurda ou sem razão quando comparada com aquela que tantas vezes é descrita como nascendo no instante mesmo do primeiro encontro e ainda antes que se troquem duas palavras, então nada haverá a dizer em sua defesa, a não ser que, na inclinação que sentira por Wickham, ela pusera de algum modo à prova este último método e que o seu fracasso poderá porventura autorizá-la a buscar aqueloutro modo, conquanto menos interessante, de se apaixonar. Qualquer que fosse o caso, foi com tristeza que o viu partir, nesta primeira amostra daquilo que a infâmia de Lydia poderia provocar acabando por descobrir, ao refletir nesse desventurado assunto, um novo motivo de angústia. Nem por um momento, desde que lera aquela segunda carta, albergara a mais pequena esperança de que Wickham tencionasse casar com a irmã. Ninguém a não ser Jane, pensou, seria capaz de se iludir com tal expectativa. Surpresa era o que menos sentia perante aquelas últimas notícias. Enquanto a primeira missiva lhe ocupara a mente, toda ela fora espanto, toda ela estupefação por Wickham se dispor a casar com uma rapariga que nenhum dinheiro lhe traria — e como Lydia pudesse tê-lo atraído era-lhe absolutamente incompreensível. Mas agora tudo parecia tão natural... Para uma conquista daquele tipo, ela teria encantos suficientes; e se bem que não imaginasse a irmã capaz de assentir voluntariamente numa fuga sem ser para se casar, não tinha nenhuma dificuldade em acreditar que nem a sua virtude nem o seu entendimento chegariam para evitar que se tornasse uma presa fácil.

Nunca se apercebera, enquanto o regimento estivera acantonado no Hertfordshire, de que Lydia sentisse qualquer inclinação por Wickham, mas estava também convencida de que o mínimo incentivo seria suficiente para a irmã se enamorar de quem quer que fosse. O seu favor ia saltando de oficial para oficial, à medida que as atenções que lhe dispensavam os iam fazendo subir na sua estima. Os seus afetos haviam oscilado constantemente, mas nunca sem objeto. O mal que a incúria e a excessiva indulgência para com uma rapariga como aquela podiam causar... Oh, como ela agora o percebia!...

Estava desejosa de voltar a casa — de ouvir, ver, estar presente, partilhar com Jane os cuidados que, no meio do abalo que tomara a família, deviam recair inteiramente sobre os seus ombros. Um pai ausente, uma mãe incapaz de fazer um esforço e a requerer atenção permanente; apesar de quase convencida de que nada havia a fazer por Lydia, a intervenção do tio parecia-lhe crucial, pelo que, até que o viu entrar na sala, a sua impaciência — uma impaciência toda de angústia — não parou de crescer. Assustados, Mr. e Mrs. Gardiner tinham corrido para a estalagem, imaginando, pelo que o criado lhes havia dito, que a sobrinha tivesse caído subitamente doente. Elizabeth, contudo, não demorou em tranquilizá-los quanto ao seu estado, para então ansiosamente passar a revelar-lhes o motivo para os ter chamado, lendo em voz alta as duas cartas e sublinhando, com a voz trémula de emoção, aquilo que Jane acrescentara no final da segunda. Se bem que Lydia nunca se tivesse contado entre as suas favoritas, Mr. e Mrs. Gardiner não puderam sentir-se senão profundamente consternados. Não se tratava apenas de Lydia, mas deles todos; e após as primeiras exclamações de horror e de surpresa, Mr. Gardiner imediatamente ofereceu toda a ajuda que estivesse ao seu alcance. Embora já o esperasse, Elizabeth agradeceu-lhe com os olhos marejados de lágrimas e, como se unidos num mesmo propósito, os três rapidamente dispuseram todos os pormenores relativos à viagem. Partiriam no mais breve tempo possível.

— E o que fazemos quanto a Pemberley? — perguntou Mrs. Gardiner. — O John disse-nos que Mr. Darcy estava cá quando nos mandaste buscar... É verdade?

— Sim, e eu disse-lhe que não poderíamos manter o compromisso. *Isso* está resolvido.

— *Isso* está resolvido — repetiu a tia, apressando-se em direção ao quarto para se aprontar. — Será que a intimidade já é tanta que ela lhe possa ter revelado a verdade? Oh, se ao menos eu o soubesse!...

Mas eram vãs essas esperanças ou, quanto muito, serviam apenas para a entreter no meio da pressa e da confusão da hora que se seguiu. Se Elizabeth não tivesse tido nada para fazer, ter-se-ia convencido de que, miserável como se sentia, lhe teria sido impossível desempenhar qualquer tarefa; mas, tal como a tia, também ela tinha assuntos de que se ocupar, entre outros o de escrever bilhetes para todos os amigos de Lambton, com falsas desculpas para a sua repentina partida. Uma hora, porém, bastou para que tudo ficasse pronto, e como Mr. Gardiner tivesse entretanto pago a conta da estalagem, nada mais faltava senão partir. E assim foi que, depois de toda a aflição da manhã, Elizabeth se viu sentada na carruagem a caminho de Longbourn bem mais cedo do que havia previsto.

CAPÍTULO 47

— Tornei a pensar com cuidado sobre o assunto, Elizabeth — começou o tio, enquanto a carruagem se ia afastando da vila —, e, para dizer a verdade, sinto-me bastante mais tentado a partilhar da opinião de tua irmã mais velha que antes. Parece-me tão improvável que alguém possa alimentar tais propósitos em relação a uma rapariga a quem não faltam relações nem conhecimentos, para mais hospedada na casa do seu próprio coronel, que estou fortemente inclinado a pensar o melhor. Poderia ele esperar que os seus amigos não saíssem em defesa da sua honra? Poderia ele esperar manter-se no regimento depois de uma tal afronta ao coronel Forster? A tentação não é proporcional ao risco.

— Acredita mesmo no que diz? — exclamou Elizabeth, animando-se por um instante.

— Pela minha parte — disse Mrs. Gardiner —, começo a concordar com teu tio. Seria um atentado demasiado grave à decência, à honra e ao seu próprio interesse, para que ele o pudesse ter cometido. Não tenho o Wickham em tão má conta. Tu mesma, Lizzy, mudaste assim tanto a tua opinião, a ponto de o acreditar capaz de semelhante ato?

— De negligenciar o seu próprio interesse, talvez não. Mas de tudo o resto, sim, acredito que seja capaz. Oh, se realmente fosse como dizem!... Mas não ouso esperá-lo. Sendo esse o caso, porque não teriam eles partido para a Escócia?

— Em primeiro lugar — retorquiu Mr. Gardiner —, não há nenhuma prova definitiva de que não o tenham feito.

— Oh, mas terem trocado a sege por uma tipoia é um indício tão claro!... Além do mais, não se achou sinal deles na estrada de Barnet.

— Muito bem, suponhamos então que continuam em Londres. Pode ser que lá estejam, mas apenas com o propósito de se esconderem e não por qualquer outro motivo mais reprovável. Não é de esperar que qualquer dos dois tenha muito dinheiro, e talvez lhes tenha ocorrido que seria mais económico, se bem que menos rápido, casarem-se em Londres que na Escócia.

— Mas, então, porquê todo este mistério? Porquê tanto medo de serem descobertos? Porque é que têm de se casar em segredo? Oh, não, não, isso não faz sentido... O seu melhor amigo, pelo que diz a Jane, está persuadido de que ele nunca teve intenção de se casar com a Lydia. O Wickham nunca se casará com uma mulher sem dinheiro. Não pode permitir-se tal luxo. E que merecimentos, que atrativos possui a Lydia para além da sua juventude, da sua saúde e da sua vivacidade, que o levem a renunciar à possibilidade de um casamento vantajoso? Até que ponto o receio de cair em desgraça entre o seu regimento poderá constituir um freio a uma fuga ignominiosa com a Lydia não saberei dizer, pois desconheço os efeitos que um tal procedimento possa originar. Quanto à outra objeção que levanta, receio bem que ela não seja válida. A Lydia não tem irmãos que possam defender a sua honra e ele poderá imaginar, dado o comportamento de meu pai, a sua indolência e a pouca atenção que sempre pareceu dar ao que se passa na sua própria família, que ele faria e se preocuparia tão pouco quanto fosse possível a um pai em circunstâncias semelhantes.

— Mas tu crês mesmo que a Lydia está tão perdidamente apaixonada pelo Wickham que consinta em viver com ele de outro modo que não casada?

— Tudo aponta para isso — retorquiu Elizabeth, com os olhos rasos de lágrimas — e é de facto terrível que, numa matéria como esta, a virtude e o sentido de decência de nossa própria irmã possam ser postos em dúvida. Mas, na verdade, não sei o que dizer. Talvez esteja a ser injusta. Mas ela é muito nova, não foi habituada a pensar em coisas sérias e, durante os últimos seis meses, ou melhor, durante o último ano, não fez mais nada senão divertir-se e entreter-se com futilidades. Deixaram-na dispor do seu tempo da forma mais ociosa e frívola possível, e meter na cabeça todo o género de ideias. Desde que o regimento ficou aquartelado em Meryton, não pensou noutra coisa a não ser em namoricos e oficiais. De tanto falar e pensar sobre o assunto, tem feito tudo para... como dizê-lo?... espicaçar ainda mais o seu ânimo, já de si demasiado vivaz. E todos nós sabemos que a figura e os modos do Wickham têm tudo para cativar uma mulher.

— Mas repara que a Jane — disse a tia — não pensa tão mal do Wickham que o considere capaz de um ato semelhante.

— E de quem é que a Jane alguma vez pensou mal? Será que existe alguém, qualquer que tenha sido a sua conduta até esse momento, que ela considere capaz de um tal ato, até que haja provas em contrário? Mas a Jane sabe, tão bem quanto eu, quem é o verdadeiro Wickham. Ambas sabemos que foi um libertino, em todos os sentidos da palavra. Que não tem nem integridade nem honra. Que é tão falso e dissimulado como é insinuante.

— E tu tens mesmo a certeza do que dizes? — perguntou Mrs. Gardiner, cada vez mais curiosa por saber de onde provinham as informações da sobrinha.

— Certeza absoluta — retorquiu Elizabeth, corando. — Contei-lhes no outro dia do comportamento infame que ele teve com Mr. Darcy e, da última vez que esteve em Longbourn, a tia pôde ouvir por si própria em que termos ele se referiu a quem com tanta indulgência e generosidade o havia tratado. Há ainda outras circunstâncias que não estou autorizada... que não vale a pena relatar; mas o rol das suas mentiras acerca da família de Pemberley é interminável. Pelo que ele me havia contado de Miss Darcy, estava convencida de que iria deparar com uma rapariga orgulhosa, distante e antipática. E, no entanto, ele estava bem ciente de que não era assim. Obviamente sabia que ela é tão gentil e tão desafetada como nós a achámos.

— Mas a Lydia não sabe de nada? Será possível que ela ignore aquilo que tu e a Jane parecem conhecer tão bem?

— Oh, sim!... E isso é o pior de tudo!... Até à minha estada no Kent, onde tantas vezes convivi com Mr. Darcy e o primo, o coronel Fitzwilliam, eu própria desconhecia a verdade. E quando voltei a casa, o regimento preparava-se para sair de Meryton uma semana ou duas depois. Assim sendo, nem Jane, a quem relatei tudo, nem eu julgámos necessário revelar o que sabíamos. Que vantagem poderia haver em destruir a boa opinião de que ele gozava entre toda a vizinhança? E mesmo quando ficou assente que a Lydia partiria com Mrs. Forster, nunca me ocorreu que fosse preciso abrir--lhe os olhos em relação ao Wickham. Que ela corresse algum risco de ser enganada foi coisa que nunca me passou pela cabeça; como sempre estive longe de pensar, será fácil crer, que o meu silêncio pudesse conduzir a este desfecho.

— Então, quando foram para Brighton, não tinhas nenhuma razão para pensar, segundo entendi, que nutrissem alguma afeição um pelo outro.

— Não, de todo. Não me recordo de nenhum sinal de particular afeto de qualquer dos lados. Tivesse alguma coisa desse tipo sido percetível, meus tios sabem bem que a nossa não é uma família em que isso pudesse passar despercebido. No início, quando ele ingressou no regimento, ela estava mais que pronta a enamorar-se dele; mas todas nós estávamos. Durante os dois primeiros meses, não houve rapariga em Meryton e nas redondezas que não tivesse perdido a cabeça pelo Wickham. No entanto, ele nunca demonstrou pela Lydia nenhum interesse especial e, por isso mesmo, ao fim de um período relativamente curto de desenfreada e incontida admiração, a inclinação por ele desvaneceu-se e outros oficiais do regimento, que a tratavam com mais distinção, voltaram a conquistar a sua preferência.

Fácil será acreditar que, por pouco que a continuada discussão daquele importante assunto pudesse acrescentar aos seus receios, esperanças e conjeturas, nenhum outro durante a viagem os conseguiu absorver por muito tempo. Do pensamento de Elizabeth ele nunca esteve ausente. Aprisionado pelo pior dos tormentos — o remorso —, não lhe concedeu um momento que fosse de paz e descanso.

A viagem foi feita com a maior rapidez possível; e depois de terem dormido uma noite no caminho, chegaram a Longbourn no dia seguinte, pela hora do jantar. Era um alívio para Elizabeth pensar que Jane fora poupada à ansiedade de uma longa espera.

Atraídos pela visão de uma sege, os pequenos Gardiner estavam já postos nos degraus da entrada quando aquela franqueou a cerca; e ao vê-la parar em frente da porta, a alegre surpresa que lhes iluminou os rostos e se manifestou exuberante num número infindo de saltos e cabriolas, foi a primeira e grata prova do caloroso acolhimento que esperava os viajantes.

Elizabeth apeou-se de um salto e, depois de ter dado a cada um deles um beijo apressado, precipitou-se em direção ao vestíbulo, onde Jane, que corria escadas abaixo vinda dos aposentos da mãe, logo a encontrou.

Enquanto a abraçava afetuosamente, e os olhos de ambas se enchiam de lágrimas, Elizabeth não esperou um segundo por perguntar se já havia alguma notícia dos fugitivos.

— Ainda não — respondeu Jane. — Mas agora que nosso querido tio chegou, espero que tudo corra pelo melhor.

— E nosso pai? Está em Londres?

— Sim, foi na terça-feira, como te mandei dizer.

— E têm tido notícias dele?

— Só uma vez. Escreveu-me umas linhas breves na quarta-feira para dizer que tinha chegado bem e para me dar a sua morada, o que lhe tinha pedido em especial que fizesse. Limitou-se a acrescentar que não voltaria a escrever enquanto não tivesse nada de importância a comunicar-nos.

— E nossa mãe... Como é que ela está? Como estão vocês todas?

— Nossa mãe está razoavelmente bem, parece-me, embora muito abalada. Está lá em cima e vai ficar muito satisfeita por vos ver. Ainda não sai do quarto de vestir. A Mary e a Kitty, graças a Deus, estão ótimas.

— E tu... Como é que tu estás? — perguntou Elizabeth. — Pareces pálida. Aquilo por que deves ter passado!...

A irmã, porém, asseverou-lhe que se encontrava bem, até que a conversa entre as duas, que se desenrolara enquanto Mr. e Mrs. Gardiner tinham estado entretidos com os filhos, foi interrompida pela sua chegada. Jane correu ao encontro dos tios, dando-lhes as boas-vindas e agradecendo-lhes por entre lágrimas e sorrisos.

Já na sala de estar, as perguntas que Elizabeth fizera foram, obviamente, repetidas pelos tios, depressa se tornando claro que Jane não dispunha de novas informações para lhes dar. Mas a esperança otimista inspirada pela benevolência do seu coração ainda a não tinha abandonado. Continuava a acreditar que tudo acabaria em bem e que uma manhã chegaria uma carta de Lydia ou do pai a dar-lhes conta dos seus movimentos ou, talvez mesmo, a anunciar o matrimónio.

Mrs. Bennet, para cujos aposentos todos se dirigiram depois de alguns minutos de conversa, recebeu-os exatamente como seria de esperar: por entre lágrimas e lamentações de pesar, invetivas contra a infame conduta de Wickham, e queixumes pelo sofrimento que lhe infligiam e pela forma como havia sido tratada, pondo as culpas em todos menos na pessoa a cuja desavisada complacência as faltas da filha na maior parte se deviam.

— Se me tivessem deixado fazer o que queria — disse ela — e tivéssemos ido todos para Brighton, nada disto teria acontecido. Assim, a coitadinha da Lydia não teve ninguém que tomasse conta dela... Como é que os Forster a puderam perder de vista? Estou certa de que houve uma grande negligência, ou seja lá o que for, da parte deles, pois ela não é o tipo de rapariga que faça uma coisa destas se tomarem conta dela. Sempre achei que eles não eram as pessoas apropriadas para cuidarem dela, mas, como sempre, a minha opinião não contou para nada. Minha pobre... minha querida filha!... E agora Mr. Bennet foi-se embora, e eu sei que ele vai desafiar o Wickham para um duelo assim que o encontrar, e ele vai morrer, e depois o que é que vai ser de nós? Os Collins vão expulsar-nos daqui antes mesmo que o corpo dele arrefeça no túmulo, e se não for a tua generosidade, meu irmão, não sei o que faremos.

Todos exclamaram em coro contra aqueles pensamentos funestos, e Mr. Gardiner, depois de sossegá-la com protestos de afeto por ela e por toda a sua família, disse-lhe que tencionava chegar ainda no dia seguinte a Londres, onde assistiria Mr. Bennet em todas as diligências que fossem feitas para encontrar Lydia.

— Estás a enervar-te inutilmente — acrescentou. — Mesmo que se deva estar preparado para o pior, nada nos garante que foi isso que aconteceu. Ainda não passou uma semana desde que eles saíram de Brighton. Dentro de poucos dias é provável que tenhamos notícias deles, e até haver certeza de que não se casaram nem têm essa intenção, não devemos dar o caso por perdido. Mal chegue a Londres, vou ter com meu cunhado e levá-lo comigo para Gracechurch Street, onde poderemos decidir em conjunto sobre o que fazer.

— Oh, meu querido irmão — retorquiu Mrs. Bennet —, isso era tudo o que eu queria. E agora, peço-te, assim que lá chegares, trata de os encontrar onde quer que estejam; e se eles ainda não tiverem casado, obriga-os a fazê-lo. Quanto ao enxoval, eles que não atrasem as coisas por causa disso, e diz à Lydia que terá todo o dinheiro que quiser para comprá-lo depois do casamento. E, acima de tudo, não deixes Mr. Bennet bater-se em duelo. Diz-lhe do estado deplorável em que me encontraste; que estou completamente aterrorizada; que estou cheia de tremores e de arrepios pelo corpo todo, e com tantos espasmos, e dores de cabeça, e palpitações, que nem de noite nem de dia tenho um momento de repouso. E diz à minha querida Lydia que não providencie as roupas enquanto não estiver comigo, porque ela não sabe quais são os melhores estabelecimentos. Oh, meu irmão, que bondade a tua!... Sei que vais conseguir resolver tudo.

Mr. Gardiner, reiterando-lhe embora o seu mais absoluto empenho, não conseguiu deixar de lhe recomendar moderação, tanto nas esperanças quanto nos receios; e nestes termos continuaram a conversar, até que o jantar foi servido e eles a deixaram a afogar as suas mágoas com a governanta, que na ausência das filhas lhe fazia companhia.

Apesar de tanto o irmão como a cunhada estarem convencidos de que não havia qualquer motivo para aquela reclusão, nenhum deles, sabendo que ela não teria a prudência necessária para se manter calada diante dos criados enquanto estes servissem à mesa, tentou persuadi-la a sair do quarto, julgando ser preferível que apenas um membro do pessoal, aquele em quem tinham maior confiança, fosse o depositário das suas ânsias e temores.

Pouco depois, já na sala de jantar, encontraram finalmente Mary e Kitty, que tinham estado demasiado ocupadas nos seus respetivos quartos para os terem vindo cumprimentar antes. Uma tinha estado absorvida nos seus livros, a outra na sua *toilette*. Os rostos de ambas, no entanto, aparentavam bastante calma, em nenhuma delas sendo visível qualquer mudança, a não ser, no caso de Kitty, o facto de a perda da irmã favorita ou de as repreensões que aquele assunto já lhe valera terem emprestado um tom de rabugice um pouco maior que o habitual às inflexões da sua voz. Quanto a Mary, era suficientemente senhora de si mesma para, com um ar de grave ponderação, sussurrar a Elizabeth assim que se sentaram à mesa:

— Trata-se de um acontecimento absolutamente lamentável e que, provavelmente, será muito falado. Mas temos de conter a torrente de malevolência e derramar sobre os nossos peitos feridos o bálsamo do consolo fraternal.

A seguir, apercebendo-se de que Elizabeth não tinha intenção de lhe responder, acrescentou:

— Por mais desafortunado que este acontecimento possa ser para a Lydia, podemos retirar dele uma lição muito útil: que a perda da virtude numa mulher é irreparável; que um passo em falso a fará cair em desgraça para todo o sempre; que a sua honra é tão frágil quanto preciosa; e que ela nunca pode ser demasiado prudente no comportamento de que usa com os indignos representantes do outro sexo.

Elizabeth arregalou os olhos estupefacta, mas sentia-se demasiado angustiada para lhe dar qualquer resposta. Mary, porém, continuou a consolar-se com os ensinamentos morais que um tal infortúnio lhes fornecia.

Durante a tarde, as duas irmãs mais velhas conseguiram ficar meia hora a sós, tendo Elizabeth de imediato aproveitado a oportunidade para fazer uma série de perguntas, a que também Jane estava ansiosa por responder. Depois de juntas lamentarem os terríveis desenvolvimentos daquele episódio, que Elizabeth dava como quase certos e Miss Bennet não conseguia garantir serem absolutamente impossíveis, a primeira prosseguiu, dizendo:

— Mas conta-me tudo o que sabes do assunto que eu ainda não tenha ouvido. Dá-me mais pormenores. O que disse o coronel Forster? Não se tinham apercebido de nada antes da fuga? Devem tê-los visto o tempo todo juntos.

— O coronel Forster reconheceu que, de facto, várias vezes suspeitara existir alguma afeição, em especial por parte da Lydia, mas nada que o deixasse alarmado. Tenho tanta pena dele... Foi infinitamente gentil e atencioso. Preparava-se para vir ter connosco, a fim de nos exprimir a sua preocupação, ainda antes de saber que eles não tinham ido para a Escócia; quando esses rumores começaram a circular, resolveu apressar a sua viagem.

— E o Denny estava mesmo convencido de que o Wickham não se casaria? Sabia que eles planeavam fugir? E o coronel Forster já tinha estado com o Denny?

— Sim, mas quando o interrogou, o Denny negou saber o que quer que fosse e recusou-se a dar a sua verdadeira opinião sobre o assunto. Não confirmou que estivesse convencido de que eles não se casariam, o que me faz ter esperança de que ele possa ter sido mal interpretado da primeira vez.

— E, até o coronel Forster chegar, presumo, nenhum de vocês suspeitou que eles pudessem não ter casado?

— Como é que uma ideia dessas nos poderia ter passado pela cabeça? Eu fiquei um tanto inquieta... um tanto receosa de que ela pudesse não ser feliz com o Wickham, porque sabia que a conduta dele nem sempre tinha sido a melhor. Nossos pais tudo desconheciam do assunto e acharam apenas que se tratava de um casamento muito imprudente. A Kitty depois reconheceu, com um compreensível ar de triunfo visto saber mais que nós, que a última carta da Lydia a preparara para este acontecimento. Ao que parece, havia já várias semanas que ela os sabia apaixonados um pelo outro.

— Mas não antes de ela ir para Brighton?

— Não, creio que não.

— E pareceu-te que o coronel Forster tivesse má opinião do Wickham? Será que ele conhece o seu verdadeiro caráter?

— Devo confessar que ele não falou tão bem do Wickham como costumava. Acha-o imprudente e esbanjador. E desde que este triste acontecimento teve lugar, começou a constar que ele tinha saído de Meryton deixando para trás dívidas avultadas. Mas espero que isso não seja verdade.

— Oh, Jane, tivéssemos nós feito menos segredo, tivéssemos nós contado o que sabíamos dele, e nada disto teria acontecido!...

— Talvez tivesse sido melhor — retorquiu a irmã. — Mas denunciar os erros passados de uma pessoa sem conhecer a sua disposição atual não me pareceu justo. Agimos com a melhor das intenções.

— O coronel Forster conseguiu repetir-vos os pormenores da carta que a Lydia deixou à mulher?

— Trouxe-a com ele para nós a lermos.

Então Jane tirou-a de dentro do seu caderno de notas e entregou-a a Elizabeth. Eis o que dizia:

Minha querida Harriet

Vai rir-se quando souber para onde parti, e eu própria não posso deixar também de me rir ao imaginar a sua surpresa amanhã de manhã, assim que derem pela minha falta. Vou para Gretna Green, e se não conseguir adivinhar com quem, acharei que é uma tola, pois só existe no mundo um homem que eu amo, e ele é um anjo. Nunca poderia ser feliz sem ele, por isso não vejo mal nenhum em partir. Se não lhe apetecer, não precisa de mandar avisar em Longbourn que me fui embora; assim a surpresa será ainda maior quando eu lhes escrever e assinar Lydia Wickham. Que bela partida! Quase nem consigo escrever de tanto rir. Por favor, peça desculpa por mim ao Pratt por não manter o compromisso de dançar com ele hoje à noite. Diga-lhe que espero que me perdoe assim que souber o que se passou e que eu terei o maior prazer em dançar com ele da próxima vez que nos encontrarmos num baile. Mandarei buscar a minha roupa quando chegar a Longbourn, mas antes queria pedir-lhe que dissesse à Sally para cozer um rasgão grande que fiz no meu vestido bordado de musselina, antes de se porem as coisas nas malas. Adeus. Dê as minhas lembranças ao coronel Forster; espero que façam um brinde à nossa viagem.

A sua amiga muito afetuosa,

Lydia Bennet

— Oh, Lydia... que irresponsável!... — exclamou Elizabeth, quando terminou de ler. — Escrever uma carta assim num momento destes... Enfim, pelo menos mostra que ela estava a falar a sério em relação à viagem. Seja o que for que ele depois a tenha convencido a fazer, não houve do lado dela nenhuma intenção de se desonrar. Meu pobre pai!... Como deve ter sofrido!...

— Nunca vi ninguém tão transtornado. Durante uns dez minutos, não foi capaz de pronunciar uma única palavra. Nossa mãe sentiu-se logo mal e a casa toda mergulhou na maior confusão.

— Meu Deus, Jane!... — tornou a exclamar Elizabeth. — Será que houve algum criado que, ainda antes do fim do dia, não tivesse ficado a conhecer a história toda?

— Não sei... Espero que sim. Mas manter a reserva numa situação destas é muito difícil. Nossa mãe entrou em histeria e, embora me tenha esforçado por lhe prestar toda a assistência possível, receio não ter feito tanto quanto poderia!... Era como se o pavor do que pudesse vir a acontecer me tolhesse os movimentos.

— Todos esses trabalhos foram demais para ti. Não estás com bom ar. Oh, tivesse eu estado aqui contigo!... Não terias tido de suportar sozinha todos esses cuidados e preocupações.

— A Mary e a Kitty têm sido muito atenciosas, e estou certa de que estariam prontas a dividir comigo essas fadigas; mas não me pareceu justo que o fizessem. A Kitty é franzina e delicada, e a Mary estuda tanto que não devemos perturbar as suas horas de repouso. A tia Phillips veio para Longbourn na terça-feira, depois de nosso pai se ter ido embora, e teve a bondade de ficar comigo até quinta. Foi uma ajuda preciosa e uma grande consolação para todas nós. E Lady Lucas também tem sido muito amável: veio até cá a pé, na quarta-feira de manhã, para exprimir o seu pesar e oferecer-nos os seus préstimos, ou os de alguma de suas filhas, caso nos pudessem ser úteis.

— Melhor fora que tivesse ficado em casa — exclamou Elizabeth. — Talvez a intenção fosse boa mas, no meio de uma fatalidade como esta, quanto menos se vir os vizinhos, melhor. O auxílio é impossível, a comiseração, insuportável. Que se regozijem à vontade com a desgraça alheia, mas à distância.

Elizabeth passou então a indagar sobre que diligências o pai tencionava levar a cabo, enquanto estivesse em Londres, para encontrar a filha.

— Parece-me — respondeu Jane — que tinha intenção de ir a Epsom, o último sítio em que eles trocaram de cavalos, para falar com os boleeiros e ver se por eles se conseguia saber alguma coisa. Imagino que o principal objetivo fosse o de descobrir o número da tipoia que eles tomaram em Clapham e que tinha vindo de Londres com um passageiro. Como ele pensou que alguém podia ter reparado num cavalheiro acompanhado de uma senhora a mudar de um trem para outro, tencionava fazer em Clapham algumas averiguações. Se de alguma forma conseguisse descobrir em que casa o cocheiro largara o passageiro, estava resolvido a fazer aí os devidos inquéritos, na esperança de que fosse possível descobrir o número e a estação da carruagem. Não sei que outros planos ele tivesse, mas estava com tanta pressa de partir e tão transtornado, que foi difícil conseguir que ele dissesse mesmo este pouco que te contei.

CAPÍTULO 48

As esperanças eram grandes de que, na manhã seguinte, chegasse uma carta de Mr. Bennet, mas o correio veio e dele não trouxe uma única linha. A família sabia-o por costume um correspondente negligente e demorado, mas numa altura como aquela esperavam que ele tivesse feito um esforço. Viram-se obrigados a concluir que ele não tinha notícias agradáveis para enviar, mas mesmo só disso eles gostariam de ter a certeza. Mr. Gardiner aguardara apenas pelo correio para se pôr a caminho.

Tendo o tio partido para Londres, havia pelo menos a certeza de que seriam regularmente informados acerca do que fosse acontecendo, sem contar com a promessa que ele havia feito — para grande consolo da irmã, que pensava ser essa a única garantia de o marido não vir a ser morto num duelo — de insistir junto de Mr. Bennet para que regressasse a Longbourn o mais depressa possível.

Mrs. Gardiner e os filhos permaneceriam no Hertfordshire durante mais alguns dias, já que essa considerava que a sua presença podia ser de alguma utilidade para as sobrinhas. Ajudava-as a assistir Mrs. Bennet e era para elas um arrimo nas horas livres. A outra tia também as visitava frequentemente, sempre — como proclamava — no intuito de as animar e confortar, mesmo se, por nunca vir sem trazer um novo testemunho da extravagância ou do desmando de Wickham, raramente partia sem as deixar ainda mais desanimadas do que as encontrara.

Parecia que toda a Meryton se tinha unido para denegrir o homem que, apenas três meses antes, tinha sido quase um anjo descido dos céus. Começou a circular que tinha dívidas junto de todos os comerciantes do sítio e que dos seus amores secretos, distinguidos com o título de sedução, nenhuma dessas famílias escapara ilesa. Todos foram unânimes em declará-lo o mais infame dos homens à face da Terra, dando-se por fim conta de que sempre haviam desconfiado do seu ar de bondade. Apesar de não dar crédito a mais de metade daquilo que ouvia, Elizabeth acreditava o suficiente para se sentir ainda mais segura da perdição da irmã; e até Jane, que cria ainda menos no que se dizia, quase perdeu as esperanças, sobretudo porque era já tempo, tivessem eles ido para a Escócia — coisa de que nunca desanimara —, de terem recebido notícias suas.

Mr. Gardiner tinha saído de Longbourn no domingo. Na terça-feira, a mulher recebeu uma carta dele, dizendo-lhes que, assim que pusera pés na cidade, tinha ido ter com o cunhado e o persuadira a instalar-se em Gracechurch Street; que Mr. Bennet estivera em Epsom e Clapham antes de ele ter chegado a Londres, sem que no entanto tivesse conseguido obter qualquer informação satisfatória; e que se encontrava agora resolvido a procurá-los em todos os principais hotéis da cidade, já que considerava possível os dois terem-se aí instalado antes de arranjarem outro alojamento. Pela sua parte, Mr. Gardiner não depositava grandes esperanças nesta diligência, mas como o cunhado parecia determinado em levá-la avante, estava disposto a ajudá-lo no que fosse necessário. Finalmente, acrescentava que, por enquanto, Mr. Bennet se mostrava muito pouco inclinado a abandonar Londres, e prometia tornar a escrever muito em breve. Havia ainda um *post-scriptum* que dizia:

Escrevi ao coronel Forster pedindo-lhe que, se possível, indagasse junto de alguns íntimos do Wickham no regimento se ele tem familiares ou conhecidos que possam saber em que zona da cidade se encontra escondido. Se existisse alguém a quem pudéssemos recorrer para conseguir uma pista destas, isso podia ser de uma importância vital. De momento, não dispomos de nada que nos oriente. Estou certo de que o coronel Forster fará tudo o que estiver ao seu alcance para nos ajudar. Mas talvez, pensando bem, a Lizzy esteja em melhor posição que qualquer outra pessoa para nos dizer que parentes ele possa ter que ainda estejam vivos.

Elizabeth não teve dificuldade em perceber de onde provinha aquela deferência pela sua autoridade, mas não estava de facto em condições de fornecer qualquer informação à altura do cumprimento.

Nunca ouvira comentar que ele tivesse alguma família para além do pai e da mãe, ambos falecidos havia já muitos anos. Era, contudo, possível que alguns dos seus camaradas no regimento pudessem dar mais informações; e ainda que não se sentisse muito otimista, pareceu-lhe que sempre valeria a pena tentar.

Em Longbourn, todos os dias eram agora de ansiedade — mas nunca tanta como quando era esperado o correio. A chegada da correspondência era o primeiro grande objeto da impaciência matinal. O que de bom ou de mau houvesse para saber seria por carta que chegaria, pelo que de cada novo dia se esperava que trouxesse alguma novidade importante.

Mas antes mesmo que voltassem a ter notícias de Mr. Gardiner, chegou de outra proveniência uma carta para o pai. Tinha sido enviada por Mr. Collins. Jane, havendo recebido instruções para abrir durante a sua ausência tudo o que lhe viesse destinado, pôs-se de imediato a lê-la, e Elizabeth, sabendo bem quão curiosas as cartas do primo sempre eram, fez o mesmo, espreitando por cima do ombro da irmã. Dizia o seguinte:

Exm.º Senhor

O nosso parentesco e a minha condição de clérigo fazem com que me sinta no dever de lhe exprimir o meu mais profundo pesar pelo doloroso infortúnio que o atingiu e de que fomos ontem informados por carta enviada do Hertfordshire. Creia, meu caro senhor, que, neste momento de aflição, tão mais aguda por proceder de uma causa que o tempo nunca conseguirá apagar, tanto Mrs. Collins como eu partilhamos o seu sofrimento, bem como o de sua respeitável família. Da minha parte, confio que não faltarão argumentos para aliviar tão cruel desventura ou mesmo que lhe possam servir de algum consolo, em circunstâncias que devem ser para um pai das mais penosas. Em comparação com o sucedido, a morte de sua filha teria sido uma bênção. E tanto mais será de lamentar, pois haverá razão para crer, segundo me informa a minha querida Charlotte, que o comportamento licencioso de sua filha provirá de uma excessiva e reprovável indulgência, conquanto, para conforto seu e de Mrs. Bennet, eu me incline a pensar que a sua índole é naturalmente perversa, ou ela não teria cometido tamanha infâmia numa idade tão prematura. Seja qual for o caso, acredite que merece toda a minha compaixão, no que sou acompanhado não apenas por Mrs. Collins, mas ainda por Lady Catherine e a filha, a quem referi o sucedido. O sentimento é unânime de que esta imprudência poderá vir a ter consequências danosas no futuro, não apenas de uma, mas de todas as suas filhas, pois quem, como condescendentemente Lady Catherine fez notar, se quererá relacionar com uma família assim? Esta circunstância leva-me ainda a refletir com acrescida satisfação num certo acontecimento que teve lugar no passado mês de novembro, pois tivesse sido outro o desenlace e também eu teria sido arrastado pela vossa desonra e infortúnio. Permita-me por isso que o aconselhe, meu caro senhor, a consolar-se o mais que puder, banindo para sempre do seu coração sua indigna filha e deixando-a sozinha colher os frutos do seu hediondo crime.

De V. Ex.ª atento, etc., etc.

Mr. Gardiner só tornou a escrever depois de receber uma resposta do coronel Forster e, mesmo assim, nada teve de agradável a comunicar. Que se soubesse, Wickham não tinha um único parente com quem mantivesse alguma ligação, e era seguro de que não tinha nenhum familiar próximo que estivesse ainda vivo. Constava que, em tempos, fizera bastantes conhecimentos, mas desde que se juntara à milícia não se lhe conhecia nenhum amigo mais íntimo. Não havia, pois, uma única pessoa de quem fosse lícito esperar que fornecesse notícias suas. Para mais, e a juntar ao temor de ser descoberto pelos familiares de Lydia, o estado deplorável em que se encontravam as suas finanças fornecia outro poderoso motivo para que continuasse escondido, já que começara a correr o rumor de que ele contraíra muitas dívidas ao jogo; e tão pesadas elas eram, que o coronel Forster estava convencido de que seriam necessárias mais de mil libras para cobrir tudo aquilo que ficara por saldar em Brighton. Wickham tinha ficado a dever bastante dinheiro a comerciantes, mas as suas dívidas de honra[61] eram ainda mais avultadas. Mr. Gardiner não tentou esconder nenhum destes particulares da família. Jane escutou-o horrorizada:

— Um jogador! — exclamou. — Mas como é que isso pode ser? Nunca poderia imaginar...

Mr. Gardiner acrescentava ainda que no dia seguinte, sábado, era provável que elas tivessem de novo o pai em casa. Desanimado com o insucesso de todas as suas diligências, Mr. Bennet acabara por ceder à insistência do cunhado para que regressasse para junto dos seus, deixando-o a ele o encargo de prosseguir a busca da maneira que julgasse mais adequada. Esses planos, no entanto, não suscitaram em Mrs. Bennet as manifestações de júbilo que as filhas teriam esperado, tendo em conta todos os receios pela vida do marido de que dera mostras nos dias anteriores.

— O quê? Voltar para casa e sem a nossa pobre Lydia? — exclamou ela. — De certeza que não vai sair de Londres antes de os encontrar... Se ele se vier embora, quem é que se vai bater com o Wickham e obrigá-lo a casar com nossa filha?

Uma vez que Mrs. Gardiner começava a sentir vontade de tornar a casa, decidiu-se — e assim foi feito — que ela e as crianças partiriam para Londres quando Mr. Bennet regressasse, levando-os a carruagem na viagem de ida e na volta trazendo Mr. Bennet para Longbourn.

Mrs. Gardiner partiu tão intrigada acerca de Elizabeth e do seu amigo de Derbyshire como desde que lá tinham estado. À frente deles, nunca a sobrinha referira espontaneamente o seu nome, e a vaga esperança que aquela albergara de que a sua partida fosse seguida por uma carta de Mr. Darcy acabara por se esfumar. Desde que tinham voltado, não chegara nenhuma missiva que pudesse ter vindo de Pemberley.

O infortúnio que se tinha abatido sobre a família tornava supérflua qualquer outra explicação para o desalento de Elizabeth. Nada,

---

[61] «Dívidas de honra»: dívidas de jogo, assim chamadas por a obrigatoriedade do seu pagamento depender não de uma lei, como no caso daquelas contraídas junto de comerciantes, mas de um dever moral. *(NT)*

portanto, se podia concluir do seu estado de espírito, mesmo se ela, por esta altura bastante mais acordada para os seus próprios sentimentos, estava ciente de que, se não tivesse conhecido Darcy, poderia ter conseguido suportar um pouco melhor o horror que lhe causava a desonra de Lydia. Ter-lhe-ia poupado, pensou, uma noite de insónia em cada duas.

Quando Mr. Bennet chegou, trazia o seu habitual ar de resignada compostura. Falou tão pouco quanto era seu costume, não fez qualquer alusão ao assunto que o fizera partir, e passou bastante tempo antes que as filhas tivessem tomado coragem para abordar o caso.

Foi já ao fim da tarde, quando ele se lhes reuniu para o chá, que Elizabeth se aventurou a mencionar o assunto, e mesmo então, depois de ela ter brevemente manifestado o seu desgosto pelo que ele tinha tido que passar, retorquiu:

— Não falemos nisso. Quem mais se não eu deveria sofrer? A culpa foi toda minha, e cabe-me agora a mim arcar com as consequências.

— Não seja demasiado severo consigo próprio — replicou Elizabeth.

— Bem podes prevenir-me contra um tal tentação. A natureza humana é tão propensa a cair nela!... Não, Lizzy, por uma vez na vida deixa que sinta o quanto sou culpado. Não tenho receio de me deixar vencer pelo sentimento. Passará bem depressa.

— Acha que eles estarão em Londres?

— Sim... em que outro sítio poderiam esconder-se assim tão bem?

— E a Lydia sempre quis ir a Londres — acrescentou Kitty.

— Então deve estar contente — comentou o pai secamente —, até porque parece que a sua estada será prolongada.

Em seguida, e após uma breve pausa, acrescentou:

— Lizzy, quero que saibas que não te guardo rancor por teres tido razão no conselho que me deste em maio... o que, considerando o sucedido, me parece ser sinal de alguma grandeza de espírito.

Nesse momento, foram interrompidos por Miss Bennet, que tinha vindo buscar o chá para a mãe.

— Todo este espetáculo — exclamou o pai — faz bem a uma pessoa. Empresta uma tal elegância ao infortúnio!... Um dia destes farei o mesmo: vou sentar-me na minha biblioteca, de roupão e barrete de dormir, e dar todo o trabalho que conseguir aos outros... Ou talvez espere até que a Kitty fuja.

— Eu não vou fugir, papá — respondeu Kitty num tom aborrecido. — Se alguma vez for a Brighton, vou portar-me muito melhor que a Lydia.

— *Tu* ires a Brighton? Nem que me pagassem cinquenta libras eu te deixaria sequer ir a Eastbourne[62], quanto mais a Brighton!... Não, Kitty, aprendi por fim a ser cauteloso, e tu vais sofrer os efeitos disso. Nenhum oficial voltará a entrar em minha casa ou sequer a atravessar a aldeia. Os bailes passam a ser rigorosamente proibidos, a menos que dances com uma de tuas irmãs. E não voltas a sair de casa enquanto não provares que consegues empregar dez minutos do teu dia de uma forma racional.

Então Kitty, que levou todas estas ameaças à letra, começou a chorar.

— Pronto, pronto — disse ele —, não fiques triste. Se te portares bem durante os próximos dez anos, prometo que depois te levo a ver uma parada militar.

---

[62] Eastbourne: vila costeira, situada a apenas trinta quilómetros de Brighton mas, na altura, sem nenhum dos atrativos desta estância de veraneio. *(NT)*

CAPÍTULO 49

Dois dias após o regresso de Mr. Bennet, passeavam Jane e Elizabeth por entre os arbustos que ficavam atrás da casa, quando viram que a governanta caminhava na sua direção. Calculando que as tivesse vindo chamar por causa da mãe, começaram também a ir ao seu encontro, mas assim que a alcançaram, e ao contrário do que tinham esperado, ela disse a Miss Bennet:

— A menina desculpe-me se interrompo, mas como tinha esperança de que tivessem chegado boas notícias de Londres, tomei a liberdade de lhe vir perguntar.

— O que estás a dizer, Hill? Não recebemos nada de Londres...

— Mas então a menina não sabe — exclamou Mrs. Hill, com grande espanto — que veio um postilhão para o senhor da parte de Mr. Gardiner? Chegou há uma meia hora e trouxe uma carta.

Demasiado ansiosas para sequer responderem, as duas raparigas lançaram-se a correr para casa. Precipitaram-se pelo vestíbulo até à sala de pequeno-almoço, e daí até à biblioteca... mas o pai não se encontrava em nenhuma delas. Estavam prestes a procurá-lo no andar de cima, onde estaria com a mãe, quando o mordomo veio ter com elas e lhes disse:

— Se as meninas procuram o senhor, ele está a ir para os lados do bosque pequeno.

Ouvindo isto, as duas irmãs tornaram a atravessar o vestíbulo e correram pelo relvado afora atrás do pai, que avançava decidido na direção de um pequeno arvoredo de um dos lados do cercado.

Jane, que não era tão ligeira nem estava tão acostumada a correr quanto Elizabeth, depressa ficou para trás, enquanto a irmã, arquejante, o alcançava, perguntando-lhe ansiosa:

— Papá, há alguma coisa de novo? Nosso tio deu notícias?

— Sim, enviou uma carta por um mensageiro.

— E quais são as novidades? Boas ou más?

— Haverá alguma coisa de bom a esperar? — respondeu-lhe, tirando a carta do bolso. — Mas talvez queiras lê-la.

Elizabeth arrancou-lhe ansiosa a carta da mão, no momento mesmo em que Jane chegava ao pé deles.

— Lê-a em voz alta — disse o pai —, pois nem eu sei se percebi bem o que ela diz.

Gracechurch Street, segunda-feira, 2 de agosto
Meu caro irmão
Tenho finalmente notícias para lhe enviar de minha sobrinha, confiante de que, tudo pesado, elas lhe tragam alguma satisfação. Pouco depois de nos termos separado no sábado, tive a boa sorte de conseguir descobrir em que parte de Londres eles estavam alojados. Mas os pormenores guardá-los-ei para quando nos virmos. Bastará, por ora, saber que eles foram encontrados e que eu os vi aos dois...

— Então é como eu esperava: estão casados! — exclamou Jane. Elizabeth continuou a ler:

... e que eu os vi aos dois. Não estão casados, nem eu percebi que tivessem qualquer intenção nesse sentido. Mas se estiver disposto a manter o compromisso que, em seu nome, tomei a liberdade de assumir, confio que já não faltará muito tempo para que isso aconteça. Tudo o que se lhe pede é que garanta à Lydia, por contrato nupcial, a parte que lhe cabe das cinco mil libras a repartir por todas suas filhas após o seu falecimento e o de minha irmã; e, além disso, que se obrigue a dar-lhe, enquanto for vivo, cem libras anuais. São estas as condições que, atendendo às circunstâncias, não hesitei em aceitar, na medida em que me senti autorizado a fazê-lo. Envio esta carta por mensageiro, para não haver demora na resposta. Será fácil de perceber pelo que lhe escrevo que a situação de Mr. Wickham não

é tão desesperada quanto se diz. Eram falsas as notícias que circulavam a esse respeito, e apraz-me dizer-lhe que, depois de todas as dívidas pagas, e para além dos seus próprios rendimentos, restará ainda algum dinheiro para prover à subsistência de minha sobrinha[63]. Se, como penso será o caso, meu irmão me conceder plenos poderes para agir em seu nome, darei de imediato instruções ao Haggerston para que redija o contrato na devida forma. A sua presença em Londres não será necessária, por isso deixe-se ficar tranquilamente em Longbourn e confie no meu total empenho. Mande-me a sua resposta tão depressa quanto possível, cuidando em que os seus termos sejam claros. Pareceu-nos melhor que a Lydia ficasse em nossa casa até o casamento se realizar, com o que espero esteja de acordo. Ela chega ainda hoje. Tornarei a escrever-lhe logo que se decida mais alguma coisa. Creia-me seu muito etc.

Edw. Gardiner

— Será possível? — exclamou Elizabeth, assim que terminou. — Será possível que ele se case com ela?

— Pelos vistos o Wickham não é tão indigno como nós julgávamos — disse a irmã. — Meu querido pai, deixe-me felicitá-lo.

— E já respondeu à carta? — perguntou Elizabeth.

— Não, mas terei de o fazer rapidamente.

Ela suplicou-lhe para que não perdesse mais tempo.

— Oh, meu querido pai — exclamou —, volte para casa e escreva sem demora... Lembre-se de que todos os minutos são preciosos num momento como este.

— Deixe-me escrever por si, se isso lhe desagradar — propôs Jane.

— Desagrada-me mesmo muito — respondeu ele —, mas tem de ser feito.

Dizendo isto, deu meia volta e pôs-se a caminhar com as filhas na direção de casa.

— Posso fazer uma pergunta? — disse Elizabeth. — As condições, calculo, terão de ser aceites?

---

[63] No original, «*to settle my niece*», em referência à doação contemplada no contrato matrimonial para, em caso de viuvez, prover à subsistência da mulher. *(NT)*

— Aceites? Só me envergonho de que ele tenha exigido tão pouco.

— E ela tem mesmo de se casar!... Logo com um homem *daqueles*...

— Sim, sim, tem de se casar. Não há nada a fazer quanto a isso. Há, no entanto, duas coisas que eu gostaria muito de saber: uma, quanto dinheiro é que vosso tio teve de desembolsar para conseguir o acordo; e a outra, como é que eu alguma vez vou conseguir pagar-lhe.

— Dinheiro? Nosso tio? — exclamou Jane. — O que é que o senhor quer dizer com isso?

— Quero dizer que nenhum homem no seu juízo perfeito se casaria com a Lydia por umas míseras cem libras por ano enquanto eu for vivo e cinquenta depois de eu morrer.

— Tem razão — disse Elizabeth —, se bem que isso não me tivesse ocorrido antes. Pagam-se as dívidas e ainda sobra algum dinheiro!... Oh, só pode ser obra de nosso tio!... Bom e generoso como ele é, receio que se tenha colocado numa situação difícil. Uma soma pequena não teria chegado para tanto.

— Não — continuou o pai —, o Wickham seria completamente tolo se ficasse com ela por menos de dez mil libras. Não gostaria de ficar com tão má opinião dele logo no início das nossas relações.

— Dez mil libras! Deus queira que não! Como é que se poderia pagar metade que fosse dessa quantia?

Mr. Bennet não respondeu, e os três, imerso cada um nos seus próprios pensamentos, mantiveram-se em silêncio até casa. Aí chegados, o pai dirigiu-se à biblioteca para escrever e as raparigas foram para a sala de pequeno-almoço.

— Então vão mesmo casar-se! — exclamou Elizabeth, assim que ficaram a sós. — Que estranho me parece tudo isto!... E ainda devemos ficar agradecidas. Obrigadas a regozijar-nos com o facto de eles se irem casar, por mais escassas que sejam as hipóteses de um dia virem a ser felizes e por pior que o caráter dele possa ser!... Oh, Lydia!...

— Conforta-me pensar — retorquiu Jane — que ele seguramente não se casaria com a Lydia se não sentisse um afeto sincero por ela. Mesmo que nosso generoso tio o possa ter ajudado a saldar as dívidas, não consigo acreditar que tenha despendido dez mil libras nem nada perto disso. Ele tem filhos, e pode ainda vir a ter mais. Como é que ele poderia dispor sequer de metade dessa soma?

— Se pudéssemos saber a quanto avultavam as dívidas do Wickham — disse Elizabeth — e qual a quantia que ele destinou a nossa irmã, saberíamos exatamente o que Mr. Gardiner fez por eles, porque o Wickham não tem um cobre de seu. Nunca poderemos retribuir a bondade de nossos tios. Terem-na levado para sua casa e fornecido todo o seu apoio e proteção é um sacrifício que muitos e muitos anos de gratidão não chegarão para compensar. Por esta altura, já estará com eles!... Se agora, perante tamanha generosidade, ela não sentir vergonha, então é porque não merece ser feliz! Imagina o que sentirá quando vir nossa tia!...

— Temos de nos esforçar por esquecer a forma como cada um deles se comportou — retorquiu Jane. — Espero, e confio, que ainda venham a ser felizes. Que ele tenha consentido em casar com ela é prova, estou em crer, de que ganhou finalmente juízo. A afeição que sentem um pelo outro acalmar-lhes-á os ânimos, e eu estou convencida de que levarão uma vida tão tranquila e tão pautada pela razão que, com o tempo, esta sua imprudência acabará por cair no esquecimento.

— A sua conduta — replicou Elizabeth — não foi de molde a que tu, nem eu, nem outra pessoa qualquer consiga algum dia esquecê-la. Não vale a pena falarmos sobre isso.

Neste ponto, as duas raparigas lembraram-se de que a mãe ainda não deveria saber o que se tinha passado. Foram então até à biblioteca e perguntaram ao pai se ele gostaria que elas lhe dessem a notícia. Sem levantar os olhos daquilo que estava a escrever, ele respondeu friamente:

— Façam como acharem.

— Podemos levar-lhe a carta que nosso tio enviou?

— Levem o que lhes apetecer e saiam daqui.

Elizabeth agarrou na carta, que estava em cima da secretária, e as duas subiram juntas até aos aposentos da mãe. Aí encontraram Mary e Kitty, que lhe faziam companhia: um só anúncio chegaria, assim, para todas. Depois de um curto preâmbulo de preparação para as boas notícias, passou-se à leitura em voz alta da carta. Mrs. Bennet mal se podia conter. Assim que Jane leu o trecho em que Mr. Gardiner dizia ter esperança de que Lydia estivesse em breve casada, a sua alegria extravasou, cada frase que se lhe seguiu contribuindo para aumentar ainda mais o seu júbilo. Estava agora tão transbordante de exultação como antes de temor e desassossego. Bastava-lhe saber que a filha ia casar. Não se deixou perturbar por qualquer receio de que ela não fosse feliz, nem abater por qualquer lembrança da sua indecorosa conduta.

— A minha querida, querida Lydia!... — exclamou. — É maravilhoso! Vai casar-se! Vou tornar a vê-la! Casada aos dezasseis anos! Meu bom e generoso irmão...! Eu sabia... eu sabia que ele ia conseguir resolver tudo!... Tenho tantas saudades dela!... E do nosso querido Wickham também. Mas e as roupas... o enxoval de casamento? Vou escrever já a minha irmã Gardiner para tratar disso. Lizzy, minha querida, vai ter depressa com teu pai e pergunta-lhe quanto é que pensa dar-lhe. Deixa estar, deixa estar, eu mesma vou. Kitty, toca a campainha para chamar a Hill. Visto-me num instante. Minha querida, querida Lydia!... Que felicidade quando estivermos de novo juntas!

A filha mais velha ia-se esforçando por temperar um pouco a violência daqueles arrebatamentos, chamando a atenção da mãe para o quanto eles estavam obrigados a Mr. Gardiner.

— Afinal, é em grande medida à sua bondade — acrescentou ela — que ficamos a dever este feliz desenlace. Há boas razões para crer que ele próprio se comprometeu a auxiliar Mr. Wickham com algum dinheiro.

— Pois acho muito bem — exclamou a mãe. — Quem o poderia fazer senão vosso tio? Se ele não tivesse formado família, o dinheiro dele ia todo para mim e para as minhas filhas; de resto, e fora um presente ou outro, é a primeira vez que recebemos alguma coisa dele. Estou tão feliz!... Dentro de pouco tempo vou ter uma filha casada. Mrs. Wickham... Que bem que soa! E ela fez só dezasseis anos em junho!... Minha querida Jane, estou tão agitada que, de certeza, não vou ser capaz de escrever; por isso, eu dito-te e tu escreves. O assunto do dinheiro logo se acerta com teu pai, mas as encomendas têm de ser feitas de imediato.

Mrs. Bennet embrenhou-se então em minuciosas considerações a propósito de musselina, calicó e cambraia, e rapidamente teria ditado uma extensa lista não fosse Jane tê-la persuadido, embora com dificuldade, a esperar até que o pai estivesse livre para ser consultado. Um dia a mais, fez-lhe notar, não teria grande importância — e a mãe estava demasiado feliz para se mostrar tão obstinada como de costume. Tinha a cabeça ocupada por muitos outros planos.

— Assim que estiver arranjada — declarou —, vou até Meryton para dar as boas novas a minha irmã Phillips. E, no regresso, posso ainda fazer uma visita a Lady Lucas e a Mrs. Long. Kitty, corre lá abaixo e manda preparar a carruagem. Estou certa de que um pouco de ar fresco me fará muito bem. Meninas, querem alguma coisa de Meryton? Ah, cá está a Hill! Minha querida Hill, já sabes a boa nova? Miss Lydia vai casar-se e vocês vão ter todos uma taça de *punch* para festejarem o casamento.

Mrs. Hill começou logo a manifestar o seu regozijo. Como as irmãs, Elizabeth teve também direito a receber os seus parabéns, até que, cansada de tanto desmando, se refugiou no quarto para refletir em paz.

Pobre Lydia... A sua situação era, no mínimo, bastante má —, mas ela tinha de dar graças por não ser ainda pior. Isso para Elizabeth era claro; pois mesmo se, olhando para o futuro, ela não via motivo para esperar que alguma felicidade ou prosperidade material aguardassem a irmã, já olhando para trás, para aquilo que ainda duas horas antes haviam temido, não conseguia deixar de sentir todas as vantagens do que tinham logrado.

CAPÍTULO 50

Já muitas vezes ao longo da sua vida Mr. Bennet se arrependera de gastar toda a sua renda anual, em vez de ir pondo de lado uma quantia para melhor prover à subsistência de suas filhas e, caso ela lhe sobrevivesse, também à de sua mulher. Mais que nunca, desejava agora tê-lo feito. Tivera ele cumprido a sua obrigação e Lydia não precisaria de ficar a dever ao tio o pouco de honra e de reputação que ainda se lhe podia comprar. A satisfação de persuadir um dos mais desprezíveis rapazes de toda a Grã-Bretanha a tornar-se seu marido teria, assim, cabido a quem de direito.

Perturbava-o profundamente saber que uma causa tão pouco vantajosa para todos fosse movida unicamente a expensas do cunhado, e estava por isso decidido, se possível, a descobrir qual a quantia avançada de forma a desobrigar-se o mais rapidamente que conseguisse.

Quando Mr. Bennet casara, não lhes parecera necessário economizar, já que, naturalmente, teriam um varão. Assim que chegasse à idade adulta, esse filho anularia com o pai o vínculo sobre a herança[64], ficando desse modo providos quer a viúva quer seus irmãos. Uma após outra, cinco filhas vieram ao mundo; o varão, no entanto, continuava por aparecer, mesmo que, durante muitos anos já depois do nascimento de Lydia, Mrs. Bennet tivesse mantido a certeza de que mais cedo ou mais tarde ele acabaria por surgir.

---

[64] Quando o herdeiro varão de uma propriedade vinculada (de um «*entail*») atingia a maioridade, podia acordar com o pai — no caso de este ainda ser vivo — anular o vínculo e assim estabelecer os novos termos do legado. (*NT*)

Quando finalmente perderam toda a esperança, era já demasiado tarde para começarem a fazer economias. Mrs. Bennet não tinha a menor aptidão para gerir a casa e só o amor do marido pela sua própria independência impedira que tivessem gasto mais que recebiam.

Ficara estipulado por contrato matrimonial que a Mrs. Bennet e a suas filhas caberia a soma total de cinco mil libras. Mas de que forma ela seria dividida entre as últimas pertencia aos pais determinar. Este era um ponto que, pelo menos no que dizia respeito a Lydia, devia ser agora decidido, e Mr. Bennet não tinha como hesitar em aceder à proposta que lhe era apresentada. Com expressões, se bem que sucintas, de grato reconhecimento pela gentileza do cunhado, passou então a manifestar por escrito a sua inteira aprovação de tudo o que fora resolvido, bem como a sua disposição em respeitar os compromissos assumidos em seu nome. Nunca até então imaginara que, sendo possível convencer Wickham a casar-se com sua filha, isso conseguisse ser feito com tão pouco prejuízo para si próprio. Não perderia mais de dez libras por ano das cem que lhes seriam pagas, já que as despesas de Lydia, entre o que gastava em casa, a mesada e os constantes presentes em dinheiro que recebia da mãe, pouco inferiores eram a essa quantia.

Que tudo se tivesse feito com um esforço tão insignificante da sua parte era outra agradável surpresa, até porque, de momento, o seu maior desejo era incomodar-se o menos possível com aquele negócio. Uma vez passados os primeiros acessos de fúria que o tinham animado a procurá-la, regressou então à sua habitual indolência. A carta foi despachada de imediato pois, apesar de lento em dar início a uma tarefa, era lesto a executá-la. Na carta pedia, ainda, para ser informado de mais pormenores acerca do que ficara a dever a Mr. Gardiner, mas estava demasiado zangado com Lydia para lhe enviar qualquer recado.

As boas novas correram depressa pela casa e, em velocidade proporcional, por toda a vizinhança. Nesta, foram aceites com alguma resignação. Claro que as conversas teriam ganho muito se Miss Lydia Bennet se tivesse entregado a uma vida dissoluta ou, melhor ainda, se tivesse sido segregada do mundo, nalguma quinta longínqua. Mas o casamento já fornecia boa matéria para a maledicência, e os afetuosos votos de felicidades, formulados nos dias anteriores por todas as alcoviteiras de Meryton, pouco perderam do seu vigor com esta mudança de situação, uma vez que, com um marido assim, a infelicidade da rapariga estava garantida.

Tinham passado duas semanas sem que Mrs. Bennet tivesse saído do seu quarto, mas, naquele dia tão feliz, ela retomou o seu lugar à cabeceira da mesa na mais festiva e sufocante agitação. Nenhum sentimento de pejo atenuava o seu júbilo. Estava agora prestes a realizar-se aquele que havia sido o seu maior desejo desde que Jane fizera dezasseis anos — o matrimónio de uma das suas filhas; e os seus pensamentos e as suas palavras giravam exclusivamente em torno daquilo que sempre acompanhava um casamento elegante: finas musselinas, carruagens novas e criados. De imediato, começou afadigadamente a procurar nas redondezas uma casa apropriada para a filha, tendo logo rejeitado várias, sem saber ou sequer se perguntar sobre qual seria o seu rendimento, por não serem nem suficientemente grandes nem suficientemente dignas.

— Haye-Park poderia servir — disse ela —, se os Goulding saíssem de lá; ou o casarão em Stoke, se a sala de estar fosse maior... mas Ashworth fica demasiado longe! Não suportaria sabê-la a dez milhas de distância de nós... E quanto a Purvis Lodge, as mansardas são horrorosas.

O marido deixou-a falar sem a interromper, enquanto os criados estavam na sala. Mas quando estes se retiraram, disse-lhe:

— Mrs. Bennet, antes que a senhora alugue uma dessas casas, ou mesmo todas elas, para sua filha e seu genro, deixemos uma coisa bem esclarecida: há uma casa nestas vizinhanças onde eles *nunca* serão admitidos. Não estou disposto a alimentar a impudência de ambos, recebendo-os em Longbourn.

A estas palavras seguiu-se uma longa discussão — mas Mr. Bennet manteve-se firme. O assunto depressa puxou outro, e Mrs. Bennet descobriu, para seu horror e espanto, que o marido se recusava a avançar um guinéu que fosse para comprar outras roupas à filha, tendo mesmo declarado que ela não receberia dele o menor sinal de afeto por ocasião do casamento. Mrs. Bennet não conseguia acreditar. Que o rancor do marido tivesse sido levado ao ponto de o fazer negar a sua própria filha um privilégio sem o qual o casamento nem pareceria válido, excedia em muito a sua capacidade de compreensão. Era bastante mais sensível à desonra que seria sua filha casar-se sem levar roupas novas, que à vergonha de ela ter fugido e vivido duas semanas com Wickham antes do matrimónio.

Elizabeth estava agora profundamente arrependida de, na aflição do momento, ter confiado a Mr. Darcy a sua apreensão pela sorte da irmã, pois como dentro em pouco o casamento poria o devido fim àquela aventura, era razão esperar que se conseguisse manter o seu infausto prelúdio escondido daqueles que a ele não tivessem assistido.

De nenhum modo temia que ele viesse a divulgar a história. Havia poucas pessoas em cuja discrição pudesse com mais segurança confiar; mas, ao mesmo tempo, não havia também ninguém cujo conhecimento das fraquezas da irmã a fizesse sentir-se tão vexada. Não por receio de que daí adviesse qualquer dano para si própria, já que, de qualquer maneira, lhe parecia existir entre eles um abismo insuperável. Mesmo que o casamento de Lydia tivesse sido ajustado com toda a dignidade, não era de esperar que Mr. Darcy quisesse criar laços com uma família a cujas outras objeções acrescia agora a mais estreita aliança e parentesco com aquele mesmo homem que ele, com tanta razão, desprezava.

Perante uma tal perspetiva, não havia como estranhar que ele se sentisse relutante. O desejo que tão manifestamente revelara de lhe agradar durante a sua estada em Derbyshire não podia, à luz da razão, sobreviver a tão duro golpe. Elizabeth sentia-se humilhada e entristecida, arrependida mas sem saber bem de quê. Tornou-se ciosa da sua estima, quando já não podia gozar dela. Queria ter notícias dele, quando já não parecia haver a menor esperança de as vir a receber. Convencera-se de que poderia ter sido feliz com ele, quando já não era sequer provável que se tornassem a encontrar.

Que vitória para Mr. Darcy, punha-se a pensar, se ele tivesse sabido que as propostas que ela tão orgulhosamente desdenhara havia apenas quatro meses seriam agora acolhidas com reconhecimento e satisfação!... Não duvidava de que ele fosse o mais nobre dos homens. Mas era humano, e como tal não poderia deixar de se sentir triunfante.

Começava agora a dar-se conta ser ele precisamente o homem que, tanto pelas suas qualidades como pela sua índole, mais lhe convinha. O seu modo de ser e de pensar, se bem que diferente do dela, haveria respondido a todos os seus anseios. Teria sido um enlace vantajoso para ambos: a desenvoltura e a vivacidade de Elizabeth ter-lhe-iam suavizado o génio e melhorado as maneiras, enquanto do seu bom senso, espírito cultivado e experiência do mundo, ela poderia ter retirado benefícios de ainda maior monta.

Mas não seria agora que tão venturoso matrimónio mostraria à multidão maravilhada o que era a verdadeira felicidade conjugal. Ao invés, uma união em tudo diversa, e que excluía a possibilidade da outra, estava prestes a formar-se no seio da sua família.

Como Wickham e Lydia fizessem para viver com algum conforto, ela não fazia a menor ideia. Mas quão pouco duradoura pudesse ser a felicidade de um casal que apenas se unira porque a sua paixão fora mais forte que a sua virtude, era já mais fácil de imaginar.

Mr. Gardiner não tardou em escrever ao cunhado. Aos agradecimentos de Mr. Bennet respondia brevemente, assegurando-o do seu empenho em promover o bem-estar de toda a sua família e terminando com solicitar-lhe que o assunto não voltasse a ser mencionado entre eles. O propósito principal da carta era o de informá-los de que Mr. Wickham decidira abandonar a milícia.

Era meu vivo desejo que ele o fizesse, acrescentava, assim que o casamento fosse acordado. Penso que concordará comigo em considerar altamente recomendável o seu afastamento do regimento, seja por ele seja por minha sobrinha. É intenção de Mr. Wickham ingressar no exército regular, e entre os seus antigos amigos ainda se encontram alguns dispostos a ajudá-lo nesse sentido. Tem prometida uma comissão de alferes no regimento do general ------, agora acantonado no Norte. É uma vantagem que esteja colocado numa parte tão distante do Reino. Parece mostrar boa vontade, e tenho esperança de que entre pessoas estranhas, onde cada um deles terá uma reputação a manter, sejam ambos mais prudentes. Escrevi ao coronel Forster a informá-lo do combinado e a solicitar-lhe que satisfizesse os vários credores de Mr. Wickham em Brighton e nos arredores com garantias, com as quais me comprometi, de rápido pagamento. Posso pedir-lhe que forneça as mesmas garantias junto dos seus credores em Meryton, dos quais, e de acordo com as informações que ele me deu, anexo no final uma lista? Mr. Wickham confessou todas as suas dívidas, e só nos resta agora esperar que não nos tenha enganado. O Haggerston tem já as nossas instruções e, dentro de uma semana, tudo ficará resolvido. Depois disso, os dois irão reunir-se ao regimento, a menos que, entretanto, sejam convidados para Longbourn. Segundo me disse Mrs. Gardiner, nossa sobrinha está muito desejosa de vos rever a todos antes de partir para o Norte. Ela encontra-se bem e pede-me que vos mande, ao senhor e a minha irmã, os seus atentos recados. Seu, etc.

E. Gardiner

Que a saída de Wickham do seu antigo regimento fosse vantajosa para todos era tão evidente para Mr. Bennet e para as filhas como havia sido para Mr. Gardiner. Mas já Mrs. Bennet não ficou assim tão satisfeita. O facto de Lydia ir viver para o Norte, logo agora que ela esperava retirar da sua companhia o maior prazer e o mais elevado orgulho — confiante que ainda estava no seu plano de instalá-los no Hertfordshire —, foi uma amarga desilusão. Além do mais, era uma pena que Lydia fosse afastada de um regimento onde tantos conhecimentos e tantas amizades travara.

— Ela é tão afeiçoada a Mrs. Forster — disse Mrs. Bennet —, que é uma crueldade mandá-la para tão longe!... E todos aqueles rapazes de quem ela gosta tanto? Não vejo como os oficiais do regimento do general ------ possam ser tão amáveis...

O pedido de Lydia, pois assim podia considerar-se, de tornar a ser acolhida na família antes de partir para o Norte embateu, de início, contra a terminante recusa de Mr. Bennet. Mas Jane e Elizabeth, ambas desejosas de que, para bem dos sentimentos e da reputação da irmã, os pais reconhecessem publicamente o seu casamento, pediram-lhe com tanta insistência, e porém com tanta sensatez e tanta doçura, que recebesse aos dois em Longbourn assim que o matrimónio tivesse lugar, que ele finalmente se deixou persuadir a pensar da mesma maneira e a fazer o que elas lhe pediam — e a mãe pôde enfim regozijar-se com a ideia de que exibiria pelas redondezas a filha casada, antes que esta fosse desterrada para o Norte. Mr. Bennet escreveu, por isso, de novo ao cunhado, dando-lhes permissão para que viessem e dispondo que, mal a cerimónia findasse, os dois partiriam de imediato para Longbourn. Elizabeth não pôde deixar de ficar admirada por Wickham consentir num tal plano; dependesse apenas da sua vontade, encontrá-lo seria o último dos seus desejos.

CAPÍTULO 51

O dia do casamento chegou, e Jane e Elizabeth sentiram-se provavelmente mais envergonhadas pela irmã do que ela própria se sentiria. A carruagem, que tinha sido enviada a buscá-los a ------[65], deveria trazê-los por volta da hora do jantar. As duas irmãs mais velhas aguardavam com apreensão o momento da chegada, mas Jane em particular, por imputar a Lydia os sentimentos que ela própria experimentaria caso fosse ela a culpada, sentia-se destroçada ao antecipar aquilo por que a irmã teria de passar.

Enfim eles chegaram. A família encontrava-se reunida para os receber na sala de pequeno-almoço. O rosto de Mrs. Bennet iluminou-se num sorriso no momento em que a carruagem parou em frente à porta; o marido pôs uma expressão grave e impenetrável; as filhas, um ar ansioso, inquieto e assustado.

Ouviu-se a voz de Lydia no vestíbulo, a porta abriu-se de rompante, e ela precipitou-se na sala. A mãe foi ao seu encontro, abraçou-a e deu-lhe as boas-vindas, transbordante de júbilo; com um sorriso afetuoso estendeu a mão a Wickham, que entrara atrás da esposa, desejando-lhes toda a felicidade com uma exuberância que não revelava a menor dúvida quanto à sua concretização.

Já a receção de Mr. Bennet, a quem se dirigiram de seguida, não foi tão cordial. Pelo contrário, a sua expressão tornou-se ainda mais grave, e ele quase não proferiu palavra. Na verdade, a postura confiante e desembaraçada do jovem casal era o suficiente para irritá--lo. Elizabeth sentiu-se revoltada e mesmo Miss Bennet não con-

---

[65] Presumivelmente, a rua ou a igreja onde o casamento havia tido lugar. *(NT)*

seguiu evitar alguma indignação. Lydia continuava a mesma de sempre: rebelde, impudente, turbulenta, exuberante e atrevida. Uma a uma foi exigindo das irmãs as devidas felicitações e, quando todos se sentaram, pôs-se a olhar atentamente em redor, comentando com uma gargalhada, ao notar alguma pequena alteração, que havia já bastante tempo que ali não vinha.

Wickham não estava mais embaraçado que ela, mas as suas maneiras eram sempre tão agradáveis que, fossem o seu caráter e o seu casamento exatamente como deviam, os sorrisos e o modo desenvolto com que cumprimentava a sua nova família tê-los-iam conquistado a todos. Nunca antes Elizabeth o considerara capaz de tamanho desplante, mas sentou-se, decidindo que não tornaria no futuro a imaginar que pudesse haver limites para a ousadia de um homem impudente. Elizabeth corou, Jane também, mas os rostos daqueles que causaram o seu rubor não se deixaram alterar.

Não faltaram os temas de conversa. A noiva e a mãe falavam cada uma mais depressa que a outra, e Wickham, que ficara sentado ao lado de Elizabeth, começou a perguntar-lhe pelas pessoas que ali conhecera com um à-vontade e uma animação que ela não se sentiu à altura de igualar nas suas respostas. Nem ele nem a mulher pareciam guardar outras recordações que não as mais felizes. Nada no seu passado era motivo de desgosto, e Lydia conduzia espontaneamente a conversa para assuntos a que, em nenhum caso, as irmãs se atreveriam sequer a aludir.

— E pensar que já passaram três meses — exclamou — desde que me fui embora... Parecem-me só quinze dias e, no entanto, as coisas que aconteceram neste tempo!... Santo Deus! Quando parti, não fazia a mínima ideia de que fosse voltar casada... Embora tivesse pensado que seria muito divertido se isso acontecesse.

O pai arregalou os olhos. Jane estava mortificada. Elizabeth lançou um olhar expressivo a Lydia, mas ela, que só via e ouvia o que lhe apetecia, prosseguiu alegremente:

— Oh, mamã, as pessoas daqui sabem que me casei hoje? Receei que não... Por isso, quando passámos pelo cabriolé do William Goulding, eu achei que ele devia ficar a saber, e então baixei o vidro do lado dele, descalcei a luva e pousei a mão no caixilho da janela para que ele pudesse ver o anel, e depois acenei com a cabeça e sorri até mais não...

Elizabeth não conseguia suportar nem mais um minuto. Levantou-se e saiu a toda a velocidade da sala — e não voltou até que os ouviu atravessar o vestíbulo em direção à sala de jantar. Então juntou-se-lhes mesmo a tempo de ver Lydia apressar-se, com ar pomposo, a tomar a direita da mãe, e de a ouvir dizer à irmã mais velha:

— Ah, Jane, agora que sou uma mulher casada, fico eu com o teu lugar e passas tu para trás de mim!...

Não era de esperar que o tempo tivesse emprestado a Lydia o comedimento de que ela logo no início se mostrara tão desprovida. A sua desinibição e o seu bom humor cresciam a olhos vistos. Estava ansiosa por encontrar Mrs. Phillips, os Lucas e todos os outros vizinhos, e por ouvi-los tratá-la por «Mrs. Wickham»; mas enquanto isso não acontecia, e acabado o jantar, foi ter com Mrs. Hill e com as duas criadas de casa para lhes mostrar o anel e vangloriar-se de estar casada.

— Então, mamã — disse ela quando regressaram à sala de pequeno-almoço —, o que é que acha do meu marido? Não é mesmo encantador? Tenho a certeza de que todas as minhas irmãs me invejam... Só espero que tenham metade da sorte que eu tive. Têm mesmo de ir para Brighton, é o sítio certo para arranjar marido. É uma pena, mamã, não termos ido todas.

— Tens toda a razão; e se tivesse dependido de mim, teríamos ido. Mas Lydia, minha querida, não me agrada nada que vás para tão longe. Tem mesmo de ser?

— Sim, claro, mas não há problema. Vai ser maravilhoso. A senhora, o papá e minhas irmãs têm de nos ir visitar. Como vamos passar o inverno em Newcastle, de certeza que haverá bailes, e eu mesma tratarei de arranjar bons parceiros para todas elas.

— Não haveria nada de que eu mais gostasse!... — respondeu a mãe.

— E depois, quando se vier embora, pode deixar ficar uma ou duas delas comigo. Garanto-lhe que lhes arranjo maridos ainda antes de acabar o inverno.

— Agradeço-te pela parte que me toca — disse Elizabeth —, mas não aprecio especialmente o teu modo de os arranjar.

As visitas não se demorariam em Longbourn mais de dez dias. Mr. Wickham recebera a sua comissão ainda antes de sair de Londres e tinha de se juntar ao regimento daí a duas semanas.

Ninguém, a não ser Mrs. Bennet, lamentou que a sua estada fosse tão curta. Aproveitou, porém, ao máximo o tempo, entre visitas com a filha e assíduas receções em casa. Estas reuniões eram do agrado de todos, mas ainda mais daqueles que desejavam a todo o custo evitar a intimidade do círculo familiar.

A afeição de Wickham por Lydia era precisamente o que Elizabeth esperara: inferior à de Lydia por ele. Não precisava de os ter observado para saber que, pela ordem das coisas, era à força do amor que a irmã por ele sentia que se ficara a dever a fuga e não ao seu contrário. Não estivesse Elizabeth persuadida de que ele necessitara de partir para escapar aos seus empenhos, e ter-se-ia admirado de que Wickham, sem nutrir nenhum sentimento profundo por Lydia, tivesse escolhido fugir com ela. Sendo esse, contudo, o caso, não era ele o tipo de homem que resistisse à oportunidade de levar consigo uma companhia.

Lydia nutria uma afeição desmesurada por ele. Era sempre *o seu querido Wickham* para cá e *o seu querido Wickham* para lá. Ninguém se lhe comparava. Fazia tudo melhor que os outros, e ela tinha a certeza de que ele conseguiria caçar mais pássaros no primeiro de setembro[66] que qualquer outro homem na região.

Uma manhã, pouco tempo depois da sua chegada, estando Lydia sentada com as duas irmãs mais velhas, virou-se para Elizabeth e disse-lhe:

— Lizzy, acho que nunca te fiz um relato do meu casamento. Não estavas presente quando contei à mamã e aos outros. Não estás curiosa por saber como correu?

— Nem por isso — respondeu Elizabeth. — Julgo que quanto menos se falar sobre o assunto, melhor.

---

[66] «Primeiro de setembro»: data de abertura da caça à perdiz e ao faisão. *(NT)*

— Ufa, que és mesmo esquisita!... Seja como for, vou contar-te como tudo se passou. Casámos na igreja de St. Clement, sabes, porque os aposentos do Wickham ficavam nessa paróquia. Combinou-se que estaríamos lá todos às onze. Os tios e eu íamos juntos, e os outros encontravam-se connosco na igreja. Enfim, chegou a manhã de segunda-feira e eu estava num estado de agitação que tu nem imaginas... Tinha tanto medo, sabes, que acontecesse alguma coisa que fizesse adiar o casamento. Teria ficado completamente desesperada!... E depois, enquanto estive a vestir-me, a tia não parou de falar e de me fazer recomendações como se estivesse a debitar um sermão. A verdade é que quase não ouvi uma palavra, já que, como deves calcular, só pensava no meu querido Wickham. Estava ansiosa por saber se ele levava a casaca azul...

»Enfim... como de costume, tomámos o pequeno-almoço às dez. Julguei que nunca mais terminava, até porque, já que falo nisso, é bom que fiquem a saber que os tios me trataram horrivelmente mal o tempo todo que estive com eles. Não vão acreditar, mas não pus um pé fora de casa uma vez que fosse durante os quinze dias que lá passei. Nem uma festa, nem um passeio, nada. Para falar verdade, Londres estava bastante deserta, mas, apesar de tudo, o Little Theatre[67] estava aberto. Bom... então, no exato momento em que a carruagem parou à frente de casa, o tio foi chamado para tratar de um negócio qualquer com aquele horrível homem, Mr. Stone. E depois, sabes como é, quando se juntam a conversar, aquilo nunca mais acaba... Enfim, eu estava tão apavorada que não sabia o que fazer, pois ele é que me ia levar ao altar e, se nos atrasássemos, não íamos poder casar nesse dia[68]. Mas por sorte ele regressou passados dez minutos e lá nos pusemos a caminho. No entanto, lembrei-me depois de que, se tivesse ficado retido, não teria sido preciso adiar o casamento porque Mr. Darcy podia ter ocupado o lugar dele.

---

[67] Forma abreviada para «The Little Theatre in the Haymarket», assim designado para se distinguir do teatro de maiores dimensões — o King's Theatre, hoje Her Majesty's Theatre — situado na mesma zona. *(NT)*

[68] Em Inglaterra, por lei, os casamentos tinham de realizar-se entre as oito horas da manhã e o meio-dia. *(NT)*

— Mr. Darcy! — repetiu Elizabeth, completamente estupefacta.

— Oh, sim!... É que ele ia acompanhar o Wickham, percebes? Mas... valha-me Deus! Tinha-me esquecido completamente!... Não devia ter falado nisso. Prometi-lhes tanto... O que é que o Wickham vai dizer? Era para ser mesmo segredo!...

— Se era para ser segredo — disse Jane —, não tornes a mencionar o assunto. Fica tranquila que eu não vou procurar saber mais nada.

— Claro que não — corroborou Elizabeth, ardendo embora de curiosidade. — Não te faremos qualquer pergunta.

— Obrigada — disse Lydia —, caso contrário era certo que eu vos contava tudo e então é que o Wickham se ia zangar a sério.

Perante tamanho incentivo, Elizabeth não teve outra alternativa senão fugir da tentação.

Era-lhe, contudo, impossível permanecer na ignorância do que se tinha passado ou, pelo menos, não tentar obter alguma informação. Mr. Darcy estivera presente no casamento da irmã. Exatamente no lugar em que aparentemente menos teria a fazer e com as pessoas entre as quais menos vontade teria de estar. Um tropel de conjeturas invadiu-lhe a mente — mas sem que nenhuma a tivesse satisfeito. As que mais lhe agradavam, por emprestarem nobreza ao seu gesto, pareciam-lhe deveras improváveis. Não conseguindo suportar aquela incerteza, agarrou precipitadamente numa folha de papel e escreveu uma curta missiva à tia pedindo-lhe uma explicação para o que Lydia havia dito, se o pretendido segredo assim lho permitisse.

Facilmente compreenderá, acrescentou, a curiosidade com que fiquei em saber por que motivo uma pessoa sem qualquer laço com a nossa família, diria quase um estranho, pôde estar presente numa tal ocasião. Peço-lhe, por favor, que me escreva sem demora, para que eu consiga entender o que se passou — a menos que, por uma razão muito forte, se deva guardar todo o sigilo que Lydia também julga necessário, caso em que procurarei contentar-me com a minha ignorância.

Não é que o faça, acrescentou para si mesma assim que terminou a carta. *E, minha querida tia, desde já lhe digo que, se não mo contar, me verei obrigada a recorrer a meios menos lícitos e a lançar mão de todo o tipo de truques e artimanhas para o descobrir.*

Jane, por sua parte, possuía um sentido de lealdade demasiado apurado para sequer comentar com Elizabeth aquilo que Lydia deixara escapar — e a irmã agradecia-lhe por isso. Até que os seus inquéritos obtivessem alguma resposta, preferia não ter confidente.

CAPÍTULO 52

Elizabeth teve a satisfação de ver chegar uma resposta à sua carta tão depressa quanto seria possível. Assim que a teve na mão, correu a refugiar-se no bosque pequeno, onde era menos provável que a interrompessem, sentou-se num banco e preparou-se expectante para a leitura, já que a dimensão da carta deixava adivinhar que ela não conteria uma recusa.

Gracechurch Street, 6 set.

Minha querida sobrinha

Acabo de receber a tua carta e vou dedicar toda a manhã a responder-lhe, uma vez que prevejo que umas breves linhas não bastem para abarcar tudo o que tenho para te dizer. Devo confessar-me surpresa pelo teu pedido: não o esperava vindo de ti. Não penses, contudo, que fiquei zangada, apenas quero que saibas que não imaginava que, do teu lado, essas perguntas fossem necessárias. Se preferires não entender o que te acabo de dizer, peço-te que me perdoes a impertinência. Teu tio ficou tão admirado quanto eu — nada, a não ser a convicção de que fosses parte interessada, lhe teria permitido agir como agiu. Mas se tu, de facto, ignoras o que se passou, terei de ser mais explícita. No mesmo dia em que regressei de Longbourn, teu tio recebeu uma visita deveras inesperada. Essa visita era Mr. Darcy, e os dois ficaram fechados a conversar durante várias horas. Quando cheguei, o colóquio já havia terminado, pelo que a minha curiosidade não teve, aparentemente, de passar pelos mesmos suplícios que a tua. Mr. Darcy tinha vindo informar Mr. Gardiner de que descobrira onde tua irmã e Mr. Wickham estavam, e de que vira e falara com ambos: repetidas vezes no caso do Wickham, e uma só vez com a Lydia. Pelo que consegui perceber, ele deixou Derbyshire apenas um dia depois de nós e veio para Londres com o propósito de os encontrar. Como motivo alegou estar persuadido ser responsabilidade sua se a torpeza do Wickham não fora posta a descoberto, de forma a tornar impensável para uma rapariga de bem amá-lo ou mesmo tão-só confiar nele. Generosamente, imputou toda a culpa ao seu próprio e descabido orgulho, confessando que até aí lhe parecera aviltante expor aos olhos do mundo os seus assuntos privados. O seu caráter, assim o julgava, deveria falar por si. Considerou, portanto, ser seu dever tentar remediar o mal que ele próprio havia causado. Se outro motivo tiver existido, estou certa de que ele nunca o poderia desonrar. Passaram-se alguns dias antes que os tivesse conseguido descobrir. Mas ele possuía uma vantagem sobre nós, uma pista para lhe orientar a busca, e a consciência desse facto foi outro dos motivos para ele ter resolvido partir de Derbyshire logo depois de o termos feito. Ao que parece, há uma senhora, uma tal Mrs. Younge, que em tempos foi precetora de Miss Darcy e mais tarde acabou sendo destituída das suas funções, por algum comportamento reprovável que ele não quis revelar. Depois de se ir embora, ela arrendou uma casa bastante grande em Edward Street e, desde então, tem ganho a vida alugando quartos a hóspedes. Ele sabia que esta Mrs. Younge era íntima do Wickham e por isso, assim que chegou a Londres, foi ter com ela para lhe pedir informações sobre o seu paradeiro. Mas foram ainda precisos dois ou três dias até que conseguisse obter dela o que queria. Imagino que ela estivesse à espera de um suborno antes de trair a confiança do seu amigo, pois na verdade sabia muito bem onde ele se encontrava. De facto, o Wickham fora ter com ela assim que chegara à cidade e, se ela tivesse podido, era certo que os teria alojado. Finalmente, porém, o nosso gentil amigo acabou por conseguir que ela lhe fornecesse o tão desejado endereço. Estavam em ------ Street. Primeiro ele encontrou-se com o Wickham e, a seguir, insistiu em ver a Lydia. Reconheceu que o seu primeiro objetivo tinha sido o de convencê-la a abandonar a desonrosa situação em que se encontrava e a regressar para junto dos seus — assim que se conseguisse persuadir teus pais a aceitá-la —, pondo-se para isso à sua disposição no que lhe pudesse ser útil. Mas a Lydia manteve-se absolutamente determinada a ficar onde estava. Não queria saber da família, não precisava dos serviços dele, e não queria nem ouvir falar em deixar o Wickham. Estava certa de que se casariam mais cedo ou mais tarde, e pouco lhe importava quando isso acontecesse. Vendo-a assim

*resolvida, Mr. Darcy considerou então que não lhe restava outra alternativa
senão garantir que o matrimónio teria lugar o mais depressa possível, coisa
que aliás, como facilmente descobriu na primeira conversa que teve com ele,
nunca fizera parte dos planos do Wickham. Este, por sua vez, confessou-lhe
que se vira obrigado a abandonar o regimento por causa de umas dívidas
de honra bastante urgentes e não teve escrúpulos em atribuir à leviandade
da Lydia todas as danosas consequências da sua fuga. Tencionava resignar
de imediato à sua comissão; quanto à sua situação futura, poucas conjeturas
podia fazer. Tinha de ir para algum sítio, mas não fazia ideia qual, não
sabendo também, de resto, como iria subsistir. Mr. Darcy perguntou-lhe
porque é que não se casara logo com tua irmã. Embora Mr. Bennet pudesse
não ser muito abastado, estaria no entanto em condições de ajudá-lo, pelo
que a sua situação financeira só teria a ganhar com o enlace. Mas, pela
resposta que recebeu à pergunta, descobriu que o Wickham ainda alimentava
a esperança de fazer fortuna com um casamento realmente vantajoso noutra
qualquer parte do país. Naquelas circunstâncias, contudo, não era provável
que ele resistisse à tentação de um lenitivo imediato para os seus problemas.
Os dois encontraram-se várias vezes, já que havia muito a tratar. O Wickham, é claro, queria mais que aquilo que se lhe podia dar, mas, por fim,
teve de ser razoável. Uma vez tudo acordado entre os dois, o passo seguinte
de Mr. Darcy foi pôr teu tio ao corrente de tudo, e ele veio pela primeira vez
a Gracechurch Street na noite antes de eu regressar a casa. Não encontrou,
porém, Mr. Gardiner, tendo-lhe ainda sido informado, a seu pedido, que
teu pai ainda se encontrava instalado em nossa casa, mas que partiria de
Londres na manhã seguinte. Pareceu-lhe que Mr. Bennet não seria tão
adequado quanto teu tio para discutir aquela matéria, pelo que de pronto
decidiu adiar a conversa até à sua partida. Não deixou o nome e, até ao
dia seguinte, a única coisa que se soube é que passara por cá um cavalheiro
a tratar de um negócio. Tornou a vir no sábado. Teu pai já tinha partido,
teu tio estava em casa e, como já te disse antes, os dois tiveram uma longa
conversa. Tornaram a encontrar-se no domingo e, nessa altura, também eu
o vi. Só na segunda-feira ficou tudo combinado e, logo depois, enviou-se carta
por postilhão para Longbourn. Mas a nossa visita foi muito obstinada.
Estou em crer, Lizzy, que a obstinação será, afinal, o seu maior defeito. Já
em diferentes alturas se lhe apontaram muitos outros, mas este é o único
verdadeiro. Não houve nada que não tivesse insistido em ser ele a fazer, se*

bem que eu esteja certa (e não estou a dizer isto para que me agradeças, por isso não o faças) de que teu tio de bom grado se teria encarregado de tudo. A *discussão foi interminável*, o que é mais que o cavalheiro ou a dama em causa mereceriam. Por fim, no entanto, teu tio foi forçado a ceder e, em vez de poder prestar um serviço a sua sobrinha, viu-se constrangido a ficar apenas com o crédito, o que fez muito contra sua vontade. Estou, por isso, realmente convencida de que a tua carta esta manhã o deixou muito satisfeito, já que a explicação que pedias lhe permitia restituir finalmente os louros a quem de direito. Mas, Lizzy, isto não deve passar de ti ou, quanto muito, da Jane. Conhecerás bem, suponho, aquilo que tem sido feito pelos dois. Haverá que pagar as dívidas dele — e só essas, ao que sei, importam em bastante mais de mil libras —, fora outras mil para provimento dela, a somar ao dote, e o que custará a nova comissão do Wickham. A razão pela qual Mr. Darcy quis que tudo isto ficasse a seu cargo é a mesma que te referi atrás. Era responsabilidade sua, da sua reserva e da sua falta de discernimento, que as pessoas se houvessem iludido a respeito do Wickham e ele tivesse, por isso, sido tão respeitado e bem recebido quanto foi. Talvez haja no que ele disse alguma verdade, embora eu duvide que aquilo que aconteceu possa ser imputado à sua reserva ou à de outra pessoa qualquer. Mas apesar de todo este lindo discurso, minha querida Lizzy, podes ficar segura de que teu tio nunca teria cedido se não julgássemos que ele tinha um interesse de outra ordem no caso. Depois de tudo ficar resolvido, Mr. Darcy voltou para junto dos amigos, que ainda estavam em Pemberley, mas ficou combinado que regressaria a Londres por altura do casamento, de forma a ultimar todas as questões de dinheiro. Creio que agora já te terei contado tudo. Segundo percebi pelo que me disseste, deverás ficar bastante surpreendida ao ler este relato; resta-me, ao menos, esperar que ele não seja motivo de desgosto. A Lydia veio aqui para casa e o Wickham tornou-se visita constante. Mantinha-se o mesmo de quando eu o tinha conhecido no Hertfordshire. Não te diria, no entanto, o quanto o comportamento da Lydia me desagradou enquanto esteve connosco, não fosse ter percebido, pela carta que recebi da Jane na quarta-feira passada, que ela se terá portado exatamente da mesma maneira quando voltou a casa, pelo que o que agora te conto não deverá constituir novo motivo de aflição. Por várias vezes lhe falei em tom muito sério, tentando fazê-la perceber a imoralidade da sua conduta e o desgosto que tinha causado à sua família. Se ouviu alguma coisa, foi por mera sorte, *pois tenho a certeza de que não prestou nenhuma atenção. Houve alturas em que me senti bastante irritada, mas aí lembrei-me das minhas queridas Elizabeth e Jane e, por consideração para convosco, decidi ter paciência com ela. Mr. Darcy regressou a Londres na altura prevista e, tal como a Lydia te contou, esteve presente no casamento. No dia a seguir jantou connosco, antes de tornar a partir, como tencionava, na quarta ou na quinta-feira. Ficas muito zangada comigo, minha querida Lizzy, se eu aproveitar a oportunidade para te dizer (já que antes me faltou coragem) o quanto o aprecio? A forma como nos tratou foi, em todos os aspetos, tão gentil como quando estivemos em Derbyshire. Não há nas suas opiniões e modo de pensar nada que me desagrade; falta-lhe apenas um pouco mais de vivacidade, e isso, se fizer um casamento assisado, ele poderá aprender com a esposa. Achei-o muito reservado — quase não mencionou o teu nome. Mas, enfim, parece que a discrição está na moda. Perdoa-me se sou inconveniente ou, pelo menos, não me castigues a ponto de me vedares a entrada em Pemberley. Não ficarei contente enquanto não tiver dado a volta inteira aos jardins. Um faetonte baixo, com uma bela parelha de póneis, seria absolutamente perfeito. Mas tenho de parar de escrever. Há meia hora que as crianças reclamam a minha atenção. Tua muito afetuosa,*

M. Gardiner

A leitura desta carta lançou Elizabeth num estado de profunda agitação, não se saberia se dominado pela angústia ou pelo prazer. As vagas e indefinidas suspeitas que lhe despertara a incerteza sobre o que teria feito Mr. Darcy para promover o casamento da irmã — que ela receara alimentar por lhe parecer uma demonstração de bondade demasiado grande para ser verosímil, mas que ao mesmo temia se confirmassem pela obrigação em que isso os deixaria — provavam-se enfim absolutamente verdadeiras! Tinha partido propositadamente para Londres logo depois deles e tomado sobre si todo o transtorno e toda a humilhação que uma tal busca acarretava, sujeito que fora a rogar a uma mulher que decerto lhe seria odiosa e desprezível, e a encontrar-se — encontrar-se muitas vezes —, discutir, convencer e, por fim, subornar um homem que sobre todos sempre quisera evitar e de quem proferir o nome era por si só um suplício. Fizera tudo aquilo por uma rapariga pela qual não podia sentir nem estima nem respeito. O coração sussurrava-lhe que ele o havia feito por si. Mas essa foi uma esperança depressa oposta por outras considerações, e ela cedo se deu conta de que nem a sua própria vaidade era já suficiente para confiar em que a afeição que Darcy teria por si, por alguém que já o havia recusado, fosse capaz de sobrepujar o sentimento de repugnância que a ideia de uma relação com Wickham naturalmente lhe provocaria. Cunhado de Wickham!... Não haveria orgulho a que aquele parentesco não provocasse repulsa. Era verdade que Mr. Darcy os tinha ajudado muito. Sentia vergonha de pensar o quanto. Mas ele tinha fornecido um motivo para a sua intervenção em que não era demasiado difícil acreditar. Parecia-lhe razoável que ele sentisse que havia procedido mal. Era um homem generoso e dispunha, além disso, de meios para o demonstrar; e conquanto ela não se imaginasse a principal razão do seu gesto, já se lhe afigurava mais provável que um resto de afeição que por si ainda nutrisse o pudesse ter animado a empenhar-se numa causa da qual tanto dependia a sua paz de espírito. Era-lhe penoso, demasiado penoso, saber que ficariam obrigados a alguém a quem nunca poderiam compensar. Deviam-lhe a restituição de Lydia à família, o seu bom nome, enfim tudo... Oh, como agora se arrependia amargamente dos sentimentos hostis que animara, das frases impertinentes que lhe dirigira... Sentia-se envergonhada, aviltada — mas orgulhosa dele. Orgulhosa de que, perante uma questão de honra e de compaixão, ele tivesse sido capaz de levar a melhor sobre si mesmo. Leu e releu os elogios que a tia lhe tecera. Não seriam suficientes, mas eram merecidos. E Elizabeth pôde mesmo experimentar algum prazer, ainda que tingido de mágoa, ao constatar que tanto ela quanto o tio estavam firmemente convencidos de que entre si e Mr. Darcy existisse intimidade e afeição.

O som de alguém a aproximar-se fê-la levantar-se, arrancando-a às suas reflexões — e, antes mesmo que conseguisse meter-se por outro caminho, foi alcançada por Wickham.

— Talvez interrompa o seu passeio, minha cara irmã? — disse ele aproximando-se.

— É claro que sim — respondeu ela com um sorriso —, mas isso não quer dizer que a interrupção seja indesejável.

— Lamentaria muito se assim fosse. Sempre fomos bons amigos e, agora, mais que nunca.

— É verdade. Os outros também aí vêm?

— Não faço ideia. Mrs. Bennet vai com a Lydia de carruagem até Meryton. Pois então, minha cara irmã, soube por nossos tios que esteve em Pemberley...

Ela respondeu afirmativamente.

— Quase lhe invejo o prazer e, no entanto, penso que seria demasiado para mim, caso contrário poderia passar por lá no caminho para Newcastle. Calculo que tenha estado com a velha governanta? Pobre Reynolds, sempre me foi muito afeiçoada. Mas, decerto, não lhes terá falado de mim.

— Para dizer a verdade, falou.

— E o que foi que ela disse?

— Que tinha entrado para o exército e ela temia que... não tivesse corrido muito bem. Mas, enfim, a uma distância tão grande, as coisas ficam estranhamente distorcidas.

— Seguramente — respondeu ele, mordendo o lábio.

Elizabeth esperava tê-lo conseguido calar, mas pouco depois ele continuou:

— Fiquei surpreendido por encontrar o Darcy em Londres, no mês passado. Cruzámo-nos várias vezes. Pergunto-me o que estaria ele a fazer por lá.

— Talvez a tratar dos preparativos para o seu casamento com Miss de Bourgh — respondeu Elizabeth. — Deve ter sido qualquer coisa de muito especial para o fazer ir até Londres nesta altura do ano.

— Sem dúvida. E viu-o enquanto esteve em Lambton? Fiquei com a impressão de que sim, pelo que me disseram os Gardiners.

— Sim; ele apresentou-nos à irmã.

— E gostou dela?

— Muito.

— De facto, constou-me que ela tinha melhorado bastante neste último ano ou dois. Quando a vi da última vez, não prometia muito. Fico muito satisfeito com que tenha gostado de Miss Darcy. Só espero que ela venha a confirmar esses bons sinais.

— Penso que sim, já superou a idade mais difícil.

— E passaram pela aldeia de Kympton?

— Que me lembre, não.

— Menciono-a por se tratar da reitoria que me estava destinada. Um lugar encantador!... E o presbitério, magnífico!... Não consigo imaginar nada que mais me conviesse.

— E teria gostado de preparar sermões?

— Deveras. Considerá-lo-ia parte do meu dever e, em pouco tempo, já não me custaria nada. Sei que não nos devemos lamentar... Mas a verdade é que teria sido o lugar perfeito para mim!... Uma vida tranquila e recatada corresponde exatamente à minha noção de felicidade! Mas o destino não o quis assim. Alguma vez o Darcy referiu o caso enquanto estiveram no Kent?

— Constou-me, de fonte que reputo fidedigna, que esse legado era apenas condicional e que tinha ficado sujeito à vontade do atual proprietário.

— Então ouviu isso... Sim, é em grande parte verdade. Disse--lho logo no início, se bem se lembra.

— E também me constou que houve um tempo em que não se sentia tão inclinado a escrever sermões; que, na verdade, o senhor terá até comunicado a sua decisão de não tomar ordens e que, por isso, se tiveram de acordar novos termos.

— Ah, também lhe disseram isso? Pois não é totalmente desprovido de fundamento. Talvez se recorde do que lhe disse na primeira vez que falámos sobre o assunto.

Estavam agora quase à porta de casa, já que Elizabeth estugara o passo para se ver livre dele o mais depressa possível. Não querendo porém indispô-lo, em consideração pela irmã, limitou-se a responder-lhe com um sorriso divertido:

— Ora essa, Mr. Wickham, agora somos irmãos... Não vamos discutir por causa de coisas passadas. Daqui em diante, espero que estejamos sempre de acordo.

Dizendo isto, estendeu-lhe a mão, ele beijou-a com afetuosa galanteria — mesmo sem saber muito bem que ar deveria pôr — e os dois entraram em casa.

CAPÍTULO 53

Tão plenamente satisfeito ficou Mr. Wickham com esta conversa, que não tornou a afligir-se, ou a aborrecer sua muito estimada irmã, mencionando de novo o assunto. Elizabeth, por seu lado, constatou agradecida que tinha dito o bastante para o fazer calar.

Depressa chegou o dia da partida, e Mrs. Bennet viu-se finalmente obrigada a resignar-se a uma separação que, recusado terminantemente pelo marido o plano de irem todos a Newcastle, era provável se prolongasse pelo menos por um ano.

— Oh, minha querida Lydia!... — lamentava-se —, quando nos tornaremos a encontrar?

— Meu Deus! Sei lá. Talvez não nos próximos dois ou três anos.

— Vai-me dando sempre notícias, minha querida.

— Vou fazer o possível. Mas a senhora sabe que uma mulher casada não tem muito tempo para essas coisas. Minhas irmãs que me escrevam a mim, que não terão mais nada para fazer.

As despedidas de Mr. Wickham foram muito mais afetuosas que as da esposa. Sorriu, pôs um ar galante e disse muitas coisas amáveis.

— É um excelente rapaz — declarou Mr. Bennet, assim que eles saíram. — Desfaz-se em sorrisos e trejeitos, e faz-nos a corte a todos. Estou infinitamente orgulhoso dele. Desafio o próprio Sir William Lucas a apresentar um genro tão estimável quanto este.

A partida da filha trouxe Mrs. Bennet sorumbática durante vários dias.

— Muitas vezes penso — disse ela — que não há nada pior que nos vermos separados dos nossos entes queridos. Uma pessoa sente-se tão desamparada sem eles...

— É esse o resultado de se casar uma filha — disse Elizabeth. — A senhora deve por isso ficar satisfeita que as outras quatro continuem ainda solteiras.

— Não foi nada disso. A Lydia não me deixou por se ter casado, mas só porque o regimento do marido ficou aquartelado demasiado longe. Se estivesse mais perto, ela não se teria ido embora tão depressa.

O estado de desânimo em que este acontecimento a lançou cedo, porém, encontrou algum alívio, e o seu espírito, novo motivo de esperança, numa pequena notícia que foi por essa altura posta a circular. A governanta de Netherfield tinha recebido ordens para preparar a casa para a chegada do seu amo daí a um dia ou dois, vindo que seria para caçar durante algumas semanas. Mrs. Bennet não repousava um minuto. Olhava para Jane, umas vezes sorrindo, outras abanando a cabeça.

— Ora, ora, com que então Mr. Bingley está para chegar, minha irmã — (pois fora Mrs. Phillips quem lhe trouxera a novidade). — Bom, tanto melhor. Não é que isso me interesse, claro. Não temos nenhuma relação com ele, já sabes, e posso dizer-te que nunca mais o quero ver à minha frente! Mas, no entanto, não deixa de ser muito bem-vindo a Netherfield, se é isso que lhe apetece. E quem sabe o que poderá acontecer? Mas isso não nos diz respeito. Como sabes, há muito tempo que combinámos não dizer uma única palavra sobre o assunto. E então, sempre é seguro que ele vem?

— Podes ficar certa — respondeu a irmã. — Ontem à noite, a Mrs. Nicholls esteve em Meryton e eu, quando a vi passar, saí de propósito para me certificar de que era verdade. Ela confirmou tudo. Mr. Bingley chega o mais tardar na quinta-feira, ou talvez mesmo ainda na quarta. Contou-me também que tinha ido ao açougue para encomendar carne para quarta-feira e que tinha conseguido arranjar meia dúzia de patos prontos para serem mortos.

Miss Bennet não conseguiu deixar de corar ao ouvir esta notícia. Tinham já passado bastantes meses desde a última ocasião em que mencionara o nome dele a Elizabeth, mas desta vez, e assim que ficaram sozinhas, disse:

— Quando nossa tia nos contou hoje as novidades, Lizzy, reparei que olhaste para mim... e sei que devo ter parecido perturbada. Mas não te ponhas a imaginar que foi por algum motivo tonto. Apenas fiquei constrangida por um instante, porque sabia que iam olhar para mim. Garanto-te que a notícia não me traz nem prazer nem sofrimento. Há, no entanto, uma coisa que me deixa contente: que ele venha sozinho, porque assim o veremos menos vezes. Não que tenha medo de mim, só dos comentários das outras pessoas.

Elizabeth ficou sem saber o que pensar. Se não tivesse estado com ele em Derbyshire, talvez o julgasse capaz de vir sem qualquer outro propósito para além daquele que era conhecido; mas estava convencida de que ele ainda sentia alguma afeição por Jane e vacilava, por isso, ao pensar se ele viria com a anuência do amigo ou se teria ousadia suficiente para vir sem ela.

Parece-me, contudo, uma injustiça, pensava ela às vezes, *que o pobre homem não possa vir instalar-se numa casa que ele mesmo alugou, sem dar azo a todas estas especulações!... Pelo que me cabe, deixá-lo-ei em paz.*

Apesar do que a irmã lhe havia dito, genuinamente convencida de que era isso o que sentia face à iminência da sua chegada, Elizabeth facilmente se apercebeu do quanto esta notícia lhe viera desassossegar o espírito. Muito poucas vezes a tinha visto tão inquieta e angustiada.

O assunto, que cerca de um ano antes fora tão animadamente discutido entre os pais, voltava a ser o assunto do dia.

— Assim que Mr. Bingley chegar, meu caro — declarou Mrs. Bennet —, é evidente que o irá visitar.

— Não, nem pensar. A senhora obrigou-me a ir visitá-lo no ano passado, sob garantia de que, se eu o fizesse, ele se casaria com uma de minhas filhas. Mas a coisa afinal não deu em nada, e eu recuso-me a fazer de novo figura de tolo.

A mulher tentou fazê-lo entender que aquele era um gesto de gentileza ao qual, por ocasião do regresso de Mr. Bingley a Netherfield, nenhum cavalheiro das vizinhanças se poderia furtar.

— Aí está uma regra de etiqueta que desprezo — retorquiu o marido. — Se ele deseja a nossa companhia, ele que a procure. Sabe muito bem onde vivo. Não vou gastar o meu tempo a correr atrás de vizinhos de cada vez que se vão embora e tornam a voltar.

— Enfim, eu só sei que será uma horrível indelicadeza da sua parte se não lhe fizer uma visita. Mas isso, no entanto, não me impedirá de o convidar para jantar. Quanto a esse ponto, estou absolutamente decidida. Devíamos convidar Mrs. Long e os Goulding para breve. Contando connosco, seremos treze à mesa, pelo que haverá um lugar à justa para ele.

Reconfortada com esta decisão, sentiu-se bastante mais capaz de suportar a incivilidade do marido, ainda que lhe fosse penoso pensar que, por causa disso, os vizinhos o poderiam ver antes que eles o fizessem. Vendo o dia da chegada aproximar-se, Jane comentou com a irmã:

— Começo a lamentar que ele venha. Não que tivesse qualquer importância, ser-me-ia indiferente encontrá-lo, mas é-me insuportável estar sempre a ouvir falar nesse assunto. Nossa mãe não faz por mal, mas não tem ideia, ninguém pode ter, do quanto o que diz me faz sofrer. Só ficarei feliz quando ele se for de novo embora!...

— Quem me dera poder dizer-te alguma coisa que te confortasse — retorquiu Elizabeth —, mas não está nas minhas mãos. Sei o sofrimento que tudo isto te deverá causar. E, contudo, mesmo a habitual satisfação de pregar paciência a quem padece me está vedada, pois tu tens sempre tanta.

Enfim Mr. Bingley chegou. Com a ajuda dos criados, Mrs. Bennet conseguiu ser informada do sucesso antes de todos os outros, para que assim o período de ansiedade e agitação fosse, pelo que lhe tocava, tão longo quanto possível. Contava os dias que ainda deviam decorrer antes que pudesse enviar um convite, perdida toda a esperança de o ver antes disso. Mas uma manhã, a terceira desde que Mr. Bingley chegara ao Hertfordshire, estava ela no seu quarto de vestir quando, de uma janela, o viu aparecer a cavalo, franquear a cerca e continuar em direção à casa.

As filhas foram de imediato chamadas para partilharem do seu entusiasmo. Jane manteve-se firme no seu lugar, mas Elizabeth, para fazer a vontade à mãe, aproximou-se da janela... espreitou... viu que Mr. Darcy o acompanhava — e tornou a sentar-se à mesa, ao lado da irmã.

— Vem um outro senhor com ele, mamã — disse Kitty. — Quem poderá ser?

— Imagino que seja algum conhecido dele, minha querida. Não faço ideia de quem seja.

— Já sei! Parece aquele homem que costumava estar sempre com ele... — continuou Kitty. — Mr.... qual é mesmo o nome? Aquele homem alto e arrogante...

— Santo Deus! Mr. Darcy!... Sim, ponho a mão no fogo em como é ele. Enfim, qualquer amigo de Mr. Bingley será sempre bem-vindo a esta casa. Mas quanto ao resto, devo dizer que não posso nem vê-lo.

Jane olhou para Elizabeth, entre surpresa e preocupada. Sabia muito pouco da sua entrevista em Derbyshire e compadecia-se por isso da irmã, imaginando o embaraço que deveria experimentar ao vê-lo praticamente pela primeira vez depois da sua carta de justificação. As duas estavam suficientemente inquietas. Cada uma se condoía da outra, para além, é claro, de si própria, enquanto a mãe ia continuando a falar da sua antipatia por Mr. Darcy e da sua determinação em ser educada com ele apenas porque era amigo de Mr. Bingley — sem que qualquer das duas a escutasse. Elizabeth, todavia, tinha motivos para se sentir constrangida de que Jane nem suspeitava, falha que a primeira fora de coragem para mostrar à irmã a carta de Mrs. Gardiner ou lhe dar conta da mudança dos seus sentimentos a respeito de Mr. Darcy. Aos olhos de Jane, ele era apenas alguém cuja proposta de casamento Elizabeth recusara e cujos méritos não soubera apreciar, enquanto para esta, à luz da maior informação de que dispunha, ele era a pessoa para com quem toda a família tinha a dívida mais empenhada e por quem ela nutria um afeto, se não tão terno, pelo menos tão justo e tão merecido quanto o de Jane por Bingley. A sua estupefação ao sabê-lo em Netherfield ou, mais que isso, em Longbourn, onde viera de propósito para vê-la, era quase igual à que experimentara em Derbyshire, quando pela primeira vez testemunhara a alteração nos seus modos.

Por um instante, as cores voltaram-lhe ao rosto com um brilho acrescido, um sorriso de deleite fazendo-lhe os olhos cintilar durante o breve intervalo em que ousou pensar que a afeição e os propósitos de Mr. Darcy se tivessem mantido intactos. Mas foi fugaz a sensação.

Preciso de ver primeiro como se comporta, disse para si mesma. *Haverá tempo depois disso para alimentar esperanças.*

Concentrou-se por isso no seu bordado, esforçando-se por manter um ar composto e sem se atrever a levantar os olhos, até que, ouvindo o criado aproximar-se, um misto de curiosidade e ansiedade a levou a fixá-los no rosto da irmã. Jane estava um pouco mais pálida que o habitual, mas com uma expressão também mais serena do que ela teria esperado. À visão dos dois homens, o rubor na sua face acentuou-se; recebeu-os, porém, com uns modos desenvoltos e graciosos, sem qualquer vestígio de ressentimento ou de desnecessária complacência.

Elizabeth pronunciou tão poucas palavras quanto a etiqueta lhe permitia e tornou de novo a sentar-se, entregando-se à sua costura com um afinco que esta raras vezes lhe impunha. Apenas uma vez se atreveu a olhar na direção de Darcy. Ele tinha a mesma expressão grave de sempre, mais como ela se habituara a vê-lo no Hertfordshire, pensou, que quando o vira em Pemberley. Mas talvez na presença de sua mãe ele não pudesse comportar-se da mesma maneira que em frente de seus tios. Era uma conjetura dolorosa, conquanto nada improvável.

Também para Bingley olhara apenas fugazmente, e nesse curto lapso de tempo notara o seu ar ao mesmo tempo satisfeito e embaraçado. Tão desmedidas foram as demonstrações de cortesia de Mrs. Bennet ao recebê-lo, que fizeram corar de pejo suas duas filhas, sobretudo pelo contraste com a fria e cerimoniosa mesura que dirigiu ao amigo.

Elizabeth em particular, por saber que a mãe devia a este último o ter-se salvo sua filha preferida da mais irremediável infâmia, sentiu-se profundamente ferida e amargurada por tão injusta distinção.

Quanto a Darcy, depois de lhe ter perguntado pela saúde de Mr. e Mrs. Gardiner — ao que ela não conseguiu responder sem alguma atrapalhação —, quase não voltou a proferir palavra. Não estava sentado ao seu lado, e talvez fosse essa a razão do seu silêncio, mas não havia sido assim em Derbyshire. Aí, quando não tinha podido falar com ela, ele falara com os seus familiares. Agora, ao invés, passavam-se vários minutos sem que o som da sua voz se fizesse sentir; e quando ocasionalmente, e incapaz de resistir ao impulso da curiosidade, ela erguia os olhos na sua direção, encontrava-o a olhar para Jane, ou para si, ou mesmo ainda, as mais das vezes, a fixar apenas o chão. Era claro que ele estava mais meditativo, e menos ansioso por agradar, que da última vez que se tinham encontrado. Estava desiludida e, ao mesmo tempo, zangada consigo própria por se sentir assim.

Poderia eu esperar outra coisa?, perguntava-se. *Mas, então, porque é que veio?*

Não se sentia com disposição para conversar com mais ninguém a não ser com ele e, no entanto, faltava-lhe coragem para se lhe dirigir.

Inquiriu sobre a irmã, mas não foi capaz de mais.

— Já passou muito tempo desde que se foi embora, Mr. Bingley — disse Mrs. Bennet.

Ele assentiu prontamente.

— Começava a recear que nunca mais regressasse. Comentou-se, de facto, que o senhor fazia tenção de largar definitivamente a casa pelo S. Miguel; mas, no entanto, espero que não seja verdade. Aconteceram tantas coisas desde que se foi embora... Miss Lucas casou-se e está estabelecida. E uma de minhas filhas também. Calculo que já saiba, com certeza que terá visto a participação nos jornais. Saiu no *Times* e no *Courier*, isso eu sei, se bem que não tivesse aparecido como devia. Dizia apenas: «Recentemente, George Wickham, Esq.[69], com Miss Lydia Bennet», sem uma única palavra sobre o pai, o lugar de residência, ou o que quer que fosse. Foi meu irmão Gardiner quem tratou do anúncio, e não sei como é que foi capaz de uma coisa tão desajeitada. O senhor viu-o?

---

[69] «Esq.»: forma abreviada de «*esquire*», título de respeito de valor indefinido, convencionalmente aplicado para designar alguém de posição social mais elevada e usado, sobretudo, em cartas e documentos oficiais. *(NT)*

Bingley respondeu-lhe que sim e apresentou-lhe os seus parabéns pelo feliz evento. Elizabeth não ousou sequer erguer os olhos. Não seria, por isso, capaz de dizer que expressão tomasse o rosto de Mr. Darcy.

— É, de facto, uma coisa maravilhosa ter uma filha bem casada — prosseguiu a mãe —, mas ao mesmo tempo, Mr. Bingley, é muito duro tê-la tão longe de mim. Foram para Newcastle, um sítio muito para norte, ao que parece, e por lá ficarão não sei durante quanto tempo. O regimento dele está lá... Imagino que já tenha ouvido dizer que ele abandonou a milícia e foi para o exército regular. Graças a Deus, ele tem alguns amigos, embora talvez não tantos como mereceria...

Elizabeth, sabendo que isto era dirigido a Mr. Darcy, sentiu-se tão profundamente envergonhada que por pouco não saiu da sala. Ao invés, porém, aquelas palavras fizeram com que se sentisse obrigada a fazer um esforço por falar, coisa que até aí nada nem ninguém tinha conseguido. Então perguntou a Bingley se tencionava passar uma temporada na região. Algumas semanas, acreditava ele.

— Depois de acabar de matar todos os seus pássaros, Mr. Bingley — disse a mãe —, faço questão de que venha até cá para matar aqueles que lhe apetecer na coutada de Mr. Bennet. Tenho a certeza de que ele vai ficar felicíssimo por lhe poder ser agradável e de que reservará para si as melhores ninhadas de perdizes.

Tão exagerada, tão serviçal gentileza só podia fazer Elizabeth sentir-se ainda mais amargurada! Tornassem a despontar aquelas esperanças com que um ano antes se haviam iludido e tudo — estava convencida — se precipitaria de novo para o mesmo humilhante desenlace. Naquele instante, sentiu que uma vida inteira de felicidade nunca seria suficiente para compensar esses momentos de doloroso vexame por que ela e Jane estavam a passar.

O meu maior desejo, disse ela para consigo, *é nunca mais voltar a estar na companhia de nenhum deles. Nunca o prazer do seu convívio seria capaz de fazer esquecer um suplício assim!... Só queria não tornar a vê-los, nem a um nem a outro!*

E, no entanto, a mortificação que uma vida inteira de ventura não chegaria para compensar depressa se atenuou, ao notar Elizabeth como a beleza da irmã fazia reacender a admiração do seu antigo apaixonado. No início, logo depois de ter entrado na sala, ele pouco falara com Jane, mas, a cada cinco minutos que passavam, parecia ir-lhe dedicando cada vez mais atenção. Achou-a tão formosa quanto no ano anterior e, como então, espontânea e afável, se bem que não tão conversadora. Jane tentava a todo o custo que não se percebesse nela qualquer mudança e estava realmente convencida de que falava tanto quanto era seu costume. Mas tão absorta estava nos seus pensamentos, que nem sempre se apercebia de que ficara em silêncio.

Quando os dois homens se levantaram para sair, Mrs. Bennet, lembrada que estava da sua planeada cortesia, convidou-os a ambos para jantarem em Longbourn, o que ficou acordado para daí a poucos dias.

— O senhor deve-me uma visita, Mr. Bingley — acrescentou ela —, porque, quando partiu para Londres no inverno passado, se comprometeu a vir jantar connosco em família assim que regressasse. Como vê, não me esqueci; e devo dizer-lhe que fiquei muito desiludida por não ter voltado para cumprir o que tinha prometido.

Bingley pareceu um pouco desconcertado com o comentário e balbuciou qualquer coisa sobre ter ficado retido por negócios. Apresentadas as devidas desculpas, os dois amigos partiram.

Mrs. Bennet sentira a tentação de convidá-los a ficar para jantar naquele mesmo dia mas, apesar de a sua mesa ser sempre bem fornecida, pareceu-lhe que nada menos que duas séries de pratos poderia estar à altura de um homem no qual depositava tão ambiciosas esperanças, ou satisfazer o apetite e o orgulho de outro com dez mil libras de renda por ano.

CAPÍTULO 54

Assim que os dois homens se foram embora, Elizabeth saiu também para recobrar o ânimo ou, por outras palavras, para meditar sem ser importunada sobre aqueles assuntos que, seguramente, ainda mais o abateriam. O comportamento de Mr. Darcy deixara-a estupefacta e irritada.

Se foi para ficar calado, com ar sisudo e indiferente, perguntava-se, *então porque é que veio?*

Não conseguia achar uma resposta que a satisfizesse.

Se ele continuou a ser afável e gentil com meus tios quando esteve em Londres, porque não comigo? Se me receia, porque é que cá veio? Se já não sente nada por mim, porque ficou calado? Que homem insuportável! Nunca mais torno a pensar nele.

A resolução foi, durante alguns instantes, involuntariamente mantida graças à chegada de Jane, cuja expressão animada a mostrava bastante mais satisfeita com as visitas que Elizabeth.

— Agora que este primeiro encontro já passou — disse Jane —, sinto-me inteiramente tranquila. Sei do que sou capaz e não voltarei a deixar-me perturbar pela sua vinda. Estou contente por ele vir aqui jantar na terça-feira. Então todos poderão testemunhar que não passamos, um para o outro, de meros e indiferentes conhecidos.

— Sim, claro, muito indiferentes... — observou Elizabeth, rindo. — Oh, Jane, toma cuidado!...

— Minha querida Lizzy, não podes achar-me tão fraca que corra, a esta altura, o mínimo risco?

— Penso que corres o enorme risco de fazer com que ele se apaixone mais que nunca por ti.

* * *

Só voltaram a ver os dois homens na terça-feira. Mrs. Bennet, entretanto, ia dando rédea solta a todos aqueles auspiciosos projetos que o génio amável e a habitual polidez de Bingley, em meia hora de visita, tinham conseguido reavivar.

Na terça-feira era grande a receção em Longbourn — e as duas pessoas mais ansiosamente aguardadas, pontuais que haviam sido em terminar a caça, chegaram ainda antes da hora aprazada. Quando se dirigiram para a sala de jantar, Elizabeth observou atentamente Bingley, para ver se ele tomaria o lugar, que em todas as ocasiões anteriores lhe pertencera, ao lado da irmã. Mrs. Bennet, ocupada com os mesmos pensamentos, absteve-se prudentemente de o convidar a sentar-se ao seu lado. Quando entraram na sala, ele pareceu hesitar; mas Jane olhou por mero acaso à sua volta e, também por acaso, sorriu. Estava decidido: sentou-se ao lado dela.

Triunfante, Elizabeth olhou na direção de Mr. Darcy. Parecia suportar tudo com elevada indiferença, e ela teria mesmo imaginado que Bingley recebera a sua autorização para ser feliz, não fora ter reparado que o olhar deste também procurara o amigo, com uma expressão entre o aflito e o divertido.

Se bem que mais contida que antes, tão manifesta foi durante o jantar a admiração que Bingley sentia pela irmã que Elizabeth ficou persuadida de que, se estivesse apenas nas mãos dele, a sua felicidade e a de Jane em breve ficariam asseguradas. Apesar de não se atrever a confiar nesse desenlace, era reconfortante observar o seu comportamento: isso emprestava-lhe todo o ânimo, longe que estava dos seus melhores dias, que o seu espírito consentia. Mr. Darcy estava quase tão distante dela quanto longa era a mesa, sentado a um dos lados da mãe. Sabia o pouco que aquela situação poderia agradar aos dois e o pouco que ela os favoreceria. Não estava suficientemente perto para ouvir o que diziam, mas conseguia perceber que quase não falavam um com o outro e que, quando o faziam, os seus modos eram frios e cerimoniosos. A descortesia da mãe tornava-lhe ainda mais penosa a consciência de tudo aquilo que a ele deviam. Momentos houve, por isso, em que teria dado o que fosse para lhe poder dizer que nem toda a sua família desconhecia ou desdenhava a sua generosidade.

Tinha esperança de que o serão fornecesse alguma oportunidade para estarem juntos, de que a visita não terminasse sem que eles pudessem trocar mais palavras para além do mero cumprimento de circunstância à chegada. Ansiosa e inquieta, tão absolutamente entediante lhe pareceu o tempo passado na sala de estar antes de os homens se lhes juntarem, que esteve a ponto de perder a polidez. Aguardava impaciente o momento em que entrariam na sala como aquele de que dependia qualquer possibilidade que houvesse de passar um serão aprazível.

Se ele não vier ter comigo, disse para si mesma, *nunca mais vou querer saber dele.*

Enfim os cavalheiros chegaram e a Elizabeth pareceu-lhe notar em Darcy um sinal de que os seus desejos haviam sido atendidos. Infelizmente, porém, à volta da mesa onde Miss Bennet preparava o chá e Elizabeth servia o café, as senhoras tinham formado uma aliança tão cerrada que não havia perto dela algum espaço onde pudesse caber uma cadeira. Ao vê-los aproximarem-se, uma das raparigas chegou-se ainda mais para junto dela e sussurrou-lhe ao ouvido:

— Não vou deixar que os homens nos separem, estou decidida. Não precisamos deles para nada, pois não?

Darcy tinha-se afastado para outro lado da sala. Ela seguiu-o com o olhar, invejou todos aqueles com quem ele falou, quase não teve disposição para ajudar quem quer que fosse a servir-se de café — e depois irritou-se consigo própria por ser tão tola!

Um homem que já foi recusado!... Como é que eu posso ser tão ingénua a ponto de esperar que ele volte a amar-me? Haverá algum homem que não se insurja contra uma tal demonstração de fraqueza como a de se propor uma segunda vez à mesma mulher? Não existirá indignidade que mais repugne aos seus sentimentos.

Sentiu-se, contudo, um pouco mais animada ao ver que ele fizera questão de vir devolver a sua chávena de café, e aproveitou a oportunidade para lhe perguntar:

— Sua irmã ainda se encontra em Pemberley?

— Sim, vai lá ficar até ao Natal.

— Sozinha? Os seus amigos foram-se todos embora?

— Mrs. Annesley ficou com ela. Os outros foram passar estas últimas três semanas em Scarborough.

Elizabeth não conseguiu lembrar-se de mais nada para dizer — mas se Darcy tivesse querido conversar com ela, talvez tivesse obtido melhores resultados. Em vez disso, permaneceu junto dela, em silêncio, durante alguns minutos, até que, quando a mesma rapariga voltou para sussurrar qualquer coisa a Elizabeth, se tornou a afastar.

Levantada a mesa de chá e armadas as de jogo, as senhoras erguiam-se dos seus lugares e Elizabeth sentia enfim renascer a esperança de que Darcy viesse ter com ela, quando todos os seus planos se goraram ao vê-lo preso da avidez da mãe por jogadores de *whist* e, pouco depois, sentar-se junto com os outros. Naquele momento, todas as suas expectativas se desvaneceram. Estavam confinados a mesas diferentes para o resto da noite e nada mais lhe restava senão esperar que, virando-se os seus olhos demasiadas vezes para o seu lado da sala, ele acabasse por jogar tão mal quanto ela própria.

Mrs. Bennet planeara convidar os dois homens a ficar para a ceia mas, por infortúnio, a sua carruagem foi pedida antes de todas as outras e ela não teve como os reter.

— Então, meninas — comentou ela, assim que ficaram sozinhas —, que me dizem? Acho que correu tudo muitíssimo bem. Nunca vi um jantar tão bem servido. O veado ficou assado no ponto... e toda a gente comentou que nunca tinha visto um pernil tão grande. A sopa estava mil vezes melhor que aquela que comemos em casa dos Lucas na semana passada, e até Mr. Darcy reconheceu que as perdizes estavam excelentes... e eu calculo que ele tenha, pelo menos, uns dois ou três cozinheiros franceses. Quanto a ti, minha querida Jane, nunca te vi mais resplandecente. Mrs. Long disse o mesmo, quando lhe perguntei se não era verdade. E o que é que achas que ela disse mais? «Ah, Mrs. Bennet, vamos finalmente tê-la em Netherfield!» A sério que disse! Na minha opinião, Mrs. Long é a melhor pessoa que já existiu... e as sobrinhas são muito bem comportadas e nada bonitas: gosto imensamente delas.

Em suma, Mrs. Bennet estava numa ótima disposição. Vira o suficiente da atitude de Bingley para com Jane para ficar convencida de que ela finalmente o apanharia, e a antecipação dos benefícios que isso traria para toda a família, exultante como estava, passava tão para lá dos limites da razão, que muito desiludida ela ficaria se não o tornasse a ver ali no dia seguinte para apresentar o seu pedido.

— Que dia tão bem passado — disse Jane a Elizabeth. — Os convidados estavam tão bem escolhidos, tão bem uns para os outros... Espero tornar a encontrá-los muitas mais vezes.

Elizabeth sorriu.

— Lizzy, não faças isso. Não ponhas esse ar desconfiado. Não vês que me magoas? Asseguro-te de que já sou capaz de apreciar a sua companhia de rapaz amável e sensato que é, sem esperar mais que isso. Olhando para a maneira como agora se comporta, estou plenamente convencida de que ele nunca teve a menor intenção de conquistar o meu afeto. Apenas é dotado de uns modos mais delicados e de um desejo de agradar mais intenso que qualquer outro homem.

— És mesmo cruel — disse a irmã. — Não queres que eu sorria e, no entanto, não paras de provocar-me.

— Como é difícil, nalguns casos, fazer com que nos acreditem!...

— E tão impossível noutros!...

— Mas porque é que me queres convencer de que os meus sentimentos são mais profundos do que admito?

— Aí está uma pergunta para a qual não tenho resposta. Todos gostamos de dar lições, se bem que apenas ensinemos o que não vale a pena aprender. Perdoa-me por isso. Se, contudo, persistes na indiferença, por favor, não me escolhas a mim para confidente.

CAPÍTULO 55

Alguns dias depois, Mr. Bingley tornou a visitá-los, desta vez sozinho. O amigo partira nessa manhã para Londres, mas regressaria uns dez dias mais tarde. Demorou-se mais de uma hora e esteve particularmente animado. Mrs. Bennet convidou-o para jantar com eles, mas ele respondeu, por entre profusos pedidos de desculpa, que já tinha outro compromisso.

— Espero que da próxima vez que nos venha visitar — disse ela — tenhamos mais sorte.

Ele teria o maior prazer, em qualquer altura, etc, etc.; e se ela lhe desse licença, tomaria a liberdade de lhes fazer uma nova visita na primeira oportunidade que se lhe oferecesse.

— Pode ser amanhã?

Sim, não tinha qualquer compromisso para o dia seguinte — e o convite foi aceite com pronto entusiasmo.

Mr. Bingley não apenas veio como chegou tão cedo que as senhoras não estavam ainda vestidas. Mrs. Bennet precipitou-se para o quarto da filha, de roupão e com o cabelo só meio penteado, gritando:

— Minha querida Jane, despacha-te a descer! Ele já chegou... Mr. Bingley já chegou... A sério. Depressa, depressa! Sarah, deixa o cabelo da Lizzy e vem aqui ajudar Miss Bennet com o vestido.

— Descemos assim que pudermos — disse Jane —, mas parece-me que a Kitty está mais adiantada que nós porque a vi subir há uma meia hora.

— Oh! Quero lá saber da Kitty! O que é que ela tem que ver com isto? Vamos, despacha-te, despacha-te! Onde é que está o teu cinto, minha querida?...

Mas, quando a mãe saiu, Jane recusou-se a descer sem ser acompanhada de uma das irmãs.

A mesma ansiedade em deixá-los sozinhos tornou a manifestar-se nessa noite. Depois do chá, Mr. Bennet retirou-se para a biblioteca, como era seu costume, e Mary subiu para estudar piano. Removidos dois dos cinco obstáculos, Mrs. Bennet permaneceu durante um bom bocado a enviar sinais a Elizabeth e a Catherine, sem que no entanto elas se tivessem apercebido de nada. Elizabeth não olhou para ela e quando, por fim, Kitty o fez, perguntou com toda a inocência:

— O que é, mamã? Porque é que me está a piscar o olho? O que é que quer que eu faça?

— Nada, minha filha, nada. Não te estava a piscar o olho...

Durante mais cinco minutos, deixou-se ficar ali sentada; incapaz, porém, de desperdiçar uma ocasião tão preciosa, levantou-se de repente, dirigindo-se a Kitty:

— Anda comigo, meu amor, quero dizer-te uma coisa.

E, dizendo isto, levou-a para fora da sala. Jane lançou de imediato um olhar a Elizabeth, em que exprimia toda a sua aflição por aquela manobra da mãe e lhe suplicava para que não cedesse. Passaram-se poucos minutos antes que Mrs. Bennet entreabrisse a porta e dissesse em voz alta:

— Lizzy, minha querida, quero falar contigo.

Elizabeth não pôde senão obedecer.

— É melhor deixá-los sozinhos, sabes — disse a mãe, assim que ela chegou ao vestíbulo. — Eu e a Kitty vamos lá para cima, para o meu quarto de vestir.

Elizabeth não fez qualquer tentativa de a contrariar e deixou-se ficar tranquilamente no vestíbulo, até que a mãe e Kitty desapareceram e ela tornou a entrar na sala.

Os planos de Mrs. Bennet para aquele dia não tinham obtido resultado. Bingley pareceu-lhe em tudo encantador, menos em não se ter declarado a Jane. A sua desenvoltura e jovialidade faziam dele uma excelente companhia para o serão, capaz que foi de suportar as desmesuradas cortesias e de escutar todos os tolos comentários da mãe com uma paciência e uma compostura que à filha em particular aprazeram.

Quase não foi necessário convite para que Mr. Bingley ficasse para a ceia; e, antes que saísse, ficou ainda acordado, graças sobretudo à sua intervenção e à de Mrs. Bennet, que na manhã seguinte ele estaria de volta para caçar com o marido.

Depois desse dia, Jane não tornou a falar da sua *indiferença*. Nem uma única palavra foi trocada entre as duas irmãs acerca de Bingley, mas Elizabeth deitou-se confiante de que rapidamente tudo chegaria a bom termo, a não ser que Mr. Darcy regressasse antes da data prevista. No fundo, porém, estava razoavelmente convencida de que nada daquilo se poderia ter passado sem a sua aprovação.

A visita chegou à hora marcada e, conforme ficara combinado, passou grande parte do dia na companhia de Mr. Bennet. Este, por seu lado, revelou-se muito mais amável do que o seu companheiro esperaria. Nada havia em Bingley de presunção ou de estultice que pudesse despertar a sua ironia ou fazê-lo mergulhar num desgostado silêncio, tendo-se por isso mostrado bastante mais expansivo e menos excêntrico que em qualquer ocasião anterior. Bingley, é claro, regressou com ele para o jantar, tendo o serão servido de palco ao engenho de Mrs. Bennet, empenhada que estava em deixá-lo a sós com Jane. Elizabeth, que tinha uma carta para escrever, retirou-se logo depois do chá para a sala de pequeno-almoço, já que, indo todos os outros jogar às cartas, ela não seria necessária para contrariar os estratagemas da mãe.

Quando, porém, terminada a carta, ela regressou à sala de estar, constatou para sua enorme surpresa que havia razões para temer que sua mãe tivesse sido mais astuta que ela. Ao abrir a porta, deparou com a irmã e Bingley em pé junto à lareira, como se embrenhados numa conversa profunda. Se isso por si só não tivesse sido suficiente para levantar as suas suspeitas, as expressões de ambos, quando apressadamente eles se voltaram e se afastaram um do outro, teriam dito tudo. A situação dos dois era bastante embaraçosa, mas a dela própria, pensou, era ainda pior. Ninguém disse nada, e Elizabeth preparava-se para sair quando Bingley — que, tal como elas, se havia sentado — se levantou de um salto e, sussurrando algumas palavras a Jane, saiu apressadamente da sala.

Quando a confidência fosse motivo de alegria, Jane era incapaz de guardar segredos de Elizabeth, pelo que, de pronto a abraçando, lhe confessou com profunda emoção ser a mais ditosa mulher ao cimo da Terra.

— É demasiado!... — acrescentou — A sério que é demasiado... Não mereço tanto. Oh, porque não podem estar todos tão felizes quanto eu?...

As palavras eram insuficientes para exprimir a sinceridade, o calor e o júbilo com que Elizabeth felicitou a irmã. Cada frase que proferia era um novo motivo de alegria para Jane. Mas por enquanto esta não se podia permitir ficar com Elizabeth ou dizer--lhe metade do que ainda tinha para dizer.

— Preciso de ir ter já com nossa mãe! — exclamou Jane. — Não quero, de nenhum modo, menosprezar o seu desvelo ou deixar que ela saiba da notícia por outra pessoa que não eu. Ele já foi falar com nosso pai. Oh, Lizzy, saber que o que tenho para contar trará tanta alegria a toda a minha família!... Como farei para suportar tamanha felicidade?

Então correu para junto da mãe que, depois de ter interrompido de propósito o jogo de cartas, aguardava com Kitty no andar de cima.

Sozinha na sala, Elizabeth sorria agora perante a rapidez e facilidade com que se resolvera um assunto que tantos meses de aflição e incerteza lhes trouxera.

É este então o desfecho, disse para consigo, *de todas as ansiosas precauções do amigo, de todas as mentiras e ardis da irmã!... O desfecho mais feliz, mais sensato e mais razoável!*

Poucos minutos depois, concluído o breve colóquio que tivera com o pai, Bingley veio juntar-se-lhe.

— Onde está sua irmã? — perguntou ele precipitadamente, mal abriu a porta.

— Lá em cima, com nossa mãe. Mas estou certa de que não tardará a descer.

Então ele fechou a porta e, aproximando-se dela, reivindicou para si os votos de felicidades e o afeto que ela lhe devia como irmã. Elizabeth manifestou-lhe com veemência e sinceridade a satisfação que a perspetiva daquele parentesco lhe provocava. Apertaram-se afetuosamente as mãos, depois do que, até a irmã descer, Elizabeth teve de ouvir tudo o que ele tinha a dizer sobre a sua própria felicidade e as muitas perfeições de Jane. Apesar de o saber apaixonado, Elizabeth acreditava de facto que todas as suas expectativas de felicidade fossem fundadas, já que, para além da afinidade de sentimentos e de gostos que entre os dois existia, elas assentavam no excelente discernimento e na ainda mais excelente índole de Jane.

Foi para todos uma noite de rara alegria. Miss Bennet parecia mais bonita que nunca, o contentamento que lhe ia na alma emprestando ao seu rosto um ar de suave animação. Kitty desfazia-se em sorrisinhos, esperançosa de que também a sua vez estivesse para breve. Mrs. Bennet não era capaz de dar o seu consentimento ou exprimir a sua aprovação em termos suficientemente veementes para que se sentisse satisfeita, apesar de, durante meia hora, não ter falado de outra coisa com Bingley. Quanto a Mr. Bennet, depois de se lhes reunir para a ceia, a sua voz e os seus modos revelavam claramente o quanto aquela nova o deixara feliz.

Nem uma palavra sobre o assunto, porém, escapou dos seus lábios enquanto a visita não se despediu. Mas assim que Bingley saiu, virou-se para a filha e disse-lhe:

— Os meus parabéns, Jane. Vais ser uma mulher muito feliz.

Jane foi ter de imediato com o pai, deu-lhe um beijo e agradeceu-lhe pela sua bondade.

— És uma boa rapariga — respondeu ele — e fico muito satisfeito em saber-te tão bem casada. Não tenho a menor dúvida de que os dois se vão dar muito bem. Os vossos temperamentos são muito semelhantes. São os dois tão complacentes, que nunca conseguirão decidir nada; tão cândidos, que todos os criados vos enganarão; e tão generosos, que gastarão sempre mais que o vosso rendimento.

— Espero bem que não. Seria imperdoável se mostrasse imprudência ou leviandade em questões de dinheiro.

— Gastar mais que o rendimento!... — exclamou a esposa. — Meu caro Mr. Bennet, mas do que é que está falar? Ora, se ele tem quatro ou cinco mil libras de renda por ano, e muito provavelmente ainda mais...

E, a seguir, dirigindo-se à filha:

— Oh, minha querida, querida Jane, estou tão feliz!.. Tenho a certeza de que não vou pregar olho toda a noite. Eu sabia... Sempre disse que isto acabaria por acontecer. Não podias ser tão bonita por nada... Lembro-me de ter pensado logo da primeira vez que o vi, quando ele se mudou para o Hertfordshire no ano passado, que vocês pareciam feitos um para o outro. Oh, ele é o rapaz mais belo que já se viu!...

Wickham, Lydia... — tudo o mais fora esquecido. Jane era, de longe, a sua filha favorita. Naquele momento, nenhuma outra lhe interessava. Cedo as irmãs mais novas começaram a insinuar-se junto dela, pleiteando pelos objetos de desejo que, no futuro, ela estaria em condições de lhes conceder.

Mary requereu-lhe permissão para usar a biblioteca de Nether-field, e Kitty com insistência lhe rogou que dessem bailes todos os invernos.

A partir daquele dia, Bingley tornou-se naturalmente visita diá-ria em Longbourn. Vinha muitas vezes antes do pequeno-almoço e ficava sempre até depois da ceia — a menos que algum desalmado vizinho, que nunca poderia ser odiado o bastante, lhe tivesse feito um convite para jantar a que ele se visse constrangido a aceder.

Elizabeth poucas oportunidades tinha agora de falar com a irmã, uma vez que, quando ele estava presente, Jane não tinha olhos para mais ninguém. Descobriu, no entanto, que podia ser bastante útil aos dois naquelas horas de separação que, de quando em vez, neces-sariamente ocorrem. Na ausência de Jane, ele buscava sempre Elizabeth, pelo prazer tão-só de falar dela; e quando Bingley partia, Jane procurava constantemente aquela mesma fonte de consolação.

— Ele fez-me tão feliz — disse ela, uma noite — quando me contou que não fazia ideia de que eu tivesse estado em Londres na primavera passada!... Nunca acreditei que isso fosse possível.

— Já o suspeitava — retorquiu Elizabeth. — Mas como é que ele o explica?

— Deve ter sido obra das irmãs. Nenhuma delas via com bons olhos a nossa relação, o que não me espanta, já que ele poderia ter escolhido um partido muito mais vantajoso em tantos aspetos. Mas quando elas virem, como espero que aconteça, que o irmão é feliz comigo, terão de se conformar e tudo voltará a ficar bem, mesmo que não possamos tornar a ser amigas como dantes.

— São as palavras mais implacáveis que alguma vez te ouvi pronunciar — declarou Elizabeth. — Valente rapariga! Reconheço que ficaria bastante aborrecida se te visse de novo ludibriada pela falsa estima de Miss Bingley.

— Acreditas, Lizzy, que, quando foi para Londres em novembro passado, ele me amava, e que nada a não ser a convicção da minha indiferença o impediu de voltar?

— Cometeu um pequeno equívoco, é verdade, mas que só abona em favor da sua modéstia.

Isto, naturalmente, deu lugar a que Jane traçasse um panegírico em torno da sua falta de presunção e do pouco valor que ele atribuía aos seus próprios méritos.

Elizabeth sentiu-se satisfeita por constatar que ele não tinha aludido à participação do amigo, pois, apesar de Jane possuir o coração mais generoso e indulgente do mundo, esta era uma circunstância que não poderia deixar de predispô-la contra ele.

— Sou seguramente a criatura mais afortunada que jamais existiu!... — exclamou Jane. — Oh, Lizzy, de entre nós todas porque fui eu a escolhida? Se ao menos te pudesse ver tão feliz quanto eu! Se pudesse existir outro homem como ele para ti!...

— Ainda que me arranjasses quarenta homens como ele, nunca conseguiria ser tão feliz quanto tu. Enquanto não possuir a tua bondade e a tua disposição, nunca poderei conhecer uma felicidade igual à tua. Não, não, deixa que cá me arranjarei; talvez, se tiver sorte, venha um dia a encontrar outro Mr. Collins...

Os últimos acontecimentos no seio da família de Longbourn não poderiam permanecer por muito tempo em segredo. Mrs. Bennet teve o prazer de sussurrar a notícia a Mrs. Phillips, e esta, sem ter tido permissão, atreveu-se a fazer o mesmo com todas as vizinhas de Meryton.

Rapidamente os Bennets foram pronunciados a mais bem-aventurada família à face da Terra, mesmo que, apenas umas semanas antes, por altura da fuga de Lydia, a sua desgraça tivesse sido dada como certa.

CAPÍTULO 56

Uma manhã, cerca de uma semana depois do noivado de Bingley com Jane, estava ele reunido na sala de jantar com as senhoras da casa quando, de repente, o rumor de uma carruagem lhes atraiu a atenção e eles viram uma sege de quatro cavalos subindo o caminho que atravessava o relvado. Era demasiado cedo para que se pudesse tratar de uma visita, para além de que a equipagem não correspondia à de nenhum dos vizinhos. Os cavalos eram de aluguer, e nem a carruagem nem a libré do criado que vinha à frente lhes era familiar. Sendo, porém, certo que alguém chegava, Bingley convenceu de imediato Miss Bennet a fugir do convívio forçado que aquela inoportuna visita lhes imporia e a darem um passeio por entre os arbustos no jardim. Assim fizeram, deixando as três restantes em conjeturas, se bem que com pouco sucesso, até que a porta se abriu para dar passagem à visita: era Lady Catherine de Bourgh.

Estavam todas obviamente preparadas para receber uma surpresa, mas nunca a que aquela visão lhes causou — sobretudo a Elizabeth, ainda que para Mrs. Bennet e Kitty ela fosse uma perfeita desconhecida.

Sua Senhoria entrou na sala com um ar ainda mais desagradável que o costume, limitou-se a responder à saudação de Elizabeth com uma ligeira inclinação de cabeça, e sentou-se sem proferir palavra. Apesar de não ter havido qualquer pedido de apresentação, Elizabeth mencionara o seu nome à mãe no momento em que Lady Catherine fizera a sua entrada.

Tomada de espanto, mas ao mesmo tempo lisonjeada por receber uma visita tão importante, Mrs. Bennet acolheu-a com a maior das cortesias. Depois de um momento de silêncio, Lady Catherine dirigiu-se num tom bastante seco a Elizabeth:

— Espero que se encontre bem, Miss Bennet. Aquela senhora, presumo, será sua mãe.

Elizabeth respondeu laconicamente que sim.

— E aquela, imagino, será uma de suas irmãs.

— Sim, minha senhora — disse Mrs. Bennet, encantada por falar com alguém como Lady Catherine. — Não contando com a última, é a minha filha mais nova. A mais nova de todas casou-se há pouco tempo e a mais velha está agora a passear algures na propriedade com um jovem cavalheiro que, dentro de pouco tempo, acredito, fará parte da família.

— A propriedade parece-me bastante pequena — retomou Lady Catherine, após uma curta pausa.

— Imagino que não seja nada comparada com Rosings, minha senhora, mas garanto-lhe que é bastante maior que a de Sir William Lucas.

— Esta sala deve ser muito desagradável nas tardes de verão: as janelas estão todas viradas a poente.

Mrs. Bennet asseverou-lhe que nunca se sentavam ali depois do jantar, acrescentando de seguida:

— Vossa Senhoria permite-me que lhe pergunte se Mr. e Mrs. Collins se encontravam bem quando os deixou?

— Sim, muito bem. Estive com eles há duas noites.

Elizabeth ficou à espera que ela lhe entregasse uma carta de Charlotte, uma vez que esse parecia ser o único motivo plausível para a sua visita. Mas dessa não houve sinal, o que a deixou ainda mais intrigada.

Muito gentilmente, Mrs. Bennet perguntou a Sua Senhoria se desejava tomar alguma coisa, mas Lady Catherine, de maneira resoluta e não muito polida, declinou a oferta. Então, erguendo-se, disse a Elizabeth:

— Miss Bennet, pareceu-me ver uma mata[70] com um ar arranjadinho de um dos lados do relvado. Gostaria de dar uma volta por lá, se a menina fizesse o favor de me acompanhar.

---

[70] No original, «*wilderness*»: um grupo de árvores propositadamente arranjado, de acordo com os critérios estéticos da época, para transmitir um ar «natural». *(NT)*

— Vai, minha querida — disse-lhe a mãe —, e mostra a Sua Senhoria os vários caminhos. Acho que ela gostará de ver o ermitério[71].

Elizabeth obedeceu e, depois de ter subido apressadamente até ao quarto para buscar a sua sombrinha, pôs-se então à disposição da sua distinta visita. Ao atravessarem o vestíbulo, Lady Catherine abriu as portas que davam para a sala de estar e para a outra de jantar, lançou às duas uma vista de olhos rápida e, depois de as declarar aceitáveis, passou adiante.

A carruagem de Lady Catherine tinha ficado estacionada em frente à porta e Elizabeth notou que a sua dama de companhia se encontrava lá dentro. Prosseguiram em silêncio pelo caminho de gravilha que levava ao arvoredo. Elizabeth estava decidida a não fazer qualquer esforço para conversar com uma mulher que se mostrava ainda mais insolente e antipática que o habitual.

Como é que alguma vez a pude achar parecida com o sobrinho?, perguntou-se, olhando-a no rosto.

Ali chegadas, Lady Catherine iniciou a conversa do seguinte modo:

— Com certeza não poderá ignorar, Miss Bennet, a razão da minha vinda. O seu coração e a sua consciência já lhe terão dito porque aqui estou.

Elizabeth olhou para ela com genuína perplexidade.

— Na verdade, minha senhora, está enganada. Não fui ainda capaz de perceber a que devo a honra desta visita.

— Miss Bennet — retorquiu Lady Catherine, num tom irritado —, a menina devia saber que não sou pessoa com quem se brinque. Mas por mais dissimulada que queira ser, não espere outro tanto de mim. Sempre fui admirada pela minha franqueza e sinceridade, e não será agora, num assunto de tanta importância como este, que prescindirei delas. Há dois dias, chegou aos meus ouvidos um rumor deveras preocupante. Constou-me que não só sua irmã estava prestes a fazer um casamento muito vantajoso, mas que era também muito provável que, pouco depois, a menina, Miss Eliza-

---

[71] A construção de falsos ermitérios — e de ruínas, em geral — tornou-se moda no século XVIII, quando começou a ser dominante o gosto pelos temas medievais. *(NT)*

beth Bennet, se casasse com meu sobrinho... sim, com meu próprio sobrinho..., Mr. Darcy. Embora tenha a certeza de que isso não passa de uma escandalosa mentira, e não querendo fazer-lhe a ele a injúria de acreditar que tal pudesse ser possível, resolvi de imediato vir até aqui para lhe comunicar o que penso sobre o assunto.

— Se realmente o julgou impossível — disse Elizabeth, ruborizando de espanto e de desdém —, pergunto-me porque se terá dado ao incómodo de vir até tão longe. Qual poderá ter sido a intenção de Vossa Senhoria?

— Desde logo, insistir em que este rumor seja publicamente desmentido.

— Pelo contrário — retorquiu friamente Elizabeth —, a sua vinda a Longbourn, para me visitar a mim e à minha família, parece vir antes confirmá-lo... Isto é, presumindo que, de facto, tal rumor existe.

— *Presumindo?* Finge então não saber de nada? Acaso não foi ele vossa obra? Não sabe que se fala disso por todo o lado?

— É a primeira vez que o ouço.

— E pode também garantir que este boato não tem qualquer fundamento?

— Não vou fingir que possuo a mesma franqueza de Vossa Senhoria. Pode ser que me faça perguntas às quais eu me recuse responder.

— Não vou continuar a tolerar isto. Miss Bennet, exijo uma resposta. Meu sobrinho já lhe fez alguma proposta de casamento?

— Mas se Vossa Senhoria declarou que isso era impossível...

— E assim deveria ser, ou melhor, assim *tem* de ser, enquanto ele ainda estiver no pleno uso da razão. Mas as suas artes e os seus encantos, Miss Bennet, num momento de fraqueza, podem tê-lo feito esquecer a obrigação que ele tem para consigo próprio e para com a sua família. A menina pode muito bem tê-lo seduzido...

— Se o tivesse feito, seria a última pessoa a admiti-lo.

— Miss Bennet, a menina sabe quem eu sou? Não estou habituada a que me falem assim. Sou quase a parente mais próxima que ele possui e tenho, por isso, todo o direito de conhecer os seus assuntos mais íntimos.

— Mas não tem o direito de conhecer os meus, e não será com esses modos que me poderá alguma vez induzir a ser mais explícita.

— Vejamos se me faço entender bem. Este casamento, a que tem a presunção de aspirar, nunca poderá acontecer. Nunca. Mr. Darcy está comprometido com minha filha. E, agora, o que tem a dizer?

— Apenas o seguinte: que, se isso é verdade, a senhora não tem nenhum motivo para acreditar que ele me fará uma proposta.

Lady Catherine teve um momento de hesitação, respondendo de seguida:

— O noivado dos dois é de um tipo especial. Desde a infância que estão destinados um ao outro. Era o maior desejo da mãe dele, assim como o era da dela. Estavam ainda no berço quando planeámos o enlace. E agora, que os desejos de ambas as irmãs estavam prestes a concretizar-se com a sua união, vir perturbá-los uma mulher de origem inferior, sem qualquer posição na sociedade e totalmente estranha à família? Será que não tem consideração pelos desejos dos seus mais queridos? Pelo seu compromisso tácito com Miss De Bourgh? Será que perdeu toda a noção da decência e do decoro? Não me ouviu dizer que, desde o seu nascimento, ele estava destinado a sua prima?

— Sim, e já o sabia antes. Mas em que é que isso me diz respeito? Se não houver outra objeção a que me case com seu sobrinho, não será certamente por saber que sua mãe e sua tia desejavam que ele desposasse Miss De Bourgh que eu vou deixar de o fazer. As duas fizeram tudo o que estava ao vosso alcance planeando o casamento. Mas a sua realização depende de outras pessoas. Se Mr. Darcy não estiver preso a sua prima, seja por honra seja por afeição, porque não poderá fazer ele outra escolha? E, se for eu essa escolha, porque não hei de eu aceitar?

— Porque a honra, o decoro, a prudência, ou melhor, o seu próprio interesse, o proíbem. Sim, Miss Bennet, o *seu* interesse, pois não espere ser aceite pela família ou pelos amigos de meu sobrinho se deliberadamente agir contra a vontade de todos... Será censurada, humilhada e desprezada por todos aqueles que lhe estão ligados. A vossa união será uma desonra; o seu nome jamais será pronunciado por qualquer de nós.

— Grandes são esses infortúnios — retorquiu Elizabeth. — Mas a esposa de Mr. Darcy encontrará decerto na sua situação tantos e tão extraordinários motivos de felicidade que, tudo considerado, não terá razões para se lamentar.

— Que rapariga teimosa e obstinada! Envergonho-me de si! É assim que agradece as atenções que tive para consigo na primavera passada? Acha que não me deve nada?

»Mas sentemo-nos um pouco. Deve compreender, Miss Bennet, que vim até aqui com o firme propósito de obter o que desejo, pelo que não me deixarei dissuadir. Não estou acostumada a ceder a caprichos alheios, nem tão-pouco a ser contrariada.

— Isso torna a atual situação de Vossa Senhoria mais digna de compaixão, mas não poderá ter qualquer efeito sobre mim.

— Não admito que me interrompa! Fique em silêncio enquanto falo. Minha filha e meu sobrinho foram feitos um para o outro. Descendem, por via materna, da mesma linhagem nobre e, pelo lado do pai, de famílias antigas, honradas e respeitáveis, ainda que não tituladas. São ambos donos de magníficas fortunas. Estão destinados um ao outro na opinião de todos os membros das suas famílias. Que coisa os separa? As ambiciosas e insolentes pretensões de uma rapariga sem família, sem relações e sem fortuna. Pode isto ser tolerado? Não, não pode nem será. Se soubesse o que é melhor para si, não quereria abandonar o círculo em que foi criada.

— Não me parece que, casando com seu sobrinho, eu estivesse a deixar esse círculo. Ele é um cavalheiro e eu sou filha de um cavalheiro[72]. No que a isso diz respeito, somos iguais.

— É verdade. A menina é filha de um cavalheiro. Mas quem é sua mãe? Quem são seus tios? Não pense que ignoro a sua condição...

— Sejam quem forem os meus parentes — respondeu Elizabeth —, se seu sobrinho não tiver nada a objetar, não vejo porque tenha a senhora de se preocupar com eles.

— De uma vez por todas, diga-me: está noiva dele?

---

[72] No original, «*gentleman*»: a designação é aqui entendida no seu sentido mais lato, aplicando-se a qualquer homem que viva dos seus rendimentos. *(NT)*

Embora Elizabeth, para não ter de fazer a vontade a Lady Catherine, tivesse preferido não responder a esta pergunta, não pôde deixar de dizer depois de um momento de reflexão:

— Não.

Lady Catherine pareceu ter ficado satisfeita.

— E promete-me que nunca aceitará uma proposta nesse sentido?

— Não farei tal promessa.

— Miss Bennet, estou estupefacta e indignada. Esperava encontrar alguém mais razoável. Não se iluda, porém, pensando que vou desistir do meu propósito. Não partirei até que me ofereça a garantia que lhe exijo.

— Pode estar segura de que nunca lha darei. Não me deixarei intimidar por uma coisa tão fora da razão. Vossa Senhoria pretende que Mr. Darcy case com sua filha; mas se eu fizesse a promessa que deseja, isso tornaria o seu casamento mais provável? Supondo que ele sinta algum afeto por mim, será que, se eu recusasse a sua mão, isso o faria oferecê-la a sua prima? Permita-me que lhe diga, Lady Catherine, que os argumentos em que apoiou este seu insólito pedido têm tanto de frivolidade como este de insensatez. Está muito enganada a meu respeito, se pensa que me deixo mover por argumentos como esses que invocou. Não saberei dizer até que ponto seu sobrinho aprova esta ingerência nos seus assuntos, mas não tem seguramente o direito de se intrometer nos meus. Devo, por isso, pedir-lhe que não me continue a importunar com esta questão.

— Mais devagar, se não se importa. Ainda não terminei. Tenho mais uma objeção a acrescentar a todas as outras que já apresentei. Não desconheço os pormenores da desonrosa fuga de sua irmã mais nova. Sei tudo: que o casamento foi um negócio remediado à pressa, e a expensas de seu pai e de seus tios. E é uma rapariga assim que se vai tornar cunhada de meu sobrinho? E o marido dela, um filho do antigo administrador de seu falecido pai, seu cunhado? Deus do céu!... O que é que lhe passa pela cabeça? Estarão assim para ser profanadas as sombras seculares de Pemberley?

— Depois disto, a senhora não poderá ter mais nada a dizer — replicou Elizabeth, indignada. — Insultou-me de todas as formas possíveis. Se me dá licença, voltarei agora a casa.

E, dizendo isto, levantou-se. Lady Catherine fez o mesmo e as duas iniciaram o regresso. Sua Senhoria estava absolutamente enfurecida.

— Não tem, então, qualquer consideração pela honra e pela reputação de meu sobrinho? Rapariga insensível e egoísta! Não percebe que um casamento consigo o desonraria aos olhos de todos?

— Lady Catherine, nada mais tenho a dizer. A senhora sabe aquilo que eu penso.

— Está então resolvida a casar com ele?

— Não foi isso que eu disse. Estou apenas resolvida a agir da forma que, em minha opinião, me permitirá alcançar a felicidade, não obstante o que a senhora ou qualquer outra pessoa que me seja igualmente estranha possam pensar.

— Muito bem. Recusa-se, então, a atender ao meu pedido. Recusa-se a obedecer aos ditames do dever, da honra e da gratidão. Está determinada a fazê-lo perder a estima da sua família e dos seus amigos, lançando-o ao desprezo do mundo.

— Nem o dever, nem a honra, nem a gratidão — retorquiu Elizabeth — podem reclamar nada de mim no presente caso. Nenhum destes princípios seria violado pelo meu casamento com Mr. Darcy. E quanto ao ressentimento da família ou à indignação do mundo, se o primeiro fosse suscitado pela nossa união, isso não me provocaria um momento de inquietação que fosse... e a maioria das pessoas teria demasiado bom senso para se juntar ao coro de desprezo.

— É pois essa a sua opinião! A sua decisão final! Muito bem, saberei agora como agir. Não pense, Miss Bennet, que a sua ambição poderá algum dia ser satisfeita. Vim fazer uma tentativa. Esperava que se mostrasse razoável. Mas não tenha a menor dúvida de que verei realizado o meu propósito.

E no mesmo tom foi Lady Catherine prosseguindo, até que, chegando junto à portinhola da carruagem, se virou de repente, acrescentando:

— Não me despeço de si, Miss Bennet. Não envio os meus respeitos a sua mãe. Não merece essa atenção da minha parte. Estou profundamente desgostada.

Elizabeth não respondeu e, sem tentar convencer Sua Senhoria a tornar a entrar, voltou calmamente para casa. Enquanto subia as escadas, ouviu a carruagem afastar-se. A mãe, impaciente, esperava-a à porta do quarto de vestir, para lhe perguntar por que razão Lady Catherine não entrara um pouco para descansar.

— Preferiu não o fazer — respondeu a filha. — Achou melhor ir-se embora.

— Que senhora tão distinta!... E que enorme gentileza da sua parte ter vindo visitar-nos só para nos dizer, suponho, que os Collins se encontravam bem!... Ela deve estar de viagem para algum lado e, passando por Meryton, lembrou-se de que te podia fazer uma visita. Imagino que não tivesse nada de especial para te dizer, pois não, Lizzy?

Elizabeth viu-se aqui constrangida a responder com uma pequena mentira, já que revelar à mãe o conteúdo da conversa era de todo impossível.

CAPÍTULO 57

Não era fácil dominar a turbação em que aquela inusitada visita lançou Elizabeth, nem tão-pouco foi ela capaz de deixar de pensar um minuto que fosse sobre o sucedido durante as várias horas que se lhe seguiram. Lady Catherine, tudo o indicava, tinha-se dado ao incómodo de fazer a viagem desde Rosings com o fito único de romper o seu suposto compromisso com Mr. Darcy. Na verdade, nada havia de incongruente nesta sua atitude, mas de onde aquele rumor tivesse surgido Elizabeth não era capaz de imaginar — até que se lembrou de que o facto de ele ser amigo íntimo de Bingley e ela irmã de Jane seria por si só suficiente, numa altura em que a antecipação de um enlace fazia crescer o desejo de outro, para sugerir a ideia. Ela própria estava consciente de que o casamento da irmã tornaria mais frequente o convívio entre os dois. E os seus vizinhos de Lucas Lodge — pois através do seu contacto com os Collins, assim concluíra, teria o rumor chegado aos ouvidos de Lady Catherine — tinham-se limitado a dar como quase certo e imediato aquilo que ela apenas entrevira como uma possibilidade num tempo ainda distante.

Ao refletir, contudo, nas palavras de Lady Catherine, não conseguia deixar de se sentir um pouco inquieta com as consequências que aquela sua obstinação em intrometer-se no assunto poderia trazer. Pelo que ela havia dito sobre a sua determinação em impedir o casamento, ocorreu-lhe que cogitasse apelar ao sobrinho. Mas que efeito nele pudesse produzir uma semelhante exposição dos prejuízos que uma união consigo arrastaria, não se atrevia sequer a prever. Desconhecia o grau de afeição que o ligava à tia ou a influência que esta sobre si exercesse, mas era razoável supor que a tivesse em muito maior consideração do que ela, Elizabeth, alguma vez conseguiria. De resto, era claro que, ao enumerar-lhe as desvantagens de um matrimónio com alguém cuja família mais próxima era tão inferior à sua, a tia o atacaria pelo seu lado mais vulnerável. Com as suas noções de dignidade, ele provavelmente acharia que os argumentos que a Elizabeth haviam parecido frágeis e ridículos eram, pelo contrário, sensatos e solidamente fundados.

Se ele já antes hesitara em relação ao que deveria fazer, como tantas vezes havia parecido, os conselhos e as súplicas de um parente tão chegado poderiam de imediato resolver todas as suas dúvidas e decidi-lo a ser tão feliz quanto a sua intocada dignidade lhe permitia. Nesse caso, nunca mais ele regressaria. Lady Catherine encontrar-se-ia com ele ao passar por Londres e o seu compromisso com Bingley de tornar a Netherfield seria quebrado.

Portanto, continuou Elizabeth, *se dentro de poucos dias ele enviar ao amigo um pedido de desculpas por não poder cumprir a sua promessa, saberei como interpretá-lo. Renunciarei então a toda a esperança, a toda a ilusão da sua constância. Se ele fica satisfeito apenas com lamentar a minha perda, agora que poderia ter obtido o meu afeto e a minha mão, em breve serei eu quem deixará de fazê-lo.*

Foi grande o espanto dos restantes membros da família ao descobrirem de quem se tratava a ilustre visita, se bem que muito amavelmente o tenham aquietado com o mesmo tipo de suposição que antes apaziguara a curiosidade de Mrs. Bennet — e Elizabeth escapou-se a ser mais importunada com o assunto.

Na manhã seguinte, descia ela as escadas, quando o pai, que acabara de sair da biblioteca trazendo uma carta na mão, foi ao seu encontro.

— Lizzy — disse ele —, ia à tua procura. Vem até ao meu estúdio.

Ela acompanhou-o, aguçada a sua curiosidade pela suspeita de que aquilo que ele tinha para lhe contar estivesse de algum modo relacionado com a carta. De repente, lembrou-se de que ela pudesse ter vindo de Lady Catherine, e isso fê-la antecipar com desânimo todas as explicações que necessariamente se seguiriam.

Seguiu-o até junto da lareira, e os dois sentaram-se.

— Recebi esta manhã uma carta que me deixou absolutamente estarrecido. Como te diz principalmente respeito, é justo que saibas sobre que versa. Desconhecia até ao momento que tinha duas filhas prestes a casar-se. Deixa-me que te felicite por esta brilhante conquista.

O rosto de Elizabeth cobriu-se de rubor, persuadida que imediatamente ficou de que a carta proviesse não da tia mas sim do sobrinho. Hesitava ainda entre ficar satisfeita por ele, apesar de tudo, se explicar, ou sentir-se ofendida por a carta não lhe ter sido dirigida, quando o pai continuou:

— Pareces calcular do que se trata. As raparigas têm uma grande perspicácia em matérias desta natureza, mas, neste caso, creio que nem mesmo a tua sagacidade será suficiente para adivinhar o nome do teu admirador. A carta é de Mr. Collins.

— De Mr. Collins!... O que é que ele poderá ter a dizer?

— Coisas muito a propósito, naturalmente. Começa congratulando-me pelas próximas núpcias de minha filha mais velha, das quais parece ter sido informado por algum desses simpáticos e indiscretos Lucas. Não vou abusar da tua paciência, lendo-te o que ele diz a respeito disso. A parte que te concerne reza assim:

Tendo-lhe, em meu nome e no de Mrs. Collins, apresentado as mais sinceras congratulações pelo feliz evento, permita-me que teça agora alguns breves comentários sobre aqueloutro, de que tivemos conhecimento pela mesma via. Sua filha Elizabeth, segundo consta, não envergará por muito tempo o nome de Bennet depois que sua irmã lhe tiver renunciado, sendo que aquele que elegeu como seu companheiro de destino poderá a bom título ser considerado como uma das mais ilustres personagens do Reino.

— Consegues adivinhar, Lizzy, a quem ele se refere?

Este jovem cavalheiro foi contemplado de um modo particular com tudo aquilo que um coração de mortal mais pode desejar: vastos domínios, nobre ascendência e extenso patrocínio. E, no entanto, não obstante todos estes atrativos, deixe-me alertá-lo a si e a minha prima Elizabeth para os prejuízos que um assentimento precipitado à proposta do dito cavalheiro — a qual, é evidente, se sentirão de imediato inclinados a aproveitar — poderá arrastar.

— Fazes ideia, Lizzy, de quem possa ser este cavalheiro? Mas agora vem a revelação:

A razão desta minha advertência é a seguinte: temos todos os motivos para acreditar que sua tia, Lady Catherine, não vê com bons olhos o casamento.

— Aqui tens: o cavalheiro em causa não é nem mais nem menos que... Mr. Darcy! Bom, Lizzy, creio que te consegui surpreender. Poderiam ele ou os Lucas ter arranjado alguém no círculo das nossas relações cujo nome mais prontamente desmentisse a sua história? Mr. Darcy, que nunca olha para uma mulher a não ser para lhe encontrar defeitos... Que, provavelmente, nunca olhou para ti na vida!... É extraordinário!

Elizabeth tentou partilhar do humor do pai, mas apenas conseguiu esboçar um sorriso forçado. Nunca a sua ironia lhe havia causado tanto desprazer.

— Não estás a achar graça?

— Claro que sim. Continue, peço-lhe.

Quando, ontem à noite, aludi junto de Sua Senhoria à probabilidade deste matrimónio, ela — com a sua habitual condescendência — manifestou-me o que pensava sobre o assunto, deixando explícito que, devido a certas objeções que lhe levantava a família de minha prima, nunca daria o seu consentimento àquilo que apelidou de uma união aviltante. Nestas circunstâncias, julguei ser meu dever advertir o quanto antes minha prima, para que tanto ela quanto o seu distinto admirador possam tomar consciência daquilo que se preparam para fazer e não se precipitem num casamento para o qual não dispõem da devida aprovação.

— Mr. Collins acrescenta ainda:

Não posso deixar de me regozijar com o facto de que se tenha conseguido abafar tão bem os infelizes sucessos em que se viu envolvida minha prima Lydia e apenas me preocupa que a sua vida em comum antes do matrimónio se tenha tornado voz pública. Não devo, no entanto, descurar os deveres que me impõe a minha condição de clérigo ou abster-me de expressar a minha perplexidade ao tomar conhecimento de que V. Ex.ª terá recebido em sua casa o jovem casal logo após a realização do casamento. Foi um incentivo à imoralidade, e se eu fosse reitor de Longbourn ter-me-ia tenazmente oposto a que o fizesse. Como bom cristão, é seu dever perdoá-los, mas nunca admiti-los à sua presença ou sequer deixar que diante de si os seus nomes sejam pronunciados.

— É esta a sua ideia de piedade cristã!... O resto da carta é apenas sobre o estado de Charlotte e a esperança que têm de ver em breve brotar da árvore um novo rebento. Mas, Lizzy, tu não estás com ar de quem achou graça... Não te vais agora pôr com suscetibilidades, espero, e fingir-te ofendida por um boato sem sentido. Para que viemos nós ao mundo se não para fornecermos motivo de troça aos nossos vizinhos e, em compensação, nos rirmos à custa deles?

— Oh, mas eu estou a achar imensa graça!... — replicou Elizabeth. — É só que me parece tão estranho...

— Sim... e é exatamente por isso que é tão divertido. Tivessem eles escolhido outro homem e não se passaria nada. Mas a sua absoluta indiferença por ti e a tua manifesta aversão por ele tornam toda esta história deliciosamente absurda! Por mais que abomine escrever, nada neste mundo me faria interromper a minha correspondência com Mr. Collins. Aliás, sempre que leio uma carta dele não consigo deixar de o preferir mesmo ao Wickham, por mais que eu preze a impudência e a hipocrisia de meu genro. Mas conta-me, Lizzy, o que disse Lady Catherine sobre esta notícia? Veio cá para te comunicar que se recusava a dar o seu consentimento?

A esta pergunta, a filha respondeu apenas com uma gargalhada; e como aquela tivesse sido feita sem que houvesse qualquer suspeita, tão-pouco se deixou afligir quando ele a repetiu. Nunca antes sentira tanta dificuldade em disfarçar as suas emoções. Era necessário que risse quando preferia ter chorado. O pai ferira-lhe o amor-próprio da forma mais cruel com o que dissera sobre a indiferença de Mr. Darcy, e ela mais não pôde fazer que admirar-se de tamanha falta de perspicácia ou, pelo contrário, recear que talvez não tivesse sido ele a ver pouco mas ela a imaginar muito.

CAPÍTULO 58

Em lugar da carta de desculpas que Elizabeth de algum modo antecipara, poucos dias tinham passado sobre a visita de Lady Catherine quando Bingley apareceu em Longbourn acompanhado de Mr. Darcy. Os dois homens chegaram cedo e, antes que Mrs. Bennet tivesse tempo de dizer que tinham estado com Sua Senhoria — como, durante um momento, Elizabeth temera aterrorizada que ela fizesse —, Bingley, que queria ficar sozinho com Jane, propôs que fossem todos dar um passeio. A sugestão foi bem acolhida. Mrs. Bennet não era dada a passear, Mary nunca tinha tempo a perder, mas os restantes cinco puseram-se a caminho. Bingley e Jane, porém, depressa deixaram que os outros se distanciassem e foram ficando para trás, enquanto Elizabeth, Kitty e Darcy iam fazendo companhia uns aos outros. Nenhum deles disse grande coisa: Kitty estava demasiado intimidada para ser capaz de falar; Elizabeth cogitava intimamente numa resolução desesperada; e talvez ele fizesse a mesma coisa.

Como Kitty quisesse fazer uma visita a Maria, os três foram caminhando na direção de Lucas Lodge. Não vendo, contudo, razão para que todos eles fizessem o mesmo, assim que a irmã os deixou, Elizabeth prosseguiu corajosamente ao lado de Mr. Darcy. Era chegado o momento de pôr em prática a sua decisão, pelo que sem perder um instante, não fosse o ânimo abandoná-la, lhe disse:

— Sou uma pessoa muito egoísta, Mr. Darcy, e para dar vazão aos meus sentimentos não cuido o quanto possa ferir os seus. Não posso por mais tempo deixar de lhe agradecer a incomparável bondade que demonstrou para com minha pobre irmã. Desde que o soube, que tenho ansiado pelo momento em que lhe poderia manifestar o quanto lhe estou reconhecida. Fosse do conhecimento do resto da minha família, e não estaria agora a exprimir-lhe apenas a minha gratidão.

— Lamento... — respondeu Darcy, com a voz tremente de surpresa e emoção — lamento profundamente que tenha chegado ao seu conhecimento um facto que, mal interpretado, lhe pode ter causado alguma perturbação. Não sabia que Mrs. Gardiner fosse tão pouco digna de confiança.

— Não deve culpar minha tia. Foi a leviandade da Lydia a primeira a revelar-me que o senhor teria estado envolvido no caso e, naturalmente, não consegui sossegar enquanto não soube todos os pormenores. Deixe-me agradecer-lhe uma vez mais, em nome de toda a minha família, por essa generosa compaixão que o levou a suportar tantos trabalhos e tantas humilhações apenas para conseguir encontrá-los.

— Se, de facto, me quer agradecer — replicou ele —, que seja apenas em seu nome. Não negarei que o desejo de vê-la feliz veio reforçar os outros motivos que me levaram a agir. Mas a sua família não me deve nada. Por mais respeito que me mereçam, reconheço ter pensado apenas em si.

Elizabeth sentiu-se demasiado embaraçada para dizer o que quer que fosse. Depois de uma breve pausa, ele continuou:

— Sei que é demasiado generosa para brincar com os meus sentimentos. Se os seus ainda forem os mesmos que em abril passado, diga-mo sem hesitação. O meu afeto e os meus propósitos não se alteraram, mas uma palavra sua bastará para que me cale sobre este assunto para todo o sempre.

Adivinhando a situação de profundo constrangimento e ansiedade em que ele se encontraria, Elizabeth sentiu-se enfim na obrigação de falar, pelo que de pronto, se bem que de forma titubeante, lhe revelou que, desde a altura a que ele aludira, tinha sido tão profunda a mudança nos seus sentimentos, que era com agrado e reconhecimento que agora acolhia a renovação das suas intenções. Talvez nunca antes Darcy tivesse sentido tanta felicidade como a que esta resposta lhe provocou, e ele expressou-se com tanta veemência e tanto ardor quanto se poderia esperar de um homem perdidamente apaixonado. Houvesse Elizabeth sido capaz de olhá--lo, teria visto como a expressão de íntima felicidade que lhe iluminava o rosto o tornava ainda mais belo; mas não o ousando, podia no entanto escutar, e ele revelou-lhe sentimentos que, dando prova do quanto lhe queria, a faziam sentir cada vez mais toda a inestimável riqueza da sua afeição.

Continuaram a andar, sem bem saber para onde. Havia demasiado a pensar, a sentir e a dizer para que fosse possível prestar atenção a outra coisa. Elizabeth depressa ficou a saber que aquela sua atual comunhão se ficara a dever aos esforços de Lady Catherine, a qual, na sua viagem de regresso, havia de facto visitado Darcy em Londres. Aí dera-lhe conta da sua ida a Longbourn, do motivo que a levara a fazê-lo e do conteúdo da sua conversa com Elizabeth — sublinhando com ênfase cada uma das expressões que ela utilizara e que, no entendimento de Sua Senhoria, especialmente revelavam a sua teimosia e presunção —, na crença de que esse relato a ajudasse a obter do sobrinho a promessa que aquela se havia recusado a dar-lhe. Para infortúnio de Sua Senhoria, porém, o resultado tinha sido exatamente o oposto do pretendido.

— Devolveu-me a esperança que quase nunca antes ousara acalentar — disse ele. — Conheço o bastante do seu caráter para saber que, se estivesse absoluta e inabalavelmente determinada a recusar--me, o teria declarado com total franqueza e sinceridade a Lady Catherine.

Elizabeth corou, não conseguindo conter o riso quando retorquiu:

— Sim, de facto o senhor conhece o suficiente da minha franqueza para me saber capaz disso. Depois de ter dito tão mal de si à sua frente, não poderia ter escrúpulos de o fazer perante qualquer outro membro da sua família.

— Que foi que disse sobre mim que eu não merecesse? Por menos fundadas que fossem as suas acusações, já que assentes em premissas erradas, a minha conduta para consigo na altura seria sempre digna da mais dura reprovação. Foi absolutamente imperdoável. Não consigo lembrar-me do que fiz sem sentir repulsa.

— Não vamos discutir a quem cabe a maior culpa pelo que se passou nessa noite — replicou Elizabeth. — De nenhum dos dois, em rigor, se pode dizer que tenha tido uma conduta irrepreensível. Mas desde esse tempo, quero acreditar, ambos teremos melhorado as nossas maneiras.

— Não consigo reconciliar-me tão facilmente comigo próprio. A lembrança do que lhe disse, do meu comportamento, dos meus modos, das minhas palavras, continua a ser-me, como desde há muitos meses, extremamente penosa. Nunca esquecerei a merecida reprimenda que me dirigiu: «tivesse a sua conduta sido mais própria de um cavalheiro»... Foram estas as suas palavras. A senhora não sabe, não pode sequer imaginar, o quanto elas me têm torturado... mesmo que tenha tido que passar algum tempo, confesso, antes que tivesse ganho a sensatez suficiente para lhes reconhecer justiça.

— Estava bem longe de pensar que elas pudessem ter causado uma impressão tão forte. Não fazia a mais pequena ideia de que o tivessem ferido tanto.

— Não é difícil acreditar no que me diz. Não tenho dúvida de que, na altura, me julgasse desprovido de qualquer sentimento. Jamais esquecerei a expressão da sua face ao dizer-me que, qualquer que fosse o modo que eu tivesse escolhido para me propor, ele nunca poderia induzi-la a aceitar-me.

— Oh, por favor, não repita o que então lhe disse... Não são boas essas lembranças. Asseguro-lhe que desde há muito tempo me envergonho profundamente das palavras que usei.

Então Darcy aludiu à carta.

— E ela deu-lhe... — perguntou ele — ela deu-lhe logo uma opinião melhor de mim? Acreditou, ao lê-la, no que ela dizia?

Elizabeth explicou-lhe que efeito a carta nela tinha causado e como, aos poucos, todos os seus preconceitos se tinham desvanecido.

— Sei bem — disse ele — que aquilo que escrevi a terá magoado, mas era necessário que o fizesse. Espero que tenha destruído a carta. Havia em especial uma parte, o começo, que não suporto sequer pensar que possa um dia voltar a ler. Recordo-me de algumas expressões que, com toda a justiça, a poderiam fazer odiar-me.

— A carta será queimada, se de facto o considera essencial para a preservação da minha estima. Mas, embora ambos tenhamos razões para crer que as minhas opiniões não são propriamente imutáveis, elas também não serão, assim o espero, tão volúveis quanto as suas palavras sugerem.

— Quando escrevi essa carta — retorquiu Darcy —, julgava-me perfeitamente calmo e indiferente, mas estou agora convencido de que ela foi escrita no meio da mais amargurada turbação de espírito.

— Talvez fosse amargo o seu começo, mas não assim o seu final. As palavras de despedida eram todas de benevolência. Mas não pensemos mais na carta. Os sentimentos de quem a escreveu, como aqueles de quem a recebeu, são agora tão profundamente diversos daquilo que então eram, que todas as circunstâncias desagradáveis que a rodearam devem ser esquecidas. Talvez devesse aprender um pouco com a minha filosofia: guarde do passado apenas aquilo que lhe pode dar prazer.

— Não posso aceitar que seja essa a sua filosofia. As suas recordações devem ser tão isentas de reprovação que o contentamento que elas suscitam não se deve a qualquer filosofia mas antes, o que é melhor, à inocência. De mim, porém, não se poderá dizer o mesmo. Assaltam-me lembranças dolorosas que não podem nem devem ser repelidas. Toda a minha vida fui de facto, que não de princípio, um egoísta. Enquanto criança, ensinaram-me a distinguir o que é certo, mas não a corrigir o meu temperamento. Deram-me bons princípios, mas deixaram que lhes obedecesse com orgulho e soberba. Para minha desventura único varão — e, durante muitos anos, único filho —, fui demasiado mimado por meus pais que, embora eles próprios excelentes pessoas (em especial meu pai, a bondade e a gentileza encarnadas), me permitiram, incentivaram e quase ensinaram a ser egoísta e arrogante, a não me importar com aqueles que não fizessem parte do meu círculo familiar, e a pensar com desdém de toda a gente ou, pelo menos, a julgar desejável pensar com desdém do seu discernimento e dos seus méritos quando comparados com os meus. Este fui eu entre os oito e os vinte e oito anos; e assim teria continuado a ser não fora por si, minha muito querida e adorável Elizabeth!... Tanto que eu lhe devo!... Ensinou-me uma lição, dura de início, reconheço-o, mas preciosa. De si recebi uma justa humilhação. Fui ter consigo seguro de que seria aceite e acabou por mostrar-me como fossem inadequadas as minhas pretensões a agradar a uma mulher digna de o ser.

— Estava então persuadido de que o conseguiria?

— Certamente. O que vai pensar agora da minha vaidade? Acreditava não só que desejasse, mas que esperasse a minha proposta.

— O meu comportamento consigo não terá sido o mais próprio, mas garanto-lhe que não houve nele qualquer intenção. Nunca o quis enganar, mas a minha maneira de ser cria muitas vezes uma impressão errada... Como me deve ter ficado a detestar depois dessa noite!...

— Detestá-la? De início, terei porventura ficado irritado, mas esse sentimento depressa começou a tomar o rumo certo.

— Quase tenho receio de lhe perguntar o que terá pensado de mim quando nos encontrámos em Pemberley. Acha que fiz mal em ter ido?

— É claro que não. Fiquei apenas surpreso.

— A sua surpresa não pode ter sido maior que a minha ao aperceber-me de que me tinha visto. A minha consciência dizia-me que eu não merecia nenhum tratamento especial, e devo mesmo confessar que não esperava receber mais que aquilo que me era devido.

— Pretendi apenas mostrar-lhe — retorquiu Darcy —, fazendo uso de toda a cortesia de que era capaz, que não era tão mesquinho a ponto de guardar rancor pelo que se tinha passado. Tive esperança de obter o seu perdão e de melhorar a opinião que tinha de mim, fazendo-a ver que as suas repreensões tinham sido escutadas. Quando outros desejos se começaram a insinuar não sei com precisão dizer, mas creio que uma meia hora depois de a ter encontrado.

Depois contou-lhe do quanto Georgiana ficara encantada em conhecê-la e da sua desilusão ao ver tão bruscamente interrompido o seu convívio. Naturalmente chegados às razões dessa interrupção,

Elizabeth depressa ficou a saber que a sua decisão de partir de Derbyshire em busca de sua irmã tinha sido tomada ainda antes de ele abandonar a estalagem, e que o ar grave e pensativo que pusera nada mais tinha na origem que o conflito de emoções que um tal propósito implicava.

Ela tornou a expressar-lhe toda a sua gratidão, mas o assunto era demasiado penoso para ambos para que nele se insistisse.

Depois de caminharem despreocupadamente durante várias milhas, de resto demasiado embrenhados para se darem conta disso, descobriram por fim, ao olharem os seus relógios, que já deveriam ter regressado a casa.

«Que será feito de Jane e de Mr. Bingley?», foi o mote que iniciou a conversa sobre ambos. Darcy estava radiante com a notícia do seu noivado, que o amigo fizera questão de lhe transmitir em primeiro lugar.

— Posso perguntar-lhe se ficou surpreendido? — disse Elizabeth.

— De todo. Quando me fui embora, senti que estaria prestes a acontecer.

— O que quer dizer que lhe terá dado a sua autorização... Era o que eu supunha.

Apesar dos protestos que aquele termo despertou, Elizabeth percebeu que tinha sido isso exatamente que acontecera.

— Na noite antes da minha partida para Londres — disse ele —, fiz a Bingley uma confissão que há muito lhe devia. Dei-lhe conta de tudo aquilo que se tinha passado e como isso revelara o quão absurda e impertinente havia sido a minha ingerência nos seus assuntos. A sua surpresa foi grande. Nunca tinha tido a mais leve suspeita. Disse-lhe, além do mais, que acreditava ter-me enganado ao presumir que sua irmã não nutria por ele qualquer sentimento e que, podendo constatar que a sua afeição por ela não havia diminuído, não tinha dúvida de que seriam muito felizes juntos.

Elizabeth não pôde deixar de sorrir diante da facilidade com que ele meneava o amigo.

— Foi baseado na sua própria observação — perguntou ela — que lhe disse que minha irmã o amava, ou antes naquilo que lhe contei na primavera passada?

— Na primeira. Observei-a atentamente durante as duas últimas vezes em que aqui estive e fiquei absolutamente convencido da sua afeição.

— E essa sua certeza, imagino, tê-lo-á deixado de imediato convencido?

— Assim foi. O Bingley é uma pessoa genuinamente modesta. A falta de confiança em si mesmo impediu-o, numa matéria tão delicada, de se fiar no seu próprio julgamento, mas aquela que em mim deposita tornou tudo fácil. Fui obrigado a confessar uma coisa que, na altura, e não sem razão, o magoou. Não podia continuar a esconder-lhe que sua irmã tinha passado três meses em Londres no inverno passado e que, tendo-o eu sabido, lho tinha propositadamente ocultado. Isso enfureceu-o, mas essa fúria não durou mais, estou convencido, que o tempo que ele levou a apagar qualquer dúvida que ainda restasse dos sentimentos de sua irmã. Entretanto já me concedeu o seu perdão sincero.

Elizabeth teria querido observar que Mr. Bingley tinha sido o melhor dos amigos, tão fácil de orientar que o seu valor era inestimável — mas conteve-se. Lembrou-se de que ele ainda tinha de aprender a aceitar a ironia e que era demasiado cedo para começar a fazê-lo. E assim, antevendo a felicidade de Bingley — inferior, é claro, apenas à sua —, ele foi continuando a conversa até que chegaram a casa. Então, ao entrar no vestíbulo, separaram-se.

CAPÍTULO 59

«Querida Lizzy, por onde é que andaste?», foi a pergunta que Elizabeth ouviu de Jane assim que entrou na sala e que os outros repetiram ao se sentarem à mesa. Como única resposta, Elizabeth disse-lhes que tinham passeado ao acaso, até que acabara por perder o rumo. Corou ao pronunciar estas palavras, mas nem isso, nem outra coisa qualquer, fez levantar a mínima suspeita.

A noite passou-se amenamente, sem que nada de extraordinário tivesse acontecido. Os confessos apaixonados falaram e riram, os inconfessos mantiveram-se calados. O temperamento de Darcy não era de molde a extravasar a felicidade e Elizabeth, inquieta e confusa, sabia mais que estava feliz do que propriamente fosse capaz de senti-lo, já que, para além do constrangimento imediato, outros escolhos a aguardavam. Conseguia prever qual seria a reação da família quando a sua situação se tornasse conhecida: tinha consciência de que ninguém além de Jane gostava dele e receava mesmo que a aversão que os outros por ele nutriam fosse tal que nem a sua fortuna e posição social chegassem para a dissipar.

Naquela mesma noite, resolveu abrir o seu coração a Jane. Conquanto estivesse longe de ser seu hábito desconfiar, Miss Bennet mostrou-se absolutamente incrédula.

— Estás a brincar, Lizzy... Não pode ser!... Noiva de Mr. Darcy!... Não, não me consegues enganar. Sei que isso nunca seria possível.

— Ora que belo começo!... Logo tu, que eras a minha única esperança... Estou certa de que ninguém acreditará em mim se tu não o fizeres. E, no entanto, estou a falar muito a sério. Digo apenas a verdade. Ele ainda me ama e estamos noivos.

Jane olhou para a irmã com uma expressão de dúvida.

— Mas, Lizzy, não é possível! Se eu sei o quanto o detestas...

— Não sabes, não. Isso já foi tudo esquecido. Talvez nunca o tenha amado tanto como agora. Mas, em casos como este, uma boa memória é imperdoável. Esta será a última vez em que eu própria me lembrarei disso.

Miss Bennet mantinha o mesmo ar de perfeita estupefação. Agora mais séria, Elizabeth tornou a garantir-lhe que o que dizia era verdade.

— Santo Deus!... Será possível? E, porém, não posso deixar de acreditar em ti... — disse Jane. — Minha querida, querida Lizzy, eu queria... eu dou-te os parabéns... Mas tens a certeza... desculpa-me a pergunta... tens mesmo a certeza de que podes ser feliz com ele?

— Não tenho qualquer dúvida. Já acordámos que seremos o casal mais feliz do mundo. Mas tu estás contente, Jane? Gostarás de o ter como irmão?

— Muito, muito mesmo. Era a melhor notícia que o Bingley ou eu poderíamos receber. Mas nós próprias já tínhamos conversado sobre isso, achando que seria impossível. E será que estás mesmo apaixonada por ele? Oh, Lizzy!... Faz tudo o que quiseres, menos casar sem amor. Estás absolutamente certa dos teus sentimentos?

— Oh, sim!... Quando te contar tudo, vais ao invés achá-los mais fortes do que deviam.

— O que é que queres dizer com isso?

— Enfim... apenas que te tenho de confessar que o amo mais que ao Bingley. Receio que fiques aborrecida.

— Minha querida irmã, deixa de brincar. Quero falar contigo muito a sério. Conta-me tudo o que tiveres para me contar, sem mais delongas. Diz-me: há quanto tempo estás apaixonada por ele?

— Foi acontecendo tão lentamente que mal sei dizer quando começou. Mas creio que terá sido quando pela primeira vez vi a sua bela propriedade de Pemberley.

Um novo pedido para que ela ficasse séria surtiu, porém, o efeito desejado — e Elizabeth logo sossegou a irmã, assegurando-a da sinceridade da sua afeição. Uma vez convencida sobre esse ponto, Miss Bennet deu-se por satisfeita.

— Agora sim, posso dizer que estou feliz — disse ela —, porque sei que o vais ser tanto quanto eu. Sempre lhe tive estima. Mesmo que fosse apenas pelo amor que ele sentia por ti, tê-lo-ia sempre em apreço. Mas agora, amigo de meu marido e ele próprio teu esposo, ninguém a não ser tu e o Bingley me poderão ser mais queridos. Mas, Lizzy, foste muito fechada... muito reservada comigo. Não me contaste quase nada do que se passou em Pemberley e Lambton! Tudo o que sei devo a outro que não a ti.

Elizabeth explicou-lhe então as razões da sua reserva. Não quisera mencionar o nome de Bingley, e o estado tumultuoso dos seus próprios sentimentos tinha-a feito, de igual modo, evitar o do amigo. Agora, no entanto, não continuaria a manter escondido dela o papel que ele tivera no casamento de Lydia. Tudo foi revelado, e metade da noite passada em conversa.

— Deus do céu — exclamou Mrs. Bennet na manhã seguinte, ao espreitar pela janela —, se não é aquele horrível Mr. Darcy que vem de novo com o nosso querido Bingley! Porque será que não deixa de nos aborrecer com estas suas visitas? Pensei que ele tivesse vindo para caçar ou fazer outra coisa qualquer, e não para nos estar sempre a importunar com a sua presença. O que é que fazemos com ele? Lizzy, tens de o levar de novo a passear, se queremos que ele não estorve o Bingley.

Elizabeth não pôde deixar de rir perante uma proposta tão conveniente, ainda que na realidade ficasse exasperada por a mãe o tratar sempre com os mesmos epítetos.

Assim que entraram na sala, o ar expressivo com que Bingley olhou para ela e a forma calorosa como lhe apertou a mão, não deixaram dúvidas de que já tivesse sido posto ao corrente de tudo. Então, quase de seguida, disse em voz alta:

— Mrs. Bennet, não tem outros caminhos na propriedade por onde a Lizzy hoje se possa voltar a perder?

— Eu sugeria a Mr. Darcy, à Lizzy e à Kitty — respondeu Mrs. Bennet — que esta manhã fossem a pé até Oakham Mount. É uma boa caminhada e Mr. Darcy ainda não conhece a vista.

— Parece-me uma ótima ideia — replicou Mr. Bingley —, embora para a Kitty deva ser demasiado cansativo. Não é, Kitty?

Kitty reconheceu que preferia ficar em casa. Darcy demonstrou grande curiosidade em conhecer a vista do cimo do monte e Elizabeth anuiu em silêncio. Enquanto esta subia até ao quarto para se arranjar, Mrs. Bennet foi atrás dela, dizendo-lhe:

— Custa-me muito, Lizzy, que sejas obrigada a suportar sozinha aquele homem horrível... Mas espero que não te importes: sabes que é tudo para o bem da Jane. De resto, não é preciso que fales com ele, sem ser uma vez por outra. Por isso, não te incomodes demasiado.

Durante o passeio, ficou resolvido que naquela mesma tarde o consentimento de Mr. Bennet devia ser pedido, reservando Elizabeth para si a incumbência de solicitar o da mãe. Não sabia dizer como ela receberia a notícia, por vezes chegando a duvidar de que toda a fortuna e opulência de Darcy fossem suficientes para superar a aversão que a mãe por ele sentia. Mas quer ela se opusesse veementemente ao casamento ou com igual veemência com ele se regozijasse, era certo e sabido que a expressão das suas emoções nunca abonaria o seu bom senso — e a Elizabeth parecia-lhe tão insuportável que Mr. Darcy assistisse aos seus primeiros arroubos de alegria quanto aos primeiros ímpetos da sua desaprovação.

Ao fim da tarde, pouco depois de Mr. Bennet se ter retirado para a biblioteca, Elizabeth notou que Mr. Darcy também se levantava para o seguir. A sua turbação ao vê-lo foi enorme. Não receava a oposição do pai, mas estava ciente de que aquela comunicação o faria infeliz, e saber que isso aconteceria por sua causa, que ela, a sua filha preferida, lhe traria sofrimento com a escolha que fizera, que conceder a sua mão o encheria de temores e de remorsos, era um pensamento demasiado doloroso. E assim ficou, num estado de profunda desolação, até que Mr. Darcy tornou a aparecer e, olhando-o no rosto, ela se sentiu mais aliviada ao ver que sorria. Passados poucos minutos, ele aproximou-se da mesa onde ela estava sentada com Kitty e, fingindo admirar o seu bordado, disse-lhe num sussurro:

— Vai ter com teu pai; ele espera-te na biblioteca.

Elizabeth obedeceu de imediato.

O pai andava de um lado para o outro da sala, com uma expressão grave e preocupada.

— Lizzy — disse ele —, o que é que estás a fazer? Será que perdeste o juízo, aceitando este homem? Mas tu não o detestavas?

O quanto ela naquele momento desejou que no passado as suas opiniões tivessem sido mais razoáveis, as suas palavras mais moderadas!... Tê-la-ia poupado ao embaraço que explicações e asseverações desta natureza sempre trazem; mas elas eram agora necessárias, e Elizabeth assegurou o pai, mesmo que de forma um tanto atabalhoada, da sua afeição por Mr. Darcy.

— Ou seja, por outras palavras, estás resolvida a casar-te com ele. É verdade que é rico, e que tu poderás ter mais vestidos bonitos e mais e melhores carruagens que a Jane. Mas será isso suficiente para te fazer feliz?

— Tem outra objeção — perguntou Elizabeth — que não a crença de que o não amo?

— Nenhuma. Todos sabemos que ele é um homem orgulhoso e de modos antipáticos, mas nada disso teria importância se tu gostasses mesmo dele.

— E gosto, gosto mesmo muito... — respondeu ela, com os olhos marejados de lágrimas. — Eu amo-o. De facto, não há nada de injustificado no seu orgulho. É um homem bondoso e gentil. O senhor não o conhece verdadeiramente, por isso, peço-lhe, não me magoe mais continuando a falar dele nesses termos.

— Lizzy — disse o pai —, dei-lhe o meu consentimento. Na verdade, ele é o tipo de homem a quem eu jamais me atreveria a recusar o que fosse que ele se dignasse pedir. Dou-to também a ti, se de facto estás resolvida a aceitá-lo. Mas deixa-me que te aconselhe a pensares melhor. Conheço o teu temperamento, Lizzy. Sei que não poderás sentir-te feliz, nem de bem contigo mesma, se não estimares genuinamente o teu marido... se não o puderes respeitar como alguém superior. Num casamento desigual, a tua vivacidade de espírito expor-te-ia a graves riscos. Dificilmente manterias a estima e evitarias a infelicidade. Minha filha, não me dês o desgosto de te ver incapaz de respeitares o teu companheiro de destino. Não sabes o passo que estás a dar.

Ainda mais comovida que antes por aquelas palavras, Elizabeth respondeu-lhe com toda a franqueza e seriedade de que foi capaz. Até que por fim, depois de repetidas vezes lhe ter asseverado que Mr. Darcy era o homem de sua eleição, descrito a progressiva transformação que a sua estima por ele havia sofrido, afirmado não ter a menor dúvida de que a afeição que ele sentia não era uma coisa de momento mas antes resistira à prova de vários meses de incerteza, e apontado com ênfase todas as suas virtudes — conseguiu vencer a incredulidade do pai e ganhar a sua aceitação.

— Bom, minha querida Lizzy — disse ele, quando a filha terminou —, não tenho mais nada a acrescentar. Se for como dizes, então ele merece-te. Nunca te entregaria a ninguém que fosse menos digno de ti, minha Lizzy.

Para completar aquela impressão favorável, Elizabeth contou-lhe então o que Mr. Darcy havia de livre vontade feito por Lydia. Ele ouviu-a estupefacto.

— É realmente um dia de prodígios!... Portanto, Darcy tratou de tudo: acordou o casamento, deu o dinheiro, pagou as dívidas do noivo e ainda lhe arranjou uma comissão! Tanto melhor. Poupa-me um sem-fim de trabalhos e de economias. Se tivesse sido obra de teu tio, teria tido, ou melhor, faria questão de lhe pagar. Mas estes rapazes arrebatados pela paixão impõem sempre a sua vontade. Amanhã mesmo ofereço-me para lhe pagar; ele vai protestar com veemência o seu amor por ti e, a seguir, dá-se o assunto por encerrado.

Então lembrou-se do embaraço de Elizabeth poucos dias antes, ouvindo-o ler a carta de Mr. Collins; e, depois de se rir da filha durante um bom bocado, deixou-a finalmente ir, dizendo-lhe quando ela se preparava para sair da sala:

— Se por acaso aparecer algum jovem cavalheiro para pedir a mão da Mary ou da Kitty, manda-o entrar. Estarei inteiramente à sua disposição.

Era como se a Elizabeth lhe tivessem tirado um enorme peso de cima, pelo que, depois de uma meia hora de calma reflexão no seu quarto, se pôde juntar aos outros com um ar suficientemente composto. Era tudo demasiado recente para que se pudesse sentir alegre, mas a noite foi passada serenamente: nada de maior havia agora a temer e, aos poucos, a paz e a serenidade retornariam ao seu espírito.

Quando, à noite, a mãe subia para o quarto de vestir, Elizabeth seguiu-a e fez-lhe a importante comunicação. O efeito foi o mais extraordinário, já que, ao receber a notícia, Mrs. Bennet se deixou ficar imóvel na cadeira, incapaz de articular palavra. Conquanto sempre pronta a dar crédito àquilo que poderia trazer alguma vantagem para a sua família ou se apresentasse sob a forma de um pretendente a uma de suas filhas, passaram-se vários minutos até que conseguisse perceber o que tinha ouvido. Por fim, pareceu começar a voltar a si: agitou-se na cadeira, levantou-se, tornou a sentar-se, exclamou, benzeu-se.

— Deus do céu! Que o Senhor me abençoe! Veja-se só!... Ai, meu Deus!... Mr. Darcy!... Quem poderia imaginar?... É mesmo verdade? Oh, minha querida Lizzy!... Como vais ser rica e importante! O dinheiro[73], as joias, as carruagens que tu vais ter!... Comparado com isso, a Jane não vai ter nada... absolutamente nada! Estou tão feliz, tão contente! Um homem tão encantador!... Tão bonito, tão alto!... Oh, minha querida Lizzy, por favor perdoa-me por ter embirrado tanto com ele. Só espero que ele se esqueça. Querida, querida Lizzy!... Uma casa em Londres! Tudo o que se pode desejar! Três filhas casadas! Dez mil libras por ano! Meu Deus, o que será de mim? Como conseguirei aguentar?...

Foi o suficiente para demonstrar que a aprovação da mãe estava fora de dúvida — e Elizabeth, intimamente satisfeita por ter sido a única a testemunhar aquelas efusões, pouco depois saiu. Mas nem três minutos tinham passado desde que chegara ao seu quarto, quando a mãe foi ter com ela.

---

[73] No original, «*pin money*»: espécie de pensão a que a mulher, depois de casada, tinha direito, para a compra de roupa e outras despesas privadas. Muitas vezes, o montante anual ficava estipulado de antemão no contrato matrimonial. *(NT)*

— Minha querida filha — exclamou —, não consigo pensar noutra coisa!... Dez mil libras por ano e, provavelmente, ainda mais! É como se fosse um Lord[74]!... E uma licença especial[75]! É indispensável que se casem com uma licença especial... Mas diz-me, meu amor, qual é o prato favorito de Mr. Darcy para eu o poder servir amanhã.

Era um infeliz prenúncio daquele que poderia ser o comportamento da mãe na presença de Mr. Darcy, o suficiente para fazer Elizabeth pensar que, apesar de segura da terna afeição que ele lhe devotava e, bem assim, do consentimento de seus pais, havia ainda alguma coisa que faltava. O dia seguinte, contudo, decorreu muito melhor do que ela esperara. Mrs. Bennet, felizmente, sentiu-se tão intimidada pelo seu futuro genro que não se atreveu a dirigir-lhe a palavra, exceto quando lhe podia fazer algum obséquio ou exprimir deferência pelo que dizia.

Elizabeth não pôde deixar de se sentir satisfeita vendo o pai esforçar-se por aprofundar o seu conhecimento com Mr. Darcy — e Mr. Bennet logo lhe assegurou que ele ia subindo na sua estima a cada hora que passava.

— Tenho a maior admiração pelos meus três genros — disse ele.
— O Wickham será, talvez, o meu preferido, mas tenho a impressão de que vou gostar tanto do teu marido quanto do da Jane.

---

[74] Lord: designação usada para identificar um nobre titulado. *(NT)*

[75] «Licença especial»: uma licença de casamento outorgada pelo Arcebispo de Cantuária, chefe da Igreja Anglicana, autorizando os casais que, por fortuna e posição social, a pudessem obter, a casar-se quando e onde quisessem. A cerimónia poderia, por isso, decorrer em casa ou no interior de qualquer edifício privado. *(NT)*

CAPÍTULO 60

Tornado o seu estado de ânimo à habitual jovialidade, Elizabeth quis que Mr. Darcy lhe explicasse como se podia ter apaixonado por ela.

— Como é que começou? — perguntou ela. — Consigo perceber que, depois de principiado, te tenhas deixado levar pelo encanto. Mas o que é que te moveu pela primeira vez?

— Não sei determinar com precisão a hora, o lugar, o olhar ou as palavras de que tudo nasceu. Passou demasiado tempo. Já percorrera metade do caminho quando percebi que o tinha iniciado.

— À minha beleza mostraste-te desde logo indiferente e, quanto às minhas maneiras... enfim, no mínimo, o meu comportamento contigo roçou sempre o descortês, e não houve vez que te tivesse falado em que não tivesse querido causar-te desprazer. Vá, sê sincero: foi a minha impertinência que te cativou?

— A tua vivacidade, sim.

— Mais vale chamares-lhe desde já impertinência. Pouco menos foi do que isso. A verdade é que estavas cansado das cortesias, da deferência e da adulação de que te rodeavam. Estavas enfastiado das mulheres que não faziam outra coisa senão falar, olhar e pensar com o único fito de ganharem a tua aprovação. Eu interessei-te, chamei-te a atenção, por ser o oposto delas. Se não fosse a tua bondade, ter-me-ias detestado por isso; mas apesar dos trabalhos a que te deste para os disfarçar, os teus sentimentos foram sempre nobres e justos. No fundo do teu coração, sempre desprezaste as pessoas que permanentemente te bajulavam. Aqui tens... Poupei-te o incómodo da explicação; e de facto, bem vistas as coisas, começo a pensar que a minha é uma versão perfeitamente razoável. Para dizer a verdade, não vejo como me pudesses conhecer alguma virtude... mas ninguém pensa *nisso* quando se apaixona.

— Não havia virtude no modo afetuoso com que cuidaste da Jane enquanto ela esteve doente em Netherfield?

— Querida Jane!... Quem poderia ter feito menos por ela? Faz disso uma qualidade, se o quiseres. As minhas virtudes estão à tua guarda, e convém-te exagerá-las o mais que puderes; em troca, cabe-me a mim encontrar ocasiões para te provocar e discutir contigo o maior número de vezes possível. Dito isto, começo desde já por te perguntar por que motivo hesitaste tanto em tomar finalmente uma decisão? Porque é que te mostraste tão arredio comigo da primeira vez que estiveste em Longbourn e, depois, quando aqui jantaste? Acima de tudo, porque é que parecias não te importar comigo quando nos vieste visitar?

— Porque permaneceste muda e grave, sem me dar qualquer incentivo.

— Mas se estava constrangida...

— Também eu o estava.

— Podias ter falado mais comigo quando vieste jantar.

— Alguém menos apaixonado talvez o tivesse feito.

— É uma pena que tenhas sempre uma resposta razoável para dar e que eu seja também tão razoável que a aceite!... Mas pergunto-me quanto tempo mais terias levado, se tivesses ficado entregue a ti próprio. Quando é que terias falado, se eu não to tivesse pedido!... A minha decisão de te agradecer pela tua gentileza para com Lydia surtiu, sem dúvida, um grande efeito... Demasiado grande, receio. Pois o que será da moral se a nossa felicidade tiver nascido da violação de uma promessa, da qual, de resto, nunca te deveria ter falado? Assim não pode ser.

— Não precisas de te afligir. A moral será perfeitamente aceitável. Foram as inadmissíveis tentativas de Lady Catherine para nos separar que me permitiram dissipar todas as dúvidas. Não devo o meu presente estado de felicidade ao desejo pressuroso que terás tido de me exprimir a tua gratidão. Não me sentia na disposição de esperar que desses o primeiro passo. O que minha tia me relatara dera-me motivos para ter esperança, pelo que me decidi a esclarecer tudo sem mais demora.

— Lady Catherine tem sido de uma ajuda inestimável e isso deverá deixá-la muito satisfeita, gostando tanto ela de ser útil aos outros. Mas, diz-me, o que te trouxe de volta a Netherfield? Foi apenas para ires a Longbourn e sentires-te constrangido? Ou tinhas intenções mais sérias?

— A minha verdadeira intenção era ver-te e tentar perceber, se conseguisse, se ainda poderia ter esperança de que algum dia me viesses a amar. O propósito admitido, pelo menos perante mim próprio, era o de constatar se a afeição de tua irmã pelo Bingley ainda existia e, sendo esse o caso, fazer-lhe a ele a confissão que depois fiz.

— Alguma vez terás coragem de anunciar a Lady Catherine aquilo que a espera?

— Talvez precise mais de tempo que de coragem, Elizabeth. Mas é necessário que se faça e, se me deres uma folha de papel, sê-lo-á de imediato.

— E se não tivesse eu própria uma carta para escrever, poder-me-ia sentar ao teu lado e admirar a regularidade da tua caligrafia, como já um dia alguém fez. Mas também tenho uma tia que não pode continuar a ser descurada.

Relutante em confessar o quanto a sua intimidade com Mr. Darcy havia sido exagerada, Elizabeth não se tinha até então disposto a responder à longa carta de Mrs. Gardiner; mas agora, tendo a comunicar-lhe uma notícia que, estava segura, seria muito bem recebida, quase sentia vergonha de pensar que os tios já tinham perdido três dias de felicidade, pelo que, sem mais demora, começou a escrever como segue:

Já lhe deveria ter agradecido antes, minha querida tia, pelo seu longo, generoso e exaustivo relato, mas, para dizer a verdade, estava demasiado aborrecida para ser capaz de escrever. Na altura, supôs que existisse mais que aquilo que realmente existia. Mas, agora, pode supor tudo o que quiser: dê largas à sua fantasia, deixe a sua imaginação voar até onde o

tema permitir e, a não ser que pense que já estou casada, não poderá errar
por muito. Tem de tornar a escrever o mais depressa possível e elogiá-lo
muito mais que na carta anterior. Quero agradecer-lhe muitas e muitas
vezes por não termos ido até aos Lagos. Como pude ser tão tola para desejá-
-lo? A sua ideia dos póneis é deliciosa. Todos os dias daremos uma volta
aos jardins. Sou a mulher mais feliz ao cimo da Terra! Talvez outras
pessoas já tenham dito o mesmo, mas nenhuma com tanta razão. Estou
ainda mais feliz que Jane: ela apenas sorri, eu rio. Mr. Darcy manda
mil abraços, daqueles que lhe posso dispensar. Esperamos-vos a todos em
Pemberley para o Natal. Sua, etc.

Bem diversa em estilo foi a carta que Mr. Darcy escreveu a Lady
Catherine, e igualmente diversa destas duas foi a que Mr. Bennet
enviou a Mr. Collins, em resposta à sua última:

Exm.º Senhor
Sou de novo obrigado a importuná-lo para lhe solicitar felicitações.
Elizabeth será dentro em breve esposa de Mr. Darcy. Console Lady Cathe-
rine o melhor que puder. Se fosse a si, no entanto, ficaria do lado do
sobrinho — tem mais a oferecer.

De V. Ex.ª atento, etc.

Os parabéns de Miss Bingley ao irmão pelo anunciado casamento foram tão afetuosos quanto dissimulados. Chegou mesmo,
na ocasião, a escrever a Jane, exprimindo a sua satisfação e repetindo todos os seus anteriores protestos de amizade. Jane não se
deixou enganar mas não ficou indiferente, e por isso, apesar de
sentir que não podia confiar nela, não pôde deixar de lhe enviar
uma resposta bem mais gentil do que ela mereceria.

Já a alegria manifestada por Miss Darcy ao receber a mesma
notícia foi tão sincera quanto a de seu irmão ao comunicá-la. Duas
folhas de papel, escritas dos dois lados, não foram suficientes para
conter todo o seu regozijo e o seu mais sincero desejo de obter a
estima de sua nova irmã.

Antes que tivesse chegado alguma resposta de Mr. Collins, ou
quaisquer felicitações para Elizabeth de sua esposa, a família de

Longbourn ficou a saber que os dois eram esperados em Lucas Lodge. A razão para esta súbita viagem tornou-se depressa evidente. Lady Catherine ficara tão enfurecida com o que o sobrinho lhe dissera na carta, que Charlotte, genuinamente feliz com a perspetiva do casamento, estava desejosa de fugir de Hunsford até que a tempestade passasse. Num momento como aquele, a vinda da amiga era um prazer sincero para Elizabeth, conquanto no decurso dos seus encontros devesse ter pensado que ele lhe tinha saído demasiado caro, ao ver Mr. Darcy exposto à pedante e obsequiosa cortesia do marido. Este suportou-a, no entanto, com admirável calma, tendo mesmo conseguido escutar Sir William Lucas com razoável compostura quando este o cumprimentou por ter conquistado a mais bela joia da região, ao mesmo tempo que exprimia o desejo de se encontrarem muitas vezes em St. James. Se é verdade que Mr. Darcy encolheu os ombros, só o fez quando Sir William já não podia vê-lo.

A falta de refinamento de Mrs. Phillips era outro, e talvez mais árduo, desafio à sua paciência. Se bem que ela, à semelhança da irmã, se sentisse demasiado intimidada na sua presença para lhe falar com a familiaridade que a boa disposição de Bingley animava, sempre que o fazia era vulgar. Tão-pouco o respeito que ele lhe incutia, embora lhe acalmasse um pouco o ânimo, era capaz de lhe conferir mais elegância. Elizabeth fazia o que podia para poupá-lo ao frequente convívio das duas, ansiosa sempre por tê-lo só para si ou para aqueles da sua família com quem ele pudesse conversar sem sentir constrangimento. Mas se as desagradáveis sensações que daí derivavam roubavam a esta fase de namoro muito do seu encanto, também traziam esperanças acrescidas no futuro, e ela antecipava deleitada o tempo em que, afastados daquela companhia tão pouco aprazível para ambos, os dois poderiam gozar em Pemberley todo o conforto e elegância da sua intimidade familiar.

CAPÍTULO 61

Verdadeiramente grato para os seus sentimentos maternais, foi o dia em que Mrs. Bennet se viu livre das suas filhas mais estimáveis. É fácil adivinhar o deleitado orgulho com que, a partir desse momento, ela visitava Mrs. Bingley e falava de Mrs. Darcy. Gostaria de poder dizer, para bem da família, que a concretização do seu mais fervoroso desejo, ao casar tantas das suas filhas, tivera o efeito benéfico de torná-la para o resto da vida uma mulher sensata, amável e ponderada. Talvez fosse, no entanto, uma sorte para o marido — que não teria conseguido apreciar aquela forma tão invulgar de felicidade doméstica — que ela continuasse a ser ocasionalmente nervosa e invariavelmente tola.

Mr. Bennet sentia em extremo a falta da segunda filha, o afeto que lhe tinha afastando-o de casa mais vezes que qualquer outro motivo. Encantava-o ir a Pemberley, sobretudo quando era menos esperado.

Mr. Bingley e Jane ficaram apenas um ano em Netherfield. Nem mesmo o temperamento dócil de um ou a índole afetuosa de outra conseguiam suportar uma vizinhança tão estreita com Mrs. Bennet e os parentes de Meryton. Bingley comprou uma propriedade num condado vizinho de Derbyshire, cumprindo assim o grande desejo de suas irmãs — enquanto Jane e Elizabeth, para acrescentar a todos os outros motivos de felicidade, passaram a ter apenas trinta milhas a separá-las.

Kitty, para seu grande benefício, passava a maior parte do tempo com as duas irmãs mais velhas. Num ambiente tão mais refinado que aquele a que estava acostumada, foram notáveis os seus progressos. Não tendo um feitio tão indomável quanto o de Lydia, e afastada da sua influência, foi-se tornando, com os cuidados e a orientação adequados, menos irritável, menos ignorante e menos insípida. É claro que, para isso, houve que mantê-la resguardada dos prejuízos que o convívio com a irmã mais nova naturalmente lhe traria, pelo que, apesar de Mrs. Wickham com frequência a convidar para passar um tempo consigo, acenando-lhe com a promessa de bailes e rapazes, nunca o pai consentiu que ela fosse.

Única das filhas a não deixar a casa, Mary acabou sendo arrancada ao aperfeiçoamento dos seus dotes pela absoluta incapacidade de Mrs. Bennet de estar sozinha. Viu-se por isso obrigada a conviver mais assiduamente, ainda que cada visita matinal fosse pretexto para um comentário moralista; e uma vez que já não estava sujeita às embaraçosas comparações entre a sua beleza e a de suas irmãs, o pai suspeitava mesmo que a mudança fora aceite sem grande relutância.

Quanto a Wickham e Lydia, o casamento das duas irmãs não operou no seu caráter qualquer revolução. Ele resignou-se à convicção de que Elizabeth passaria a conhecer o que quer que fosse da sua ingratidão e falsidade que até então tivesse ignorado, não tendo, apesar de tudo, abandonado por completo a esperança de que Darcy pudesse ainda ser persuadido a providenciar a sua fortuna. A carta de felicitações que Elizabeth recebeu de Lydia por ocasião do seu casamento deu-lhe a entender que, pelo menos pela esposa, se não mesmo pelo próprio, essa esperança era acalentada. Dizia assim:

Minha querida Lizzy

Os meus parabéns. Se o teu amor por Mr. Darcy for metade daquele que eu sinto pelo meu querido Wickham, deves estar muito feliz. É um grande consolo saber-te tão rica e, quando não tiveres mais nada que fazer, espero que te lembres de nós. Tenho a certeza de que o Wickham gostaria muito de um posto na Corte[76], e eu não acredito que tenhamos dinheiro

---

[76] «*A place at court*», no original: uma comissão num regimento anexo à Corte, por isso mais bem paga e bastante mais prestigiante. *(NT)*

suficiente para viver sem alguma ajuda. Qualquer lugar de trezentas ou
quatrocentas libras por ano serve. Mas, no entanto, se achares melhor, não
fales disto a Mr. Darcy.

    Tua etc...

Como quer que Elizabeth achasse não só melhor mas *muito* melhor não o fazer, esforçou-se na sua resposta por pôr termo a todos os pedidos e esperanças nesse sentido. A ajuda, essa ela frequentemente enviava-lhes, tanto quanto lhe permitisse aquilo a que se poderia chamar economia nas suas despesas privadas. Sempre lhe parecera evidente que um rendimento como o deles, nas mãos de duas pessoas tão extravagantes nos gastos e tão descuidadas do futuro, deveria ser insuficiente para prover ao seu sustento; e, de cada vez que o regimento era transferido, era seguro que ela ou Jane recebiam algum pequeno pedido de auxílio para liquidar as suas contas. O seu modo de vida, mesmo quando a restauração da paz os obrigou a residir na sua própria casa, era extremamente instável. Passavam o tempo a mudar-se à procura de um lugar mais barato para morar, acabando sempre por gastar mais do que deviam. O afeto que Wickham sentia pela mulher cedo se transformou em indiferença. O dela durou um pouco mais; e apesar da sua juventude e dos seus modos, ela manteve todas as pretensões à respeitabilidade que o casamento lhe conferira.

Apesar de Darcy nunca receber Wickham em Pemberley, por atenção a Elizabeth continuou a ajudá-lo na sua carreira. Lydia era uma visita ocasional da casa, quando o marido se ia divertir para Londres ou Bath, mas já com Bingley e Jane os dois ficavam frequentemente por períodos tão longos, que mesmo a bonomia deste acabou por ser vencida e ele chegou mesmo a *falar* em dar-lhes a entender que já se haviam demorado tempo demais.

Miss Bingley sentiu-se profundamente humilhada com o casamento de Darcy, mesmo que, pensando ser sensato manter o direito de visitar Pemberley, ela tenha acabado por apagar todo o ressentimento: revelava por Georgiana uma estima ainda maior, era quase tão atenciosa com Darcy como antes costumara, e pagou a Elizabeth toda a cortesia que lhe ficara a dever.

Pemberley era agora o lar de Georgiana, e a amizade entre as duas cunhadas era exatamente aquela que Darcy tivera esperança de ver nascer. Conseguiram mesmo gostar uma da outra tanto quanto haviam desejado. Georgiana tinha Elizabeth na mais elevada opinião, se bem que, no início, escutasse o modo vivaz e jocoso com que ela se dirigia a seu irmão com um espanto que roçava o susto. Aquele que sempre lhe infundira um respeito que quase sobrepujava o afeto, era agora alvo de aberto gracejo. O seu espírito imbuía-se de conhecimentos com os quais nunca antes lhe tinha sido dado deparar. Aos poucos, instruída por Elizabeth, foi percebendo que uma mulher pode tomar certas liberdades com o marido que um irmão nunca permitiria a uma irmã dez anos mais nova que ele.

Lady Catherine ficou profundamente indignada com o casamento do sobrinho, e como desse rédea solta a toda a genuína franqueza que a caracterizava, na resposta à carta que anunciava o noivado ela escreveu-lhe numa linguagem tão ofensiva, especialmente para Elizabeth, que durante um período todo o contacto foi interrompido. Ao fim de algum tempo, porém, e por insistência de Elizabeth, ele deixou-se convencer a esquecer a ofensa e a procurar a reconciliação. Quer pelo afeto que por ele nutria, quer pela curiosidade que sentia em ver como a esposa desempenhava o seu papel, depois de mais alguma resistência, também a tia foi dissipando o seu ressentimento — e Sua Senhoria condescendeu mesmo em visitá-los em Pemberley, não obstante a profanação que os seus bosques haviam sofrido, tanto da presença daquela sua nova senhora como das visitas dos seus tios de Londres.

Com os Gardiners, eles mantiveram sempre estreitas relações. Darcy, e bem assim Elizabeth, gostavam sinceramente deles; e os dois guardaram sempre o mais sentido reconhecimento pelas pessoas que, ao levá-la a Derbyshire, haviam tornado possível a sua união.

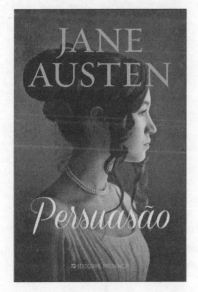